U1018737

路转溪桥

朱相民　著

国防大学出版社
北　京

图书在版编目（CIP）数据

路转溪桥/朱相民著. —北京：国防大学出版社，2015.4

ISBN 978 - 7 - 5626 - 2284 - 0

Ⅰ. ①路… Ⅱ. ①朱… Ⅲ. ①长篇小说—中国—当代 Ⅳ. ①I247.5

中国版本图书馆 CIP 数据核字（2015）第 043742 号

路转溪桥

朱相民　著

出版发行：国防大学出版社

地　　址：北京市海淀区红山口甲 3 号

邮　　编：100091

电　　话：010 - 66772856

责任编辑：王文晓

责任校对：邓彦防

封面设计：王联众

经　　销：新华书店

印　　刷：北京紫瑞利印刷有限公司

开　　本：710×1000 毫米　1/16

印　　张：21

字　　数：312 千字

版　　次：2015 年 4 月第 1 版第 1 次印刷

定　　价：48.00 元

目录

第一章　走出山村

班车到达北埠经济技术开发区建筑工地时，已是下午两点。

张二柱提着行李卷下了车。车已经开走，人已经散尽。二柱呆呆地站在那儿，不知应该向哪儿走。他站在高处放眼望去，开发区建筑工地塔吊林立，气势恢宏，到处都是建好的或在建的高楼大厦，一眼望不到边。崔二叔在哪儿呢？为了能找到崔二叔，二柱和娘去了一趟杨树沟，从崔二婶那里得到了崔二叔的地址，二柱写到纸上——长虹路桥建筑公司。如果是有经验的成人，他会去开发区指挥部打听一下长虹路桥建筑公司的位置。指挥部就在车站对面，那是一座十七层高的大楼，牌子上写着北埠经济技术开发区建设指挥部。可是二柱是个孩子，只有十七岁，长这么大没离开过凤凰岭村，只在县城读了一年高中。他不知道应该怎么做，没人告诉他，二柱牢记娘的话，一定要先找崔二叔，让崔二叔帮着找活儿干，不可自作主张。

建筑工地被太阳炙烤得像要起火，一片炽热。二柱背着行李卷急匆匆向前走，一边走一边打听，问了几个人都直摇头。前面又是一条东西向的大道，刚刚建好，路两边矗立着漂亮的灯杆，还有两行刚栽的树，发了几片像扇子一样的叶片。二柱想，还是顺着大道走吧，可以向两边看。此刻二柱非常后悔，后悔自己不该跟娘吵，跟娘发脾气，让娘为自己伤心，“不上学就不会有出息”这个道理其实二柱心里明白，一定要考上大学，是娘这辈子最大的心愿。

二柱从小学、初中直到高中，在班上一直都是前三名。老师夸他聪明刻苦，邻居说他将来一定有出息。娘哭着说："这学不上咋办呀！"可这学不能再上了！奶奶卧病三年，前前后后欠下一万多元的债，命没保住，前几天去世了。娘天天愁得直发呆。他是家里的男子汉，总不能眼瞅着让娘倒下吧！前程再要紧也得把眼前的坎儿迈过去。就这样二柱决定不上学了，出去打工挣钱还债。他认准的事，十头老牛也拉不回来。

还在二柱刚刚上学的时候，心里就有一个念想：哥如果不丢，爹就不会死；爹如果还活着，娘就不会受罪。在他幼小的心灵里就只有一个愿望，让娘高兴，不让娘受罪。他学习很认真、很刻苦，每次都考一百分，每当把成绩单拿回来，娘都高兴地抱着他亲了又亲，煮鸡蛋给他吃，奶奶也很高兴。这次他决定停学，一遍又一遍地跟娘说："娘！你放心，你儿子差不了，我要把钱挣回来，然后再去上学，你相信你儿子吧！"

娘哭了一阵也想通了，去吧去吧，这是咱的命，可你上哪儿去？出去总得有个地方奔吧！去找崔二叔吧，咱信得过他。好歹有个照应。

崔二叔年轻时就干木匠，和二柱爹张春来一起在公社木器厂当过学徒工，两个人感情好。二柱爹死了以后，他可怜孤儿寡母，每年夏收秋种都赶来帮忙，二柱娘尹秀兰非常感激。让他带二柱，尹秀兰心里踏实。

二柱走了两个多小时，仍没找着长虹路桥建筑公司，心里有点儿焦急。他后悔在桃花镇吃中午饭时，饭店门口支着广告牌，上面写着"常年招聘男女服务生，包食宿待遇优厚"。当时有点儿心动，可转而一想，还是按娘说的办，必须先找到崔二叔，不好自作主张。他隐约记得那饭店叫桃花园酒店。如果问一下，说不定人家会留下他。

二柱急急忙忙向前走，他打定主意，天黑了实在找不着崔二叔就在路边困一宿，明天接着找。他边走边安慰自己，心想：怪不得大人们常说，在家千日好，出门一时难。这恐怕是我二柱出门碰到的第一个难事了，跟娘的难、爹的难比，这算不上难，娘一个妇道人家拖着一个家，管我和奶奶、地里的活儿、家里的事，奶奶经常生病，我要上学，多难啊！哥丢了，爹天南地北地找，茫茫人海哪儿去找？心里该多着急啊！爹长啥样？

我只见过全家福上爹的模样，爹到底啥样，我一点儿也记不起来，真是猪脑子，爹死的时候，我已三岁了，咋就记不起来呢？听娘说，爹个子高、人长得帅，一身的力气。爹常说：老娘是依靠，老婆和俩儿子是希望，只要想到这个家，干什么活儿都不觉得累，不管干啥活儿，都拼命干，什么难事都挺着，干的木工活儿十里八乡都说好。这时他感觉肚子咕咕直叫，中午只吃了碗面，早已饿了。这儿人生地不熟，他很无奈、很无助，只能耐着性子向前走。二柱鼓励着自己，不管怎么说自己也是顶天立地的男子汉，这点儿困难算不了什么，大不了天黑了在路边困一觉，没什么。已走了三四个小时，再过一小时，天就黑了，身上还有十几块钱，吃一两顿饭不成问题，他匆匆忙忙向前走。除了横着竖着的大道，就是高楼大厦，却没看见一家饭店，哪怕是小吃店也没有。正在他着急的时候，突然间一座高高的塔吊上“长虹路桥”四个字赫然映入眼帘，他想应该是崔二叔所在的地方，心里一阵激动，急忙向塔吊走去。

二柱一颗悬着的心终于放了下来，真是庆幸，他刚刚还在担心，实在找不着崔二叔，只能露宿街头了，如果碰到了坏人，可咋办？想想心里还是直打怵，要在这么大的建筑工地找个人无异于大海捞针。你想啊，这开发区西起双桥镇东至沙田镇二十公里，南自 A08 国道北至大小汶山十五公里，都是开发区，到处都是塔吊，满目都是高楼大厦。塔吊转动机器轰鸣，开了锅似的，令人眼花缭乱，要来这地方找人，可想而知有多难。二柱却找到了，他心里一阵激动，脸涨得通红，像得了宝贝似的兴奋。

他走近塔吊，见一位年轻人正在拉线，急忙上前打听：“师傅！崔二叔崔茂增是在这里吗？”

年轻人反问：“是大河乡的吗？”

二柱忙答：“对！是！”

年轻人说：“是在这儿，去工棚拿东西了，一会儿就回来，等会儿吧！”二柱连声地说：“谢谢师傅！谢谢师傅！”

二柱好奇地问：“师傅，你干什么活儿啊？”

年轻人答：“电工！”

二柱说：“那敢情好，这活儿好！”

年轻人问："找崔二叔有事吗?"

二柱答："找活儿干!"

年轻人看了一眼二柱，问："多大了?"

"十七了!"二柱答得干干脆脆。

正说着，崔二叔来了。二柱迎上去老远就喊："二叔!"

崔二叔很惊讶，说："呦！二柱你咋来啦?"

二柱忙答："我来找活儿干!"二柱替崔二叔拿过锯子。

崔二叔很高兴地说："你小子可真行，三百多里路找到这里来。"

二柱忙说："我和娘找过婶子才打听到你在这儿。"

崔二叔忙介绍说："哦，这是电工小张师傅。"二柱忙打招呼："张师傅!"电工小张忙说："刚才已搭了话了，个头行，嫩了点儿。"

二叔问："你能干几天啊？快开学了。"

二柱神情凝重地说："二叔啊，奶奶前些日子去世了，治病欠了一万多元的债，我不能难为娘一个人，学不上了，我是来挣钱还债的!"

崔二叔长叹一声说:"唉！真是个懂事的孩子，可这学不上太可惜了。"

"二叔，放心吧，我不会放弃，等我挣了钱还了债再去上学。"二柱安慰着二叔。

二叔说："好吧！我去找王经理问一下，看让你干什么活儿合适。"又转向小张说，"哦，小张师傅多关照啊，孤儿寡母挺可怜的!"

小张忙说："那是自然的，你放心吧!"

崔二叔让二柱留在这儿，忙去找王经理。只十几分钟崔二叔回来了，他对二柱说："我给王经理提议想让你干木工活儿，因为你爹生前就干木工，你正格地应当学木工。可王经理说咱招的是熟练工，不招学徒工，跟着学也行，三个月之内没有工资，只管吃饭，如果干小工一个月就是六百元钱。"

其实二叔心里忐忑不安，他不放心二柱干这么累的活儿，这孩子虽然自小长在山村里，可一直就是上学，没干过重体力活儿，个子长得不算矮，但是毕竟瘦瘦弱弱的。他怕二柱承受不住这么重的活儿，他原本想让二柱跟着学木工，可王经理不答应。二柱娘打发二柱大老远找我来，得把他当成自己的孩子才行，不能让孩子有任何闪失。

二柱明白二叔的心事，他不想让二叔为自己担心，急忙说："二叔，我知道你的好意，学木工自然好些，可我正急着来挣钱的，就干小工吧！"二叔无奈地说："干小工活儿累一些，那咱就干小工，说定了，我去找王经理。"

天黑了，晚饭时间到了。二叔拿来几个馒头，二柱实在太饿了，一阵狼吞虎咽，四个馒头吃完了，二叔问吃饱了没有，二柱脸红红地忙答吃饱了吃饱了。然后又喝了一碗稀饭，笑嘻嘻地说："二叔，你这地方实在难找，我已经饿了大半天了。"二叔也笑了，拍拍二柱肩膀说："你这孩子，真难为你了。"

二柱第一天的工作是推砖，从六十米远的地方把砖码到手推车上，然后推到吊斗里。

阴历七月的天，骄阳似火，再加这施工工地连一棵树都没有，一丝风也没有，没用一个小时，二柱的衣服全湿透了。他把汗衫脱下来用手拧了一把扔在一边，光着脊梁推起来，那汗水像开了闸一样，满脸满身都是，头发像刚从水里浸泡过的一样。

十点多钟休息了一会儿，崔二叔给二柱送来了一顶竹帽，扣在二柱头上，又给二柱一条毛巾，让他用水打湿了披在肩上。二柱说："二叔，这样就凉快多了。"二叔又递给二柱一个塑料瓶，对二柱说："二柱啊，开水桶那儿有水，喝完再去打，多喝水，千万别中暑了，你看这天又闷又热，37 度呢！"二柱答应着："你放心吧，二叔！"

一天下来二柱推了九十多车，实在是累坏了。吃晚饭的时候，崔二叔把饭菜给二柱端到面前，二柱说："二叔，我实在吃不下。"崔二叔非常关切地说："二柱啊，人是铁，饭是钢，一顿不吃饿得慌！不想吃也得吃，不然你明天怎么干活儿呀！吃吧！"崔二叔拿来两个馒头，二柱只吃了一个就说："二叔，我先睡了，你慢慢吃吧！"等二叔吃完了饭回来，二柱已经睡着了。看二柱累成这样，崔二叔打心里难受，也没敢惊动他，小心地把鞋给他脱下来，然后端来一盆水，帮他擦了一下身子，又洗了一下脚，帮他盖好肚子。

二叔跟电工小张说："真是苦了这孩子啦！"

小张问："这么小的孩子，怎么忍心让他出来干这么累的活儿啊。"

崔二叔说："被逼到这份上了也没法子，他爹叫张春来，从小跟我一起干木匠活儿，人聪明能干，一表人才，体魄健壮。谁知道，大儿子不明不白地给丢了，人都急疯了，满世界地找，哪儿找去。找了一年多，钱花光了，儿子没找着，整个人都变了样了，只剩下一口气，人也呆傻了，在家躺了三个月，开着车走了神儿，把车开到桥下，当时命就没了。为给他奶奶治病欠了一万多元的债，学也上不成了，真难为这孩子啦。"

小张附和着二叔说："唉！真是一事不顺事事不顺哪！"

崔二叔说："谁说不是呀！好好的日子，好好的一个家，硬是给毁了。他娘也是十里八乡有名的美人，贤惠能干，日子正红红火火，谁知老天爷就降了灾难了！"

上半夜，二柱翻来覆去光哼哼，二叔问："二柱，咋样？"他说："浑身都疼，这胳膊腿不知道放哪儿好。"直到下半夜才睡稳了。

二柱的到来，令二叔纠结，他知道尹秀兰不到万不得已不会求他，可他知道自己没有能力保护二柱，工地上的活儿，如果实实在在地干，真正可以把人累死，一天要干十几个小时不说，这活儿也太重了，有心眼的大人，偷奸耍滑说不定还可保留一点儿体力，不然的话，就真的能把人累趴下。二叔决定私下里要给二柱提个醒，这孩子和他爹一个样，干活儿太实在了，工地上的活儿，永远也干不完，你拼命干吧，一天就足以让你倒下，如果真的倒下了，该怎么办啊？二叔决定早饭时就跟二柱说，能少干就少干点儿，能慢一点儿就慢一点儿，悠着点儿。一个十七岁的孩子，瘦瘦弱弱能有多少力气啊！没有哪个大人和一个孩子攀比。二叔这样想着翻来覆去睡不着，只听二柱光哼哼。

第二天早上，二柱直嚷嚷，说背上像火燎的一样。二叔一看，呀！背上胳膊上起了大片大片的燎泡，二叔说："千万别弄破了，再感染了就麻烦啦。"趁没人的时候，二叔凑在二柱耳旁，把"秘籍"告诉了他，二柱笑了笑点点头。还好，老板让他推砂浆，也只有二十米远，一天推了五十多车。晚上睡觉的时候，二柱跟崔二叔说："二叔，今天好多了，你放心吧，我能行。”崔二叔安慰他说：“坚持几天看看吧，实在坚持不了咱就不干了，再想别的法子，不能硬撑着。还要注意千万别碰着擦着，安全要紧。”“我知道了二叔。”二柱答应着呼呼睡去。

二柱肩上背上胳膊上的水疱没有感染，多亏二叔每天晚上小心地给他擦洗，二叔告诉二柱说：“干活儿的时候，把毛巾打湿了披在肩上非常管用，每天晚上洗个澡，把汗湿的衣服洗一下晾起来第二天再穿舒服些。”二柱答应着。

这几天，二柱晒得脸上身上都一个颜色，黑黑红红的，水疱已经消下去了，又起了一层皮。二叔看在眼里，疼在心里。

二叔好几次让二柱歇一天，别硬撑着，二柱总是摇摇头说：“二叔，别担心，大人们都是这样苦着累着熬过来的。我能行，你放心吧！”

二柱硬撑着熬着，挨过一天又一天，他硬是一天也没歇。到了中秋节前一天，二柱实在想念娘，也惦记着家里的秋收，就跟二叔说：“二叔，我想给娘打个电话行吗?”崔二叔说：“是啊，还是刚来的时候写了一封信，是该给你娘道个平安了，免得你娘挂念，你晚上去吧！离这二里路有个服务部，那里有公用电话，打完了交上电话费就行了！”二柱答应着。

晚饭后，二柱急急忙忙朝服务部走去。长虹路桥的工棚离服务部并不远，二柱十来分钟就到了，老远就看见有一个公用电话的灯箱，走近一看，原来是一处小吃店，一位七十多岁的老人守在电话旁。二柱跟老人打招呼：“老大爷，我想打个电话。”老人说：“自己拨吧！”二柱很容易就拨通了电话，他知道村里的公用电话安在五嫂的小卖部里，接电话的是五嫂，二柱亲切地说：“五嫂，我是二柱，我想跟我娘讲话，你能叫一下吗?”电话里传来五嫂的声音：“是柱儿兄弟啊，你等着。”二柱家离小卖部只有三十米远，很快娘就到了，二柱一听是娘的声音差点儿没哭出声来。他怕娘难受硬克制着，他跟娘说：“娘，我想你，我在这儿挺好，你别担心。秋收没法回去帮你了，你自己悠着点儿，别累着。”

尹秀兰说：“儿啊！你别担心，我累不着。天凉了，你在那边买一件衣服吧，娘没法给你捎。”

二柱忙答应着：“二叔也是这么说的，先预支一点儿钱，花二三十元买一件就行了，我知道怎么办，你放心吧，娘！要是没事我就挂了。”二柱放下电话交给老人五角钱，心里很高兴，因为在电话里听娘的声音很好，知道娘没啥事，也就放心了。

自从二柱走了以后，尹秀兰的心一直悬着，整夜睡不着，她既怕儿子身子骨不硬实，禁不住重活儿，也怕儿子不醒事儿缺心眼儿，万一有个闪失，我可咋办呀？这些天她常去丈夫坟前念叨。

回到工棚二柱兴致勃勃地对二叔说：“二叔，我到春节回家能给娘带一千多块钱吧？”

二叔说：“如果不提前扎工，肯定能拿到一千多，就怕冬至一到，冰天雪地没法干了，就会提前扎工。”

二柱说：“不知今年会咋样？”崔二叔说：“天的事咱咋知道，走一步看一步吧！”崔二叔正说着，二柱已不接话了，凑近一看，他已睡着了。崔二叔自语道：“这孩子累坏了。”

这些日子，也许是二柱总在面前晃动的缘故，崔茂增时不时的总想起和张春来一起干活儿的那些日日夜夜。春来比茂增大两个月，但身板比茂增健壮，个子也高，人长得帅气，样样活儿比茂增干得漂亮。他比茂增多读了几年书，在公社木器厂干学徒儿的十几个人中，谁也比不了张春来，师傅教干的活儿他一看就会，整天默默地干活儿，从不多说一句话，干出来的活儿既快又好。因为他多读了几年书，学东西比别人快，一样新式家具，只要看了几眼，他就知道从哪里下手。进厂仅半年，厂长就给他单独派活儿，让他带学徒，他每次都把活儿干得漂漂亮亮，没有人不佩服。茂增总是跟着春来干，因为他人长得瘦弱，春来总是关照他，也许是老辈儿人就一起搭档干木匠的缘故，兄弟两人配合默契，并且逐渐建立了很深厚的感情。后来实行承包制，茂增总舍不得离开春来。春来是承包头儿，茂增一直心甘情愿地跟着干，春来自始至终关照他，茂增坚信春来的为人，跟着春来他心里踏实。后来春来娶了个漂亮媳妇也很能干。在崔茂增眼里张春来是那一伙人里，最值得信赖，最值得托付，最有出息，最有希望发财致富，最终能成就一番事业的人。没承想却碰上了灾难，一个二十九岁的人，就那样走到了生命的尽头，早早地走了，把一伙人给心疼得抱在一起直哭。如今落下孤儿寡母艰难度日，我茂增岂能不管，可我没啥能耐，可怜这孩子真是活受罪。崔二叔整夜睡不着，翻来覆去想这件事。

眼看已到了立冬节气，不管在哪个岗位上干活儿的工人们大都加厚了衣服，就连一向能坚持的崔二叔也加了件衣服，二柱还是穿得很单薄。崔二叔催了好几次让二柱快去买件厚点儿的衣服，二柱总是说不忙、不忙，一直拖着。他倒反过来安慰二叔："二叔啊，我倒觉得这样比前些日子好多了，在毒日头底下，汗不停地流。这些日子早上冷点儿，可太阳一出来，一干活儿就暖和了，挺舒服的，活儿干起来也没夏天那么累了。"于是二叔就不再催了，二柱干起活儿来也挺起劲，二叔心里也轻松多了。

立冬后的第五天，突然来了冷空气，天气骤变，又是风又是雨，穿着厚衣服的人都冻得直发抖。崔二叔直嚷嚷，催二柱快去买衣服，他带二柱找到王经理说："二柱临出门时没带衣服，先预支一百元，让他买件衣服穿上吧！"王经理立刻表示同意，会计让二柱签字，给了二柱一百元。崔二叔交代二柱，让他搭乘公交车去北埠百货大楼买，不要再往市里去了，来回一个半小时，中午休息时间就把这事办了。

午饭后二柱没停留就去了公交车站，六站路就到了百货大楼。大城市就是不一样，人多车也多，好在二柱在县城上过一年学，知道城里的路怎么走。城里好看的东西挺多，可二柱顾不上，他直接去了百货大楼。可供二柱选择的衣服很多，二柱瞄上了一件标价二十九元的防寒服，里面有毛挺厚实，灰颜色的，他又花了十一元买了一件毛裤，一双胶鞋六元，一双袜子两元，总共花去四十八元钱。回到工棚还差十来分钟到开工时间，崔二叔直夸二柱会买东西。上工时，二柱穿上了防寒服，再也不发抖了。连推了几车，头上又冒出了汗。

小雪节气过后，昼短夜长的天气特点越发明显。清晨天未亮工头就吆喝起床吃饭，傍晚五点半天已漆黑了，这样，收工的时间只能提前。吃过晚饭后工人们都围在电视机旁看电视。工棚是活动板房，通连着十五米长，住了五十多人，非常拥挤。21英寸电视机放在角落里，工头只在棚外安装了锅盖，收视效果不好。并且每天掌握收视权的就两三个人，二柱看了几天，实在觉得没意思。旁边围了一群人正在打牌，二柱一直没有兴趣，一个孩子大人们自然不把他放在眼里。崔二叔和几个年纪大一点儿的师傅坐在一起拉家常。二柱坐在一边静静地听着，从不插言，晚九点一过二柱就躺下睡觉。进入冬季劳动时间短了，二柱也觉得不那么累了，躺下也睡不着。

一天二柱对崔二叔说："二叔，我想进市里买本书看，也好打发时间。"二叔非常赞成："嗯！那样好，你是有文化的人，别总跟这些人一起泡，多看些书学点儿东西，总归有好处。"

第二天中午，二柱拿了两个馒头边吃边向公交车站跑，因为冬季连着吃饭时间只有一个半小时休息。二柱跑到公交车站正巧有一辆公交车就要启动，他招了一下手，司机师傅开了门。气喘吁吁的二柱赶忙找座位，刚坐下车就开了。他手里还有半个馒头，等平静下来二柱又开始吃剩下的馒头。根据上次买衣服时的记忆，二柱顺利地找到了新华书店。

新华书店展厅宽敞明亮，顾客也多，各种图书琳琅满目，令人目不暇接。有文化艺术类、科学技术类、文化教育类、科技致富等类别。二柱没想好买什么，他在文化教育类架前翻了一下，高中各门课的资料非常齐全，他想，根据目前的情况，靠自己系统学习已不可能了，他又拿起科技致富架上的《食用菌栽培技术》看了一下，他决定买下，看了一下价格是十三元。他又翻了一下文学类，最后看中了一本当代作家的短篇小说集，他决定买下，价格是二十一元。他匆匆交完钱。一看大厅时钟已经下午一点十分了，拿起书就往公交车站跑。误了上工时间工头会不依不饶，到时又要麻烦崔二叔说情解围，这样想着车就来了。他挤上了车，看了一下没座位，只能站着。

等二柱气喘吁吁跑到工地时，已晚了十分钟，二柱跑得一脸汗，崔二叔一句话没说，已替二柱码好了一车砖。二柱把书递给崔二叔推起车就跑，王工头站在远处瞪着眼看这边，二柱耷拉着脑袋不敢抬头，心突突直跳，心想这一顿骂在所难免了。又过了一刻钟，仍没听到王工头吱声，二柱抬头向那边看，人已经走了，他直起腰舒了口气，心中暗想：妈呀！吓死我了，下次再不敢了。

一连几个晚上，二柱都凑在电灯下看那本《食用菌栽培技术》。灯泡是25瓦的，不凑近了就看不清。大人们有的打牌，有的看电视，没人理会二柱，所以二柱看得很安静也很入迷。他边看边想，像这样的活儿我和娘也能干的，也不比一般的庄稼活儿累，只要生产出来了，也比粮食值钱，可以到近处的集市上去卖，也可以到离家六十里远的县城去卖。这些活儿我都能干的，只是这几千元的本钱没处凑，眼下还是要干活儿挣钱，先把一万多元的债还清，然后才能考虑食用菌生产。那时挣了钱才能考虑盖房子娶媳妇的事，这是娘说的。娘在电话里说：云妹和班主任老师来家里啦，老师说学费和书费都可以免去。吃饭在家里拿可以不花钱，艰苦一点儿我不怕，可这一万多元的债咋办呢？学校是解决不了这些的。云妹说她可以说服爸爸帮助解决，这算怎么回事呀？二柱考虑再三，决定还是放弃。他觉得人活着一定要有尊严，不能事事求人，要相信自己的能力，自己是十七岁的男子汉，说大不大说小不小，要凭自己的努力渡过难关。不过他还是非常感激云妹，她是个难得的好女孩，一直对二柱很好。读初中的时候就在一个班，有什么好吃的总是忘不了二柱，学习也非常刻苦认真，难做的数学题总是找二柱请教。她对人真诚，脾气也好，长得端端正正，二柱这样想着，心里甜甜的。

看完《食用菌栽培技术》后，二柱又捧着当代作家的小说集一连看了几个晚上，虽说以前也看过小说，长篇的、中篇的、短篇的都看过，但是从来没有像今天看得这样仔细。二柱是一个悟性很高的孩子，几任老师都这样夸过他，读初中的时候，作文多次在全班读过。但是二柱非常明白自己的奋斗目标，他知道家里穷，要学好各门功课，要考上大学，要挣钱养活娘。当作家那只是遥远的梦想，而现在这一切全都成了梦想。现在他只能面对现实，凭力气挣钱还债，除此之外，他别无选择。

正在二柱陷入遐想的时候，来了一个小伙子找他玩，小伙子自我介绍名叫王展，与王经理是本族，是蒙源县长丰镇的，离大河乡三十多里路。小伙子比二柱大三岁，比二柱个头高，身板壮壮的，浓眉大眼挺精神，有点儿精明，不是死干活儿的那种。在长虹路桥另一个工盘干活儿，住在另一个工棚。二柱问他有啥事，他说没啥事，只想找二柱唠唠解解闷。他拿起二柱读的书非常感慨地说：“嘿！看不出啊，兄弟真是个有心人啊！”二柱客气地说："说不上有心，解解闷而已。"王展接着说："你若有兴趣，咱不妨去网吧玩一玩，那里面可是什么内容都有，跟你买的这两本书比，那可是浩瀚的大海。"二柱说："哥们儿！那可是要花钱的！"王展说："什么不花钱啊！你这两本书恐怕要几十块吧！网吧按时收费，每小时两元，我经常去玩，与老板混熟了，他会给你优惠，有没有兴趣？哪天和你一起去玩！"二柱笑了笑说："改天再说吧！"二柱既不反对也没答应，王展站起来说："今天已经晚了，明天来约你好吗？"二柱只是笑笑向他招了下手，表示客气。

第二天晚饭刚过，王展来约二柱去网吧玩，二柱说："还没跟崔二叔说。"崔二叔在牌摊旁观战，二柱走近二叔说："二叔，小王约我去网吧玩。"崔二叔看看二柱，又看看王展。王展立刻解释说："二叔，我是长丰镇的，在二号工盘，我们玩一会儿就回来。"二叔迟疑了一下说："二柱，听说那东西会上瘾。"王展抢着解释说："你放心吧二叔，偶尔玩一次，不会上瘾！"崔二叔说："那你们去吧！早去早回，明天还要干活儿。"二柱和王展一起应着："你放心吧二叔。"

二柱、王展结伴去网吧玩。一来二去两人混熟了，王展热情地与二柱称兄道弟，越套越近乎，不知不觉就搂住了二柱的肩膀，并且越搂越紧。二柱觉得特别不舒服，不管在村里还是在学校，二柱从不曾和哪个同学勾肩搭背，觉得挺难受，遂说："王哥别这样！"挣脱了王展。王展大大咧咧，笑着说："都是爷们儿你怕啥！你还怕哪个女人偷了你不成，你小子！"随着嬉皮笑脸地硬搂着二柱亲了一口，二柱有点儿恼怒，说："王哥，再这样我回去了！"王展立马赔不是："对不起对不起，别介意，怎么像个姑娘似的，咱走咱走。"拉着二柱的手向前跑去。

两人走进网吧，还好有空位，二十多台电脑，只有十几个人玩。王展笑嘻嘻地对老板说："老板，这是我哥们儿，给点儿优惠吧！"老板笑笑说："你们玩几小时？"王展说："玩四小时。"老板说："收你七块钱吧！"二柱说："我只能玩三小时。"老板收了五元钱。二柱第一次玩电脑，不知道怎么操作，王展替二柱打开电脑，又告诉他怎么操作。二柱脑子灵一点就通。然后王展告诉他怎么关机，二柱试着自己操作了一遍，果然简单，王展玩自己的去了。二柱试着先后打开了人民网、腾讯网、凤凰网、搜狐网，内容果然非常丰富，就连二柱关心的农家致富、庭院经济等什么都有。二柱顿觉电脑真是好东西。他玩得兴致勃勃，不知不觉时间过去了一多半。二柱有点儿漫不经心，他不经意间随手打开某健康网页，上面竟然显示出男女性事的内容。二柱心里“咯噔”一下，心突突直跳，脸上火辣辣的。他立刻将此移开，心想真是该死，怎么会有这种东西。好奇心驱使他返回来又看了几眼，顿觉身体有些反应，立刻就想上厕所。几分钟后从厕所出来，心情平静下来，又浏览了一会儿时间已经到了，他关了机，拍拍王展肩膀说：“哥们儿！我先走了！”二柱跟老板打了招呼，从网吧走出来，像丢了魂似的，怏怏地向工棚走去。他后悔不该来网吧玩，但又感觉确实看到了许多有用的东西。

二叔已经睡熟了，他没敢惊动，自己轻轻地躺下。工棚内鼾声一片，一声高过一声。他迟迟没能入睡，他想到了娘，想到了死去的爹和奶奶，想到了丢失十六年的哥哥，还想到了辛云妹。又想到了网页上对男女性事不堪入目的描述，身体又有些反应。二柱心烦意乱，他翻身趴着，把枕头压在头上，迷迷糊糊睡着了。等二叔叫他起床吃饭时，他才懒懒地醒来，他感觉自己的下身湿乎乎黏糊糊的，聪明的二柱明白，自己这是中了邪了。

几天后，王展又来约二柱一起去网吧玩，二柱婉言谢绝了他，只说太累了要睡觉，可他也没睡觉，仍在没完没了地看那两本书。崔二叔挺纳闷的，问：“二柱，电脑好玩吗？”二柱支支吾吾突然不知道怎么回答，感觉脸上有点儿热，他笑笑说：“其实没啥好玩的，况且还要花钱。”

过了冬至，天越来越冷，夜里降了一场大雪，漫山遍野白雪皑皑。早饭以后工头一直没吆喝上工，崔二叔和几位师傅说：“是不是要扎工了？”二柱听几位上年纪的师傅嘀咕：“头儿也太黑了，咱们每个工值比人家少十块，一年下来少拿好几千，真是太黑了。”二柱想，如果一个工值加十元，自己一个月应拿九百元，扎工的时候说不定会多拿一千多呢！嘿，不想了，想也没用。二柱牢记娘的话，庄户人家的孩子，出门在外要多干活儿少说话，不关己事不开口。所以不管大人们议论什么事，二柱只是静静地听着，从来不插言。

扎工的日子是腊月初六，可是钱却没拿到手，听王工头说，这几天王经理一直在跑施工单位要钱，是个啥情况，现在说不准。工人们的心在空中悬着，生怕拿不到钱，咋回家过年呀！二柱心里也很着急。一直到了腊月初八，王经理终于把钱要回来了。他交代会计无论如何要连夜把钱发到每个人手上，初九一早打发人回家，已经扎工三天了，这一天天的白吃饭，赔不起的。到了夜里十一点半的时候，会计才喊到二柱的名字，二柱干了四个月零二十天，应发两千八百元，可王经理规定，每个人扣一个月工资，过了年支应大，没有钱没法开工，这一个月的钱在下一年度一块儿算。扣去预支的一百元，发到二柱手里的只有两千一百元。工人们都面面相觑，默不作声，非常无奈。

崔二叔干了十个月，应领一万五千七百五十元，因上半年家里有事预支了五千元，这次只领了九千多元，电工小张领了一万两千多元。钱发完了已经是夜里十二点多了，大家都没睡，王工头一出去，大家就嚷嚷开了。电工小张说："这样明年怎么干啊！一年少拿几千块，这临了儿又扣下一个月的，我看咱们得有个出头说话的才行，净拿咱当傻子耍，这力白出了。"大家都看二叔，二叔忙摆手："不行不行，我哪知道怎么说呀。"崔二叔转向电工小张说："小张你就说一句，咱们大家都随着，不光闪你一个人。"五十多人有大部分都蹲在床头吸闷烟，只有十几个人跟着嚷嚷，大家都看着小张，小张很无奈地说："这话是应该说，可我也不愿出这个头。"大家一起说："说吧，说吧！咱凑钱请你喝酒总行吧！你有文化说出话来好听些，你就别客气了！"小张答应着说："等王工头回来先跟他说。"正说着呢，王工头回来了，一进门很吃惊地说："嘿！怎么了这是，大半夜了怎么还不睡啊？腰里揣着钱睡不着是吧？"小张接上话了："还说呢！这一年下来少拿好几千呢，怎么睡得着啊。"王工头不解地说："嘿！你这话说哪里去了？怎么就少了好几千了？不就扣了一个月的吗？王经理说了，过了年一分不少。"大家一齐嚷嚷开了："你算一算吧，别的工盘大工六十咱五十，小工三十咱二十，每天少十块，一个月就是三百块，这一年下来就是三千多啊。你抠也就抠了，怎么临了儿又扣了一个月的，这活儿还怎么干呀。”你一言我一语，话只要说开了，大家都没了顾忌，跟着一齐乱嚷嚷，只顾蹲着抽烟的几个人也凑过来插一杠子，有一个人说：“给你说清楚了，不把这话说明白。明儿还是不走。”“对！对！明儿不走！”大家一齐起哄。王工头满口答应：“好好好！我把这话立刻传给王经理！”说着忙转身跑出去，大家一齐笑了。崔二叔说：“这样好，他答应不答应是他的事，咱总归把憋在心里的话说出来了！”

第二天一大早，王工头传来王经理的话，再开工增加工值，今年的钱就这样了，不再变了，请大家回家过年吧！

第二章　家庭罹难

秋收以后，尹秀兰每天都要上山走一趟。先到丈夫张春来坟前坐一会儿，说一会儿话，然后就在周围捡柴火，累了又在坟前歇一会儿，下半晌才从山上下来。

在丈夫坟前尹秀兰已念叨了好几遍了："柱儿爹呀！咱柱儿该回来了！这几个月儿子不知道折腾成啥样了？我夜夜都睡不着，心想，他长这么大没离开过家呀！电话里听着倒是欢欢实实的，我也放心了。"

人们常说一日夫妻百日恩，百日夫妻似海深，这话不假。张春来走了十来年，可尹秀兰的心一刻也没离开丈夫，三天两头向坟头跑。一有点儿什么事儿先想着跟二柱爹说道说道，临了还总要骂两句：你这死鬼，没良心的，说走就走了，撇下俺娘儿俩不管了。骂归骂，丈夫对自己的好，尹秀兰到死也忘不了。在大河镇读初中那阵儿，冬天河上搭了独木桥，人家男孩子过独木桥，一溜儿小跑就过去了，可尹秀兰胆儿小，看见河里淌着的水直发晕，她走了两步赶快退回来。张春来就喊："别怕，我来扶你！"喊着忙脱了鞋子到河里蹚着冰凉的水扶尹秀兰过桥。每次尹秀兰都说："谢谢你，张春来！"张春来总是笑笑说："谢啥呀！一个班的同学。"可时间长了，水又那么凉，尹秀兰总是不落忍，回家总是跟娘念叨，张春来如何如何心眼儿好。有时尹秀兰来晚了，张春来就蹲在河边等她。尹秀兰家住马家洼，从凤凰岭村向南二里路，张春来从家里出来就一直向南边看，等着尹秀兰和她一起走。

有一年尹秀兰的娘大病一场，从此瘫痪在床不能自理，尹秀兰不得不退学回家照顾娘。

上初三的时候，张春来的大哥张春福带着老婆孩子一家六口去了东北，说是东北有个国营林场招木匠。二哥张春运在长丰镇干木匠活儿，被一家人看中，非要招做上门女婿。张大娘一想，家里穷得底朝天，怎么娶媳妇啊！答应了吧！二十二岁的张春运从此做了上门女婿。临走之前他跟娘说："别让春来上学啦，公社木器厂招学徒工，让春来当学徒工去吧！我去找一下崔大爷，听说他儿子崔茂增去当学徒了。崔大爷在木器厂当副厂长，和我爹'大跃进'时就一起干木匠，跟他说说没准能成。"张大娘说："要是你爹在，三儿这学一定得上出来，可你爹没了，这心我操不起，干脆让他学点儿手艺挣饭吃吧！俗话说得好，积财万千不如薄技在身，让他去吧！"春运找崔大爷一问，第二天就让春来去木器厂当了学徒工。

当了半年的学徒工，张春来就买了一辆崭新的自行车，天天骑着自行车去木器厂上班，每个月都拿三十块钱回来。村里人都说，春来这回算是出息了，张大娘别提多高兴了。

这一晃四五年下来，张春来长成了二十多岁的大小伙子。人长得端端正正，身体结结实实，一表人才，人见人夸。村里人说："张春来跟他爹张木匠比跟一个模子刻出来的一样，可讲心性讲脾气讲模样，样样超过他爹。"张大娘客客气气地跟大伙道万福："托乡亲们的福啊！有合适的快给俺三儿找个媳妇，我请大伙喝喜酒！"

人世间有些事情偏偏不可思议地演绎着巧合，统计学对天地轮回出现的某种巧合叫概率，而老百姓却用他们自己的理念赋予了一个富有神秘色彩的解释叫天意。说来也巧，马家洼有一户人家跟公社木器厂签订了合同，请木工师傅上门做家具。张春来一行三人来到马家洼一做就是半个月。已长成大姑娘的尹秀兰与姐妹们结伴来邻居家看家具，一看做家具的师傅里有同学张春来，真是又惊又喜："呦！是春来哥？你出息了，怎么学了这么好的手艺呀？"

张春来脸红了，腼腆得像个姑娘，说："咦！是尹秀兰，你不说话我倒不敢认你了。”张春来把退学进厂的经过说了一遍，并谦虚地说，“其实这手艺算不上好，才学了没几年！”尹秀兰惋惜地说：“你学习好，为人好，我以为你考上大学了，这一晃好几年没听见你的消息了。”

张春来笑着说：“咱哪有那福气啊！到了儿还是出力气挣钱吃饭。”

尹秀兰说：“出力气挣钱吃饭有啥不好，这样才长远，不出力就挣钱长远不了。”

木工师傅们一致赞成：“姑娘说的在理儿。”

末了尹秀兰说：“春来哥收了工到我家坐坐吧，喝杯茶！咱好歹同学一回！”

春来说：“这是应该的！”

尹秀兰走了，张春来送到门口。

两个木工师傅都夸秀兰长得俊俏、利落。春来说：“不是她先跟我说话我都认不出她啦，小时候可不是这样的，真是女大十八变呀，比小时候好看多了。”

收工以后，张春来让两个木匠师傅先走，他到村头小卖部买了四斤白糖要了一条烟，直接去了尹秀兰家。

尹秀兰把春来让进屋，对娘说:“娘！这就是春来哥，我跟你说过的。”

秀兰娘坐在那里不能动，精神挺好，高高兴兴地说：“哎哟！你看这孩子，还客气啥！你来家坐坐我就很高兴，干吗还破费呀？”

秀兰接过东西放一边，也说:“春来哥，你真是多意了，干吗花钱呀？”

春来客气地说：“看看婶子是应该的，如果不是看见秀兰，我还不知道你家在哪儿，她都长成大人了，再也不是胆小怕事的小丫头了。”

尹大婶笑笑忙着说：“是啊！上学时多亏你照应她，她常念叨你的好，夸你心眼儿好！脾气好！”

春来忙说：“其实我没她说的那么好！”

秀兰在一旁笑着说：“那我还是虚夸你了！”说着把茶递给春来。

尹大婶又说：“学点儿手艺也好，技不压人，一门手艺一条路，学咋不上了？”

春来笑笑说：“都是因为家里穷。”尹大婶又问：“媳妇成了？”尹秀兰在一边扯扯娘的衣服，嗔怪地说：“娘——看你！”

春来脸红红的，把头耷拉下去说：“还没呢！家里穷！”春来喝了一杯茶，就跟尹大婶说，“婶子，我不耽误了，天不早了，以后有空儿再来看你！”

尹大婶忙说：“那好，秀兰送送你春来哥！”

俗话说“男大当婚女大当嫁”，春来、秀兰都二十出头，正是婚嫁年龄，不容你不想。春来一路美滋滋的，心想这秀兰出落成漂漂亮亮的大姑娘了，再也不是小时候怯怯懦懦的小丫头了，高高的个头，身子虽然单薄，但是人长得端庄秀丽，利利落落，走起路来一阵风似的，要能娶这么个媳妇，也是我张春来上辈子修来的福。秀兰呢！自打看见张春来第一眼起，心里的定盘星就有了着落，她一直以为张春来已经上了大学，这辈子没缘分了，没承想老天爷又把他送到眼前，这不是天意是什么！

晚上尹长贵回来了，一进门尹大婶就跟他唠叨，夸张春来要个头有个头，要力气有力气，要模样有模样，又有一手好手艺，和咱家秀兰很般配。尹长贵蹲在一边一直抽烟，有点儿不耐烦了，说：“你这老太婆，唠叨起来没完，你总得容我想一想。我想，就凭咱秀兰这副模样，正当儿的应找个拿工资的，嫁过去不过苦日子了。”尹大婶立刻就戗上了说：“你这死老头子，你长点儿记性吧，前时不是介绍个教师嘛！怎么来着，人家嫌我是瘫子，嫌咱秀兰文化低！”尹长贵再也不吱声了。

几天以后，尹长贵和老伴又唠起了秀兰的婚事，想必尹大叔已打听了张家的底细。尹长贵说：“张春来是张木匠张传彰的三儿子，大儿子张春福生了四个孩子，一家六口去了东北。二儿子张春运被招做了上门女婿。张传彰‘大跃进’时在水库工地干木匠活儿，从架子上掉下来摔死了，上边说是工伤事故，要求生产队给补一份工分，自打实行生产责任制，生产队一点儿集体积蓄也没有，这项补助从此就没有了。眼下娘儿俩过得紧紧巴巴，房子还是老房子，你说秀兰嫁过去不得接着受苦啊？这春来虽有一手好手艺，可到底还是出苦力的。”

这一回秀兰说话了：“爹！庄户人哪个不凭力气吃饭哪，我不图人家万千财富，只图他品行好，有力气，凭自己的力气挣来的心里才踏实。”

尹长贵说：“看来你丫头是铁了心啦!”

尹秀兰害羞地笑笑说：“爹！你就相信你闺女的眼力吧!”“那好，咱就托媒人提亲!”尹长贵还是有些不情愿。

张家聘的保媒还没出门，尹家聘的保媒就已经到了。两位保媒互递了帖子，一看春来、秀兰的生辰八字，一合计，嘿！上等婚！当下把张大娘给乐的，直呼阿弥陀佛！这真是祖上积德呀！

张大娘让春来骑车到镇上置办酒菜，款待两位保媒，又请来村里德高望重的李三叔、张五爷作陪，也好做个见证。张五爷八十多岁，是张家长辈，张大娘躬称老叔。李三叔七十多岁，是村里头号人物，新中国成立后一直就是村里的掌舵人，张大娘对其十分恭敬。两位老人请两位保媒上座，两位保媒急忙谦让：“不敢，不敢，到啥时候那座都是二老的，晚生甘愿奉陪!”张大娘在一旁伺候着。

酒过三巡，张五爷、李三叔少不了发表高论。张五爷慢悠悠地说：“传彰媳妇寡妇失业二十多年，实属不易，吃苦耐劳勤俭持家，守本分、懂规矩，操持儿子成家立业，使传彰一支子嗣满堂，后继有人，为族人立了榜样，是咱张家的福分哪!”

张大娘高兴得合不拢嘴，泪花在眼圈里直打转，非常激动地说：“全凭您老支撑着，俺娘儿几个才熬到今天，托祖上的福，托祖上的福啊!”说着眼泪哗哗地流了下来。

李三叔慢条斯理地开了腔，说：“传彰在世时，讲人品、讲技能，没人能比，邻里乡亲夸人好，上级领导夸能干，几个后生又随了他爹，都是好样的，忠厚传家，忠厚传家呀!”

这几年靠张春来干木匠活儿，每个月都能拿回来几十元钱，张大娘省吃俭用积攒着，也有了一点儿积蓄，没几天张家做好了准备，两家一合计就下了聘礼。尹秀兰也来婆家认了门，街坊邻居都夸尹秀兰人长得俊俏利落大方，性子爽直。张大娘命好，摊上这么个好儿媳妇。张大娘真是又忙又喜。

紧接着就准备迎娶媳妇。张春来干木匠活儿这几年，没少干邻里乡亲的活儿，为了不影响公家的活儿，邻居的零活儿都是晚上加班干。今天李家做几个板凳，明儿王家做一张桌子，做床的、做门窗的，这家干完那家干。几年下来，春来干的活儿不计其数，并且从来都是分文不取，最多喝杯茶，连人家一顿饭也没吃过。这回一听说春来准备娶媳妇，乡亲们一起拥了过来，有的送来了木料，有的送来了钱，有的直接用拖拉机送来了石料，都说春来娶媳妇是件大喜事，一定要把房子修缮一下，要求张大娘一定要盖两间配房，不能太寒碜。在大伙的帮助下，春来又盖了两间厨房，把三间堂屋换了新的檐瓦背草，让人看着打心里舒服。春来又用乡亲们送来的木料做了几件时新家具，张大娘高兴地说："俺一家子真是吃百家饭，托万家福啊！"

正月十六是黄道吉日，张春来热热闹闹、风风光光地把媳妇娶进了门，全村人像过大年一样前来贺喜。

小两口儿婚后生活甜甜蜜蜜，日子过得红红火火。人说当年媳妇当年孩儿。刚一入冬，尹秀兰就生下个大胖小子，取名大柱。张大娘解释说，希望这孩子今后是俺张家的顶梁柱。春来、秀兰小两口儿铆足了劲儿奔日子，春来说一定要建几间宽敞明亮的大瓦房，让娘过几年好日子，让秀兰娘儿俩住上好房子。春来的木工手艺十里八乡出了名，他不断到外面承包木工活儿。几亩责任田由秀兰打理，张大娘做饭看孩子，一家人日子过得有滋有味。

转眼间大柱三岁了，孩子长得结实聪明，人见人爱。幸运之神又一次降临到张家，尹秀兰又生下一大胖小子，长得跟大柱一模一样，真是喜坏了张大娘，她给孩子取名二柱。张春来心里美滋滋的。趴在床边给秀兰理头发，深情地望着秀兰，真诚地说："秀兰，你为俺张家立了大功了！"尹秀兰抓住春来的手说："净胡说，女人生孩子天经地义，说不上立功不立功，我要把两个孩子培养成大学生，让他们都有文化做大事，那才是立功呢！""对、对，还是你有理想有见识！"秀兰又说，"你看咱儿子，个个都是大脑袋宽脑门，将来肯定有出息。"春来忙接上说："有道理，有道理，我也希望他们都有出息。"

老百姓的日子大概就是这样，年复一年，日复一日，秋来暑往，冬去春来，守着家里，望着田里，数日出月落，忙播撒收晒，期盼年景，憧憬未来，满怀信心向前奔。光阴荏苒，转眼间大柱长到五岁，二柱也已两岁，孩子长得特别招人喜欢。张家的日子宁静祥和，一步一个脚印，一年一个台阶。张春来骑着摩托车早出晚归在外承包木工活儿，一年下来能拿两三万元回家。尹秀兰种着七亩责任田，岭地坡地种花生地瓜，平原地种小麦、苞米。家里张大娘帮着养猪养鸡，一年下来能挣五六千。几年下来，尹秀兰存下了七八万元钱，准备明年造五间大瓦房，地方已经选好，村里已经批准了。

秋天到了，庄稼人又迎来了一个丰收年，全村人都没白没黑地在地里收拾庄稼。尹秀兰种的三亩花生长势喜人，估计光花生也能挣四五千元，圈里还有三头肥猪，今年少说也能挣七八千元。充满希望的日子，让尹秀兰一天到晚有使不完的劲。张春来每天天不黑不回家，一回来总要先在两个熟睡的儿子脸上亲两口。

然而天有不测风云。正当张家铆足了劲奔日子的时候，没有任何征兆，灾难悄然逼近了。这天下午，张大娘哄着二柱睡午觉，大柱在院子里玩，小家伙一天到晚在院子里不停地挖土和泥，张大娘没理会。一眨眼已到了下午三点多钟，张大娘听不见大柱动静，就出来喊了两嗓子："大柱！大柱！"孩子没有应声。张大娘出了大门扯开嗓子喊："大柱！大柱！"仍没有应声。张大娘房前屋后都找遍了，没见大柱的影子，急出了一头汗。她回家锁上门，又到村里巷子的旮旮旯旯都找了个遍，还是不见大柱，张大娘慌了神儿，着人叫秀兰赶快回家。

尹秀兰丢下地里的活儿跑了回来，听说大柱不见了，一下就急出了汗，扯开嗓子到处喊："大柱！大柱——"

大柱不见了的消息很快传遍了全村，在地里收庄稼的人们都跑了回来，帮着张家找孩子。大家散开人马漫山遍野地喊："大柱！大柱——"一直找到天黑也没找到大柱。

天黑的时候张春来回来了，一听说大柱丢了，他一下就瘫在了地上，惊出了一身的汗。尹秀兰、张大娘放声大哭。全村人都来了。张五爷、李三叔也来了，两位老人都劝："别再哭了，没有用的，孩子丢了赶快想办法找孩子吧！”大伙你一言我一语，说：“山上岭上都找遍了，沟里水塘里也都找了，没见孩子的影子。”这时有人提议赶快报案吧，说不定是人贩子造的孽。张五爷、李三叔也都说：“事到如今，只能如此了。”当下派了两个小伙子和张春来一起到派出所报了案。派出所非常重视，又立刻向县公安局报了案。一天、两天、三天，一个星期过去了，没有大柱的消息。半个月过去了还是没有大柱的消息。张春来一家如坠深渊，从此没了生机。

张春来再也待不住了，他叫秀兰把钱全给他取出来：“我要去找儿子，哪怕找遍天涯海角我也要把儿子找回来，生要见人死要见尸。”

第二天，他背着行李卷儿出门了，从此踏上了茫茫寻子之路。他到县城打印了一千份寻人启事，把大柱的照片贴在上面，走到哪里贴到哪里，逢人就问。他幻想，说不定走到哪个地方，突然就能看见儿子了。他幻想着，鼓励着自己。他说不准多长时间才吃一顿饭。先是到了济南、青岛、烟台，然后又去了大连、沈阳、长春、哈尔滨，又返回来到了北京。他在天安门广场伫立了很久，他原本就打算要带两个儿子和秀兰来天安门广场，这是他日夜想念的地方，一家人在这里照个全家福，给两个儿子留个纪念。现在儿子没了，给他留下了永远的遗憾。他举目远眺，湛蓝的天空，猎猎飘扬的五星红旗，雄伟的天安门城楼，毛主席他老人家慈祥的面容，这一切都是那么美好。老天爷呀！你能告诉我吗？我到底做错了什么？我天真幼稚的儿子，为什么不声不响地离我而去？为什么呀？他蹲下来抱着头失声痛哭，他无法接受这个现实，他不相信自己欢蹦乱跳的儿子会从此在这个地球上消失。第二天他又乘上了南下的火车。

在杭州西湖，在湖边他坐了整整一天，他渴望能有一个人领着儿子大柱从他面前经过，这时他会立刻跪下来求人把儿子还给他。过往的人很多，有带孩子的，有没带孩子的，他始终没看到自己儿子的影子。在杭州他停留了一个多星期，每天他都要到西湖去，一坐就是一天。有一天，他混混沌沌来到一个地方，也不知是何所在，一看上边供着观音菩萨，他跪倒就拜，一边磕头一边祷告：“大慈大悲的观音菩萨，你救救我吧！如果是我做错了什么请你告诉我。我来到这个世上活了二十八年，没有做对不起良心的事，我愿意用我的生命换回我儿子。救苦救难的观音菩萨，你可怜可怜我吧！”张春来泪流满面趴在地上久久不肯起来。

在上海外滩，张春来每天在那里徘徊。他注视着过往行人。站在黄浦江边，一站就是一天。看着滚滚江水，他真想一头扎下去，可理智告诉他不能那么做，说不定什么时候就会有大柱的消息。家里的二柱、秀兰还有娘都在眼巴巴地盼着大柱出现的好消息。他觉得对不起娘，对不起秀兰，对不起二柱。他还在娘怀里抱着的时候，爹就死了，娘千辛万苦养大了他不容易。他曾答应秀兰让她过上好日子的，还有不懂事的二柱，他死了解脱了，可他们怎么办呢？他非常后悔，不该拼命在外边干活儿，把家里的一切都扔给秀兰，秀兰和娘都太累了。

在广州火车站广场，在海珠广场和珠江岸边，他在注视着一拨一拨过往的人群，他渴望看见大柱的影子。在广州火车站广场，他呆呆地坐了半个多月。他已经好久没理发了，头发已经遮住了他的面容和耳朵，衣服又破又脏，这些他都顾不上。已是大年三十晚上了，是人们吃年夜饭的时刻。市区不断传来阵阵鞭炮声。一位年轻的警察走近了他，把他请到警务室，试探着问："大哥，你有什么事能跟我说说吗？你在这里待了半个月了，你肯定有事，我能帮你吗？"张春来立刻跪倒在地呜咽着说："我——我儿子没了，求你帮帮我吧！"年轻的警察把他扶起来，说："大哥，你慢慢说，你是哪里人？怎么到这里来了？"张春来喝了一口警察递过来的水，稳定了一下情绪，把儿子丢失前前后后的事跟警察说了一遍。警察打开了电脑，点击了公安网站，并找到大柱丢失的消息，上面配发了大柱的照片，他说："大哥你看，公安部对你丢失孩子的事情非常重视，一年前就向全国通报，一旦发现孩子的踪迹，就会立刻通知你和你的家人，我劝你还是回家吧。今天是除夕之夜，家里还有老婆孩子和老人，他们都在盼你回家团圆。再说你这样找孩子，茫茫人海，没有目标，没有线索，哪里去找啊。你这就等于大海里捞针啊！"张春来直点头。警察又说，"今晚我们几个和你一起吃顿年夜饭，我给你办好回家的一切手续，两天以后，你就可以到家了！"张春来忙掏出仅剩的几块钱交给警察。警察说："这钱你留着，我们会为你办好一切的，你放心吧！"不一会儿另一位年轻的警察端来了丰盛的年夜饭，给几个杯子斟满了酒，年轻警察端起杯子递在张春来手上，说：“大哥！咱们一起吃年夜饭，我们大家祝福你和你的家人，我们已经和蒙源县公安局取得了联系，他们会派人去车站接你的，你放心吧！”张春来端着酒杯的手不断抖动着，两行热泪流了下来。当夜他乘上了北上的火车。

大年初二上午，蒙源县公安局派专车把张春来送到了凤凰岭村，车开到张春来家大门口。早已在那里等候的大河乡派出所民警和众多乡亲都围了上来。当警察把张春来扶下车时，大伙谁也认不出这就是原本朝气蓬勃结实帅气的张春来了。他长长的头发，破烂的衣裳，完全是一个流浪街头的乞丐。尹秀兰跑上前来，拂开春来又长又脏的头发，她看到离家一年的丈夫面黄肌瘦，无精打采，完全变了一个人。她悲痛欲绝地抱着丈夫失声痛哭。张大娘也挤了进来，把二柱推到春来面前，一家人抱在一起哭声一片。张大娘抚摸着自己的儿子，颤颤巍巍地说：“儿啊，是娘对不起你，娘没看好孩子！”张春来喊了一声：“娘——”放声大哭。

张大娘这一年多来，一刻也没安生过，她陷入了深深的自责之中，认为大柱丢失是自己的错。她想孙子，想儿子，经常三更半夜跑到山上，趴在丈夫坟头上放声大哭。每次都是秀兰把她扶回来，六十多岁的人像是七八十岁的人，一年之间头发全白了。尹秀兰从来没有对婆婆说过一句埋怨的话，她经常安慰婆婆说：“娘！这不是你的错，是咱的命！”其实这一年多来秀兰更是寝食难安，儿子没了，丈夫走了，她要伺候病恹恹的婆婆，照顾不懂事的二柱，还要打理责任田。她想儿子，担心丈夫，经常整夜整夜地哭，面容憔悴的她，人已瘦了一圈，已失去了往日的风采。今日丈夫活着回来了，她又悲又喜，趴在地上给警察磕头，感谢警察把丈夫送回来。警察赶忙把她扶起来，安慰道：“大嫂，好好过日子吧，我们一起努力替你找儿子，你放心吧！”尹秀兰泪流满面直说：“谢谢！谢谢！”

张春来在家躺了三个多月，尹秀兰和张大娘悉心照顾，他的健康状况有了好转，有时和秀兰一起去责任田干活儿，但是大柱丢失的阴影仍然挥之不去，他神情呆滞，见了村里人好像不认识，走起路来跌跌撞撞，摇摇晃晃，默默不语。乡亲们都为张春来揪心，大伙对尹秀兰说：“春来光这样在家里待着也不是办法，还是去医院治病吧！”秀兰只是摇头落泪，什么也不说，其实秀兰也很着急，她也很想让自己的丈夫尽快好起来，她想带他去看大夫，让大夫说说到底是什么状况，可她手里现在没有钱了，她知道自己丈夫主要是心病。其实她也快支撑不住了，这日子到底还能撑几天呀？熬一天算一天吧，尹秀兰强打精神。她心里明白，如果有一天我也倒下了，这个家就算真的完了，我的二柱咋办呀？他长得活泼可爱结结实实，就算为了二柱，我也要好好地活着，可怜我的婆婆守寡一辈子，受尽了磨难，刚刚看到好日子，又让老天爷给毁了。只要我还活着，我就要好好伺候婆婆，要当亲娘一样孝顺她，尹秀兰这样想着，眼泪哗哗地流了下来。

眼瞅着就要开镰收麦子了。麦田一片金黄，尹秀兰种的三亩麦子长势很好，她扶着春来站在麦田地头抚摸着要收割的麦子，心情舒展了许多。今天春来精神挺好，对秀兰说：“回家收拾一下手扶拖拉机，收割完了拉到场院去晾晒。”秀兰说：“就依你！四铁匠兄弟、他五哥都说帮咱的，你跟我做个伴就行，你身子虚别累着。”春来说：“我能行，你放心吧！”

第二天早上，天刚一放亮，张春来就起了床，他给手扶拖拉机加满了油，又去磨了两把镰刀，然后又到大门外拾掇场院。大门外的场院有半亩地那么大，虽比不得水泥地面，但由于长期碾压，既平整光滑，又干燥干净，既朝阳，又宽敞通风，是周围邻居夏秋两季打场晒粮的好地方。由于张春来的大门正对着场院，所以每年都是春来收拾打扫。他把场院周围的杂物、乱石都搬到一边，然后又用扫帚打扫得干干净净。等他打扫完了场院，秀兰已做好了饭，叫他快去吃饭。张大娘也已起床，忙着为二柱准备吃的。

还不到六点，张春来就把拖拉机开到了地头，尹秀兰从车上下来，她随手带着茶水罐和煎饼，准备中午就在地里吃，光让春来回家吃。她对春来说：“咱要尽快割完，把麦子拉到场院先晾晒着，今年地里墒情好，土壤湿润，要尽快把苞米种子播下去，农时误不得，种完了苞米再打场也晚不了。”春来说：“是这个理儿，就依你！”

春来扯了一下秀兰的衣服说：“柱儿娘，这几年我不该把地里的活儿全扔给你，你很累！今年有我在，你不用拼命干。”

秀兰说：“你呀！净胡说，你把地里的活儿扔给我，也不是在外面玩儿，起早贪黑在外边干，也挺累的，也是为了这个家。再说我一个农家院里的女人，没那么娇贵，累不着，有你在我心里踏实。你不用拼命干，你身子还虚。你的腰不顶劲，一会儿你只管装车吧！”

两个人开始割麦子，秀兰割得非常快，并且割得也干净。割了一会儿，张春来替秀兰打捆，临近中午的时候，两个人已割完了一亩。

秀兰说：“照这样割，一天半咱就可以割完，等咱割完了，我理应帮邻居们割个一天半天的，人家没少帮咱。”

春来说：“应该的。”

吃中午饭的时候，秀兰帮春来装好了车，她对春来说：“你吃了中午饭在家躺一会儿，别急着回来。我吃了饭接着割，你不用操心。”

春来答应着开车走了，等下午两点钟春来开着拖拉机回来时，秀兰已割完了一亩半，她帮着春来装好了车打发春来走了，又急着去割另一块地。

张春来开着拖拉机穿过公路向村里走，当离桥还有十米远的时候，他猛然间看见村口的老银杏树下蹲着一个孩子在挖土，正是大柱，他用手揉了一下眼再一看什么也没有。他眨了一下眼，分明看见蹲在那里的孩子真真切切就是大柱，他从车上站起来，用劲大喊一声：“大柱——！”失去控制的手扶拖拉机猛地向桥下冲去。同时驾着手扶拖拉机从对面开来的四铁匠杨永顺看清了这里发生的一切。他赶快停了车，扯开嗓子向村里喊：“快来人哪！出大事了！快来人哪！出大事了——！”听见喊声的人们从四面八方向这儿跑，只两三分钟，十几个人赶到了。

杨永顺叫小五子赶快去叫秀兰来，春来出事了！小五子应声向麦田跑去。

杨永顺招呼人们赶快抬车，装满麦子的车正好压在春来身上，十几个人一起用劲把车斗抬起来，一看张春来口鼻出血已经断了气了。杨永顺抱着春来一个劲儿地喊：“春来！春来！你不能死，你不能死啊！老天爷啊！这是为什么呀？”杨永顺放声大哭。二十九岁的张春来，一眨眼工夫就这么走了。

张春来和杨永顺是从小的好伙伴、好朋友，感情一直很好。可他们却一个学了木匠，一个学了铁匠，春来大永顺一岁，永顺称其为三哥。这几年春来没白没黑地在外边干木工活儿，家里经常由永顺照应着。永顺家有什么木工活儿，春来也全包下来。村里人都说三木匠四铁匠，不是兄弟胜似兄弟。

杨永顺几个把春来抬到场院，找了一块木板把春来放在上面，尹秀兰气喘吁吁跑到了，她一看丈夫已经断气了，趴在他身上放声大哭："柱儿爹！柱儿爹呀！——你怎么就走了啦！啊……"尹秀兰悲痛欲绝，哭声撕心裂肺，震撼了整个山村，听到哭声的人们放下手里的活儿都围了过来。张大娘趴在儿子身上一个劲儿地哭："儿啊！儿啊……是娘对不住你啊！"张五爷颤颤巍巍地来了。他蹲下来抚摸着张春来的脸，老泪纵横："春来啊春来，你是个好孩子，老天爷咋就容不下你呀……"场院上聚集着二三百人都在痛哭，悲伤弥漫了整个山村。

第三章　艰难度日

尹秀兰背着满满一筐柴火，走到小卖部门口，把柴筐放下来，她满脸都是汗，想坐下歇会儿。

五子媳妇急忙迎出来说：“婶子，咋才回来呀，柱儿兄弟回来了，在我这里喝了水，这会儿正在家。”

“啥时候啊？”尹秀兰问。

五子媳妇说：“才刚一个时辰。”

尹秀兰说：“那我不歇了，他怕是饿了，我得赶紧做饭给他吃去。”说着背起柴火筐向家里走去。

二柱正坐在行李卷上剥花生吃，看娘进门忙迎了上去，连声地喊：“娘，娘……”他把娘的柴筐接了下来，“我知道你在山上，没去找你。”

尹秀兰说：“我这不回来了嘛。”

二柱站在娘跟前一个劲儿地喊：“娘！娘……”

尹秀兰上上下下打量着二柱，说：“柱儿啊，你咋又黑又瘦啊！”说着眼泪扑簌扑簌淌下来。

二柱劝娘说：“娘，没事的，这些日子活儿不累。”

尹秀兰说：“柱儿啊，让你遭罪了。”

二柱忙着替娘擦眼泪说：“娘，你别哭，我这不好好的吗？我能行，你放心吧！”说着二柱眼圈也红了。

尹秀兰把门打开，二柱把行李卷提到屋里，从行李卷里拿出钱交给娘，说："这是我的工钱两千元。"他边说边从衣袋里又拿出一些零钱说，"这是我坐车剩下的。"说着都交给了娘。

二柱扶娘坐下，对娘说："娘，我干了四个月零二十天，应该是两千八百元，工头说每个人扣一个月工资，春节后再发一分不少。我先支了一百元买衣服，还买了两本书，回来买车票又破开一百元，共发了两千一百元。"他边说边把《食用菌栽培技术》拿给娘看，说，"娘，你看，这食用菌技术咱也干得，等有了本钱咱就干，娘你放心吧，我能行。"

尹秀兰看着儿子兴致勃勃的样子，擦擦眼泪点点头笑了，说："柱儿啊，你饿了，你等着，娘做饭给你吃，煮点儿面条吧，放两个鸡蛋!"

二柱说："娘，我跟你一起吃吧。"

尹秀兰用个小竹筐盛了面条和鸡蛋，拿到院子里，把小炉灶生着了火。二柱一直跟在娘身后，他替娘拿了柴火向炉膛里添。尹秀兰把锅刷了一遍，向锅里放了油和葱姜，把暖瓶的水倒了一些进去，先打了俩鸡蛋，然后放进了面条。

二柱边烧火边跟娘说话："娘，没给你买好吃的，崔二叔说咱庄户人不在外面买吃的。如今农村什么也不缺，不缺吃不缺喝，不花那冤枉钱，我想也是。"

尹秀兰说："你二叔说的对，咱不花那钱，明儿娘包饺子给你吃。"

二柱很高兴地说："娘包的饺子比外边的香。娘，过了年，我再挣了钱给你买件好看的衣服，北埠百货大楼有很多漂亮衣服，娘穿了一定好看。"

尹秀兰不高兴了，说："净胡说，娘可不穿那些衣服，咱庄户人有吃有穿就行了，怎就讲上漂亮不漂亮了，咱不兴那个。等你挣足了钱，先把债还了，拖个一年两年，娘还是想让你上学，不上学终归出息不了，你说是不是这个理儿?"

二柱笑笑说："就依娘说的，先把债还清了。"说着面条已经煮好了，二柱拿来碗，娘盛了饭，娘儿俩一起进屋吃饭。

自从春来走了以后，尹秀兰的日子一年比一年艰难，可她从来没动摇过，一直就这么守着熬着。在她心里婆婆就是她的依靠，儿子就是她的希望。婆婆也是三十多岁守寡，守住三个儿子，不也熬过来了吗？这是老天爷赏给我的命，我就认这命。我生是张家的人，死是张家的鬼，这个念想到死也不改变。这期间有人给她介绍过条件不错的人家，让她带着婆婆、儿子嫁过去，她都谢绝了。有人找上门来想帮她过日子，并答应给她盖新房，帮着养老人、养儿子她也不愿意。她常跟人说："我不想让娘和儿子过寄人篱下的日子。我就这想法，再苦再难我能受。"刚丢了儿子，死了丈夫的时候，她的心像被掏空了，也不想活了。老天爷呀！你咋这么狠哪，干脆我这命也给了你吧！可她看着可怜的婆婆，不懂事的儿子，心想，为了他们我也得活着，哪一天老天爷来索命，那你就拿去，我不稀罕。只要我还活着，我就种粮吃饭，给婆婆儿子弄饭吃。她常跟人说："我男人虽然没了，不能跟我说话了，但我觉得他的灵魂时时都在跟着我保护着我。小时候跟他一起上学，一起走路，一起过桥，他总是喊：秀兰别怕！一边喊一边跑过来扶我过河，只要听见春来哥一声喊，我的心哪，比什么时候都踏实。"

你说她拗就拗吧，反正她的每一个信念都是坚定的，儿子丢了以后，她常对春来说："冥冥之中似乎有人告诉我咱儿子还活着，只要咱儿子还活着，迟早有一天他会来找咱。"就是这冥冥一念，始终坚定着她的心，她盼着儿子回来的那一天。

老话说：寡妇门前是非多。尹秀兰同样也逃不过，可她就不信那个邪，她说："白的黑不了，黑的白不了，身正不怕影子斜，谁愿意嚼舌头就让她嚼去吧，只要我还有一丝力气，我就要为我男人、为我婆婆、为我儿子好好活着。"可尹秀兰活得艰难哪，她毕竟是个妇道人家，一天到晚打理着几亩责任田，小事情你可以不求人自己扛着，可有些事情你不求人也得求。

有一次婆婆病了，脸黄黄的直冒汗，连水也不喝，秀兰急了，得去县医院，怎么办呢？她去找张五子，五子不在家出门干活儿去了，没办法只得去找四铁匠杨永顺。秀兰知道永顺媳妇王金兰不是省油的灯，可硬着头皮也得去。一进门看见杨永顺正开着红炉加工铁件，秀兰说："四兄弟，我娘病了，请你帮个忙送到医院去，可要耽误你干活儿了。”

杨永顺忙说：“活儿不要紧，还是治病要紧。”

王金兰摇着轮椅从屋里出来说：“呦！是秀兰嫂子，你可从来不敢进我家门呀？啥事呀？”

秀兰笑笑说：“啊！妹子，我娘病了，这不来求兄弟帮忙送医院吗？”

王金兰怪声怪气地说：“呦，那可是件要紧的事，救人一命胜造七级浮屠！赶快去吧！”

四铁匠有点儿不耐烦了，说：“看你，一点子小事引出你这么多话！”

王金兰笑笑，不阴不阳地说：“我一个残疾人，就剩下一张嘴了，我要能去帮嫂子，还不稀罕你呢！你说是吧，嫂子？”尹秀兰只是笑笑，很尴尬不知说什么好。杨永顺收拾好摊子，加了一铲煤压上火和秀兰一起急急忙忙向外走，刚出了大门只听见王金兰故意提高了嗓门“哼”了一声。从那以后尹秀兰下决心学习开手扶拖拉机，让小五子教了几次，慢慢地就学会了，有时开着手扶拖拉机去地里收庄稼送肥，方便多了。她对五子媳妇说：“多亏五子教我，比用肩膀省力多了。”

五子媳妇说：“婶子，别自己开了，看着就害怕，还是让五子给你干去，自家婶子，应该的。”

尹秀兰说：“开始害怕，开几次就好了，五子多忙啊，家里外边一个人顶几个用，不好光使唤他，我慢慢来，你放心吧，他五嫂。”

儿子回来这几天，尹秀兰挺高兴的，她跟儿子说：“柱儿啊，今年过年咱可以还三千多元的债，我心里的包袱轻了不少。”二柱说：“娘，明年咱就还得差不多了，你别发愁，我再干一年差不多就能拿一万块钱回来，到时候咱把债全还清。”秀兰说：“儿啊，别打算。咱娘儿俩就这么向前走着，走一步看一步，你爹就是好打算，光想好不想孬，可这孬‘哐当’一声来了挡都挡不住，咱不打算啊！”二柱笑笑说：“娘说的是。”

按二柱的主意，把三千多块钱先还一家，一家一家地清，娘不同意。秀兰说：“咱欠这一万多元的债，是借六家的，人家嘴上不说，心里也在念叨，所以这三千多块钱每家都要还一点儿，就是一次还不清也要到人家里说一声，这是礼数，给人一句话，明年接着还，给人一个念想，你说是不是这个理儿?”二柱点点头说：“娘说的是，就依娘说的办。”秀兰又说：“咱圈里养的这头大肥猪，年前得卖了。我跟你四铁匠叔说好了，他说等腊月二十六就在村上宰杀。东邻西舍都来买，说能卖个八九百块钱。栏里还有十几只公鸡留下两只，其他都卖了，也能换一两百元。前些日子我还卖了些粮食、花生，也进了四五百元。这样折算下来，就凑一千多块钱，把你拿回来的这两千一起，年前把账还了。等腊月二十四送走了灶神爷，咱娘儿俩杀鸡、备肉到你奶奶和你爹的坟上去。”二柱非常专注地听着娘的这些安排，只说：“就依娘说的。”

腊月二十早饭刚过，张春运驾着摩托车回来，说是给爹娘上坟。秀兰和二柱娘儿俩很高兴，二柱一个劲儿地喊：“二大爷！二大爷！……”春运拉过二柱，把他揽在怀里又拍拍他肩膀说：“真是个好孩子!”说着眼圈就红了，然后又说，“弟妹，这些年难为你了。”说着拿出五百元钱，递给秀兰，秀兰坚决不接，忙推让：“二哥，你这就多意了，如今二柱在外边干活儿挣钱，俺娘儿俩过得去，你拖着一家子人不容易，这钱我不能要。”说着张春运动了感情，眼泪流下来说：“弟妹，这些年我对不起这个家，对不起娘，春来不争气早早地走了，苦了你们娘儿俩，这钱你要不收就怪罪你二哥了!”秀兰的眼泪哗哗地落下来，把钱接了过去说：“二哥，你心里的苦俺知道，娘从没怪罪过你。知道你不容易，七八口人全凭你支撑。三个孩子都要结婚成家，够难为你的。”然后又说，“二哥，你和二柱你爷儿俩先说着话，我去准备，让二柱陪你一起到娘坟上去。”

春运拿来一块猪肉足有五斤重，说是给秀兰娘儿俩过年吃。秀兰割下方方的一块，洗了放锅里，然后又麻利地宰杀了一只公鸡，洗干净放锅里与猪肉一起煮。她生着了火填好了柴，去五子媳妇的小卖部买了酒和纸。一个时辰后鸡和肉都煮好了，秀兰捞起来放盆里，又把浓浓的酱汁浇在上面。半个时辰后鸡和猪肉都凉透了。秀兰放进篮子里用包布遮盖好。十点半的时候秀兰催二柱陪着春运一起去上坟，临走又跟二哥说：“二哥，我在家做饭等你爷儿俩回来吃午饭。”春运说：“弟妹，我不吃中午饭了，挺麻烦的，三十多里路一下就到了。”秀兰说：“二哥，如今娘没了，这里到底是你的家，如果你连一口饭不吃就走，俺娘儿俩心里放不下。”春运只好说："那好吧。"

下午刚刚送走了张春运，五子媳妇又来叫："婶子，邮政上的人来了，说春福大叔有寄来的钱，让你签收。"尹秀兰娘儿俩闻声往外走，邮政上的人已站在大门口，说张春福寄来了五百元钱，上面写着尹秀兰的名字。秀兰娘儿俩好不感动。秀兰签了字按了手印，邮政人员给了她五百元钱，尹秀兰娘儿俩连声地说："谢谢！谢谢！"秀兰让二柱把钱先拿回家放起来，她与五子媳妇边唠嗑边往小卖部走。

五子媳妇说："大叔、二叔正格儿地应当把奶奶拉下的账还清，那才算有良心。如今寄了这点子钱，离还清债还差得远呢！生生地把柱儿兄弟的学给耽搁了。"尹秀兰说："他五嫂，快别这么说，大哥、二哥也是身不由己。先说二哥吧，谁愿意跨进别人门里过日子啊，如今拖上一大家子人，上有老下有小，他总不能迈出了这一步不迈下一步吧！眼下三个孩子都赶着要成家，都要他去支撑，你想想他有多难哪！就这样他还赶着给俺娘儿俩钱，可见他是有良心的。再说大哥，带一大家子去了东北，背井离乡在那里一待就是二十多年。我娘去世的时候，大哥回来有多少人都不认得他了，五十多岁头发全白了，像七十多岁的人。他不说咱也想得出，那都是让日子给逼的，将心比心吧！这回巴巴地又寄来了钱，我真是不忍心哪！"说着尹秀兰眼泪又哗哗地淌下来。五子媳妇劝着秀兰说："婶子，你说的都在理儿。可怜你这菩萨心肠，你娘儿俩的难处，他们也想得出，你别难过了，都会好起来的，这几年你的眼泪也快流干了。"说着五子媳妇也流下了眼泪。

腊月二十四日晚间，秀兰娘儿俩烧了纸点了香把灶神爷请了下来，让它带着纸钱一起升天，秀兰一边磕头，一边祈祷，请求灶神爷保佑，来年带好运，然后又让二柱跪下磕头。娘儿俩开始准备翌日到坟上祭奠用的物品，秀兰对二柱说："你奶奶走了头一年，要像模像样地去祭奠，可不能马虎。"二柱答应着："就依娘说的。"

第二天上午，尹秀兰准备了两只篮子，一只篮子里放上鸡和肉，油炸三样和点心，另一只篮子放了酒烟和馒头，让二柱挑上，娘儿俩一起向坟地走去。

尹秀兰把祭品摆放在婆婆、公公坟前，她把纸钱划开点着了，娘儿俩都跪下磕头。她跪在地上一边祭奠一边叙说："娘啊，你怎么就走了，这十几年都是你跟俺娘儿俩做伴，今儿又到大年了，你知道俺多想你吗?"秀兰一边叙说着眼泪哗哗地流下来，越叙说越伤心，号啕大哭起来。二柱跪在地上搂着娘的肩膀给娘擦眼泪，眼泪也哗哗地流下来。秀兰又说："娘，俺对不起你，这些年没让你过上好日子，净让你跟着俺受罪了。你跟俺说过，你这辈子也过了几年舒心的日子，就是俺跟春来结婚那几年，有了大柱和二柱，那几年你多高兴啊，整天乐呵呵的，俺看见心里也高兴。没承想，老天爷就降了灾难了，大柱没了，俺从没怪过你，那不是你的错，是老天爷给咱的命，咱就认这命吧！还有，大哥、二哥他们都是有良心的人，这些年你每时都在想他们俺知道。这世界哪有想骨肉分离的，你让他们走了自己的路，那也是没法子。春来活着的时候就跟俺说过，先盖五间大瓦房让娘住上，再盖五间大瓦房把二哥请回来，然后再盖五间大瓦房，把大哥也请回来，让你的子孙都围在你身边过好日子，那是多好的一件事啊！俺心里一百个同意，可春来不争气，他走了，俺一个女人家没有这本事，娘，你原谅俺吧！你看看你孙子吧！他已经长大了。娘和爹的在天之灵一定要保佑他平平安安，健健康康。"说着秀兰又哭了一阵，二柱在一旁直摇娘的肩膀说："娘，你别哭了，你不是说跟奶奶说说话嘛，你别哭了!"

尹秀兰又把祭品摆在丈夫坟前，把纸钱点着，跪下来磕头，让二柱也跪下磕头，秀兰坐在地上边烧纸钱边数落说："柱儿爹啊，咱儿子干了大半年的活儿，累得又瘦又黑，是俺不好，让儿子受罪，把学也耽搁了。咱儿子说，等还完了债再上学，他是个听话的孩子，他一准还会上学的，你放心吧！"秀兰一边数落一边眼泪直流，说，"柱儿爹啊，这些年你不再管俺了，可俺一点儿也没忘了你，小时候每当俺害怕的时候都是你牵着俺的手，你的在天之灵一定要保佑咱儿子。我觉得咱大柱一准还活着，他啥时候回来呀，我盼着那一天哪。"二柱搂着娘的肩膀给娘擦眼泪说："娘，你别哭了，咱回家吧！"秀兰凝望着儿子，轻轻抚摸着儿子的脸和头："可怜的儿子。"说着眼泪又流了下来。二柱深情地说："娘，我已经长大了，我不让你再受罪了。”娘儿俩紧紧地搂在了一起。

腊月二十六是宰猪的日子，四铁匠杨永顺一大早就来了，他叫上了张五子一起逮猪。杨永顺要把猪拉到白果树那儿去宰杀，架一口大锅，再扛一张桌子就行了。尹秀兰答应着又交代杨永顺说：“等收拾好了留下三块都是六斤的，我派用场。”杨永顺答应着。秀兰娘儿俩都不敢看，躲到屋里去了。

两个时辰以后，二柱就把三块猪肉拿回来了，秀兰告诉儿子说：“一块送到你四铁匠叔家去，他呀可怜咱孤儿寡母，时常伸手来帮咱，过年了总得还个人情，你去交给你婶子，说上一句客气话放下就走。第二块送给你五子哥家，一年到头娘没少使唤他，虽然是自家侄子也不能怠慢了他。第三块，等一会儿咱娘儿俩去一趟崔二叔家，再带几瓶酒，感谢他这半年多像对自己儿子一样照顾你。”二柱直点头说：“行，行，就依娘说的。”

今年春早，进了腊月二十四就立了春。今天天气特别好，一点儿风没有，万里无云，艳阳高照，照得人暖暖的。要出门了，总得梳洗一下，尹秀兰洗了把脸，梳了一下头，拿出了十几年前春来给她买的那件绿格格的褂子，虽然已经褪了色有些泛白，但是这是她最中意的一件衣服，她把褂子套在薄棉袄上，又换了一条黑裤子，换了一双干净鞋，显得干净利落。这些年秀兰没有顺心的日子，岁月的沧桑使她变老了许多，四十多岁像五十岁的，头发花白，脸上显得憔悴，身板依然单薄瘦弱，但仍能显出她的端庄和秀丽，永远齐肩的短发，走起路来仍显得飒爽。艰难的岁月，没有改变她的善良和坚忍。

崔二叔执意要留饭，秀兰娘儿俩拗不过，只好在那里吃了饭。崔二婶拉住秀兰的手说：“嫂子，人这命啊！是老天爷赏的，放宽了心奔日子吧，你看二柱，日后指定有出息，朝远里想！”尹秀兰只答应着：“是的，妹子，有这么多好心人帮衬着，你放心吧！”

尹秀兰娘儿俩走到白果树下，正好杨永顺、张五子收摊子，猪肉已卖完了，煮好的猪头下水剩下一盆。杨永顺说：“剩下这一点儿，正好留给柱儿吃，他一准喜欢。今天卖得顺利，村上人都来买，这猪是自个儿养的干净实在，一准比外边的好吃，这是八百六十元钱，嫂子收好。”秀兰接过钱，娘儿俩高兴的什么似的，秀兰说：“这猪头下水，柱儿也吃不了许多，你们两个累了一天了，一人一半拿回去，就着新鲜吃！”二人执意不要，秀兰说：“你们俩也不要叫我放不下，实实在在拿回去，我心里高兴。”两人说好吧！五子去小卖部拿了两个盆，当下一分为三，两人一人一盆，二柱拿了一盆，秀兰高兴地说：“这事办得圆圆满满的，我该咋谢谢你们呀！”杨永顺笑着说：“嫂子这话说远了。”五子也说：“这不就是自个儿的事嘛。”二柱跟着笑了。

大年初二辛云妹来看二柱，带来了老师的嘱托，云妹对二柱说：“能争取的条件老师都给你争取了，能免交的费用全部免交，如果你觉得跟不上这届，可跟下届，这学一定要上，你脑子聪明，就此搁下太可惜了。”云妹还说，“我给我爸说了你的情况，他让拿来两千元钱，我爸说如果你愿意，他把欠债都帮忙还上，一定要上学，不能误了前程。”二柱非常感谢云妹的一片诚意，说：“我娘是个要强的人，你和你爸的一片好意我和我娘心领了。其实我也不想让我娘从此背上沉重的包袱，也相信自己的能力，我向你保证再干一年，差不多把债还清了，一定还去上学，请你相信我！”尹秀兰拉着云妹的手有些感动，说：“姑娘，二柱说得对，你和你爸是一番好意，这两千元钱你还是拿回去，真到了需要你拉一把的时候，我会向你开口。”无奈，云妹只好把钱带上。二柱送走了云妹，心里不是滋味，自己暗下决心，一定要把债还清，然后再去复学。

第四章　工地受伤

开工已经三天了，应赴工的工人仍没到齐，一工盘有十五个人没到，二工盘有十三个人没到，为此王经理大发雷霆。两工盘的工头急得直挠脑袋，王经理问他们什么原因，两个人回答不出来。

这几天，省劳动厅与北埠区劳动局联合开展《劳动法》宣传月活动，一日三次广播《劳动法》和《劳动合同法》的内容。工地上不远处就安装一个高音喇叭，每到吃饭的时候，高音喇叭就开始广播。而且每个工棚门口都张贴了两大张《劳动法》和《劳动法合同法》的内容。工人们一边吃饭一边支着耳朵仔细听广播，听得非常专注。

二柱吃饭快，吃完了饭，就站在门口看《劳动法》的内容，碰巧被王工头看见，王工头没好气地吼了一声："二柱，就你认几个字是吗?"二柱吓了一跳，朝王工头笑了笑，没敢吭声，赶快走开了。听大人们私下嘀咕，没来赴工的人都到别的工地去了，王经理人太黑了，死死地压低工资不说，提供的生活条件也比其他地方差。没来的那些人，宁愿放弃一个月的工资，也要到其他工地去试一试。你想啊，一个月工资一千八百块，如果一个工值低了十块，一年下来就是三千多块。至于吃得好赖，庄户人倒不是太在意，吃饱肚子就行，可在这里干活儿憋一肚子气太不值。看来人们对王经理已经失去起码的信任。还好，王工头传来了王经理的话，今年开始实施计件工资，谁干得快、干得好，自然拿的钱就多，生活每星期改善一次，吃鸡或者排骨什么的。工人们情绪好了些，好多人嘴上不说，暗地里挤眉弄眼，这表示他们对王经理的话半信半疑。

因为少了十几个工人，所以工头每天都要催进度。由于实行计件工资，工头每天都要规定必须完成的进度。大师傅们砌墙的速度快了，小工备料自然要辛苦，二柱感觉非常吃力，一天下来，浑身像散了架似的。大师傅也都累得哼哼唧唧，可钱也拿多了，大师傅们一天拿七八十块，小工也拿到三四十块。每天晚饭后，王工头都要加班核算一天的工值，每天下了班，王工头都要挨个儿去测量工作量，每个人记一个数，并且要非常翔实，有一点儿差错都不行，这关系到每个人的收入。每天晚上核算完了都要上报会计。工人们少不了要去问自己今天的收入，都围在王工头周围，你一言我一语，王工头心里烦，气不打一处来，突然吼了一嗓子："滚！都滚到一边去！有了结果我自然告诉你们。"工人们很没趣地撤到一边。

张二柱从不向那边靠，所以那边发生了什么，他也一概不关心，他只躲在电灯下看书。他在家的时候，辛云妹送来了有关的学习资料，让他不要放弃学习，自己先学着，将来一旦复学，肯定会对学习有帮助，二柱一直点头答应着。他非常理解云妹的苦心，这几天他一直在看数学，一章一节地看，跟着就是一个练习，云妹给他准备了习题解答，二柱看得很认真，每道练习题自己都做几遍，实在弄不通的他就记下来。他最发愁的就是英语，云妹正给他准备英语学习机，磁带与课本是同步的，说办好了就给他寄来，二柱一一答应着。至于其他各门课，认真看就行了，自己完全可以自学，有关的辅导资料，都是云妹给他准备的。这些日子二柱白天要应付繁重的体力劳动，晚上就趴在灯下学习三四个小时，到了十点多工头喊熄灯了，他才不得不把灯熄灭。

这段时间二柱还是沾了王工头的光，由于每天晚上要核算的关系，王工头一直要算到十点半，即使工人们都睡下了，他也要在灯下核算，这样他就一直亮着灯，二柱躲在这一头在灯下学习，王工头顾不上喊熄灯，一直到他核算完了，才喊熄灯。为了恢复体力，吃了晚饭以后，趁大家还在玩的时候，二柱先睡上一会儿，有时半小时，有时一小时。等大伙准备睡觉时，他才起来看书学习，这样他既恢复了体力，又不受其他人干扰，他打了个时间差，觉得这样比较合理。

有时崔二叔告诉他说：“二柱，学习很要紧，但是也要注意休息，不然天天这样熬，你会顶不住的。”

二柱笑笑说：“你放心吧二叔，我觉得太累了就不学了。”

二柱每天都很辛苦，但他仍然坚持学习，他觉得自己心里很踏实，他始终觉得云妹就好像站在身后。他知道，他这样坚持学习，虽然是云妹所希望的，但是他也并不是完全为了云妹，有时他脑海里会冒出许多奇怪的想法。他知道云妹非常喜欢他，他也喜欢云妹，云妹千方百计帮他，他心里也一直想着云妹，难道这就是爱情吗？可我们之间从来没有谈情说爱呀！比如“我爱你”这三个字，打死我也说不出口。有时他觉得自己很可笑，云妹将来会成为我媳妇吗？不可能，她家里很富有，她爸是个大老板，开着工厂，城里还有商店，我家里那么穷，连上学的钱都拿不出来。云妹很刻苦，一定能考上大学，我将来会怎样，连想都不敢想，还是娘说得对，走一步看一步吧！别胡思乱想了。不过云妹确实是个好女孩，她很朴实，家里富有从不炫耀，穿的吃的都很普通，班上同学都不知道她家里富有，她对人真诚性格直爽，这一点有点儿像我娘，要说长的模样吗？挺好看的，端端正正、斯斯文文，哎呀什么呀，乱七八糟，不想了不想了！反正她不会成为我媳妇。二柱有时痴痴地想，想一会儿就烦，这不是自寻烦恼嘛，真是不理智，干吗这样？后来他学聪明了，想学就学一会儿，不想学就拿出小说看一会儿，再没心情就到外边站一会儿，或倒头就睡。有时也想，王展这家伙咋不来约我去网吧了，如果他还来叫，干脆再去玩儿一次。自己去，恐怕不好跟崔二叔解释，再说这些日子太累了。有一天，无意间听王工头说，常来的那个王展走了，因为不好好干活儿，哪个班都不要他，王经理狠狠地训了他一顿，他一气之下卷行李走人，不干了。他这样胡思乱想着，不一会儿就睡着了。

这些日子，师傅们只要在一起闲聊，大都是关于《劳动法》的事，他们大多数没文化，但是《劳动法》的基本内容，他们多少知道一些，他们知道二柱有文化，但是二柱从不参与他们的讨论，在师傅们眼里二柱就是一个对任何人都客客气气、规规矩矩讨人喜欢的孩子，要向二柱提问题，他们觉得中间还隔着崔二叔，所以师傅们从来不向二柱打听。这天晚上，师傅们又在一起闲聊，电工小张说："听说别的工地都签了《劳动用工合同》，还办理了养老保险，不知咱这里怎么打算。"另一师傅接着说："听说王经理也参加了会，可到现在连一个字都没提，不知道葫芦里装的什么药。"崔二叔接着说："现如今哪，党中央的政策，哪一条哪一款都是给咱老百姓送好处的，可这好处真要送到家门口，还得走很长一段路。你们也不用担心着急，放心地等着，该给咱的谁也抢不走，不该给咱的想争也争不来。如果周围工地都办了，你想光他一家抗也抗不过去，你说是不是这个理儿？"大家一致赞成说："说的也是。"

天气越来越暖和，干活儿的时候二柱把防寒服脱了，还是直冒汗，春天昼夜温差大，早晚还挺凉，可干起活儿来真想把衣服全扒下来。崔二叔告诉二柱："不要把衣服一下全脱光，老话说得好，捂春晾秋，早晚天气凉，不要晾着，容易感冒。"二柱答应着，一停下来感觉有点儿凉，就赶快把衣服披上。

第二天要封顶浇注，王工头提前一天就跟大家打招呼，告诉大家要鼓足劲一气呵成，争取一个工作日完成。大伙都说："别说少了十几个人，就是原来那么多人，一口气干完也够爷们儿受的，只怕要十几个小时。"王工头有点儿不耐烦："要你们说该怎么办？这是老规矩浇注要一气呵成，还用我再说吗？嫌人少，有本事你们请去！"大伙不服气一起嚷嚷："你这话扯远了，请人的事与俺这些干活儿的搭得上吗？"王工头不吭声了。

封顶浇注的任务比平时任何时候都艰巨，不仅工作量大，难度也大。这几天二柱受了风寒，不想吃东西，崔二叔告诉二柱："不想吃也要坚持吃，不然干起浇注这活儿你会顶不住的。"二柱坚持着吃下两个馒头。他安慰二叔说："放心吧二叔，我能行。"

浇注这一天，工头叫得特别早，刚到六点王工头就叫起床吃饭，连吃饭加准备六点半搅拌机就开始转起来。因为今天是浇注，不管大工小工一起上，这样推车的人也增加了三人。但二柱那辆车仍由二柱推，二柱暗下决心，不管多累都要坚持到最后。

听说中午伙房有排骨，工人们都来了精神，大伙有说有笑，王工头说今天王经理亲自督战。

上午进度非常快，今天有两个人给二柱上料，二柱推起车来就跑，一个上午就没停，衣服全湿透了，汗水顺着头发往下滴，一直到中午吃饭才停下来休息一会儿，二柱觉得实在太累了。别的车上料的人轮流推可以喘口气，可那两位上料的师傅一上午也没有交换的意思。吃中午饭的时候，崔二叔看二柱实在太累了，就瞅了个机会跟王工头说了一下，王工头说："我有办法！"

中午休息一小时，二柱躺在床上一动也没动，一点钟又该上工了，崔二叔问二柱："你觉得咋样？"二柱说："不要紧二叔，我能坚持。"

王工头又在二工盘找来了两辆车，点了那俩师傅的名字："你们两个一人一辆，自己上自己推。"整个下午，每人一车轮着向前推，二柱也没落下，也没少干，觉得比上午好多了。到晚饭的时候，任务只完成了一大半，晚饭以后还要加班。二柱实在吃不消了，崔二叔看着实在心疼，劝二柱说："二柱，一定要吃饭，不然就倒下了。"二柱直摇头，坚持着吃了一个馒头就躺在床上了。王工头在那头喊："大家鼓鼓劲，争取十二点之前完成任务。"整个工棚没一人吭声，大家都蔫了。晚上刚刚七点半，工头就喊："快点儿起来，起来！"大家都拖着疲惫的身子走出了工棚，搅拌机已经嘎啦嘎啦地转起来，二柱赶快给自己车上了料，那俩师傅磨蹭着过来开始上料，吃饭的时候崔二叔悄悄告诉二柱："长点儿心眼儿，就跟在他俩身后，他们推一车你也推一车，不然你就累垮了。"二柱点点头。

二柱先上满了自己的车，推起来就走，搅拌机前用木板搭了个引桥，足有八十厘米高，推上台子才能把料倒进料斗里，上坡的时候二柱感觉非常吃力，一用劲推了上去。二柱感觉车子越来越重，聚光灯照得人不敢睁眼，二柱推不上去，又退了回来，那俩师傅跟在后边，转眼工夫，二柱看见那俩师傅的车上得不满。哦！原来他们又使了心眼儿。可二柱不敢偷工减料，王工头事先就告诉，车必须培满。二柱想：不能像他们那样，不然水泥的比例失去均衡了，对工程质量会造成影响。于是二柱还是坚持培满。幸亏王工头及时发现了他们的猫儿腻，指着那俩师傅的鼻子吼起来："你们两个怎么啦？不是告诉你们要培满吗？偷懒吧你们，还不如一个孩子，不愿意干吭一声，回屋歇着去。"俩师傅只好退回去把车培满，王工头没好气儿地说："就这样，再让我看见你们偷懒，水泥用冒了由你们两个赔上。"

接近晚上九点的时候，二柱觉得实在走不动了，两只脚像灌了铅似的，胃里直翻腾，心慌慌的，两眼直冒金星儿。临到二柱倒料了，他一用劲儿把车推到坡上，两眼一黑，身子一软，连人带车从台上跌了下来，手推车正好压在二柱腿上，旁边的人齐声喊："二柱倒下了！二柱倒下了！"二柱昏了过去，连喊几声也不应声，王工头和崔二叔闻声跑过来，搅拌机也停了。大家把车子弄到一边，把二柱扶起来，崔二叔搂着二柱连声喊："二柱！二柱……老天爷啊，这可怎么办呀！求求你们救救孩子吧！"工地上一阵骚乱，大家都停下手里的活儿围上来，大家一齐喊："快打120吧！还等什么，人命关天呀！"王经理跑过来，他摸了摸二柱的头，又摸了一下二柱的脉搏，说："大家不要慌，二柱头很烫，他发烧了，脉搏还不错，他休克了，我这就打120。"他用手机拨了120，只十几分钟工夫，120急救车就赶到了。崔二叔抱起二柱向车边跑，大夫叫他把二柱放在担架上，用手电筒看了一下二柱的眼睛，用听诊器听一下心脏，又摸了一下头，让护士注射了一针，就把二柱抬上了车。大夫向王经理交代了几句，王经理安慰大家说："二柱发烧，他休克了，大夫说他没有生命危险，大家放心吧，崔二叔和杨会计跟车去，大家赶快干活儿吧！"

到了北埠人民医院，送到了急诊科，大夫让马上给二柱挂输液瓶，一个多小时以后，二柱醒来了。二柱问："二叔，这到哪儿啦？"崔二叔说："咱已经到医院了，大夫已经给挂了针，你躺着别动。"崔二叔放下心来，他用毛巾给二柱擦了脸，又给二柱擦了身子。这时才发现二柱的腿已经破了，一动二柱就喊疼。崔二叔让大夫过来看了一下，大夫说："外伤不是很严重，消完毒包扎一下就可以了，可能是骨折了，还是转骨伤科吧！"护士、崔二叔、会计一起把二柱推到三楼的骨伤科，并办理了住院手续，又推二柱去拍了片。大夫说："右小腿骨折，必须上夹板。"等大夫给上好了夹板，二叔给二柱盖好了被子。大夫又给二柱注射了防破伤风的针，并交代一个星期不能下床。会计交了押金，让崔二叔在这里安心陪护二柱，然后就回去了。

等办妥了一切，崔二叔才坐下来陪二柱说话，二叔问："二柱饿不饿？"二柱说："不饿，只想喝点儿水。"崔二叔倒了一杯水抬起二柱的头让他喝下。二柱的身体非常虚弱，连话也不想说，只说："二叔，对不起，让你操心了。”二叔说：“别净说没用的，只要你没大碍，我就放心了。你累坏了，睡吧，好好睡一觉，只是这腿很疼吧？”二柱说：“疼是疼，我不怕，你放心吧二叔！”崔二叔坐在二柱床边的椅子上，趴在床边想睡一会儿，二叔也累坏了。二柱受了伤，二叔心里特别难受，这么小的孩子，怎么就摊上受这般罪，这样想着眼泪不知不觉就流下来。他实在累坏了，不一会儿就睡着了。护士每过一个多小时来换一次输液瓶，二柱疼得厉害，一直睡不着，快天亮的时候，腿不怎么疼了，才昏昏睡去。护士来取针的时候，他一点儿也不知道。

天亮时，崔二叔醒了，想二柱一定饿了，他摸了一下二柱的额头已经退烧了，脸上又泛起了红色，心想：到底是孩子，好得快。会计临走留下二百块钱，是给他俩吃饭用的，得给二柱买点儿好吃的去。街头上小吃摊一个接一个，卖什么的都有，崔二叔买了五个肉馅的大包子，又买了五个鸡蛋，还买了五根油条。经过医院大门口时在小卖部买了副碗筷。

等二叔回到病房，二柱已经醒了，说是大夫已经查过房了，等一会儿还要输液，要连输三天，还要按时吃药。崔二叔说：“趁热，还没输液赶快把饭吃了。”二叔洗了碗筷，把汤倒进碗里，让二柱趁热喝，二柱让二叔先吃。二叔说：“这里没家什，我在外边吃了。”

二柱感觉太饿了，一阵狼吞虎咽，把二叔带来的东西全吃完了，笑嘻嘻地说：“二叔，你买的饭可真好吃，你咋知道我爱吃这些？”

二叔笑着说：“庄户人家的孩子爱吃啥我能不知道吗？你这孩子！”停了一下二叔说，“你呀，好好躺着，别发急，你骨头伤了，这可不是闹着玩的。老话说了，伤筋动骨一百天，你得养三个月才行。”

二柱说：“那咋办呀？”

二叔说：“咋办？养着，等出了院回家去。让你娘看着你养三个月呗，保准养得好好的！”

二柱说：“可别让我娘知道了，她又会大哭一场，连饭也不吃了。”

二叔说：“等把你送回去，再跟她慢慢说。”

二柱急着说：“我是说，不让她知道我昏倒的事，她会难受的！”

二叔说：“行，行，不能告诉她那些，就只说腿摔伤了。你呀，真是个懂事的孩子，知道心疼大人。”他又说，“昨天晚上，真是吓死人了，我两腿发抖，都站不起来了，如果你有个三长两短，我咋向你娘交代呀！要我说这活儿不能再干了，再想别的法子，好吗?”

二柱答应着：“二叔，都听你的。”

二叔接着说：“这次也是万幸呀，多亏架子不高，如果架子再高一些摔下来，那可咋办呢？我连想都不敢想。哎！反正这活儿咱不干了。”

二柱安慰二叔说：“二叔，你放心吧，我听你的。”护士来给二柱输液，爷儿俩停止了说话。

上午会计又来了一趟，一是来看二柱的治疗情况，二是给崔二叔和二柱送来了换洗的衣服，细心的会计还给二柱捎来了一本书。二柱非常高兴地说：“杨会计，非常感谢你，请你转告王经理，我没什么大碍，很快就能出院了。”

杨会计说：“你这孩子，看你今天好多了，脸色也好看了，昨天晚上真是把大伙都吓坏了。你恢复得很快，王经理也说了，二柱是个好小伙子，非常能干，一上午一个人就推了150多车，铁打的人也受不了，如果多几个人像你这样干，你也不会累成这样。昨天晚上的浇注到凌晨两点钟才完成，今天大家休息一天，好几个人要来看你，没让他们来，因为昨天实在太累了。”

崔二叔和二柱都很感动，光说感谢领导、感谢王经理。杨会计对二叔说：“王经理让我告诉你，安心在这儿陪护二柱，照顾好他的吃喝拉撒，工地上照常记工。”崔二叔连连点头。

连续输了三天液，二柱身体恢复得很快，腿也不怎么疼了。

这几天二柱一直在没白没黑地看书，那本短篇小说集四百多页，二柱又从头看了一遍。崔二叔这两天除了照顾二柱就是睡觉，体力也得到了恢复。他想多亏有了这本书，要不然这孩子急坏了，看二柱恢复得不错，脸红扑扑的，二叔心里踏实多了。

二柱突然说要上厕所，崔二叔急着找便盆，二柱坚决不让，说自己一定要去厕所，这两天让二叔端尿我就够难受了，坚决不能让二叔再给我端大便。自己边说边要起床，二叔给二柱递过拐杖，二柱放在两边腋下夹着，由二叔扶着向厕所走。

二柱说：“二叔，你看这样不是挺方便嘛，接下来小便我也自己上厕所，不能再让二叔端了，太不应该了。”

二叔说：“你这孩子，你不受伤了嘛！要听大夫的，不让下床就不下床，知道吗？”

二柱说：“没事，你看我这不挺好嘛，我除了上厕所外，自己不起床下地就行了，二叔你放心吧，我没那么娇气。”他又说，“二叔，我觉得现在很舒服，咱们尽快出院吧！在这儿一天就多花一天的钱，看我现在这样没必要再住了，你去跟大夫说，咱们要求出院。”

崔二叔答应着说:“问一下大夫再说，不能由着性子来。”二柱答应着。

坚持到第五天，杨会计又来了，二柱高兴地说：“杨会计你来得正好，咱们今天就出院，二叔已经跟大夫说过了，你再去说，保准能行。”

杨会计笑着说：“你这孩子，急啥呀！大夫说七天就七天嘛！现在都五天了，再坚持两天就行啦！”

崔二叔说：“这孩子怕花钱，说已经好了，没必要花这冤枉钱，杨会计你再问一下试试，实在不让走就再住一天。”杨会计只好答应着去问大夫，主治大夫批准了，随杨会计一起来看二柱。大夫笑嘻嘻地说：“小伙子怎么啦？真急啦？出院也行，要答应我一件事，回家静养，躺在床上半个月，不能下地活动，半个月以后可以扶拐杖在屋里活动一下，满两个月可以取下夹板，要做一次检查，确实愈合了，才能轻轻地活动。三个月以后看情况适当负重，你能做到吗？”

二柱马上答应：“能！能！我能做到。”

大夫说：“那好，你们办出院手续吧！”杨会计给王经理打了电话，又办理了出院手续。

王经理派车来接二柱回到了工地。正是中午吃饭时间，大伙听说二柱回来了，都围了过来，电工小张摸着二柱的头笑笑说：“这不挺好的嘛，你可把大伙吓了一大跳啊！”

大伙一起问：“二柱你觉得咋样，还疼吗？”

二柱笑嘻嘻地说:“师傅们放心吧，不疼了！”王工头也过来摸摸二柱的头，捏捏二柱的胳膊，说:“小伙子，好样的！好好养着吧！”他抬头斜眼瞪了那俩师傅一眼,“哼”了一声，那俩师傅笑嘻嘻地说:“嘿，你怎么冲俺俩呀!”

王工头没好气儿地说：“都是你俩干的好事，如果你俩轮换着推车，二柱能累成那样啊！没良心的！”

俩师傅不服气，说：“你这话说的？谁告诉俺轮换了，这是你的错，反赖上俺啦！”

王工头又说:“哎！我问你，你俩的车不上满是谁告诉你的，还抵赖！”

俩师傅也生气了：“你冲俺横啥呀！大不了到别处去！”

王工头也不示弱：“嘿！就凭你们俩，偷懒磨滑的主儿，谁稀罕哪！”

崔二叔赶紧打圆场：“哎哎哎！别再争了都过去了，二柱现在不好好的嘛，都过去了过去了！”

二柱也笑嘻嘻地说：“王叔，别怪俩师傅，其实他们对我挺好的，都是我自己不争气。”

王工头笑了：“嘿！你小子，还挺会卖人情的啊！”大家都一起笑了。

正说着王经理和杨会计也来了，王经理摸摸二柱的头笑着说：“小伙子，干得很好，很舍得出力，人虽小，活儿干得不错，出了点儿事故是意外。这样吧，明天让崔二叔送你回家养着吧。工地上条件有限，生活也不方便，会计把二柱的工钱结一下，公司给你五百元钱，给你养伤，医院的费用公司全数报销。你安心回家养伤，老崔送二柱来回两天照常记工。”

二柱和崔二叔都非常感动，二柱说：“王经理，我住院花了不少钱，这五百元我不要，我只拿工钱吧！”

王经理哈哈笑了，说：“这孩子，还客气上了，公司已经决定了，你就拿着吧！”

崔二叔也说：“太感谢领导了！”

说着王经理和大家招手走了，王工头也跟了出去。

大伙都议论开了：“嘿！太阳从西边出来了，王经理变了个人似的，这要在去年，医院的花销还指不定报不报哪！”

另一个说：“这是二柱运气好，面子大！”

崔二叔说：“这话你说偏了，要我说呀！是《劳动法》使的劲！”大伙一起赞成：“这话没错！”

二叔说：“嗯——你们放心吧，都会变好的！”

第五章 愈伤励志

尹秀兰在屋里听见五子媳妇连声地喊："婶子！婶子！柱儿兄弟回来了，他受伤了。"尹秀兰听说二柱受伤了，心一下子就像掉进了冰窟里，赶快向外跑。五子媳妇向村口指着："婶子，你看，是柱儿兄弟，他们已到桥上了。"尹秀兰和五子媳妇一起向村口跑，她们老远看着崔二叔背着二柱，手里还拿着拐杖，二柱还拖着行李卷。崔二叔看有人来接，干脆把二柱放下，站在了那里，二柱扶上了拐杖。

尹秀兰老远就哭着喊着："老天爷呀！这是咋的啦？这是咋弄的啊？"尹秀兰和五子媳妇气喘吁吁跑到崔二叔和二柱跟前，秀兰一边摸着二柱一边哭："这是咋的啦？"

崔二叔说："嫂子，你别怕，二柱没什么大碍。"

二柱笑嘻嘻地说："娘，你别哭了，我已住了几天院，大夫说就是骨折，没什么大碍，你别怕！"

崔二叔说："那咱进家里再说吧！"崔二叔背上二柱，五子媳妇拿着拐杖，秀兰提着行李，一起向家里走去。

崔二叔把二柱放下，扶他在床上躺下说："坐了好几个小时的车也累了，快躺下歇着，要按大夫说的办。"然后又说，"嫂子，你坐下我给你说说吧！"

二叔说："嫂子，别难过了，二柱的伤也很突然，从坡上摔下来，车压在腿上，当时不能动了。王经理打电话叫来了急救车，拍片一看是骨折了，住了几天医院，治疗费、住院费都给报了。还给了五百块钱让养伤。公司的领导对二柱不错，都夸二柱好，能干活儿愿意出力气。就按大夫说的办吧！在家养三个月。二柱没什么大碍，你放心吧嫂子，大夫给了半个月的药，用完了不用再买了，养养就行。”

经崔二叔这么一说，尹秀兰放心了，说：“谢谢他二叔，让你费心了，多亏你护着他，要不然还不知怎么着呢。”

崔二叔说：“嫂子把话说远了，二柱就跟我自己的孩子是一样的。”然后又说，“我不耽搁了嫂子，想回家一趟，明早就赶回去，王经理这么交代的!”说着崔二叔走到二柱跟前。

二柱忙说：“二叔，让您受累了，以后您老了我会孝敬您的。”

二叔笑了笑说：“看这孩子说的，我知道你的心思。”又转对秀兰说，“工地上都夸他是好孩子。”尹秀兰笑了。

送走了崔二叔，尹秀兰又到屋里哭了一阵，她摸摸儿子的头又摸摸儿子的脸，眼泪哗哗地流下来，她一边哭一边念叨：“老天爷啊，为啥让我儿子遭这罪呀!”

二柱拉着娘的手也流了眼泪：“娘，您别哭了，我这不好好的嘛!”他拿了毛巾给娘擦眼泪，说，“娘，您别难过了，我想好了，这三个月，我一定好好赶功课，把云妹给我的资料抓紧学上一遍。”

尹秀兰擦擦眼泪直点头，说：“你这样想，娘就放心了，咱不能辜负了云妹，人家可是一片好心。”秀兰又说，“要记住你二叔对咱的好。”

二柱说：“我知道了，娘!”

尹秀兰杀了一只母鸡，给儿子熬了一锅鸡汤，又到五子媳妇的店里买了一块猪肉，剁了肉馅，给二柱包了饺子，忙活了一下午。二柱睡得很香，尹秀兰一会儿来看一下儿子，没敢惊动他，直到傍晚了二柱才醒来。他自己下了床，拄上拐杖跟娘说要上厕所，娘忙来扶他，他不让扶，只让娘给他在厕所里放一个板凳。不一会儿他从厕所出来跟娘说：“娘，您看我自己能行，这条腿不动，就不觉得疼，您放心吧!”娘给二柱端来水洗了手，擦了脸，让他躺在床上吃饭。二柱说坐在凳子上吃，不想躺着吃。

秀兰给儿子盛来了鸡汤，又端上刚捞的饺子。娘儿俩坐下来一起吃饭。

二柱边吃边和娘说话，他说："不管哪里的饺子，都不如娘做得好吃。"

秀兰说："那你就多吃一些，肚子早就空了吧！"二柱答应着，他时时在提醒自己，一定不能说出昏倒的事，那样娘会更难过更害怕的。二柱吃了两大碗水饺，喝了一大碗鸡汤，他跟娘说："不该把鸡杀了，留下来下蛋多好。"娘说："这是一只老母鸡，不愿下蛋了，本想到集市上卖了换几个钱，这回正好杀了给你养伤。"

二柱想，养伤这三个月是抓紧学习的好机会，所以从第二天开始，他先开始攻数学，想等云妹给他拿来了英语学习机和有关的英语学习资料，他再开始学习英语。他先趴在床上看，然后就坐起来开始做练习题，弄不明白的就翻云妹给他准备的资料。他学得非常用心，娘怕在家打扰他，说要到地里看一看，临走之前给二柱准备好了便盆，不让二柱自己上厕所，然后就背着柴筐走出去。

二柱知道娘又上山了，去爹的坟前跟爹说他受伤的事儿去了，一说就一两个小时，这是娘十几年来唯一的寄托，二柱已经习惯了。

日子一天天过去，二柱的伤一天天见好，尹秀兰天天变着法儿的给儿子做好吃的，这半个多月二柱也胖了，也白了，二柱每天下地拄着拐杖在院子里转悠。他跟娘说："娘，别听大夫说话吓唬人，你看我一个月就能全好！"

尹秀兰顶二柱一句："你净胡说！大夫的话还是随便说的，伤筋动骨一百天，是咱老辈儿人祖上传下来的老话，到啥时候都错不了，你就老老实实地养着，好好学习书上的东西，别老胡思乱想。"

二柱只好心服口服地说："行行行，还是娘说的有道理。"

娘儿俩正说着，五嫂来了，进门笑嘻嘻地说："柱儿兄弟咋样了？婶子，我看柱儿兄弟越长越漂亮了，胖了也白了，人也长高了不少。"说着就拿尺子量二柱身高，二柱一边笑一边向后推她，笑着说："别闹了嫂子，别拿我开心了，这还刚开始长呢，再过几天你再量。"说着两个人哈哈笑起来，尹秀兰也跟着笑了，说："看你们叔嫂两个没个正形。"

五嫂又笑着说："哎，柱儿兄弟，常来的那个云妹，是不是对你有意思，人家个子长得高，人长得也漂亮，我看就不错，和你挺般配的，赶快成了吧！”

二柱哈哈笑起来，很难为情地说：“嫂子你瞎说什么呀！那是我同学，人家那条件，能看上咱吗？”

五嫂笑着说：“哎！你还别说，哪儿有皇帝的儿子招驸马的，皇宫里招的驸马都是老百姓的儿子。”

秀兰母子俩都哈哈笑了，尹秀兰笑着说：“五子媳妇！你越说越离谱了。”

五子媳妇又笑着说：“要我说啊，你也别挑三拣四的，你若是潘安，人家也是天仙，赶快定下来娶进门，婶子还等着抱孙子呢！”说着哈哈大笑。尹秀兰笑着拍她的背说：“五子媳妇你净胡说吧，他才多大呀！”一边笑着一边往外推她，“快去看你的店吧！”五嫂一边笑着一边跑出去。

二柱笑着说：“娘，你看五嫂，真是个活宝。”

秀兰说：“她就这脾气，没个正形，跟谁都打闹起来都没完，好啦，你快看会儿书吧！我出去看看。”说着就出去了。

这几天东邻西舍都来看二柱，送来了不少东西，有的拿只鸡，有的拿一竹筐鸡蛋，有的拿块肉，看二柱没什么大碍都挺放心的，都安慰二柱要好好养着，很快就会好起来的。尹秀兰和二柱千恩万谢。二柱舅舅尹秀宝带着媳妇一起来看外甥，做舅舅的很担心二柱，舅舅、舅妈给二柱买了很多好吃的东西。舅舅告诉二柱：“好好学习吧！别再出去干苦力活儿了，欠舅舅的钱不用还，伤好了就去上学。”二柱点头答应着。

崔二婶也来看二柱，给二柱带来了鸡蛋、糖什么的，尹秀兰留崔二婶吃了饭。说了好大一会儿话，尹秀兰一再感谢崔二叔对二柱像对自己的孩子一样关照，谢谢二婶一直想着俺娘儿俩。崔二婶也一直交代，不要让二柱再去干那苦力活儿了。

张春运听说二柱受了伤，骑着摩托车来看二柱。进了门就递给秀兰二百块钱，说：“弟妹，原本想给二柱买点儿好吃的，怕不好放，还是现吃现买的好。”尹秀兰说：“二哥，你别再花钱了！”春运说：“拿着吧，也是我对孩子的一点儿心意。”尹秀兰只好收下。张春运看看二柱，摸摸二柱的头，又摸摸二柱的腿，搂着二柱直抹眼泪，尹秀兰也流下了眼泪。二柱说："二大爷，我已经好啦，你别难过了。"张春运说："你说你这孩子，咋就不当心呢，咱再不干那苦力活儿了。"

尹秀兰包了饺子，让二柱陪二大爷一起吃，春运说："二柱啊，你要听话，暑假以后再去上学。我看出来了，你是上学的料，你爹没上成学是我的错，你的学一定要上好，剩下的债由我来还。"尹秀兰说："二哥，你别操心了，你拖了那么一大家子人，就够难为你了。"二柱也说："二大爷，我长大了，我能行，你放心吧，这学我一定要上。"

送走了张春运，二柱又对娘说："娘，我已经长大了，我是男子汉，咱不能拖累舅舅和二大爷，咱自己一定能行，您相信我吧，娘！"尹秀兰摸摸二柱的头，流下了眼泪，说："相信，娘相信你，我儿子已经长大了。"

天一天比一天热，到了芒种节气，麦子就要开镰收割了，二柱跟娘说："娘，这夹板已经两个月了，咱试着取下来吧！我要和您一起到地里割麦子。"尹秀兰生气了，说："你净胡说，这是闹着玩儿的嘛，可不能大意！那点儿麦子好收拾，我一个人能行。你在家好好学习，帮我烧壶水，就是不能下地，你忘了大夫怎么说的啦！"二柱说："大夫说两个月取下夹板，咱们总得取下来看一看吧！"尹秀兰试着把包扎绳松了一下，二柱立刻说："娘，感觉心里挺不舒服的，恍恍惚惚，挺难受。"尹秀兰说："那咋办呀，还是先扎着吧，赶明儿咱上县医院拍个片，让那里的大夫给取下来。"二柱说："娘，我已经好了，用不着再去拍片，花那冤枉钱，咱不去！我觉得，还是试探着来，一下全松开怕不适应，没啥了不起的。"尹秀兰也不想和儿子拧着："你说咋办就咋办吧。"二柱说："我试着来，一次松一点儿，您放心吧，娘！"

尹秀兰磨好了镰刀，说先到地里看一看，就背着柴筐去了。二柱把夹板松一下，站起来扶着拐杖走一会儿，试探着用脚着地，然后又松一下，再走一圈，只用了一个多小时，二柱就把夹板完全取下来。他扶着拐杖，又走了几圈，并没有异样的感觉。他非常高兴地试着在院子里慢慢地走，快中午的时候，他烧了水，准备等娘回来就用开水下面条，那样会快些。

尹秀兰是个急性子的人，只要地里有活儿她就按捺不住，她不想第一个开镰，但是只要有一个开镰的，她一准是第二个。上午她在几块麦田里转了一圈，没有一个开镰的。快中午的时候，她在田头地边割了一筐草，草又嫩又青，她把草背回家，一半儿扔给猪，一半儿留给兔子。今天天气热，万里无云，一丝风没有，正是熟麦子的好天气。回家一看二柱已生着了火，锅里水已经开着。二柱看娘已经回来了，就忙着要煮面条，说："娘，我把面条下锅吧！"尹秀兰喊住了儿子："柱儿你别动，等娘来下。你坐那儿别动，不要乱走，腿还刚刚好！"二柱又坐下来，他看娘满脸都是汗，说："娘，天太热了！看你出了那么多汗，赶快洗把脸吧！等你喘口气咱再吃饭。"尹秀兰笑着说："庄户人哪儿有那么娇气啊！我马上煮面条，好了咱就吃饭。"说着，秀兰抹了一把脸，把面条下锅。二柱对娘说："娘，夹板已经取下来了，这会儿我觉得挺好！"尹秀兰挺高兴，说："还是你说的那话，适应一下就会好的。不过你还是要小心，这还刚刚好，每时每刻都给自己提个醒。"二柱答应着。

尹秀兰娘儿俩正吃着饭哪，五子媳妇就在外面喊："婶子！南湖开镰了！"尹秀兰答应着："我知道了！"然后对二柱说，"庄户人就这习性，只要有一个开镰的，大伙会齐刷刷地跟上去。"二柱问娘："娘，你不说麦子还差一点儿嘛，咋那么快就熟透了！"尹秀兰说："儿啊，老话说得好，蚕老一时，麦熟一晌，上午不熟，下午就熟了。"二柱笑着说："真是神奇啦！"秀兰说："书白念了，怎么说来着——这是大自然的力量。"娘儿俩都哈哈笑了。

二柱又央求娘说："娘，让我去吧，我打捆总可以吧！"

尹秀兰有些生气："你这孩子，你让我说几遍啊！好好在家待着，你的腿比什么都重要。一亩半麦子，娘慢慢地割，两天也能割完，你别操心了小祖宗！"

二柱很无奈地说："行行行！娘说咋的就咋的！晚上我做饭等娘回来吃！"

尹秀兰笑着说："就该这样，我回来晚了，你先把鸡、猪、兔子喂了。"二柱答应着。

下午四点钟，四铁匠杨永顺帮秀兰运回一车麦子，门前的场院已扫得干干净净，他边卸边喊一声："二柱！出门看看，这是你家的麦子，一共是六十个！”二柱闻声赶出来，他扶着拐杖，热情地跟四铁匠打招呼说：“四叔！你给运回来了，谢谢你！”说着要一起动手。杨永顺说：“别别别——不用你动手，好好注意你的腿，别乱跑，你娘担心的就是你的腿，别让她操心！”二柱笑着退后一步说：“行行，累你了四叔。”杨永顺笑着说：“你小子，在外边干了大半年学会客气了。”二柱笑了笑，杨永顺卸完开车走了。

天傍黑的时候，张五子又给拉回来一车麦子，停了车就喊：“二柱出来！”二柱扶着一支拐杖忙着出来，说：“哦！五哥你回来了。”

五子说：“下午刚到的，哦，你别动，让我看看。”五子从上到下打量着二柱，拍拍二柱肩膀笑笑说：“壮壮实实的小伙子，怎么就伤着啦！长点儿眼色，挺聪明的一个人，咋就吃这亏了。”

二柱笑笑说：“你别再说了，我也不知咋的就伤了。”

五子说：“行行行！反正已经快好了，别再干那活儿了好吗？”

二柱说：“五哥！我跟你去干好吗？”

张五子笑着说：“你呀！奔点儿出息吧！开了学赶快去上学，你干我那活儿也能干的，但是终归没出息不是！”

二柱认真地说：“五哥！话虽这么说，可眼前的坎儿总要过去吧！你放心吧，这学我一定要上。”

五子笑笑说：“这就对了，你别动，我来卸。”

正说着尹秀兰回来了，她放下筐帮五子卸车，说：“五子，在这里吃饭啊！”

五子说：“哪儿顾得上啊，媳妇在地里等着哪，早晚要运回来。”

秀兰说：“我做好了，等你两口子吃！”

五子说：“别等，柱儿兄弟都饿了，俺两口子没早晚，你娘儿俩先吃！”

秀兰说：“那好，过半个时辰，我做好端过去。”

五子说：“别麻烦了，婶子！”

秀兰说：“净胡说！有啥麻烦的，别说了，快去吧，再黑更看不见了。”说着五子启动了车一溜烟儿跑了。

尹秀兰原说两天割完，可是用一天半就割完了，然后又去五子家和杨永顺家帮了半天，自家的麦子就放在场院晒着。原说等都割完了，和五子家伙在一起，每家一天，散开晒着，用拖拉机拉碌碡轧。五子不同意，说："婶子，咱别费那劲了，现在都兴用打麦机了，村里说有打麦机过来，咱也花个十块二十块的。用打麦机眨眼工夫就打完了，然后把麦秸向边上一垛，把场院扫得干干净净晒麦子，那多好啊！"

尹秀兰也非常同意说："那行，打麦机啥时来咱啥时打，趁着地里墒情好，咱得把苞米种子赶快播下去。"

五子说："婶子说的在理儿，这样两不误！"

第二天一早，天还没亮，尹秀兰就起来了，她把化肥、种子都搬到外边。

五子媳妇在外边喊："婶子起了吗？"

尹秀兰答应着："起啦！把化肥、种子装车吧！"

说着五子媳妇已进来了，和尹秀兰抬起化肥向外走。五子倒好车，三人一起搭手把化肥、种子都装了车，秀兰和五子媳妇坐上车，迎着晨曦向地里走去。

五子要先种尹秀兰家的，尹秀兰坚决不同意，一定要先种五子家的。车直接开到五子家地头。

三个人一个刨窝，一个放化肥，一个放种子，地又湿又软，非常省力气。尹秀兰说："这老天爷帮了大忙了！要搁去年，跑老远拉水，地也刨不动，真把人累死。今年真要感谢老天爷啦！"

五子媳妇说："婶子说的是，去年二亩麦田，整整种了三天，真把人累个半死！"

五子说："今年真是没的说。"

五子家二亩，尹秀兰家一亩半，只用了一天就种完了。三人都很高兴，虽然累点儿，可种得顺利，心情就不一样。

一日三餐都在尹秀兰家吃，二柱虽没下地，一会儿也没闲着，饭做得非常及时，做了汤，炒了菜，还煮了咸鸡蛋，煎饼现成的。

五子直夸二柱说："兄弟这本事，啥时候学的呀！做得还不赖，赶明儿娶了媳妇可不用受气了。”

二柱笑着说：“夸我做得好就罢了，干吗又扯到媳妇上去了？”

五子媳妇也接上说：“说的是，你不会做饭啥时候受气了，还不把舌头伸直了！”

五子不服气地说：“我这不是跟柱儿兄弟说笑话嘛！你较什么真儿啊！”

尹秀兰也搭上了：“五子别贫了，喝杯酒吧！咱们今晚挺累的，明天只等着打麦子，不操别的心了，喝一杯歇得快，柱儿拿酒来！”

二柱拿来一瓶酒，又拿一个杯子，给五子斟了酒。

尹秀兰笑着说：“我有正经话说给你们。”五子两口子说：“婶子你说吧，我们听着。”

二柱也认真地说：“娘，有啥吩咐，你尽管说。”

尹秀兰说：“你们两口子一直不拿我当外人，婶子也觉得这侄子侄媳妇很贴心，婶子有几句贴心话想说给你们。”她看都停着，又说，“来，一边吃一边说，你们吃。”

三个人一边吃一边说：“你说吧！”

尹秀兰接着说：“这几年，你们的日子过得挺好，新房子盖起来了，让爹娘在那里住着带着孩子，五子媳妇黑夜白天守着店。这个店如果想办好一点儿，就要想办法重新扩大一下，就现在这两间土坯房不行。咱村一百多户人家几百号人，现在生活好了，买东西的也多了，五子媳妇心眼儿好，性子直，热心肠，为人厚道，谁都愿意来你店里买东西。你这个店大到日用百货，小到针头线脑。俗话说‘开门七件事，柴米油盐酱醋茶’，谁家打发日子都要经过你这道门。你说你这买卖得有多大呀！现在好啦，送货车送到门口，前几年你媳妇自己用三轮车推，吃了不少苦。要把房子盖大一点儿亮堂一点儿，这个买卖指定有出息，你说是不是！”

五子和媳妇都直点头，五子媳妇说：“婶子说得极是，俺也曾经想过，就按婶子说的办。”

五子说：“我在货栈送货，这活儿挺好，不舍得丢，我瞅机会把料备好，请工人来建，把几间堂屋拾掇一下。先把店搬到堂屋，在东墙扒个大门，在前边建四间大平房，建八米宽的吧！时下城里都兴办超市，咱也办个小型超市，有机会我从城里向回捎货，这样一举两得。”

尹秀兰高兴地说：“这样好，这样好，我抬抬搬搬的都能干，用着我时尽管叫。”

五子两口子都笑着说：“真是太谢谢婶子啦，还是婶子对俺好！”

尹秀兰笑笑，接着说：“这二一个呢，你爹娘就你一个儿子，四个姐姐都嫁出去了。按理说爷爷奶奶照看孙子是应该应分的，你爹娘也没怨言，可你爹娘终归也是六十多岁的人啦，地里收收种种都由你两口子干，平时施肥除草有你爹伺候，他还养了猪、羊、兔子，你娘做饭照看孩子，老两口儿一门心思为了儿子、孙子。你小两口儿做得好，村里人都夸你俩孝顺，可这过日子，人家越夸咱好咱就越要向好里过，婶子还是要提个醒。再说这孩子时间长了不管他，不伺候他，他就跟你生分，所以店里的事再忙也要打理孩子的事。五子外面事多，可事再多也要管孩子的事，不要认为放给爹娘放心，就不管不问，那可不行。晚上回来得再晚也要跟孩子聚一聚，你说这话对吧？”

五子和媳妇都忙答应：“婶子说的是。”

五子媳妇说：“现在这俩孩子真的和我生分了，从来不找我。今春上大姐家娶儿媳妇，把娘接去，非要叫娘住一宿，这俩孩子一宿不睡，非得找奶奶不行，娘在那边也是一宿没睡着，说是没俩孩子在身边睡不着，你说这怪不怪呀！”说着几个人都笑了。

眼看暑假到了，天一天比一天热，二柱只穿背心短裤，帮着娘忙里忙外。腿已经好了，拐杖扔到一边，每天都要到地里拔一趟草，背回来喂猪，喂兔子。经过三个多月的疗养，二柱真是因祸得福，看到二柱的人都说二柱长胖了，长白了，个子也长高了，像个大人了，二柱自己也觉得自己身体比先前好多了。尹秀兰看着儿子长得壮壮实实，打心眼儿里高兴，总跟二柱说：“我说怎么来着，病害人也养人，看我儿子现在这样，像换了个人似的，白白胖胖膀大腰宽，像一下长大好几岁。”说着摸摸儿子的头，给儿子擦擦脸上的汗，心里十分欢喜。

最亲近的几个人都说要二柱去上学，二柱自己也有些心动，再去上高二，跟下年级，自己成绩也差不了。可眼下还有四五千元的债没还清，即使去上学心里还背着包袱，不踏实，再说娘还是不轻松。算了，等云妹来了商量了再说。

暑假第二天，辛云妹来了，刚刚走到桥头，五子媳妇首先看见了，赶忙跑来喊秀兰：“婶子，你快出来，你看是不是云妹来啦！”尹秀兰跑出来，向南一看，说：“不错，是云妹。”

尹秀兰和五子媳妇迎上去，五子媳妇跑得快，迎到老白果树底下，老远就喊：“哎哟，这不是云妹嘛，拿这么沉的东西是啥呀？”说着忙接过来。

辛云妹忙笑嘻嘻地说：“嫂子，这是给二柱准备的学习机。”

五子媳妇笑着说：“呦！妹子，你想得可真周到！”

尹秀兰笑呵呵地迎上来：“你看把闺女给热的，一脸的汗，赶快回家凉快去！”辛云妹笑眯眯地说：“婶儿您挺好的吧！”

尹秀兰说：“好，都挺好！二柱割草去了，说话就回来了。”

云妹说：“怎么二柱回来啦？”

五子媳妇快人快语说：“怎么你不知道啊？柱儿兄弟在家待了三个多月了，腿受伤了，现在已全好啦！”

辛云妹很担心地问：“怎么就伤着啦？严重吗？”

尹秀兰说：“不咋的！推车的时候不小心车倒在腿上就骨折了，这不养了三个月嘛！已经好了没事了！”

辛云妹说：“哎呀！也没吭声我早该来看看的！”

尹秀兰笑着说：“怕耽误你学习，说等好了再告诉你！”

五子媳妇笑笑说：“你看怎么来着，把云妹给心疼坏了吧。别担心，现在啥事没有了，养了三个月，比原来壮多了，胖了白了，也长高了，漂亮多了，像个大人了。”一边说着笑着一边瞅云妹的脸。云妹脸红红地说：“嫂子，你真是的！”

尹秀兰也笑了说：“五子媳妇，瞧你这张不饶人的嘴，你兄弟伤着了你不心疼呀？”

云妹说：“就是嘛！”三人笑着进了家门。

尹秀兰忙着找扇子，五子媳妇忙着打了一盆水，把毛巾拧了一下，递给云妹："来快擦把脸，妹子，热坏了吧！"

云妹接过毛巾说："谢谢嫂子！"

尹秀兰忙递上一杯水，扇子也递上，辛云妹说："别忙活了婶子、嫂子，进了屋已经不热了。"

五子媳妇说："你们做学问的人不禁热，要出门得趁早，可不敢在毒日头底下晒。"

云妹说："瞧嫂子说的，哪儿有那么娇贵啊，我在家什么都干，干起活儿来衣服一湿一个透，从来不打怵。"

五子媳妇笑着说："那敢情好，一看妹子就是个能吃苦的人，只要愿意吃苦，不管干啥事都能干成，日子一准差不了，你说是吧，妹子！"

尹秀兰笑着说："是是是！瞧你这孩子话都让你给说了！"

五子媳妇哈哈笑起来说："妹子别笑话，我就这德行。"

云妹笑着说："嫂子真是好性格！"

正说着呢，二柱回来了，三人都迎了出去，二柱放下草说："大老远就听见嫂子喳喳喳的，是啥好事啊？"

五子媳妇哈哈笑起来说："我喳喳喳咋啦？我就是喜鹊，给你报喜来啦！你看谁来啦！"说着把云妹推到前面，"这回高兴了吧！你还不谢嫂子！"

二柱高兴地说："呦！云妹来啦！"

辛云妹不好意思地说："嫂子别误会，我俩就是同学，啥也没有！"

五子媳妇笑着说："啥同学不同学的，你们文化人的道道俺还不知道，就光兴同学就不兴向前迈一步啊！俺才不信呢！"说着哈哈笑起来。

尹秀兰笑着拍她一下说："你这孩子光贫吧你，闹了好大一会儿了，快去店里看看去。"

五子媳妇哈哈笑着说："好好好！我先去了！"笑着跑了。

二柱笑着说："别见怪云妹，她就这么个人，没心没肺的就知道闹！"

云妹笑着说："嫂子好性格，我挺喜欢的！"

尹秀兰说："你们两个说说话吧！我去五嫂店里一趟。"说着走出去。

辛云妹拿出了崭新的英语学习机给二柱看，又拿出了有关的资料，说："我原本打算打听好你的消息，到工地去找你的，没承想你却伤着了，这省了我跑一趟。”

二柱高兴地说：“这东西真好，恐怕要许多钱吧？”

云妹笑着说：“你呀，别问多少钱，是我借给你用，等你考上了大学，再还给我好啦！”

二柱说：“我理解你的良苦用心，变着法儿地来帮我，又不想让我有负担、背包袱是吧！”

云妹笑笑说：“什么都瞒不了你，别说这些了，先说你咋伤着了？在家三个多月待急了吧！”

二柱说：“怎么伤着了就不说了，不想说，总之有惊无险！都过去了，这三个月我可没敢白待，高二阶段的数学基本学完了，等一会儿你考考我，我保证八九不离十。英语嘛，我自己确实没法儿学，只等你的学习机一到，我会拼命学，其他课程如语文、理化、历史、政治什么的都看了，理化要找老师专门辅导一下，就这样。”

云妹又从包里拿出了一些模拟试题，说：“这是考试的时候从老师手上要下来的，没事的时候，你做做看，答案也在后面了。我相信你的实力，基础好，脑子灵，再怎么差也比我强，我也相信你永不言弃的决心，下一步作何打算？”

二柱说：“正要和你商量这事呢！如果现在复学，还有四五千元的债没还，我心里背着包袱，娘也生活得不轻松，如果再等一年，怕课落得太远追起来会更费劲。”

云妹认真地说：“如果我说让我爸帮你还了这债，你又不会接受，其实有什么呀！你该不会认为这是陷阱吧！你想的也太多了。”

二柱笑着说：“云妹，你的好意我心领了，其实我也没想太多，我也跟你说不清楚为什么，可能咱站的角度不一样吧！想法也会不一样，这件事如果换了你，你会接受吗？再说我是个男子汉，和女孩子想问题的方式又不一样，不过你放心吧！还是我娘说的那句话，没有过不去的火焰山！请相信我！”

云妹长嘘一声：“嘿！真拿你没办法，难道借给你还不行嘛！”

二柱认真地说：“这不就等于拆了东墙补西墙嘛！没必要。”

两人谁也说服不了谁，都沉默了，最后还是云妹打破了僵局，说：“我一向赞同你的意见，你说什么都有道理，总之我只说一句，你千万不要跟我说放弃，那样我受不了。”

二柱笑着说：“你放心吧云妹，难道你还不相信我，我向你保证，我决不放弃！”两个人都会心地笑了。云妹显得有些激动，真想抓住二柱的手，可理智还是制止了她。她真想说“我爱你”三个字，可嘴上却说不出来，她心里明白，眼前的二柱，从严格定义上讲还是个孩子，但可以看得出，他从骨子里是一个勇于担当的男人，这也是云妹为之欣慰的地方，同时也是她内心深处深深爱着二柱的根本原因。就依眼下云妹家里的条件，为二柱提供三五万元的援助，完全没有问题，只要云妹跟她爸说一声，她爸就会明白女儿的心思，可云妹心里明白，二柱绝对不会接受，那样反而会伤害了二柱的自尊心。

二柱没有跟云妹谈这半年在建筑工地受的罪，他认为跟她谈没什么意义，经过这半年跟建筑工人一起吃的那些苦，二柱从自身角度更进一步理解了知识改变命运的深刻含义，所以他跟云妹说永不言弃的话是由衷的。

两个孩子在屋里谈了什么，尹秀兰一点儿也没听见。她在忙着准备午饭，她买来肉剁了肉馅，正包饺子。五子媳妇又送来了一只扒鸡，说是刚送来的很新鲜，还有鱼罐头、火腿肠什么的。尹秀兰说：“咱吃水饺不要这些，人家孩子也是土生土长的，干吗非得办得这么隆隆重重的，让人家孩子不习惯。”

五子媳妇认真地说：“婶子听一句劝，人家姑娘对我兄弟多上心啊！人家家里条件比咱好，咱摆上这几样，这要搁人家里是最平常不过了，再说啦，咱娘儿俩这面子可以不要，可我兄弟这面子得要，听我一回婶子。”

尹秀兰笑着说：“行行行！就依你。”说着又拿了一张钱说，“这么着，再拿一瓶葡萄酒，姑娘怕是不能喝辣的。”

五子媳妇又推回去说:“我早就准备好了，别费心了，一会儿就拿来。”

尹秀兰又说：“今儿你要给我陪好了，人家姑娘脸皮薄，别没遮没拦净说些让人家姑娘招架不住的话。”

五子媳妇哈哈笑起来，说：“知道了！知道了！该说的都已经说了，再说就俗了。”说完笑着跑了。

吃午饭的时候，桌子上摆了五六个菜，非常丰盛。五子媳妇把四个杯子都斟满了红红的葡萄酒，喊了几次云妹才过来坐下，尹秀兰把水饺也煮好端了上来。二柱被学习机迷住了，喊了几次吃饭他动都不动，好像一点儿没听见。五子媳妇又去拉他，二柱不耐烦了，说：“嫂子，我求你了，别打扰我，你们吃你们的，我一点儿也不饿。”

云妹也说：“嫂子原谅他吧！他就这样。学起来，可以不吃饭不睡觉，一连学上十几个小时，一动不动，你不打扰他就是帮助他了。他就这脾气，别怪他，咱们吃吧！我已经饿了！”

尹秀兰也说：“别管他了，肚子饿了自然会吃，咱吃咱的，不等他了。”

尹秀兰端起酒杯说：“云妹呀，你来了俺娘儿仨都特别高兴，今天你得喝点儿酒，咱得高兴高兴。”

云妹笑着说：“婶啊，我平时没沾过酒，我真的不能喝，你这饺子我闻着就香，我也饿了，我先吃饺子啦！”说着先夹了饺子吃起来。

五子媳妇也笑着说：“妹子，酒已斟上了，你总得表示一下吧！是不是怪俺家那男人不陪你呀！”说着向屋里努努嘴。

云妹笑着说：“嫂子这话没说对，我看他学得入了迷，比陪我吃饭还高兴呢。”

尹秀兰忙打圆场说：“既然闺女说得那么恳切，就依了她，咱也不逼她了，咱娘儿俩喝吧！”

五子媳妇笑着端起杯子一气就是一杯，尹秀兰也喝了一点儿，把另外两只杯子也放在五子媳妇面前，五子媳妇哈哈笑起来说：“婶子真怕我喝不醉啊！忙了半天，就咱娘儿俩又吃又喝！”

尹秀兰笑笑说：“五子媳妇，他们俩都是孩子，心里想的都是学习，咱是在家里吃饭，想吃就吃想喝就喝，都不是外人，你放心地喝，咱们一边吃一边喝。”

云妹笑着端起酒杯来说：“婶子说的是，俺也不是第一次来，从来没想什么规矩不规矩，婶子别介意，我想敬婶子和嫂子一杯酒。”

五子媳妇说：“你不喝倒来敬俺！这不做反了，该是俺敬你的。”

云妹笑着端给秀兰和五子媳妇每人一杯酒，说："请婶子、嫂子原谅云妹没见过世面，一定要把这杯酒喝了。"

尹秀兰笑着说："五子媳妇，咱权当云妹是自家孩子，没有不喝的理儿。"说着喝了，五子媳妇也喝了。

云妹又说："水饺已经凉了，我让二柱边学边吃。"于是端了一盘饺子放在二柱旁边，说，"来，边吃边学两不误。"二柱抬起头看看云妹，笑着说："谢谢!"

这边五子媳妇向里边努努嘴，笑笑说："婶子你放心吧，错不了。"尹秀兰会心地笑了。

午饭以后，云妹没说走，总跟在秀兰身后不离左右，说这说那，并说要跟秀兰到地里走一圈，尹秀兰很高兴地说："那咱娘儿俩去割草。"云妹说："那好，咱去割草！让二柱安安静静地学一会儿。"尹秀兰暗自高兴，心想真是个懂事的好孩子，如果真做了我儿媳我该谢天谢地了。

娘儿俩一边走一边闲聊，唠得很贴心，云妹说："在家除了温功课就是一日三餐帮妈做饭，如今爸六十岁了，患了高血压，厂里由大哥打理，超市由二哥打理。去年在城里买了房子，爸一日三餐在家里吃饭。"云妹一边说事一边割草。尹秀兰心想：嗯，就是庄户人家的孩子，就知道踏踏实实地干活儿，朴朴实实，大大方方，既斯文又俊俏，姑娘对二柱的心思，尹秀兰心知肚明，可人家姑娘不把话挑明，只说咱家里条件与人家比差别也太大了。以后儿子混个啥样，谁也说不好，所以眼下啥也不能说。真摊这么个既通情达理又温柔体贴的儿媳妇，也是我尹秀兰的福。尹秀兰跟在云妹身后一边走一边想着。

第二天一早，云妹要搭班车回城去，二柱一直送到桥头，站在路边等了半个时辰，二柱一直沉默着也不说话，最后看车来了，云妹说："二柱你好自为之，别让我失望!"二柱点点头说："我一定!"他扶云妹上了车，一只手顺势握住了云妹的手，紧紧地攥了一下。云妹的眼圈立刻红了，向二柱点点头，招招手，她真想留下来陪心爱的人多待几天，看他学习起来入神的样子，这时候如果二柱说让她留下来，她会立刻下车，可二柱静静地站着什么也没说。车开走了，二柱招招手，站了许久。

第六章 误入歧途

距离暑假结束还有二十天，二柱在家实在待不住了，他跟娘说：“娘，我一定要把四五千块钱挣回来，把债还清，然后再轻轻松松地去上学，不然我心里不安。”尹秀兰心里难受得直抹眼泪，说：“儿啊，都是这个家拖累了你！”二柱说：“娘，你放心吧！咱家一定会好起来。”

支在桃花园酒店门前的那则广告，似一抹诡异的幽灵在二柱脑中萦绕，挥之不去。他以为那儿或许能给自己带来好运，于是满怀期待和梦想，鬼使神差般乘车来到桃花镇。有谁能够想到，正是由于他的轻率和幼稚，给他带来了一场灭顶之灾，也给他留下了终身遗憾，当然这是后话。

桃花镇地处省城边沿，距省城四十公里。这里三面环山一面临水，白沱河自西向东蜿蜒向南流去，A08 国道穿过万亩桃园自北向南直奔省城。

镇驻地依山而建，是个不足三万人的小镇。街道规整清洁，建筑古朴典雅，四周群山环绕，峰峦叠嶂，半山腰向下全是桃园。春天万亩桃园生机盎然，桃花争相绽放，风光旖旎，秋天红彤彤的桃子压满枝头。这里山清水秀气候宜人，一年四季都有游客前来观光，是个不可多得的好去处。据传这里栽种桃树已有百年历史，近年又有不少新品种引进，桃儿色泽鲜艳，皮薄肉厚，以甜脆著称，每年都有大批桃子运往北京、上海和省城。

二柱在桃花镇下了车，背着行李卷向桃花园酒店走去。

桃花园酒店坐落在汽车站对面，坐北朝南，是一座四层小楼，全部封了玻璃幕墙，很壮观，在小镇是第一家。楼顶上还是那五个大红字——桃花园酒店，赫然醒目。二柱走近酒店伫立观望，虽在此只吃过一顿饭，却像久违的老地方。大门口粗大的石柱，用褐红色大理石镶嵌，非常气派。支在门口的小广告牌，依然和一年前一样，“常年招聘男女服务生，包食宿待遇优厚”一字不差。

二柱稳了一下神儿掀开塑料帘子，毅然走进大厅。他走近服务台，里面站着一位三十出头的女人，皮肤白皙，丰腴圆润，大大的眼睛，涂着口红，颈上配一条珍珠项链，非常耀眼，头发梳得很别致，发髻高高耸起，穿着也很时髦。二柱想应该是管事的，向前打了招呼：“老板！这里还招人吗？”

女人满脸堆笑地打量着二柱，并打了招呼：“招啊，是你想来吗？”二柱说：“是的。”女人很客气地说：“你快请坐吧！”她又喊，“张娟，快给这位兄弟倒杯水！”又客气地转向二柱，“你热坏了吧！”

二柱笑着说：“不要紧！”顺便坐下来问，“老板能跟我说说吗？”

女人说：“你是说应聘的条件，那我给你说说吧！”她把服务台的台扇转向二柱，笑嘻嘻地说，“我们招聘期限最低不少于半年，时间太短不好操作！请问你要干多长时间？”

二柱说：“起码半年以上吧！”

女人说：“那好，我还以为你是假期出来打工的学生呢！”

二柱说：“我已辍学一年了。”

女人说：“咱这地方，食宿免费，月薪六百元，经营得好年底还有奖金，你看咋样？”

二柱笑笑说：“行吧，先干半年看看，不知我能干些什么？”

女老板笑着说：“熟悉两三天就行了，没什么难的，我能看看你的身份证吗？”

二柱忙拿出了自己的身份证双手递给女老板，女老板接过身份证一看，笑着说：“张二柱，刚刚十八周岁，蒙源县大河乡凤凰岭村。”然后笑嘻嘻地说，“长这么高的个子，人长得也帅气，就在这儿干吧，不会亏待你的。前段时间走了一个小王也是蒙源的，家里有事，现在正是个机会。

你饿了吧？先吃饭吧！张娟给当家的说上饭菜。”她又转向二柱，客气地说，“兄弟，我先自我介绍一下吧！我姓庞，庞翠翠，我们当家的姓田，田壮壮，你不嫌弃就叫我翠姐吧，我一定像待自家兄弟一样待你。”

庞翠翠一向对人客气，也许是职业习惯，可今天对二柱又是格外客气特别亲切，像姐姐遇见了亲弟弟。事实上，翠翠心里这会儿仍然直犯嘀咕，虽然看了二柱的身份证，可她不相信自己的眼睛，怎么？山村里也能养出这么英俊标致的少年？看这套行头倒是像，可看这模样，端端正正白白净净，怎么看也与吃苦受累联系不上——她想起了前面走的那四个小伙子，虽然都年轻，可与这个没法比——她感觉自己的思绪瞬息万变，心中“怦怦”直跳，她稳了一下神儿，心想无论如何都要把他留下。她满脸堆笑地说：“兄弟，你就当是到家了！”

听女老板说得那么亲切，二柱高兴地说：“那好！翠姐，你多关照！”

庞翠翠笑笑，亲切地说：“你放心吧！咱自家的店，我们当家的既是老板也是厨师。我在前台，收收支支由我管。”她凑近了二柱放低了声音，“你放心他听我的，另外还有两个服务员，张娟、王秀，厨房还有一个帮厨叫马良。人不多，活儿也好干，你放心吧！”

正说着，张娟端来了饭菜，小姑娘也挺客气，微笑着把饭菜放下，向二柱点头说：“请慢用。”二柱也客气地点头说：“谢谢！”

庞翠翠客气地说：“吃吧，兄弟，吃了饭先到房间休息一会儿。”说着向厨房走去。

不一会儿，庞翠翠随着丈夫从厨房出来，二柱看见了老远就站起来，笑嘻嘻地说：“老板好！”

田壮壮看起来心情不错，笑嘻嘻的，大大咧咧，矮矮粗粗的身材，光秃秃的大脑袋，又圆又亮的大眼睛，腆着向前凸起的大肚子，看上去三十四五岁的样子。他上上下下打量了一下二柱，笑着说：“哦，原来是个小帅哥，长得帅气，也有力量，是什么文化呀？”

二柱忙回答：“高中一年。”

田壮壮说：“文化也不赖，好好干，不会亏待你。”

他转身走了两步，又转回来说：“哎！我可告诉你啊！别仗着自己帅气，长得漂亮就招惹是非啊！”

庞翠翠在一旁推一下田壮壮说：“你胡咧咧啥呀！这兄弟眉目端正，一看就知是本分人家的孩子，不会的！”

二柱窘得满脸通红，说：“老板尽管放心，俺从山村来，家里穷，只想尽快挣点儿钱还债，绝不会做出出格的事来。”

田壮壮坏笑着说：“那还差不多！好吧！听翠翠使唤，叫干啥就干啥！”说着转身走了。

庞翠翠走近二柱，微笑着说：“二柱兄弟别介意，他是个粗人，没心没肺，别往心里去，你只管轻轻松松干活儿，高高兴兴吃饭，有啥事有姐顶着，谁也不敢欺负你。”

听翠翠一席话二柱很感动，心里热乎乎的，笑着说：“谢谢你，翠姐！”

翠翠也挺高兴地说：“哎，这就对了。”说着二柱吃完了饭，庞翠翠说要带他去房间休息，并一边走一边给二柱介绍酒店的环境，二柱拿着自己的行李卷跟在后边。

二柱的房间在一楼东头，这是一个套间库房，里间放厨房用的干菜、米面等杂物，外间就是二柱的宿舍，进库房有一扇小门，用锁锁着，只有庞翠翠有钥匙。二柱这间宿舍很简单，一张床，一张桌子，一把椅子，还有一个脸盆架，除此之外，什么也没有。门是一扇铁门，大铁门中间有一个小套门，小门平时锁着，经常使用的是大门。庞翠翠给了二柱一把大门的钥匙，跟二柱说：“你先休息一会儿，可以休息一个多小时，四点钟我来叫你，一起准备晚餐。”二柱答应着。庞翠翠走了。

二柱铺开了自己的行李卷，小心地从里面拿出了英语学习机放在床头，英语学习资料也堆放在床头，然后脱下了裤子和短衫躺下来休息。刚才田壮壮的一番话，让二柱心里很不是滋味，心想：把我二柱看成什么人啦？我二柱走到哪里都是堂堂正正，孬种下流的事咱不做。他一转眼看见墙上挂了一面镜子，爬起来莫名其妙地站在镜子前照了一下自己。自言自语道：“我咋没看出来哪里漂亮哪里帅气呀？真是胡扯淡！”然后朝着镜子里的自己做了个鬼脸，又躺下来休息，不一会儿就睡着了。

下午四点钟，庞翠翠在门外大声喊：“二柱起床啦！起床干活儿。”二柱在房间里应着："起来啦！"然后翠翠又朝三楼大声喊："张娟、王秀起来干活儿了！"

不一会儿人都到齐了，庞翠翠说："二柱把茶炉子打开烧水，把这几十把暖瓶全灌满水，以后这活儿就由你来干。然后再到厨房帮着择菜洗菜，晚餐还要帮着传菜。晚间打烊了要帮着打扫卫生，后院要用水冲洗得干干净净，明白了吗？"二柱应着："明白了。"然后又说："张娟、王秀直接去厨房择菜洗菜。"张娟，王秀都答应着："知道了。"

庞翠翠把二柱带到茶炉旁告诉他怎么伺候茶炉，怎么加煤，怎么加水，怎么灌水，二柱一一答应着。这活儿二柱虽然没干过，但经人一说什么都明白了，他原本就很聪明。二柱一边烧水，还一边拿了块抹布蘸着洗洁精把暖瓶挨个儿抹干净，又用水冲洗，不一会儿几十个暖瓶洗刷得干干净净。庞翠翠看见了高兴的什么似的说："我就没看错人，聪明不用花钱买，要换了别人，非得要告诉他怎么干才行，几十个暖瓶铮亮铮亮的看着就舒服。"二柱笑着说："这原本是很简单的事。"他想，这么简单的事轻轻松松就干完了，还值得老板夸，就凭老板交代的这几件事，我一定能干好，不明白的大不了再问一回，他觉得自己能干好这份活，来这里来对了，老板人客气，对人好。

二柱感觉很热，不一会儿脸上身上全是汗，衣服全湿透了。翠翠拿一条新毛巾，递给二柱说："快洗把脸吧！累了就歇一会儿。"二柱说："这活儿不累！"平心而论，这活儿比建筑工地轻多了，无非就是出点儿汗，在工地上推上三车两车出的汗比现在还多。工地上的活儿那么累，咱从没叫过一声苦，出门在外就是干活儿挣钱，再苦再累咱也忍着。

下午五点钟的时候，五十多个暖瓶全灌满了开水，二柱往茶炉子里添了煤压了火，然后又去厨房帮忙。厨房里开着风扇，比茶炉旁凉快多了。二柱打湿了毛巾，把脸上胳膊上都擦了一下，然后就帮着洗菜。田壮壮看见二柱全身衣服湿透了，都贴在身上，说："咳！你小子这么不禁热啊！我出汗多是因为我胖，你咋啦！"庞翠翠笑着说："你揣着明白装糊涂，要不你去茶炉旁站站试试！"田壮壮笑着说："哎——免了！我还是立了冬再试吧！"庞翠翠哈哈笑着说："你一点儿也不傻，热在三伏你肯定知道！"

小马、张娟、王秀都笑了。庞翠翠说："二柱，去换件衣服吧！连裤子都湿透了，这样挺难受的，穿件短裤背心也行，一会儿上菜的时候戴上围裙，男孩子嘛，穿少一点儿没问题！"二柱笑着说："那我去换了。"他回到房间关上门，把湿衣服全脱下来，挂在脸盆架上，打湿了毛巾把身子擦了一遍，不经意间他发现了镜子里的自己。这是他第一次近距离观察自己的身体，他仔细看了一下，把自己吓了一跳，他很惊讶，这是我的身体吗？自己的肩膀宽阔厚实、胳膊胸部肌肉都很发达很有力量，心想自己确实已经长大了，身体比一年前长大了不少。一年前，刚去北埠建筑工地时，体重才一百斤，仅仅过了一年竟发生了如此大的变化，怪不得都说我长大了。他细心观察了一下自己的脸，心想这大概就叫漂亮吧！也许这就是因祸得福，养了一百多天的伤，伤养好了身体也养胖了，不仅是胖了还挺结实。其实这与二柱半年多工地上的锤炼再加三四个月的疗养分不开。使他的身体和生理都发生了突飞猛进的变化，身体长高了，长得壮壮实实，生理也发生了极大变化，有时会出现一些生理躁动，内心会一阵慌乱。再往下看……他不敢再看了，顿时觉得心"怦怦"直跳，脸上火辣辣的。赶快翻出内裤背心穿上，又找了短裤穿上，急急忙忙跑了出去。

晚上六点钟陆续有客人来吃饭，可能是天气热的缘故，大厅里就餐的散客有二十多人。老板娘开了空调，房间里开了五桌，也都开了空调。二柱先是每桌送了水，冲茶，然后又帮着传菜。虽然人不算多，但也挺忙活儿。张娟、王秀一边上菜，一边教给二柱注意事项。张娟如数家珍，说："服务生要做到眼快腿快手快，要眼观六路耳听八方，报菜名要文明礼貌，做到有礼有节。"王秀也说："越是忙越不能慌乱，做到紧张有序，稳中求快。"经两位女生一点拨，二柱明白了不少，心想：原本看起来很简单的事情，真要做起来，其实每一件事都不简单，原来举手投足间都是有学问的。

夏天晚上八点多天才刚黑下来，三三两两单独点菜的多，成桌的很少。一直快到九点的时候还有来吃饭的，九点半的时候，就餐的客人才慢慢散去。庞翠翠让厨房上了饭菜，吆喝几个人过来吃饭。因为二柱是第一天来，翠翠让小马多加两个菜，她到厨房把田壮壮准备的几个菜端到二楼靠近他们宿舍的一间餐厅去，让田壮壮先喝酒。然后又返回来在四个人吃饭的桌旁交代说：“饭后，小马回家，你们三个关好门，收拾餐厅，打扫卫生，完了就洗澡休息。”说完就走了，她要去陪田壮壮吃饭。

因为二柱刚来，小马、张娟、王秀都非常客气，小马说：“二柱喝一杯吧，我去拿酒。”

二柱急忙拦住说：“别别别！马师傅如果喝你就拿，我从来不喝酒的！”

小马说：“我也从不喝酒！那咱们吃饭吧。”四个人一边吃饭，一边唠开了。小马问：“二柱多大了，家在哪儿？”

二柱说：“今年十八岁，家在蒙源县大河乡凤凰岭村。”

然后小马自我介绍：“我叫马良，二十五岁，家在镇上住，家离这里不远，十分钟就到，五一才娶了媳妇。”小马一脸的自豪。然后他又替张娟、王秀介绍说，“张娟、王秀是沂阳来的，离家也二三百里，一个十八岁，一个十九岁，你们三个都比我小，我是哥哥。”小马话说得十分真诚。

二柱笑着说：“马哥，我今天刚到，三位多关照，咱们以水代酒，我敬你，也敬你们俩，姐姐和妹妹。”

四个人都笑起来，端起碗碰了一下，张娟笑着说：“原来张哥还挺会说话的，我们来了那么长时间，连句话都不会说，只会干活儿吃饭。”

王秀随着说：“人家二柱是有文化的，哪像咱们初中没毕业。”

二柱有点儿羞愧地笑笑，说：“哪有什么文化，让你见笑了，高中读了一年，家里欠了债，所以出来打工挣钱还债。”

马良好奇地问：“家里发生了什么事，怎么就欠债了？”

二柱说：“奶奶生病住院欠下了一万多。”

张娟又问：“奶奶病好了吗？”

二柱怯怯地答：“去世了。”张娟立马表示歉意：“二柱对不起，让你伤心了！”二柱说：“没什么，我习惯了！”

王秀长叹一声：“唉！太不幸了！家里其他人也该想想办法。”

二柱说：“家里就娘一个人！”

马良叹了一口气：“真是家家有本难念的经啊！”马良看二柱不想再说下去，就说，“咱快吃吧！累了一天了！吃完赶快休息！”

马良很快吃完了饭，客气地说：“三位慢吃，我先走一步！”骑上摩托车匆匆忙忙走了。

王秀介绍说：“马良是田老板的表弟，五一之后不干了。”二柱问：“为什么呀?”张娟说：“嫌太累了，原来是每天出早餐，早上五点开始干，一直干到晚上十点才回家，谁受得了啊！老板两口子请了好几趟，答应不再出早餐了，他才回来，现在好啦，上午九点来上班，中午可以回家歇两小时，这样轻松多了。”张娟说：“原来出早餐给他两千六百元，现在不出早餐了给两千元，俺两个原来出早餐八百元，现在是六百元。”

三个人打扫完卫生已经晚上十点多了，张娟告诉二柱：“洗澡间在厕所一侧，有太阳能热水器，如果热水不够用可用暖瓶里的水。二柱说：“谢谢你，张娟。”张娟、王秀都笑了，说：“快去洗吧！”二柱答应着。他拿着毛巾进了洗澡间。张娟呆呆地盯着二柱的一举一动，王秀推了一把张娟，抿嘴笑了一下说：“丫头发什么呆，是不是也想一起去洗！”张娟脸一下红了，反唇相讥：“坏丫头！是你想，别没羞！”两个人嘻笑着追打，王秀忽然停下来指指楼上，两个姑娘停了打闹。两人都来自沂阳农村，刚刚十八九岁，都到了想心事的年纪，突然碰见一个同龄的帅小伙，自然会心生涟漪，这会儿她们只是打闹取笑，并没有实质性的想法。不露声色的翠翠，虽不在场，心里早有算计，此刻她正陪自己的男人吃饭，她早就成竹在胸，从俩丫头看二柱的眼神儿里，她料定两个丫头心里早已起了波澜，她要早做打算，不能让俩丫头坏了好事。白天她俩的一举一动都在她眼皮底下，夜间一定要把通往三楼的栅门锁好，一来是防范田壮壮，二来是防范那俩丫头。翠翠坚信一条，防人之心不可无，宁可信其有不可信其无。当初她上了田壮壮的当，就是因为她太单纯，把事情想得太简单了，当田壮壮真正占有了她时，她的命运彻底发生了改变，死心塌地跟了他。每当想到这一点，她肠子都快悔青了。她从骨子里恨，一恨田壮壮无耻，二恨自己无知。如今自己三十多了，手里有了钱，不是田壮壮主宰我，而是我主宰他，绿帽子我要一顶接一顶地给他戴，他还能咋的？钱我攥着先是我的，将来是孩子的，绿帽子是他的，由我说了算，想给他戴就给他戴，只要一天一斤二锅头，乾坤由我执掌，这点儿小智慧我还有。她对自己充满信心，一边劝丈夫喝酒一边给他夹菜，眯着眼在田壮壮脸上扫来扫去，一脸的得意。

二柱刚洗完了澡正要休息，庞翠翠给他送来了台扇。二柱只穿了件内裤，光着身子，翠翠进了门就直着眼儿打量二柱的身子，把二柱打量得心里直发毛，赶快找衣服穿，脸红红的。翠翠制止他说："算了，算了，一个乳臭未干的孩子。"然后一本正经地说，"这房间没安吊扇，先用这个服务台上的，这几天就给你安。"二柱说："谢谢翠姐！"说完她走了出去。

二柱把台扇放在椅子上，把开关打开上床躺下，感觉很舒服。干了一下午活儿也没觉得怎么累，二柱对这地方挺满意的，各方面条件都不错。他躺在床上回忆着：进了大门到大厅，宽敞明亮。出了后门是院子，院子足有一亩地那么大。绕院子一圈都是平房，东边是厨房，北边和西边是十间餐厅，西北角是厕所和洗澡间。院子顶部是拱形的全钢架，上面覆盖一层纱网。二楼八间餐厅，西边两间是老板装修豪华的卧室，三楼是九间餐厅，东边一间是张娟、王秀的宿舍。四楼是十间客户。楼梯设在楼后西头，是全钢架结构，扶手是不锈钢，楼梯踏板镶嵌了木板，刷了红漆，楼梯外边是全封闭铝合金玻璃窗，从二楼到四楼的走廊也都镶了铝合金玻璃窗和纱窗。整个饭店虽算不上豪华，但特别干净、敞亮，没有苍蝇蚊子。二柱想：先在这儿干半年，只要能拿到钱，这活儿也不累，北埠开发区那么累的活儿也才拿六百块钱，到春节五个多月，能拿到三千元钱回家，把债还上，若还不清也差不了许多，那时可以考虑上学的事，他这么想着就睡着了。

第二天清晨，二柱一睁眼睛，门口一缕阳光照进来，心想：糟糕，已经晚了。一骨碌爬起来，拿上毛巾急忙向外跑。奇怪了，院子里静悄悄的，一个人影没有。二柱纳闷：咋还不起床啊？他拧开水龙头洗了把脸刷了牙，把毛巾搭在肩上去捅炉子，开始烧水。二十多分钟，第一炉水烧开了，排气孔发出吱吱的叫声，二柱开始向壶里灌水，不一会儿就灌满了十七八壶。他又向炉里添水，可能是茶炉的鸣叫声惊醒了老板娘，她端着脸盆从楼梯上下来，懒懒地说："二柱儿，起那么早啊！现在不出早餐，七点多起也来得及，累了就多睡一会儿，没关系的。"二柱笑着说："我还以为起晚了呢！反正也累不着！”他赶忙拿一壶热水给翠翠倒了一些，翠翠挺高兴地说：“谢谢你，柱儿兄弟！”二柱笑笑说：“不客气，举手之劳！”张娟、王秀听院子里有动静也起来了，拿着毛巾端着脸盆下楼来洗脸刷牙。

庞翠翠洗完了脸站在那里待了半天，没有马上上楼的意思，等张娟、王秀都直起身来，她笑嘻嘻地说：“哎！你们三位，今早想吃什么，姐给你们做！”张娟、王秀说：“昨天剩下的放在微波炉里一热随便吃点儿吧！”二柱也附和着说：“对，随便吃吧！”翠翠来劲儿了：“哎！随便是什么意思啊，姐今儿有工夫，别客气，姐做鸡蛋面条给你们吃，等着！”说着上了楼。十几分钟她已收拾妥当，下楼来径直进了厨房，切了葱花和姜，打开了煤气灶，炒勺放在上面，放了油，喊王秀送来一壶开水，等油热了放葱花和姜煸炒，然后放了开水，打了八个鸡蛋放在里面，水一开又放了面条。她又找来了几样剩菜让张娟放微波炉加热，同时放了几个馒头，只两三分钟饭菜就好了。她打开靠近厨房的一间餐厅，然后让把饭菜都端上来，大声喊：“柱儿兄弟，停手吧，先吃饭。”二柱笑着走过来说：“啊！翠姐，早上还那么丰盛啊！简单点儿就行。”她笑笑说：“昨晚没陪你，我失礼，今天补上，不算正式的，我还要陪你喝两杯呢！我看你干活儿没的说，勤勤快快，心眼儿实在，人也活泛，对谁都是客客气气，有文化就是不一样。”二柱笑着说：“谢姐夸我！其实我没那么好。”庞翠翠一边说话一边把饭盛好，每个碗里放两个鸡蛋，说：“吃吧，不用等！”又喊，“张娟、王秀别磨蹭，快点儿！”

四个人开始吃饭，有说有笑。正吃着翠翠把自己碗里一个鸡蛋夹给二柱，二柱忙挡：“翠姐，我不要，我已经够了。”翠翠笑笑说：“别客气，你们男人力气活儿干得多，出力也多，就该多吃点儿。我不敢多吃，你看我这一身肉愁死了。女孩子给她们多吃她也不敢，你们男孩子多吃点儿没问题，存不下的。”张娟、王秀相视一笑，翠翠自知话有疏漏，忙又解释说：“我是说存不下肉，长个子嘛！”其实，翠翠是在暗示生理或身体的某种自然流失。二柱心里某个地方动了一下，只埋头吃饭，装作什么也不明白，只是笑笑把鸡蛋全吃了，然后又吃了馒头。

八点开了门，老板娘交代张娟、王秀一个照看前台，一个在厨房帮忙，让二柱陪她去市场采购。二柱说："我不会骑摩托车！"翠翠说："我教你，一个男人哪能不会骑摩托车哪！"二柱帮着把三轮摩托车推了出去，这是一辆八成新的三轮摩托，拖斗上了篷，斗里边还有座位，平时都是马良带着翠翠去买菜，厨房实在忙不开的时候只好翠翠自己骑摩托车去，她非常不情愿，一个女人骑三轮摩托车实在有失风度，可也没办法，这回好了，来了个二柱，马良可专心在厨房忙活。田壮壮巴不得少干点儿，昨天晚上翠翠陪田壮壮吃饭就说了这层意思："老公，你是老板少干点儿，指挥指挥嘛！让马良盯在厨房，二柱去买菜好啦！"田壮壮美滋滋的，连灌两杯哈哈笑了："行！行！还是我老婆疼我！"可庞翠翠的心思，田壮壮哪知道啊！……

在酒店门前的场地上庞翠翠教了二柱一会儿，告诉他怎么发动，怎么驾驶，并亲自示范了一下。二柱发动了三轮摩托，驾驶着在门前转了三圈，庞翠翠看二柱的驾驶动作有些生硬，但毕竟是个男人。她坐在车上告诉二柱："你就放心地开吧，开慢一些，开几次就熟练了。你总不能坐在车上，让姐开车带你吧！那样你一个男人多没面子多伤自尊啊！"二柱笑着说："是这个理儿，还是我来带姐吧！"

庞翠翠带着二柱在镇上转了两个多小时，去了菜市场还进了两家超市，碰到了翠翠好几拨熟人，都问："翠翠带个帅小伙是谁呀？"庞翠翠故意卖关子："你说是谁就是谁吧！"又碰见一年轻女人，看样是与翠翠无话不谈的姐妹，老远女人就哆起来："哟！翠翠呀！你看你多有福气呀！"然后故意凑近翠翠耳边悄声说，"你可别吃葡萄不吐葡萄皮呀！"然后放开嗓子哈哈大笑着跑了，翠翠在后边追打，两个女人毫无禁忌地笑着扭打在一起。庞翠翠觉得从来没有像今天这样开心、这样惬意。二柱似乎觉察出了什么，他虽不知道女人之间的谈话，但凭他的直觉，似乎与自己有关。二柱觉得很无聊，也没往心里去。出了超市，车上已装得满满的，既有鱼、肉、排骨，也有新鲜蔬菜，还有黑木耳、干蘑菇和其他干菜。在超市里翠翠给二柱买了两套内裤背心和短裤、短袖衫、拖鞋什么的，拿了一大包，并且都挺高档。其实翠翠只想让二柱穿得体面些，这样一起在街上走，也显得自己有面子，毕竟二柱人长得帅气，应该穿得阔气点儿。拿到车上才告诉二柱说："这是姐给你买的。"二柱忙说："不要不要！我有的穿，用不着！"翠翠严肃起来："看不起姐是吧！是姐一番心意，别拿姐当外人。"二柱挺为难也很无奈，感觉欠不起这个人情，再说也觉得没必要用这么高档的东西，只好说："等我发了钱，还给你吧，翠姐！"翠翠生气地说："你小子，别小家子气了，你以为姐那么小气，要你那俩钱，好了，好了，别扯了，给姐面子好吗？"二柱尴尬地笑笑，只好收下了，然后说："谢谢翠姐！"翠翠笑笑说："走吧，不管是谁问起，都说是自己买的，记住了！"二柱笑着点点头，启动了摩托车。

回到酒店已是中午十一点多，张娟、王秀忙跑过来卸车，和二柱三个人搬了好几趟。庞翠翠进厨房一看，该准备的全准备好了，氽了丸子，炖了排骨，还包了藕合，炸了鱼，新鲜蔬菜也洗了放在玻璃柜里，翠翠高兴得直夸马良，她不多停留，赶忙去了二楼，推开门一看，田壮壮仍躺在床上，她把田壮壮裹在身上的毛巾被用劲拉开，田壮壮一丝不挂，庞翠翠咯咯笑着伸手去抓他肚皮，田壮壮伸手拉住翠翠，用力拉过来搂在怀里，翠翠笑着说："你这懒虫，已睡了十几个小时了还不醒。"田壮壮睡眼惺忪笑嘻嘻地说："我容易吗？白天拼命，晚上加班，多睡一会儿不行啊！"翠翠用力挣脱了田壮壮，说："别贫了，快去厨房看看，都已做好了，客人也快到了，别耍赖了。"说着转身跑出去。

中午来了许多客人，光后院平房就开了八桌，前面大厅八张桌子都上了散客，每张桌上都上了啤酒，并且都喊要冰镇的，可能是天热的缘故，老板娘已把空调打开，并叫二柱去把后边餐厅的空调也打开。下午一点钟又来了一拨吃饭的客人，通算下来，中午吃饭的人要有一百四五十人，庞翠翠挺高兴的，两点多客人一散去，翠翠让马良炒了四个菜端到大厅，随后叫马良说："良兄弟来大厅吧，享受一下空调。二柱、张娟、王秀快点儿来，咱也享受一下冰镇啤酒。"她在院子里走了几圈，浑身都冒出了汗，又喊，"当家的，你在哪里吃？"田壮壮喊："把菜送到二楼，我要扒光了吃，热死了。"他一边喊着一边在水龙头边搓毛巾，把身上抹了一下。庞翠翠把菜和冰镇啤酒送到二楼，打开了空调，田壮壮随着上了二楼。

庞翠翠从二楼下来，吆喝几个人赶快来吃饭，她打开冰镇啤酒每人都倒了一杯，命令式地说：“今天都要喝，不会喝的也喝一杯，冰镇啤酒喝一口透心凉，防暑降温，你们知道有多舒服嘛！”

人都围了过来，她先喝了一杯：“呀！太舒服了，来来，端起来都喝。”

马良、二柱都端起来，张娟、王秀只是笑着不端杯子，翠翠有点儿急，说：“端起来，俩姑娘，只喝一杯。”两个人扭扭捏捏端起来，五个人碰了杯。翠翠说：“今天有幸跟几位一起喝柱儿兄弟的欢迎酒，祝人人都有好运气！”

翠翠、马良、二柱都一饮而尽，两个姑娘只喝了一点儿，翠翠说：“你们俩可以悠着点儿喝，但是这一杯一定得喝完，然后让你们吃饭。”俩姑娘只是笑。翠翠又要斟酒，二柱立马抢过酒瓶给翠翠、马良和自己都斟满了酒，笑着说：“谢谢翠姐！我只喝最后这一杯，我真的从来没喝过酒。”翠翠笑着说：“那不行，今天欢迎你，你最少喝四杯，四季来财嘛！希望你给本店带来好运气，我和良兄弟也喝四杯，来！端起来。”说着又是一饮而尽。翠翠笑着说：“来，来，吃菜，尝尝良兄弟的手艺，俩姑娘快吃。”中午酒不宜多喝，这个道理庞翠翠自然知道，可她肚子里有话不得不说，趁着酒劲，她装着醉态哈哈笑起来，说：“如今咱桃花园人丁兴旺，看着就时来运转了，姐姐我时时念着弟弟妹妹的好，有时我恨咱们怎就不是一个娘肚子里生的，可我时时都把你们当亲弟妹，时时替你们担忧，盼着你们都有一个美好的未来。趁着咱聚在一起这么亲热，我不妨把当姐的应说的话说了，这是我的责任，也不枉咱们姐妹一回。如今你们都大了，个个如花似玉，标致端正，并且都来自正经人家，应该深知男女有别的道理，希望你们洁身自好，自怜自爱，出出进进多加注意，别传出闲话来，别闹出是非来。姐知道你们个个都是好样的，都有教养，干活儿没的说，算姐提个醒，你们不介意吧？”马良立马笑着说：“嫂子说的是！说的是！”二柱、张娟、王秀脸都红了，都明白是针对他们敲警钟。

张娟心里有点儿不舒服，心想：谁能做出啥事来啊，都清清白白的，想做出啥事来的恐怕不是俺。这样想着脸上表情怪怪的。旁边的王秀偷偷地捏了一把张娟，尴尬地笑笑不再吭声。二柱也感觉有些莫名其妙，心想：他们还真是两口子，昨天田壮壮直来直去，把话说得那么难听，今天老板娘话虽说得婉转却是警告，这明明是不信任，似乎马上就会有人做出有伤风化的事来。他尴尬地笑笑把头低下。一时大家都埋头吃饭。

翠翠忙努力改变气氛，她笑着说："你们赶快收拾，还可以休息一会儿，良兄弟也休息一会儿，你喝了酒，别回家了，上四楼开间客房，打开空调歇一会儿。"

几个人脸都红红的，只有翠翠没有表现。下午三点的时候，都收拾好了，二柱回到房间，脱掉衣服，抹了身子，换了一件内裤，趴在镜子前看了一下脸，被自己吓了一跳，整张脸连脖子、身上全都是红的，自言自语道："整个一关老爷。"他打开风扇，躺在床上，昏昏睡去。

接近下午五点的时候，送啤酒的车来了，喊着让赶快卸车。庞翠翠在院子里喊了两声，王秀在前台值班，张娟没有休息，一喊就到了。二柱因为喝了酒，睡得太深了，翠翠的叫声他根本没有听到，庞翠翠让张娟到门口去叫。二柱的门敞开着，他躺在床上呼呼大睡，外边发生了什么他一点儿也不知道，不知从什么时候起，下身赫赫挺立，把内衣顶起来。张娟走近门口，第一眼就看见了二柱的不雅，大声喊："张哥卸车了！"二柱朦朦胧胧从梦中醒来，立马下床，睁眼看见了张娟，又发现了自己的不雅，慌乱地拉一件衣服挡在前面，问："有事吗？"张娟说："快点儿，卸车了。"张娟脸羞得通红，急忙转身捂着脸跑开了。张娟的动作被老到的庞翠翠看得真真切切，她不用问也知道发生了什么。

二柱急忙穿好了短裤、背心，拿着短衫向外跑，他用短衫挡着下身，急急忙忙向厕所跑，过了一会儿，磨磨蹭蹭从厕所走出来，打开水龙头洗了把脸，定了定神儿，赶快到门口去卸车。

马良、张娟、王秀正在卸车。二柱扛起一捆就走，正碰上庞翠翠，他笑着说："对不起翠姐！不应该喝酒的！"翠翠装作若无其事的样子，说："没关系，男子汉总要喝一点儿，卸吧，卸三十组，卸完让人家走。"二柱抬头又碰见了张娟，两个人都把脸转向一边，二柱觉得无地自容，让人发现了秘密，浑身不自在，真想把脸藏起来。张娟不会认为我是个坏孩子吧。张娟的脸也红红的，像做错了什么事。心想，真是太丢人了，我只是对他有好感好奇，根本没往别处想，他不会怪我吧？这样一想心里一阵慌乱。很快卸完了车，二柱捅开了茶炉，一边烧水，一边收拾空啤酒瓶，他把零乱堆放在一起的啤酒瓶打好捆，码放在楼梯一侧，翠翠说：“这样好，等够了车，就打电话让他们来装车运走。”二柱捆得很紧，码的也很整齐，翠翠看了很是满意。

接下来一连几天，二柱和张娟的表情都怪怪的十分不自然，好像他们做了见不得人的事似的，走个对面都把头低下来。王秀挺纳闷，晚上和张娟坐在一起，一把抓住张娟的耳朵坏笑着说：“丫头老实告诉我，你和二柱是不是让翠姐给说中了，发生了什么事？不老实交代小心把耳朵拧下来。”张娟笑笑有点儿羞愧的样子，说：“什么呀！别胡说，什么也没发生，我每时每刻都在你眼皮底下，你可别冤枉我。”王秀说：“我不相信，既然什么没发生就放松一点儿自然一点儿，干吗躲躲闪闪别别扭扭。”张娟面带难色很纠结的样子，说：“秀姐，给你说实话，我真有点儿喜欢他，可什么表示都没有，就是那天莽莽撞撞看见了他在睡觉。”王秀哈哈笑了，搂着张娟拍了几下说：“你这个傻丫头，看见了就看见了，是不是光着身子，什么没穿。”张娟羞愧地低下了头，说：“有点儿内衣，只是……真是太丢人了。”王秀紧紧搂着张娟笑得前仰后合，半天才停下来，说：“丫头，你傻不傻，你就当看见了小猫小狗，你也不是有意的，就当什么没发生。”张娟踌躇了半天，说：“秀姐，你别怪我痴，我与他是不是有点儿缘分，怎么冷不丁就看见了，一连几天都放不下。”王秀笑嘻嘻地捏了一把张娟的脸，说：“丫头别犯傻，这里不是久留之地，如果你与二柱真发生点儿什么，翠姐已有话在先，她饶不了你，收起你的心吧！二柱每天都在学习，他心比天高，你就算把身心都给了他，也不一定留住人，别傻。”张娟傻傻地点点头说：“秀姐，我听你的，你放心吧！”

第七章　征程迷茫

自从二柱来了以后酒店的生意一天比一天红火，每天都是十几桌、二十几桌，每天的营业额都在四五千、五六千元，能获多少利润这自然是秘密，而通晓此道的人知道了营业额，也就知道了利润。反正这几天老板两口子都很高兴，用庞翠翠的话说，希望二柱能给酒店带来好运气，可能这话已经开始应验了。

今天上午庞翠翠又带二柱到市场采购，并特意带二柱在冷饮店休息了一会儿，翠翠选了个好位置让二柱坐下，并用自己的手帕给二柱擦汗，二柱急忙挡住说："不用，翠姐！夏天出汗是很正常的，不用擦。"翠翠说："看把你给热的！"二柱用手抹了一下脸，然后用汗衫的袖子蹭了一下，说："没事的，习惯啦！"翠翠笑着说："你这孩子！姐疼你还不领情！"二柱心里暖暖的，笑着说："谢谢姐！我知道，夏受酷暑，冬熬严寒，这原本是很平常的事，没什么！"翠翠很无奈地笑了笑。不知道的人还以为他们是亲姐弟。

翠翠要了两份冰激凌，递给二柱说："快吃吧，吃了就凉快了。"吃完了冰激凌，翠翠又选了一个西瓜，足有六七斤重，让服务员给切开，红红的西瓜瓤，一看就让人馋。二柱一连吃了好几块，翠翠说吃不下了，让二柱把剩下的两块全吃完，二柱站起来拍拍肚子笑了笑，又把剩下的两块吃完了。今天翠翠还给二柱房里买了吊扇，说回去就给二柱装上，并且还给二柱买了纱网门帘。

下午两点多钟，客人都散去了，吃了中午饭，翠翠让马良给二柱房间装吊扇，这对马良来说只是小菜一碟，因为房顶上的挂钩和接线头都是现成的。二柱搬来了梯子，马良只用十几分钟就安装完毕，打开开关，风扇立刻转起来。二柱高兴地说："谢谢马哥！你累了可以来这房里休息一会儿，这儿多近啊！"马良笑着说："行，我一定会来的！"二柱又把两个强力粘钩贴在门楣上，把帘子挂了上去。这帘子是蓝色的，又透气，又挡蚊子，还挡视线。二柱挺高兴，从心眼儿里感谢翠翠姐，她想得多周到啊！

其实田壮壮也挺喜欢二柱，他对翠翠说："这小子又能干，又机灵，看见什么活儿都干，并且还挺会干，样样活儿都干得既合适又妥帖，让你找不出毛病来，出出进进总是笑呵呵的，对谁都是客客气气，唯一的缺点就是长得太帅了点儿。"翠翠立刻戗上了："什么狗屁逻辑，要不辞了他吧，聘个丑八怪来。"田壮壮忙笑着说："不不不，我还真舍不得！"庞翠翠笑了笑，说："其实你没说到点子上，我给你说，帅哥也是一招牌，你还没看出来，这些日子凡来就餐的大姑娘小媳妇都愿意招呼他，一会儿喊他拿这，一会儿又喊他拿那，你若找个丑八怪来试试，一看就倒胃口，谁愿意到你这里就餐，我说他会给咱带来运气，你以为我是随口一说啊！你呀！长点儿见识吧！"田壮壮说："对对对！还是老婆有见识有眼力，我服我服！"说着两口子哈哈笑起来。

马良、张娟、王秀并不关心二柱长得帅不帅，反正自从二柱来了以后干活儿轻松多了，原来躲着让着的活儿，现在都让二柱干了，比如冲厕所，原来是张娟、王秀轮流一人一天，谁也不愿意干脏活儿，现在二柱全包下来了，一天二十四小时厕所都是干干净净的，冲刷院子的同时，厕所也冲了，并且二柱冲刷完院子和厕所就喷洒一遍空气清新剂，真是满院清香。有时马良厨房里忙不过来就吆喝二柱过去搭把手，二柱赶快跑过去，虽没经过专业训练，可二柱干起活儿来总是有板有眼的，马良一直夸："二柱兄弟的灵气谁也比不了。"张娟一天到晚的总是"柱儿哥！柱儿哥"叫个不停，好像没有二柱她啥也干不成。王秀比二柱大一岁，也是扯开嗓子"二柱！二柱"不停地叫，每当她们吆喝二柱的时候，庞翠翠在一旁醋意顿生，气愤不平地说："别总二柱二柱的叫！他就长两只手，你们的手哪儿去了！"俩丫头再也不敢大呼小叫了。

转眼间二柱已来了两个月了，天气已经转凉。再过几天就到秋分节气，早晚已经感觉到了一丝凉意，二柱把来时的那件长裤穿上，不再穿短裤了。他一天到晚不停地干活儿也不像夏天那样挥汗如雨了，每天中午和晚上二柱开始学习英语。刚来时天气热，中午躺一会儿一下就睡着了。再说刚刚到一个新地方，一点儿也不敢怠慢，英语学习的事放了一个多月。现在一拿起来，就非常专注，一天也不耽搁，中午学一个小时，晚上有时学到夜里一点多。他一章一节地往前赶，学习非常认真，每一个章节的新单词他都写几遍，然后闭上眼睛默记几遍。二柱从心里感谢云妹，给他准备了这么好的学习条件。他感觉比跟老师学还方便，在班上跟老师学，哪个地方需要提问题，不是随随便便找老师，有时要踌躇半天，现在方便多了，想听几遍就听几遍，每天晚上自己都在悄声读英语，谁也没发现。

一天夜里两点多钟，庞翠翠寂寞难耐起身去厕所。床上的男人睡得死猪一样，推都推不动。她愤愤地在院子里走了一圈，猛然间看见二柱房间里还亮着灯，心里打了个激灵，她猛然想到了干柴碰烈火，心里一阵激动。她悄悄走过来，很纳闷二柱在干什么，问："二柱，你在鼓捣啥呀？到这时候了还不睡觉？"二柱吓了一跳，他蹲在椅子上学得非常专注，还没等他反应过来，翠翠已经走到了跟前，他只穿一件内裤身子光着，他慌乱地赶快拿一件衣服来遮挡自己的身子，庞翠翠哈哈地笑起来："你看你这孩子，你还藏啥呀！你还怕我不成，我啥样的没见过，你那一点儿还用藏呀！"二柱脸羞得红红的。庞翠翠又关心地问："你在干啥？在听音乐？"二柱急了："不不不！我在学英语，你快走吧翠姐！"此刻，翠翠收敛了自己不安分的心，心里有些不甘，没想到二柱非常警惕，并且冷冷的，二柱不是王展，可王展也太危险了，二柱才是她追逐的目标。每当她躺在床上想起二柱，那真诚淳朴的性格，矫健挺拔的身躯，内心会一阵激动热血沸腾，恨不得立刻把二柱搂在怀里。可二柱很警觉很冷淡，她觉得操之过急会前功尽弃，曾经有个什么人说过，越是珍贵的就越不容易得到。所以她立马下决心走开，说："你还真是有心人，学啥英语呀，赶快睡觉，明天要干活儿呢！”说着抚摸了一下二柱的肩膀转身离去。此刻二柱一阵烦闷，心想：这个翠姐，我一向非常尊重她，把她当姐姐，深更半夜跑过来到底干什么，我还光着身子呢！是她自己说的男女有别，真是不可理喻。

天气一转凉，来就餐的人越来越多，每天去市场采购的任务也越来越重了，庞翠翠每天都要和二柱上街走一趟，她每天都兴致勃勃，精心打扮化妆，打理得利利落落，头发每天梳一个花样，衣服每天换几个款式，并且都是高档名牌，每天都要征求二柱的意见，问：“柱儿，看姐这衣服咋样？”二柱回应着：“挺好的！”庞翠翠不满意了，说：“什么挺好的！说具体点！”二柱无奈地笑笑说：“翠姐，我一个男人，哪儿知道女人的衣服怎么好怎么不好啊！”庞翠翠很不乐意地哼了一声：“你小子，敢情你在敷衍我。”二柱非常恳切地说：“你饶了我吧，姐，我真的一窍不通！”庞翠翠哈哈笑起来，她对二柱的态度不满意，可二柱把“翠姐”直接换成了“姐”，这说明又拉近了距离。我就是要你尽快去掉距离感，她这样想着，心里一动。

翠翠今天心情不错，走起路来像一阵旋风，她带二柱一连走了两家超市，给二柱买了一套内衣、夹克衫还有裤子，并且还买了一双漂亮的运动鞋，又到化妆品那儿选了三瓶营养霜，拿着到车旁才告诉二柱，说：“这衣服全都是你的，营养霜你们三个一人一瓶。”这一下二柱认真起来：“翠姐，你这是干吗呀？这些东西我绝对不要，你对我的为人还不了解，我走到哪里都不随便接受别人的恩惠。所谓‘无功不受禄’这道理你该知道，这是我做人的原则，那一次你已经买了我勉强接受，这一次无论如何我也不能接受，快去把它退了。”庞翠翠恼了，一脸的怒气，提高了嗓门说：“张二柱，你在说什么？你把我看成什么人了，你是说我在拉你下水是吗？我玷污了你是吗？”二柱知道自己有点儿太过分了，忙向翠翠道歉：“翠姐，对不起！对不起！请你原谅，我没别的意思，你别误会。”庞翠翠把买的东西“啪啪”地摔在地上，然后用脚去踩踏。二柱忙拦住她：“翠姐，你别生气了，是我不好，我向你道歉！”二柱原本就是个孩子，他从没和女人交锋过，并且对像翠姐这样富有心计的女人，更是从来没见识过。他妥协了，说：“翠姐，你别生气了！是我不通人情，东西我收下，你一定要答应从工资里把钱扣下！”翠翠马上答应着，二柱把衣服捡起来放车上，对翠翠说："翠姐，我知道你是一片好心，对我好，是我辜负了你的好意，原谅我，其实我真不需要那么好的衣服，家里还欠着债呢，请理解我一次！"庞翠翠见好就收，笑了笑说："你小子，差点儿把我气死了，姐一向对人真诚热情，我心疼你难道还会害你呀！"二柱也笑了，说："我知道了翠姐，咱走吧！"翠翠又交代说："还是那规矩，说是自己买的。"二柱答应着："知道了。"

二柱扶翠翠上车，翠翠一只脚刚踏上车厢板，突然"哎哟"一声，一下扑在二柱身上，紧紧抱住了二柱，二柱吓坏了问："咋啦？"翠翠说："坏了，脚崴了！"她马上坐在地上，二柱拿那包衣服给她垫上，她忙脱了鞋让二柱给她捏，活动了一下，二柱一捏，她就"哎哟"一声，二柱问："翠姐，很严重吗？咱去医院吧！"翠翠看看，说："哪儿有那么娇气啊！不要紧的，活动一下就会好的！来，你来抱我上车，咱赶快回去吧！说不定家里有事等咱呢！"

无奈，二柱只好小心地抱起翠翠，她故意装出一副痛苦的样子，"哎哟，哎哟"地直叫。

她很得意，其实是她故意装出来的，脚根本没有崴，她就是想让二柱抱她一次。

二柱小心地把翠翠抱起来，她紧紧搂着二柱脖子。二柱轻轻地把她放在车上。她真切地感受到一个真正的男人各个部位传给她的气息，二柱宽厚有力的臂膀，富有弹性的胸肌，硬邦邦的腹肌，还有……她都感受到了，她陶醉地享受着。二柱在前边开车，她在后边坐着，她非常满意自己的聪明，也很欣赏自己的演技，她在暗暗告诫自己，能不能得到这个令她心仪的男人，就看自己的手段了。她对自己充满了信心，向前挪一挪，想靠近二柱。在她眼里二柱就是她日夜向往的美男子，方方正正的脸庞，大脑袋，宽脑门，浓密乌黑的头发，大眼睛，高鼻梁，棱角分明、厚重润泽的嘴唇，黝黑透红的脸蛋，健硕的体魄，粗壮有力的腿。二柱身上的每一个部位，都会唤起她的联想和欲望，都让她陶醉不已。上帝啊！赏给我这个男人吧！我从心里渴望得到他！庞翠翠心旌摇曳，沉醉在幻想的海洋里。

车子一下停住了，已经到了酒店门口，庞翠翠从幻想中被惊醒。二柱急忙跑过来，小心翼翼地把她从车上抱下来。二柱朝里边大声喊：“张娟，快来，翠姐脚崴了！”二柱边喊边抱着翠翠向里边走，庞翠翠故意“哎哟、哎哟”不停地哼唧，两只手紧紧搂着二柱的脖子，生怕掉下来，她身子很重，二柱很吃力，一手托腿，一手抱腰，她整个身子和二柱紧紧贴在一起。她把脸紧紧贴在二柱胸脯上，闻到了二柱身上汗液的酸香味和男人身上特有的体味，她听见二柱的心脏“怦、怦、怦”跳动的声音。翠翠脸上露出一丝微笑，心想：好戏刚刚开始，我要瞒天过海，把几个人玩弄于股掌之间。她相信自己的智慧，偶尔想起了阿庆嫂巧用伎俩，与胡传魁、刁德一智斗那场戏，有点儿得意。哼！不把二柱收入囊中，就不算我有手段。

张娟急忙迎了上来，和二柱帮忙把她放在椅子上，张娟忙问：“翠姐，你这是咋啦?”庞翠翠故作镇定地说：“没事，脚崴了一下，很快就好！”张娟扶着她一蹦一蹦向里边走，她故意一只脚不敢着地，很痛苦的样子，其实她还是想让二柱把她抱上楼去，可理智告诉她不能那么做，刚走进院子，她大声喊：“快去卸车。”田壮壮、马良、王秀赶忙一起出来，看她这样都很惊讶，忙迎过来问候。田壮壮很急切地问：“老婆，这是咋回事啊?”马良也问：“嫂子咋啦?”王秀也过来扶她，她轻松地笑笑：“没事没事，崴了一下，热敷一下，马上就好，你们快去卸车吧！张娟扶我上楼，灌个热水袋！”张娟答应着。

张娟刚下楼去，田壮壮急急忙忙跑上楼来，还没进屋哪，老远就喊：“老婆还疼吗?”一边叫着一边进来，他走近庞翠翠，弯下身子伸手摸翠翠的脚。翠翠不耐烦地把他的手拨到一边，白他一眼：“看你一惊一乍、毛手毛脚那样儿！死不了人的，还能多疼啊！这会儿已经不疼了！”她停了一下说，“我给你说，今儿八月十四，明儿中秋节，我已接了十几个电话，订节日餐的，估计明儿晚上要有十桌二十桌的，你要好好准备，明晚上咱要弄得像模像样的，每桌都要准备一盘免费的月饼和特色水果，餐中间要请客人观赏烟花，门前和院子里要装上花灯彩带，一定要搞出点儿节日的气氛来。后天十六有三十桌喜宴，快去准备吧！死胖子，别管我。”田壮壮很欣赏这个能干的老婆，嬉皮笑脸地说：“行行行！你这娘儿们，越忙越添乱，还有啥事一次说完！”翠翠白了一眼说：“别啰唆！快去吧！”田壮壮转身跑下楼去。

今儿中餐没了庞翠翠的现场指挥，几个人顿时显得手忙脚乱，顾了东顾不了西。幸好中餐快结束的时候，庞翠翠终于露面了，她站在楼梯口那儿喊：“柱儿，快点儿来扶我下去给他们结账！”收钱这可是最要紧的事，她谁也不相信，总担心别人会把账算错，特别是田壮壮，算了十次起码错九次，她骂他是猪脑子一点儿也不过。二柱听到叫声马上跑过来，她还是装着脚不敢着地，从上向下一蹦一蹦的。她暗想，一不小心可能会栽跟头，那才叫弄巧成拙呢，就说：“柱儿兄弟，我挺害怕，干脆背我下去！”二柱没多想，说：“好吧！”他向前下一步：“来吧！”他背起翠翠，几步就下到底，他放下翠翠扶她上前台。田壮壮透过窗户正好看见了这一幕，他真想冲出来给二柱几个耳光，正忙着就忍了，可火已窝在肚子里啦！还不错，中午开了八桌，大厅还有散客，收了三千多元钱。庞翠翠站在楼梯口叫田壮壮过去，她把午餐收账的事跟他说了，田壮壮高兴极了，说：“行行行！快去歇歇吧！老婆！别让我看着心疼。”庞翠翠哈哈笑着说：“行啦！死胖子，净说好听的哄我！”田壮壮指指天：“我对老天爷发誓！张娟快来。”张娟跑过来。“快扶翠翠上楼歇着！把菜端上去！”张娟应着。田壮壮抢了个先，他怕翠翠又喊二柱，那是他最不愿意看见的。

大家吃完中午饭，二柱、张娟、王秀忙着收拾餐厅打扫卫生。餐厅打扫完了，张娟、王秀又收拾洗刷餐具，二柱开始冲洗院子和厕所。也许是活儿太多太忙乱了，老板让中午不休息了。二柱忙乱中一拉水管碰倒两个暖瓶，“砰砰”两声响，田壮壮和马良都伸出头来看了一下，二柱慌了神，忙说：“对不起，老板！”没等二柱解释完，田壮壮立刻发火，瞪着两只喷火的大眼吼道：“张二柱！你想干什么？故意是吗？”二柱忙解释：“对不起！老板！我不是故意的！”田壮壮提高了嗓门：“赔上！扣一百元！”二柱耷拉下头来再也不敢吭声了。

暖瓶的破碎声和田壮壮的吼声惊动了庞翠翠，她立刻跑到楼梯口向下看，立刻大声叫开了：“干什么大呼小叫！多大的事儿啊！”张娟立马上去扶她，这会儿她的脚好像不疼了。扶着张娟几步下到底，拿起暖瓶手起手落，“啪”的一声摔在地上，暖瓶立刻碎了。田壮壮听见响，又伸出头来看，看见翠翠要发作，知道不妙。庞翠翠怒气冲冲地说：“田胖子你听好了，在我工资里扣，你给我个准话儿，是关门还是怎么的?”田壮壮立刻软下来：“行啦！姑奶奶！赶快上去休息！我就那么一说，较什么劲儿啊!”说着让张娟扶翠翠上楼，庞翠翠也不真发火，见田壮壮软下来，她也见好就收。她上了几步，又转回来说：“良兄弟和二柱去一趟光明商行，我在那里订了十个灯笼，一副字联，我刚打了电话，带六百元钱去拿回来。今天下午不休息，抓紧时间挂上。”马良跑出来应着，田壮壮扭头看了看，立刻自言自语道：“嘿！这娘儿们，我怎么不知道啊!”

下午五点的时候，十个大红灯笼全挂上了，甚是壮观。大门口挂了四盏，院子里挂了六盏。还装上了彩带，电线也扯好了。一打开关，嘿，满院生辉啊！大家一起说好，大门口的灯也开了，大红布帘也挂上了。上面的大字是“迎中秋庆国庆，新推中华名牌大菜，欢迎光临”，真是一派节日气氛。田壮壮外面看了里面看，乐呵呵的非常兴奋。翠翠的脚早就不疼了，她也是里面看了外面看，喜滋滋的她猛不丁拍了一下田壮壮肩膀，不冷不热地说：“怎样啊田老板！没跟你商量，准备怎么发落我呀!”翠翠拉长了腔调，怪怪地斜眼看着田壮壮。田壮壮傻傻地笑了：“服了，服了。”

正说着话，进晚餐的客人到了，先是在后院安了八桌，前边大厅开了三张桌。满院的大红灯笼非常耀眼，来客都在院子里转着看，观赏灯笼，并且都赞不绝口。

这时来了三位客人，二十来岁，横眉竖眼晃着膀子进来了。张娟在前台服务，三人晃着过去问：“还有地儿吗?”张娟客气地回答：“请问几位?”几位爷答：“三位。”张娟引领着：“请先生这边来吧!”她引领到头一张桌，说：“请三位在这儿就座。”三位又问：“没有单间吗?”张娟回答：“单间已满了。我拿屏风给先生挡一下吧!”三位爷说：“那行。”张娟拿来了屏风，给挡了一下，很僻静，挺好的。三位坐下开始点菜。他们要了一瓶酒，两盒烟，点了四菜一汤，三位开始喝酒。席间，其中一位说去洗手间，张娟向后指了一下。顷刻那位回来，三个人低头嘀咕了半天，张娟看在眼里，心想可能是那位发现了里面有空着的单间。三位气不过，可能要滋事，聪明的张娟心中有数，心想要赶快告诉翠姐，还没来得及，最后一个汤二柱端来了。他老远就喊：“汤来啦！请慢用！”声到人也到了，那位爷突然抬手，二柱躲闪不及，汤溅出来，溅到那位的袖子上，二柱连声地说：“对不起！对不起！”那位爷站起来大发雷霆：“不长眼的东西，立刻给我弄干净！”二柱被这突如其来的状况吓傻了，张娟立刻跑过来拿毛巾给那位爷擦，也连声说：“对不起！”那位爷一甩手猛力一推，把张娟推了个趔趄，一下倒在另一张桌子边上，差点儿摔倒。

正在这时庞翠翠到了，她一看有状况，就赶快跑过来，满脸堆笑：“哎哟嗨！这不是兄弟嘛！几年不见，发财啦！不认识姐啦！这是姐的店。”那三位爷一头雾水，都愣住了。正在这时，又一干人等到了，领头的是派出所的盛所长，进门就高声喊：“庞老板，翠姐，下官给姐请安了。”翠翠哈哈笑着迎上去笑着说：“哟，盛大所长，托你的福，你的桌早就留好了，张娟快带去平安厅！”盛所长说：“刚才进门时听见高一声低一声的，出了啥事了?”翠翠笑着说：“没事，没事，一点儿小误会。”一边说一边把盛所长引向这边，她哈哈笑着说：“你当怎么着，这三位是我兄弟，小时候姐还抱过他，一晃几年不见，他们都长大了，姐也老了，都不认识了！”翠翠笑了笑，推张娟说，“快请盛所长入座，姐一刻钟就过去，姐要敬你们几杯。”张娟带着几位公安向里走去。那三位一脸的尴尬，愣在那里，一时什么也想不起来了，忙赔笑脸：“哦哦哦！想起来了，是翠姐，恭喜发财啦！”翠翠笑着说：“发什么财呀，兄弟见笑了，讨饭的买卖，这么久不见了，今天姐请客，张娟，三位兄弟的账我结。”张娟答应着：“知道了！”

那三位笑着说：“使不得！使不得！翠姐。”翠翠笑着说：“咋就使不得啦！从小的兄弟，发了就看不起姐啦，是吧！常来给姐捧捧场就行啦！”翠翠一边搭话，一边扯一下二柱让他离开，二柱忙退下。那三位也笑了，说：“那是自然！那是自然！”翠翠笑着说：“三位兄弟慢用，还要什么跟姐说！”说着退了下去。

那三位坐下来急急忙忙吃完了饭，到前台结账，张娟说：“翠姐结过了，三位先生慢走。”三人一起说：“那替我们谢谢翠姐！”张娟笑着说：

"不客气!"三人像小偷似的溜了出去。

等客人都散尽了，大家一起动手收拾打扫了一会儿，都被吆喝到前面大厅吃饭。二柱对张娟说："张娟请替我转告，我不饿不吃了，我回房间了。"张娟看二柱很疲惫的样子，很关切地说："柱哥，别这样，不吃饭怎么行啊!"二柱不作声默默地离开了。马良和王秀怔怔地看着，很不放心，告诉了翠翠。翠翠说："你们别管了，快吃吧，吃完了你们休息，都累了一天了，等一会儿我去看他。"

几个人吃完了饭各自回自己的房间。马良骑摩托车回家。院子里一片沉寂。庞翠翠从楼上下来，她提了一壶水，又到厨房打开冷藏柜拿了芝麻饼和其他点心，装在塑料袋子里，向二柱房间走去。二柱并没睡觉，也没学英语，门开着，坐在椅子上，脑袋向后仰着，紧闭双眼。翠翠走到门口大声喊："柱儿！你在干什么？怎么不吃饭呀？"她显然是故意大声喊，其实做给谁看呢？无非就是向三楼那俩丫头表明，我上二柱房间是公干，是正大光明的。其实这一点小心眼儿抖得好没意思，那俩丫头心里明镜似的，她们知道翠翠从心眼儿里喜欢二柱，处处护着二柱，但是毕竟二柱受了委屈，就凭二柱干的那活儿，不管是谁都应该尊重他，老板两口子更不用说。

这会儿张娟、王秀也正在议论今天发生的事。张娟说："如果他这样对我，我会马上放下手里的活儿，让她给我结账走人。不就是赔偿吗？有啥了不起，看起来还真是应了那句话：人穷志短！二柱自从来这里一分钱没拿到手。看起来家里还真是需要这几个钱，为了几个钱这口气还真是要忍了。嘿！这真是打碎了牙往肚里咽呀！我真是替二柱难受。"

王秀也说："谁说不是啊！哎！下午那三个小流氓真是翠姐熟人?"

张娟笑笑说："你可真够傻的！什么熟人，翠姐就是急中生智，她说啦，谁知是哪路神仙!"说着两人都笑了。

庞翠翠一边大声说着话，一边走了进去，二柱只穿了件内裤，光着上身，似乎正准备上床睡觉，他听见翠翠进来，也没转身，也不吭声。翠翠把东西放在桌上，说："我知道你不高兴，一天碰了两件倒霉的事，可饭总是要吃的，我把东西放这儿，等一会儿饿了吃一点儿，别跟自己过不去，那才叫傻呢！”

二柱终于说话了：“翠姐，谢谢你！”

翠翠说：“不用谢，要说谢谢的应该是我，你全是为了我才受气的，算了，男子汉大丈夫，别计较，要拿得起放得下！”翠翠一边说话，一边紧紧地靠在二柱身后，她爱怜地抚摸二柱的头，摸他的脖子和肩膀，进而又把手伸向二柱的胸脯。二柱身体立刻有了反应，浑身战栗了一下，他有些警觉，立刻拨开了翠翠的手，说：“翠姐你快回吧。”翠翠已明显感觉到了二柱的反感，立刻收手。她心想，如果二柱站起来搂紧她，她会顺水推舟……她知道二柱需要安慰。她放开了手，并没有马上离开。

二柱终于说话了，他说：“翠姐，我是不是应该走啦！”

翠翠立刻说：“别胡思乱想，谁怎么着你了，田壮壮浑，不是还有我嘛！只要有我在，谁也别想欺负你，今天你也看到了，不管是家里的，还是外面的，谁欺负你，我都会挺身而出，你到底想让我怎样，你才相信我，我早就向你保证过，一定不会让你吃亏。”

迟疑了半晌，二柱才说：“我相信你，谢谢你翠姐，我再干些日子吧！你走吧翠姐，太晚了。”

翠翠也觉不宜久留，说：“那好，你吃一点儿东西休息吧！”说着转身走了。

二柱呆呆地坐着，一动没动，他非常想娘。他心想：每逢佳节倍思亲，我是娘唯一的亲人，明儿中秋节了，我也不能陪在娘身边，不知娘现在咋样了，一定要给娘打个电话，我也非常想云妹。每当碰到难处，第一个想到的就是云妹，每当需要支援、需要鼓励的时候，云妹会第一个出现在我面前，这可能就是前生注定的缘分，每当心中结了疙瘩时，云妹会耐心地开导我，她的话语是那样柔和，从不拿不中听的话刺痛我。我不善于表达，可我内心深处是深深地爱着云妹的，今儿一天就受了两次侮辱，人说士可杀不可辱，真是让人受不了。在北埠开发区建筑工地，虽然活儿很累，可从没有人公开侮辱我，一则有崔二叔的保护，二则那些人都是出苦力的，没有人让我过不去，最后王经理、王工头都对我另眼相看，客客气气。田壮壮算是什么东西，一开始就看我不顺眼，说了那样的混账话，损坏了暖瓶是我的错，赔偿不就完了吗？干吗那样对我，把话说得那么难听，分明是在找碴儿欺负我。今天那几个小混混分明是在故意滋事，幸亏翠翠及时赶到化解了危机，不然还指不定会发生什么状况，也许那家伙会动手打人，那几个家伙分明就是小流氓。说起来真要感谢翠姐，两次危机都是她帮我。二柱对庞翠翠充满了感激。真是个稚嫩的少年，明眼人一看就知道，庞翠翠在一环紧扣一环地套牢他、勾引他，只等他上钩，他还浑然不觉，全然被蒙在鼓里。

午夜十二点的时候二柱感觉有点儿饿，吃了些翠翠拿来的点心，又喝了一点儿水，就上床睡觉。二柱躺在床上一直睡不着，云妹的影子一直在眼前晃动，一闭上眼睛就浮现出云妹那端庄秀丽的脸庞，她是一个文文静静的好女孩，人前人后从不大声说话，每次和二柱交谈，总是和声细语，娓娓道来。二柱内心压抑着冲动，有几次想写信给云妹表明心迹，最能表明心迹的那三个字——我爱你，一定要写上。可最后还是制止了自己，他跟自己说："既然是爱就不能太鲁莽。"我二柱是不是应该恋爱啦！他自己弄不明白，自从养伤几个月来，他的整个身体及生理都发生了极大的变化，生理的躁动有时令他惶惶不安，一直到凌晨四点时他才昏昏睡去。

一觉醒来已经早晨七点半了。张娟、王秀都已洗了脸在干活儿，翠翠也已起来，从楼梯上一步一步慢慢走下来，显得很疲惫没说话，只用眼直直地看着二柱，很关切的样子。二柱把头耷拉着，只叫了声："翠姐！"翠翠说："不急，吃完饭再干也来得及。"二柱答应着："知道了。"翠翠问王秀："早餐准备好了吗？"王秀答："做好啦！"等翠翠走开了，张娟说："张哥，先吃饭吧！炉子我已打开了，加了煤，不急烧！"王秀也凑过来说："柱儿，饿了先吃饭吧！"二柱只说："谢谢！"

这些日子，张娟和王秀都表示出足够的体贴和关怀，特别是张娟经常嘘寒问暖，二柱有些感动。其实二柱一点儿不傻，他觉得张娟对自己有点儿意思，如果二柱也表示一点儿热情，没准两个人关系就会发展，可二柱心里很明确，他不能那样做。张娟也挺漂亮，白白净净，干活儿手脚麻利，个头儿跟云妹差不多。特别是那天，无意中被她看见了自己的身体，心跳了好一阵子，并掂量了好几天，最后还是警告自己，我心里已经装了云妹，不能再容其他女孩。再说功课学习一刻不能松懈，这是云妹希望的。我要时刻牢记知识改变命运，出门挣钱还债，是权宜之计，只要还清了债，我会坚定不移地去上学，现在没有任何理由考虑男女私情，如果不能克制生理躁动，会坏了大事。翠姐说男女有别，对自己是忠告。

吃过早饭刚八点多，园林园艺公司给送来了假山花卉。说假山是两个月前就定好的，花卉拉了一车，任选任挑，要多少都行。田壮壮还没起床，马良已到了，他把庞翠翠叫下来，一伙人到大门口一看，都很惊讶。假山是用奇石怪石组合起来的，足有一米八高，上面点缀着瀑布青竹，还有一处亭台，并且有上山的云梯，非常壮观，极富诗意。翠翠非常满意，让搬进去。假山足有一吨重，用人工没法儿搬动，园林公司想得周到，开来了一部叉车，叉车把假山升起来直接开进去，开到后门只能放下。因为那里有两级台阶，马良急急忙忙找来了两节钢管，放在假山底座下面，几个人一起用力慢慢向前推。两截钢管交替着把假山推到院子中央，然后拿来了钢钎，马良、二柱和园林公司的人一起动手把假山一端撬起，拿掉一截钢管，然后撬起另一端，拿走了另一个钢管。庞翠翠高兴地直拍手，笑着说："我说怎么来着，关键时刻还是男人顶用，良兄弟真有你的！"说着她翘起大拇指，马良不好意思地说："嘿！瞧你说的，这点儿小伎俩也值得你夸。"说着大家都笑了。

马良动手拉过水管把假山底座里灌上了水，原来他们在假山座上安了潜水泵，只要通了电，水就会不停地循环，山顶的瀑布直泻下来，栽在山间的青竹、云竹和其他植物会保持足够的水分。安好了假山，庞翠翠又让马良、二柱把早已准备好的橡塑红地毯围着假山铺了一圈。园林公司带来的鱼缸也要了一件和假山并排放在一起，这样便于客人观赏。庞翠翠还要了十盆兰花和一叶兰之类的花卉，大门口放了四盆，院子里廊下放了六盆，翠翠让二柱把大门口也铺上了红地毯，这样一装点，院子里生机盎然，整个气氛就不一样了。马良笑着说："嫂子，我不想走了。"翠翠听了哈哈笑着说："那你媳妇能让你？住这儿吧！把你媳妇也带来！"说着又是一片笑声。

二柱蔫蔫的总也高兴不起来，庞翠翠看在眼里急在心里，她决心要让这个可人心疼的男人高兴起来。她有的是办法，她这样想着上楼去了。田壮壮醒了，她催他快点儿起来，说："已经布置好啦，快下去看看，付给园林公司两千元钱，烟花专卖店付了一千元。"田壮壮一边起床一边答应着。

田壮壮一边下楼一边观赏院子里的景致，乐呵呵地说："嘿！真是一片新气象啊！"他看二柱蔫蔫的正在干活儿，心里有说不出的高兴。昨晚打烊了他才听说餐厅里出的那档子状况，他恨恨的，心想：你小子漂亮帅气怎么啦！外面那些小流氓可不管你帅气不帅气，该收拾你的照样收拾你，真是替我老田出了一口恶气。那娘儿们真是多事，就不该去拉那场，随他去，给他两拳头我才解恨呢，就打他那张脸，让他一边帅去。他这样想着，居然哼起小曲来。

一直到上午十点半的时候，庞翠翠还没从楼上下来，在上面已整整待了一个多小时，田壮壮有点儿沉不住气了——这娘儿们咋啦，快下来看看，这些东西行还是不行啊！咋就不下来呢！

庞翠翠在楼上正在梳妆打扮，一边打扮，一边心里美滋滋的，她非常欣赏自己，觉得自己漂亮聪明，干什么事都能干成。把二柱弄到手只是时间问题，她每天都在觊觎二柱，二柱每一个生理反应，她都看在眼里记在心里，每当发现异常，内心会掀起一阵波澜。她打算借中秋节和国庆节的机会风光一回，她想做一则广告，请市电视台的记者来个专访，拍几个镜头，显示几道大菜。花个两三千的广告费，小菜一碟，我不仅只面对桃花镇的消费者，还要把省城的消费者也吸引来。我非要火一把不可，到时候我要打扮漂漂亮亮的，和二柱站在一起，让电视台记者给个特写镜头，我让张二柱看看电视里的翠翠能比他二柱差多少，老娘费尽心机，他就是不开窍，急死我了，老娘就是要露个脸。哼！想我庞翠翠也是十里八乡有名的美人，现在虽然有两个孩子，但是依然光彩照人，咱虽然没多少文化，可脑子活泛，人聪明点子多。我这辈子给田壮壮做老婆，他可赚便宜了，给他挣来了那么大一份家业不说，还给他生了两个孩子，却随了我都长得漂漂亮亮。他田壮壮这辈子欠我的，真要是给二柱做老婆，我当牛做马也乐意……翠翠正陶醉着，正想心事，田壮壮气势汹汹猛一推门闯进来，他开口就嚷："哎哟嘿！这打扮起来咋没完没了呢！打扮这么漂亮给谁看呢？怎么着！想勾引那小帅哥？"

庞翠翠今天心情不错，光听前面那两句原本不想发火，开个玩笑就过去了，可听后面这句，火气"噌"的一下蹿了上来。老娘今天非要教训你不可，让我的二柱也解解气。她抓起梳妆台上的一只茶杯狠狠地向田壮壮砸去，田壮壮一歪头，"啪"的一声，水杯砸在墙上，水和玻璃碴儿溅了一片，她破口大骂："田壮壮你个狗娘养的臭流氓，你糟践我就罢了，我是你老婆，你干吗要糟践那个乳臭未干的孩子，你良心叫狗吃了！我跟你拼了！"庞翠翠疯了似的搬起小凳子就砸梳妆台，又砸茶几。田壮壮吓愣了，不知怎么办，还没等田壮壮反应过来，她照准田壮壮的头砸了过去。说时迟那时快，田壮壮抽身跑了出去，立马向楼下跑去，庞翠翠举着凳子追到楼梯口，朝着田壮壮的后背砸了下去，凳子正好砸在田壮壮的小腿上，然后顺楼梯唏哩哐当滚下去。她回到房间放声大哭："田壮壮你个王八蛋！你不得好死！啊——啊！我没法儿活了！——"

下面的人都惊呆了，没有一个人敢上去劝她，也没人敢问田壮壮是怎么回事，庞翠翠发疯似的大哭大闹了一阵子，见没一人上去，她干脆不哭了。把床上的东西全都拉下来扔了一地，然后打开皮箱，装上自己的衣服，背上包，提起皮箱，披散着头发，向楼下冲去。

她气势汹汹冲到楼下院子里，二柱、张娟、王秀都吓呆了，一起喊："翠姐！"她理也不理，田壮壮躲在厨房里不敢出来，马良向外推他，他故作气哼哼地站向一边。庞翠翠把一串钥匙狠狠地向窗户砸去，"啪"的一声窗玻璃碎了，她朝着窗户破口大骂："田壮壮你狗娘养的，你不得好死。"然后哭着向大门口冲去，她招手叫了一辆出租车，走了。

几个人一时不知所措，田壮壮也不吭声，站在那里直发愣，马良沉不住气了，问："哥，你怎么招惹嫂子啦？嫂子不在这活儿怎么干呀？客人要来了，你说你，晚上有节日晚宴二十桌，明天有喜宴三十桌，你准备咋办呀？"

田壮壮愣了半天说："张娟去前台招呼着，这两个传菜，过了中餐，我再去找她！”

马良说：“你上哪儿找她呀！”

田壮壮说：“回家闹呗！还能去哪儿?”

支应完了中餐，还不到下午两点，田壮壮骑上三轮摩托车走了，他家住在镇驻地东南角，有三里路，骑摩托车十分钟就到了。田壮壮一进家门，他母亲迎出来，一看是儿子回来啦，气不打一处来，拿起笤帚就打，一边打一边骂：“我叫你这不争气的东西，你恐怕我清净一会儿，你这畜生！”田大娘上气不接下气，把笤帚扔一边，坐地上哭开了。

田壮壮把娘扶进屋，田大娘一边哭一边骂：“你这兔崽子，不争气的东西，看你老子回来怎么收拾你！”

田壮壮也不服气：“娘！你不知道是啥事，我也没招惹她，你放心吧！我去哄她！”说着田壮壮上楼去了。

卧室的门锁着，田壮壮知道翠翠在里边，他推了几下门不开，在外边大声喊：“翠翠，你开门！”里边没动静，田壮壮又喊，“翠翠，你开门，你听我说。”翠翠还是不开门，停了一下，田壮壮又喊，“翠翠，我给你跪下了，你不开门我就这样跪着，一天不开我就跪一天，两天不开我跪两天。”说着他真的跪下了。过了半天他又喊，“翠翠，你开门吧，你打也行，骂也行，都由你！”

过了一会儿门开了，田壮壮站起来，翠翠坐在床边一个劲儿地哭，田壮壮走到翠翠跟前又跪下了，庞翠翠转到一边去，她擦了擦眼泪说：“咱们离婚吧！这日子没法儿过了，孩子归我，酒店归你！”

田壮壮说：“翠翠，你别跟我一般见识，是我浑蛋是我浑蛋。”说着，用两只手使劲儿打自己耳光，打了几下，翠翠不理，他又说，“以后我什么都听你的。”

庞翠翠说：“我不稀罕，这个婚你离也得离，不离也得离。”

田壮壮说：“你净说气话，没了你这店怎么开呀！”

庞翠翠气愤地说：“那是你的事，与我无关！”

田壮壮有点儿胆怯，支支吾吾地说：“我知道你手里有一百多万呢！”

庞翠翠“噌”的一声站起来气愤地说：“田壮壮你听好了，你的钱我一分也不要，我这一百六十万，我儿子和闺女一人一半，我一分不花，办好了我拿给你看，让他们自己保管。省城锦江大酒店的王经理两年前就请我干大堂经理，月薪五千，我在你这儿受气不值，这次我一定要为我自己活一回。”

田壮壮一听庞翠翠真的要离婚，立马又跪下来，他抱着翠翠的腿放声大哭：“翠翠！你原谅我吧！我再也不惹你生气啦！都是我浑蛋。”他一边哭一边狠狠打自己耳光，然后又抱紧翠翠的腿哭个不停。

其实翠翠是故意吓唬他，哪有什么大堂经理给她干，她也没真打算离婚，真的离了婚，一个半老徐娘跟谁去，可是这一次她下决心一定要把田壮壮降伏了，免得他干预自己和二柱。她看自己男人痛哭流涕，又有点儿可怜他，一日夫妻百日恩嘛！再怎么说他也是孩子的爹，想到这儿她心里也有点儿酸，突然抱着田壮壮的头，用力捶打他：“你这个没良心的东西，我把一辈子都交给了你，我给你生了俩孩子，坐月子时还替你干活儿，给你挣了那么大一份家业，想我当初嫁给谁都比你强，可我缺心眼儿，被你骗到家里，被你强奸了，我就想被你吃剩下的谁会要啊！我也怕丢人，就铁了心地跟了你。这些年我享过一天福了吗？啊？我看透你啦，你就是一个狼心狗肺的东西，我是看在你爹娘的面子上，他们都是忠厚善良、老实本分的人，怎么养了你这么个猪狗不如的东西。”她一边哭着，又狠狠地打了田壮壮几下，又开始骂，“你就是个不要脸的种猪，每天夜里都趴在我身上折腾一个多小时，我还用找别的男人啊？再说啦，张二柱是个多好的孩子啊，人家家里穷，来挣几个辛苦钱，一天到晚不停地干活儿，一个人干几个人的活儿，原来冲厕所谁干啊？现在他一个人全包了，你长着眼睛为啥看不见呀？这样的孩子一个月给一千也不多，你看人家不顺眼，就千方百计算计人家，诬陷人家，他是个正正派派的孩子，你教他干坏事他都干不上来，他不像你从小就是个小流氓、小混混。我喜欢他，是因为他勤快能干活儿，不是因为他长得帅，你知道吗？他才多大呀，比你儿子大六岁，我是既把他当儿子又把他当兄弟，爱护他疼他是想让他多干活儿。你想一想，如果你儿子也碰见像你这样的一个浑蛋，算计他害他你会怎么想，你良心让狗吃啦？你这畜生，你这畜生。”她一边哭一边狠狠地打田壮壮。

田壮壮一边哭一边哀求："翠翠，我再不敢了。翠翠，我是因为太爱你了，我不反对你对他好，我就怕你跟他上床。"

听到这句，庞翠翠"扑哧"一声笑了，她一把揪住田壮壮的耳朵拧了一圈，笑着说："你这猪脑子，我就跟你上床，我还能跟谁上床啊！"

田壮壮看翠翠笑了，站起来一下把她抱起来放在床上，压在她身上说："老婆你别生气了，我向老天爷发誓，我什么都依你！"

庞翠翠狠狠地掐了一下他的额头说："不许你再欺负二柱，人家才多大呀，他会跟我上床？如果让你跟一个五十多岁的老女人上床你干吗？你这没心没肺的东西！"

田壮壮说："老婆你饶了我吧，我一定对他好！"

翠翠又说："还有，不许你打那俩丫头主意！"

田壮壮指指天说："天地良心，我自从和你有了那事，什么女人都没碰过，我就看我老婆漂亮，谁也不稀罕，只要有你就够了。"

翠翠说："好，我就信你这一回。还有，国庆节之前一定把车买回来，我要奥迪，明儿就提三十万立马去买，我驾照拿了两年了，连车都开不上，我活得累不累，以后每月都去一趟省城。"田壮壮满口答应："行行行——我都依你老婆！"庞翠翠哈哈大笑，故意嗲嗲地："老公！我爱你——"抱着田壮壮亲个不停，田壮壮也抱着翠翠在床上亲着滚着。田大娘听见小两口笑声迭起，放心地松了口气。

下午四点，田壮壮骑着摩托车带庞翠翠回到酒店，几个人都出来迎接。马良笑嘻嘻凑上来说："天上下雨地上流，小两口打架不记仇！我说嫂子你这演的是哪一出啊！"庞翠翠哈哈笑了："去去去！臭小子，贫吧你！"二柱、张娟、王秀都迎上来喊："翠姐！"庞翠翠很高兴地说："好好好，快准备晚餐吧！今儿晚上要好好地玩一玩，让进晚餐的客人，吃得高兴玩得开心！"几个人一起说："都准备好了。"

刚刚晚上七点，酒店里里外外张灯结彩。红红的灯笼，飘逸的彩带，装点得热烈祥和。来就餐的客人陆续到了，客人们一进门大为震惊，都说："酒店大门口漂亮，里面更漂亮。"人们观花灯、看假山、赏金鱼，都翘起拇指夸奖，人们说说笑笑熙来攘往，好不热闹。庞翠翠让把大彩电移到院子中央，马良已接好了线，再过半小时，央视中秋节晚会就要开始，大家都说："今年赏月、观灯、进餐选在桃花园酒店是选对了。"

今晚的节日晚宴，绝大多数是家庭宴，有老人有孩子。为了和家人一起团圆，马良把父母和媳妇都接来了，田壮壮也把父母孩子接来一起热闹。他们两家是姑舅表亲，在大餐厅围了个大桌，两家人围在一起好不热闹。今晚庞翠翠打扮得花枝招展，特别兴奋，俩孩子围在她身边"妈妈！妈妈"不停地叫。翠翠对公婆和姑姑姑夫特别恭敬，不时过来敬酒。晚上八点多钟，菜上了一半，酒过三巡，庞翠翠和二柱、张娟、王秀免费给每桌上了高档的月饼和水果，让大家品尝。又过了一刻钟，庞翠翠邀请大家到大门外欣赏烟花。二柱、马良把烟花依次摆好，庞翠翠异常兴奋地向大家宣布："下面请各位父老乡亲欣赏烟花。"二柱、马良依次点燃，烟花立刻冲上天空，整个天空五彩缤纷甚是壮观，客人们一片欢呼雀跃。烟花燃放了十几分钟，客人们感叹不已，啊！今晚真是太尽兴了，老人们感慨地说："真没想到咱这小小桃花镇也如此风光，咱们真是赶上好时候了。一位老夫人感慨地说："原以为这酒店是外面来的大老板开办的！刚刚才听说是田家媳妇办的，田家老两口可真是有福气呀，摊上这么个又漂亮又有能耐的儿媳妇。"田大爷、田大娘听了大伙的夸奖，高兴得合不拢嘴，庞翠翠也乐呵呵的时不时地给大家鞠躬，只说："谢谢父老乡亲为我捧场！"

晚上九点的时候客人的菜已上齐，庞翠翠又在餐厅摆了一桌，上了十几个菜，让二柱、张娟、王秀一起进餐，她打开了酒，上了月饼水果。三个年轻人特别客气地一起到田、马两家桌上敬酒，两家老人一起夸赞三个孩子长得体面又懂礼貌，还特别能干。

田壮壮也客气起来，他举着酒杯说："三位弟弟妹妹，非常辛苦，我是个粗人，有做得不对的地方，请多原谅！"三个人一起说："谢谢老板！"

马良也客气地向三位敬酒。

庞翠翠向各桌客人敬完了酒，兴奋得脸上红扑扑的。她又向三个人敬酒，说："三位弟弟妹妹辛苦了，我祝福三位和你们的家人节日愉快，万事如意！"三个人一起说："谢谢翠姐！"

庞翠翠对田壮壮说：“老公，你也要到各桌去敬酒。”田壮壮应声去了，庞翠翠又追上去悄声说，“要谢人家光临本店，请人家提出宝贵意见和建议。”田壮壮答应着：“知道了。”转身走了。一直到晚上十点钟，客人们才逐渐散去。

二柱今晚也很高兴，下午的时候，庞翠翠主动提出让三人用店里座机给家里挂个电话，并告诉三个人，轮流打，一个人打的时候，其他人不准打扰，二柱和那俩丫头都很感动，认为翠姐确实聪明、能干、热情，体谅人，是个难得的好女人。

二柱也向家里拨通了电话，他让五嫂去叫娘接电话，娘立刻到了，二柱问娘好不好，娘说：“好好！娘就担心你在外边有啥闪失，你光长个大个子，心眼儿还没长齐，凡事要多长个心眼儿。”其实尹秀兰的担心是有道理的，这半年多来，儿子的变化太大了，似乎一下长大了好几岁，人长高了、胖了也白了，一表人才，模样比他爹漂亮，那模样太招女孩子喜欢了，她怕儿子缺心眼儿，会上当受骗。可儿子是男孩子，话只能说到这份上，说得太白了，她怕儿子难为情接受不了。二柱在这边笑了，说：“娘，我在这里挺好，你别担心啦！过年的时候，我一准把钱带回去，老板对我挺好。”尹秀兰在那边又说：“你五嫂让我在她这儿过十五，啥也不用我准备，侄儿和侄媳妇和儿子是一样的，你放心吧！”五嫂又接过电话：“柱儿兄弟，你放心吧，婶子有我呢，我每天都到家里去看看，没事儿就让婶子过来跟我做伴。”二柱忙说：“谢谢你嫂子，兄弟一准儿会报答你。”五子媳妇哈哈笑起来：“怎么就扯到报答上去啦！我是把婶子当婆婆一样看待，兄弟你放心吧！”二柱高高兴兴地挂断了电话。

二柱因喝了点儿酒，躺下以后翻来覆去睡不着，因为太兴奋了，他也不想学英语。自己原本不喝酒，自从来这里喝了两次了，他下决心下次再也不喝了。这个时候他非常想念云妹，如果他知道云妹家里的电话号码，他会打过去，问候一下，这些日子他时时想着云妹，一刻也放不下，直到凌晨一点钟，他才昏昏睡去。

八月十六的喜宴办得红红火火，热热闹闹。红灯笼红地毯为喜宴平添了几分喜庆。庞翠翠今天特意打扮了一番，穿了件红色锦缎绣花旗袍，颈上佩戴着一串洁白的珍珠项链，十分光鲜耀眼，肩上披着华丽的披肩，戴着胸花，化了妆，面容俏丽，身段丰腴，风姿绰约，别有一番风韵。

二柱忙忙碌碌地上菜，不经意间看了几眼翠翠，觉得翠翠耀眼漂亮，她美丽的容颜让二柱有些目眩，自己在山沟里长大，没见过这么美的女人。顷刻，他心跳加快，脸颊发热，汗一下聚集起来，他立刻低下了头。翠翠已经察觉到自己吸引了二柱，她心情愉快，为自己的娇艳美丽而得意。她瞅了个机会凑近二柱问："柱儿兄弟，姐今天表现怎么样?"二柱有点儿慌乱，问："什么表现?""我是说，打扮得怎样?"翠翠一脸的媚态，两眼紧紧盯着二柱，忽而眼波流转，含情脉脉，忽而满含风情，摄人魂魄，肆无忌惮地挑逗着二柱。

二柱受不了，手足无措，满脸通红，耷拉下了头。"挺好的!"他说。他有点儿怯懦，嗫嚅了半天，憋了一句。

翠翠扭动着身子，嗔怪地说："挺好的，挺好的，就会这一句。"

二柱脸更红了，慌乱地躲闪着翠翠的目光，一直不敢抬头。"挺漂亮的，比新娘子漂亮。"他终于鼓起勇气，冒了一句。

庞翠翠咯咯地笑起来，花枝震颤，手舞足蹈，直呼："是真的?"二柱坚定地说："那当然!"

二柱正值二九，血气方刚，哪里禁得住这般撩拨，好在理智尚存，又深谙廉耻，于是立刻放下手中的活儿，朝厕所跑去。

二柱的秘密哪里瞒得了翠翠，她心中暗喜，她真想抱住二柱，心想：我终于得到这个男人的肯定了，我会有希望的。她异常兴奋，突然看见张娟、王秀忙碌的身影，立刻急急忙忙走开。她走进服务台，极力控制那颗不安分的心。

今天特别忙，再加上她心里又紧张，这会儿放松下来立刻觉得很累，她想坐下来歇一会儿，感觉有点儿困乏，便趴在桌上合上眼眯了一会儿。仅仅几分钟，竟出现了幻觉。她梦见自己和二柱搂在一起，正在偷情。正在两人紧紧搂在一起忘情疯狂的紧张时刻，突然有人叫："翠姐！翠姐!"她立刻从梦幻中惊醒，急忙站起身来，非常气恼，心里暗骂张娟：死丫头，关键时刻坏我好事。

第八章 深夜受辱

八月十八，庞翠翠执意要进省城买车，田壮壮不敢迟疑，两口子一块儿坐上了去省城的班车。桃花镇去省城四十公里，过了沙田镇再走一程路就到了，车次半小时一趟，非常方便。临走时，庞翠翠交代马良等四人，一定要把中餐办好。他们下午三点就能回来，不误晚餐，几个人一起答应："放心吧！"

在省城他们转了三家车市，可以说什么价位的什么款式的都有。其中有十几万、二十几万价位的，也不乏有三十几万、四十几万更好更漂亮的，可庞翠翠却偏偏认准了奥迪这个牌子，不买这个牌子就不要。两个人转了一上午，一直到下午一点钟还没定下来。田壮壮哄着翠翠先吃饭，在饭桌上，庞翠翠一直在耍性子，坐在那里拉着脸不吃。最后没辙了，田壮壮只好缴械投阵，他说："好吧，姑奶奶！都依你！你快吃饭吧！咱就要奥迪，别的啥牌子也不要！"庞翠翠这回高兴了，白了田壮壮一眼说："臭德行！非叫老娘生了气，你才答应！我看你就是个金钱的奴才！"

田壮壮赔着笑脸说："好啦！姑奶奶，我服你啦！唉！谁叫现在是老婆当家做主的时代呢！吃完了饭，马上付款下账，就要奥迪！"

下午四点，庞翠翠果真开回来一辆崭新的黑色奥迪 A6 轿车，田壮壮兴奋的跟什么似的，他说："连挂牌保险等一切手续办齐，共花去三十六万元。"

马良倒吸了一口凉气说：“哎哟！我的妈呀，我连老婆搭上也不值这辆车呀！”

庞翠翠推了一把马良说：“你小子！没出息！老婆才值三十六万呀？老婆是无价之宝，没这车你能活，没老婆你能活呀！”

马良立马接上：“是是是！嫂子说的在理儿，这么些年没这车，我哥活过来了，若没有嫂子，我哥可咋活呀！现在还不知道咋样呢？是吧，哥？”

田壮壮笑嘻嘻地说：“去去去！臭小子贫吧你！”二柱、张娟、王秀也都凑上来围着看，翠翠甚是高兴。她还从车上拿下来十几套服务生的工作服，是在省城一家专卖店买的，有春秋装和夏装，很别致很漂亮。她说：“以后咱这买卖越做越大，必须经专业培训才能上岗，你们三个要当好老师。”三个年轻人相视而笑。

庞翠翠对自己这辆新奥迪，真是爱不释手，每天都要开着车到镇上转几圈，向家里跑一趟，星期天带孩子来店里吃饭，然后再开车送回去。田壮壮看庞翠翠对车特别上心，对孩子也特别上心，心里自然高兴，心想：只要这姑奶奶安静了，我也放心了，还是应了那句话——破财免灾，只要她一心一意跟我过日子。嘿！钱算什么，钱就龟孙子。他这样想着，竟哼起小曲来。

来酒店就餐的人越来越多，酒店的买卖越来越红火，基本每天都要去市场采购，并且都是一拉就是满满一车，如果还要买米面，就用新奥迪车去带，每次都带二柱去装车。庞翠翠巴不得每时每刻都和二柱在一起，她让二柱坐前面，给他放音乐，瞅准了机会，她会摸一把二柱的腿。开着奥迪带着小帅哥，庞翠翠心里无比惬意，走到哪里都觉得风光。二柱身上沾了些面粉，她拿毛巾给他抹去，趁此机会她会装作替二柱擦身上的灰尘，用手给二柱理头发，用手抚摸二柱的肩膀、胳膊、腿和其他部位。

这些日子，二柱感觉自己身体有些异样，时不时的会有生理躁动，并且每次都要持续二十分钟或半个小时才能缓解，很难堪，每当这个时候翠翠会装作什么都没看见，免得二柱难为情，其实她时不时的在偷窥，她想：二柱这个时候太需要女人啦！她给二柱泡了茶，喊二柱快过来喝，让二柱拿这拿那不停地围着她转。为了掩饰，二柱急忙说："我要去厕所！"于是急忙向厕所跑去，等他从厕所出来一切归于平静。

这天中午，田壮壮说要回家看孩子，庞翠翠知道他也想开车玩儿一玩儿，过过车瘾，因此欣然同意，并告诉他等孩子起床送孩子到学校再回来，田壮壮自是高兴。刚下午一点钟草草吃了饭就开车走了。近两点时客人散尽了。几个人简单收拾了一下，都回房间休息，马良也骑摩托车回家了。庞翠翠给二柱泡了茶，喊他过来喝茶，二柱答应着，一直在院子里冲洗，磨磨蹭蹭不过来。又过了一会儿，翠翠又喊二柱才过来，翠翠发现了二柱的异样，二柱尴尬地躲闪着。

一天到晚想二柱想疯了的翠翠，心突突直跳，欲望和联想像一只野性十足的兔子，在她心中猛力冲撞，她真想一下搂过二柱，即刻就想拥有他，最终理智战胜了欲望。她灵机一动计上心来，让二柱坐下来喝茶，装作什么没看见，云里雾里和二柱闲扯。不一会儿她蹲在地上干呕，说突然觉得头痛，故意用手卡着脑袋，让二柱赶快送她上楼。二柱说："咱去医院吧，别耽搁！"翠翠说："没什么要紧，躺一会儿就会好的！"说着二柱过来扶她，她把胳膊搭在二柱肩上，紧紧勾住二柱的脖子，一边爬楼梯一边装作要呕的样子。

二柱终于把她送进房间，她还故意不停地哼哼唧唧。走到床边，趁二柱没注意，她用胳膊勾紧了二柱脖子一下歪倒在床上，二柱随着倒了，正好趴在她身上，她死死地勾着二柱不放手。二柱慌了神儿，用力掰开她的手，脸通红，慌乱地说："翠姐，我到下面看看！"转身跑了出去。跑到楼下心还怦怦直跳。翠翠躺在床上呆呆地望着天花板，心里好恼，暗骂：臭小子，就是不上钩，我自有办法，看你能坚持到啥时候，要是王展早就上钩啦！我这样有耐心，就是为了把事情做得长远，要不然我就紧紧搂着你不放，你还能怎么着。她这样想着，起身拢了一下头发，喝了杯水，去三楼叫张娟、王秀起床，然后返回房间躺下睡觉。

二柱回到房间，心里恍恍惚惚，他恨自己不争气，十分困惑，为什么会这样啊！难道别的男孩子也会这样嘛！为什么不分时间地点都有反应，真是丢死人了，差点儿闯了大祸，他这样想着心又是一阵怦怦直跳。其实处在青春期的男孩子，生理的骚动是难免的，也是正常的，这是荷尔蒙在作怪，从小在山沟里长大的二柱，哪里懂得这些，他能与谁交流，又有谁能开导他。仅仅半年时间，他从一个瘦弱的少年，迅速成长为一个身强力壮、激情四射的青年，完成了生理的飞跃发展。不一会儿二柱冷静下来，他原谅了自己。不会的！翠姐说她头痛难受，我们两个不会有非分之想，再说是她把我勾倒的，她不会介意的，这样想着，心情平静了许多。

国庆节期间有五家来定婚宴，从一号到五号每天都是三十桌，任务很艰巨。一连几天都是忙着筹备婚宴，中午也一刻不停地干，能提前筹备的东西都已备齐，两个冰箱和两个冰柜都已经装得满满的。庞翠翠细算了一下，尽管做了充分准备，五场喜宴连轴转中间没间隔，光靠这几个人几杆枪，恐怕难以完成，必须得想办法增加人力。最后她想出办法——借兵！怎么借？她向十几家酒店老板发出了邀请，称本店推出新菜系，欢迎各位老板光临品尝指导。她让二柱把请柬写好，自己带二柱亲自送到十三家酒店老板手上。二十八号，十三家酒店的老板都到了。她让田壮壮按菜谱上列出的十几个菜认认真真做了一桌，并且每一个菜都是精心烹制，并都取了好听别致的菜名。酒足饭饱后，庞翠翠亮出底牌，要求一号到五号每个酒店派出一人干两天，各酒店老板直呼上当，没法子，吃了人家嘴短，只好答应。庞翠翠承诺日后兄弟酒店若有急用，保证有求必应，不打折扣。庞翠翠合计了一下，十三家酒店，每店一人两天，就是二十六人次，平均每天增加五人次，兵力够强的。她暗自高兴，为自己的运筹能力陶醉了好一阵子。田壮壮听了庞翠翠的部署，简直佩服得五体投地。

国庆节这天是重头戏，除了中午三十桌喜宴，晚上还有二十桌家宴。今年不同往年，省城来的观光客都齐刷刷拥向桃花园酒店。三十桌喜宴安排在二楼、三楼，院子里的平房和大厅都挤满了观光客，一时间把庞翠翠搞得手忙脚乱。她打电话让兄弟店来了七个人，三个厨师四个服务生，外店来人都穿上了本店的标志服，阵容十分整齐。庞翠翠像一位临阵的指挥员，沉着老练，指挥若定，详细布置了各自的任务，实施岗位责任制，谁的岗位上出了问题，由谁负责，来人都暗自佩服——这女人确实是一块当官的料，干了酒店真是太屈才了。

等晚上十点吃完了饭，庞翠翠又开车送走了七位援兵，让本店人员赶快休息，卫生明早打扫。等她爬上床准备休息时，喜滋滋地告诉田壮壮，今天净挣一万八千元，把田壮壮乐的抱起翠翠转了好几圈。

接下来几天，二号、三号、四号都来了五名援兵，五号这一天来了四名援兵，庞翠翠细算了一下，几天下来，光观光客就接待了五百多人，五天下来喜宴放了一百五十桌，晚餐放了七十桌，不算大厅的散客，总共放了二百二十桌，招待客人两千二百多人，扣除二十六人次工资费用，净挣五万元，把庞翠翠乐坏了。

五号晚上刚说要关门，她就拖着疲惫的身子去洗澡，一口饭没吃就上床躺下了。她细想了一下，每个岗位都有援兵，唯独她没有援兵，她走厨房，串餐厅，恐怕出一丁点儿差错，她每天还要打扮得漂漂亮亮，要展示女老板的风采，五天下来确实把她累坏了。

二柱这几天也累坏了，他不停地烧水，不停地灌水，不停地打扫卫生、冲厕所。你想啊，这五天时间就有两千多人来就餐，男女厕所都是满负荷，他要不停地冲洗。五号晚上，翠翠告诉二柱，要把一楼餐厅和后院的餐厅厕所彻底冲洗，塑胶地毯也要洗干净，并用消毒液彻底消毒。二柱干完这些活儿，已近晚十一点，他实在累坏了，简单洗了脸和脚，一身的汗没顾上洗澡，就爬上床去睡觉。一觉醒来已是早上八点，他给炉子添了煤，院子里干干净净没什么活儿干，他感觉浑身不舒服，拿了毛巾，提了两暖瓶水去洗澡间洗澡，等洗完了澡出来，茶炉已开了。他开始装水，然后又加水加煤，提了一壶水回到房间，喝了一杯水，感觉舒服多了。直到九点时，庞翠翠和张娟、王秀才陆续起来，都懒懒的。翠翠告诉张娟、王秀："你们两个做点儿饭吧！还是煮鸡蛋面条，做好了你们三个吃，把门开了，我一点儿胃口没有，别叫我。"说着又回房间睡去了。

这几天二柱一直没顾上学习英语，他感觉身后似乎有云妹一双眼睛在看着他，所以接下来几天，一有空闲他就拼命学英语，中午学一个小时不休息，晚上学到凌晨一两点钟。昨天晚上实在熬不住了，就趴在桌上睡了，一觉醒来已是早上五点钟了。他想不能再睡了，一躺下说不定会一觉睡到八点，他站起来，伸伸懒腰，用毛巾抹了一下脸，接着又学。七点半他听到院子里有动静，是庞翠翠在洗脸，二柱走出去也没吭声，打开炉子烧水。他就这样使劲熬着感觉很累，并且他有个重要发现，每当他拼命干活儿拼命学习时，身体感觉很疲惫，生理躁动的次数会大大减少，至少白天不会发生，这样他就不会当众出丑，心里的压力就减少了。每当想起那天送翠翠上楼发生的那一幕，他还觉得后怕，实在无地自容，心会怦怦跳一阵子。他原本对廉耻看得很重，这几天随着庞翠翠上街采购，他一直默不作声，总把头耷拉着。庞翠翠却又是另一番情景，像什么也没发生过，有说有笑，天南地北地跟二柱聊天，逗二柱笑。说的也是啊！发生什么啦？这只有你自己知道，说不定别人什么感觉没有呢！二柱这样想着，无法释怀的心情一下轻松了起来。

这几天二柱低沉的情绪，庞翠翠看在眼里记在心里，她暗自好笑：你小子还跟我玩深沉，其实你早已在我手心里，我说哪天跟你上床，你跑也跑不掉。我不想跟你来粗的野的，就是想给你机会让你自己主动上钩，把露水夫妻做得长远点儿。如果来粗的那天我就搂着你不放，眨眼工夫就既成事实，你说你还能咋的。可那样没意思，反正你已是我囊中之物，欲速则不达，不能心急。庞翠翠这样想着，脸上露出得意的微笑。

其实庞翠翠对二柱的向往已到了痴迷进而疯狂的程度，她急不可耐想得到二柱的心情，已无法按捺。她每时每刻都在偷窥二柱，二柱那张端端正正的脸庞，那双炯炯有神的眼睛，凝神的时候会令你害怕，他灿烂一笑又会让你心旷神怡。高高的鼻子透着机敏，棱角分明、端正厚实的嘴唇，显示着坚忍，黑里透红的脸蛋，又添了几分俊朗，宽厚结实的肩膀，粗壮有力的胳膊，二柱身上每一寸肌肤都深深吸引着翠翠。可是她要拥有这样一个男人，并不是一件容易的事，她了解二柱，他聪明、善良、吃苦耐劳而又正气凛然，她要孤注一掷，也只能得到一次，她想永远拥有他。她打定主意要把那张十万元的银行卡塞在二柱手上，这是她的私房钱，如果他愿意，她会毫不犹豫地给他。前边那四个年轻人，都在二十岁上下，都让她顺利得手，略施小技，都乖乖地跟她上了床，事办完了都偷偷地逃走，并且都留下了几个月的工资。唯独前边那个王展，一米八四的个头，壮壮实实，非常威猛，干了第一次主动要求第二次、第三次，也确实让翠翠享受了一回，可那小子太不知趣。中午翠翠在服务台值班，他大大咧咧跑过来，拉着翠翠的手向手心里用力一扣，说：“受不了啦！赶快来一下。”庞翠翠是何等人物，她顿生醋意，估计那小子是老手，不然不会这么大胆。她眉头一皱，计上心来，老娘能栽在你手里？当场翻了脸，破口大骂：“臭流氓，死不要脸的东西，滚！”王展灰溜溜跑回房间，一个下午不敢出门。庞翠翠向田壮壮递了眼色，田壮壮站在厨房门口大发邪火，骂骂咧咧，瞪着两只喷火的大眼睛，手持剁刀拍得叭叭直响，不点名不道姓，一个劲儿地骂！“狗娘养的！小心老子剁了你！”王展以为事情败露吓得心惊肉跳，反锁了门躲在房间，一下午不敢出来，趁夜间偷偷溜走，压根儿没敢提工资的事。

事后庞翠翠搂着田壮壮直撒娇：“老公！你真行，其实也没什么，只是看他眼神儿不对，想勾引老娘。”

田壮壮瞪大了眼：“嘿！你这娘儿们，如果我这一刀下去，人家孩子不成冤死鬼了。”两口子扭在一起哈哈大笑。

二柱就不一样了。他在翠翠心里可是十二分的珍贵。她对二柱可是寄托着真感情。给他来软的，他不上钩；来横的她怕吓着他，怕他吓跑了。这可咋办呢！她多次给他发出信号，可二柱装不懂，不理不睬。实在不行，老娘只能动绝招。想我庞翠翠还没有办不成的事。咱也是镇上出了名的美人，说不上万里挑一，也是千里挑一。这辈子拴在田壮壮身上，吃老鼻子亏了。趁年轻漂亮，我就是要风流一回。哼！看见年轻帅气的男人我心里痒痒，就是要千方百计得到他，要不就白活一回。哼！二柱这根嫩黄瓜，老娘是吃定了！她这样想着心里恨恨的。你张二柱装什么老到，田壮壮老到不老到，照样老老实实听老娘指挥，别看他整天吆五喝六的，事实上还是老娘说了算，我小时候不懂事，被他强占了，这回就是要让他戴一回绿帽子，扯平了。她这样想着，心中甚是得意。

庞翠翠厌透了现在的生活，田壮壮每天晚上都要喝一斤二锅头，爬上床呼呼大睡，越是翠翠寂寞难耐的时候，就越是田壮壮熟睡的时候。凌晨三点钟翠翠熬困了睡熟了，田壮壮已经酒醒，开始折腾翠翠。她和田壮壮之间，不仅没有默契更没有爱情可言。可尽管这样，庞翠翠仍然非常理智，从不跟自己的男人公开叫板，她认为那样太不值得。她要安抚好照顾好自己的男人，让他乖乖地听指挥。她暗想：我要悄悄地神不知鬼不觉地痛痛快快地跟二柱玩儿一回，只要二柱遂了我的心愿，就是下地狱我也愿意。

霜降过后，夜间一丝寒意袭来，让二柱增加了几分睡意，因为中午没有休息，他直打瞌睡，刚刚十二点，就放下手中的英语书上床睡下。

今夜月色朦胧，整个桃花园酒店笼罩在柔和皎洁的月光里，周围一片沉寂，二楼不时传来田壮壮的鼾声。劳累了一天的二柱，沉浸在温馨的梦乡里，单纯善良的他怎么也不会想到，在这安静祥和的夜幕下，罪恶的一幕即将上演。

寂寞难耐的庞翠翠只穿着背心和紧身裤，披着一件外衣，悄悄地走出卧室，她顺楼梯上了三楼，摸了一下楼梯口的小栅栏门已经上了锁。这是有心的她叮嘱那俩丫头的，晚上睡觉一定要锁好小栅栏的门，不是我叫你们，晚上千万别下来，姐对你们俩的安全一定要负责。其实这是她提防田壮壮的有效措施，当年他能用非常手段占有了她，谁又能保证，他对那俩丫头不动邪念，所以她要提前防范。这回为了防范田壮壮，晚饭的时候，略施小计，让田壮壮喝了一斤三两。估计凌晨四点钟他也醒不来，同时她也防范那俩丫头，怕她们坏了她的好事。

她下了楼梯，在院子里徘徊了十几分钟，径直向二柱房间走去。

二柱房间的门没锁，她轻轻推开门走进去，手里的手电筒没打开，借着月光看见二柱已经睡熟。夜里虽有点儿凉，可二柱却光着身子，只穿着内裤，被子一角盖在肚子上。庞翠翠蹑手蹑脚走近床前，伸手轻轻抚摸二柱，睡熟了的二柱全然没有反应。他翻过身来伸了个懒腰，直直地挺在床上，整个身体，在月光下一览无余。庞翠翠再也按捺不住了，扑上去搂住二柱一阵狂亲。二柱矇矇眬眬，被这突如其来的状况吓坏了，大声喊："你是谁?"随着用力一推，把庞翠翠推倒在地上。翠翠"哎哟"一声，二柱听出来是翠翠，赶忙下床把翠翠扶起来。"臭小子，用那么大劲干吗?"庞翠翠很不高兴。

二柱忙道歉："对不起，翠姐，你怎么来啦!"庞翠翠打开手电筒把二柱浑身上下照了个遍。二柱忙扯被子，遮掩身子。

翠翠生气地说："怕什么，你以为我没见过。"

二柱难为情地说："翠姐，对不起，你还是快走吧！"

庞翠翠也不说话，冲上来抱住二柱又是一阵狂亲。二柱用力推开："翠姐我求你啦，别这样，丢死人啦！"

庞翠翠气喘吁吁地说："有什么丢人的，我看上了你，就要得到你。"说着又扑上去，用力拉开被子骑在二柱身上，压低了声音威胁道，"二柱，实话告诉你，你依也得依，不依也得依，你若依了我，我会疼你，保护你；你若不依，那好，我现在就打电话报警，派出所可都是我哥们儿，我告你强奸，他们会把你带走，会通知你家里来人，到时候你有口难辩，跳进黄河也洗不清，再说啦——"她恶狠狠地说，"田壮壮可不是好惹的，不是我保护你，他早就想收拾你啦！"

庞翠翠一番威胁和恫吓，把二柱镇住了，他脑子一片空白，呆呆地躺在床上一动不敢动，把脸扭向一边。他想：我若真的被警察带走，要娘来救，娘非死了不可，娘受不了这份耻辱，为了娘，我死一回又能怎样，想到此，他停止了反抗，只呆呆地躺在床上，任凭翠翠……

就这么简单，好端端干干净净的一个少年的清白被一个大他十几岁的女人夺了去。

二柱跪在床上失声痛哭，用头猛力撞墙："我是个浑蛋！我是个浑蛋！我为什么要活着！我为什么要活着——"

庞翠翠吓坏了，她立刻把二柱摁倒，捂住二柱的嘴，正色警告说："二柱，别胡闹！别出声，让田壮壮听见咱俩都没命了。"

二柱一边伤心地哭，一边唾骂："无耻，无耻至极。"

翠翠胡乱穿了衣服匆匆忙忙跑了出去。

至此，二柱才真正醒悟，庞翠翠对自己所有的好都是有预谋的，可一切都晚了，他伤心极了，恨自己傻，恨自己糊涂，不该到这里来，应该早些发现庞翠翠的险恶用心，早些离开这里，现在闯了这样的大祸，我该怎么办呀！我还算个男人吗？他哭着出了一身的汗，不知过了多长时间，他昏昏睡着了。

天已亮了，二柱醒了却没起床，他听见院子里庞翠翠和张娟、王秀的说话声，他想到要尽快离开这里，可手里一个钱没有，怎么走啊！钱拿不回去怎么向娘解释，怎么还债啊！张嘴向庞翠翠要钱她是不会给的，在这里待着，干了这样丢人的事，怎么面对呀！突然有人敲门，“砰砰砰——”其实门没锁，庞翠翠在门外大声喊：“二柱，是不是病了，不舒服就多睡会儿吧！”她站在门外故意不进屋，二柱没搭理。二柱知道显然是在演戏，这女人真是个演戏作假的好角，好像什么没发生似的，太可怕了。不一会儿庞翠翠进来了，进了屋装作若无其事地喊：“二柱，吃点儿东西吧！吃点儿好得快！”二柱用被子蒙着头，觉得这女人太恶心了。她趴下来悄声说：“柱儿，姐向你道歉，以后不会再发生这样的事啦！你别难过！”说完匆匆走出去。二柱心想：这女人一句轻描淡写的歉意似乎小事一桩，可见她做的事太坏了。二柱饥肠辘辘，实在太饿了，他下床穿好衣服，看见一只碗里放了五六个荷包蛋，他试了一下还是热的，端起来几分钟就吃了下去。他还是没有勇气走出去，索性又躺在床上睡了。

中午，二柱听见有人来，赶快把头蒙上，是庞翠翠，她什么话也没说，放下碗，拿走了早上的碗。她看见早上的饭已经吃光，心中暗喜，心想：毕竟是个孩子，不禁饿，只要把饭吃了，啥事没有！又过了一会儿，二柱起来一看是肉丝面，一阵狼吞虎咽，又吃了下去。下午两点多钟，他听外面没动静，匆匆跑了一趟厕所，回来后又躺下睡觉。晚饭时翠翠用汤碗给二柱送来了炖排骨，还拿了馒头。二柱用被子蒙着头，一直不与她搭话。翠翠也不说话，放下饭，拿起中午的碗就走了。过了一会儿，二柱把饭吃得一干二净。已是晚上十一点，他听院子里没有动静，起来拿着毛巾去洗澡间认真仔细地洗了澡。夜里二柱一直没能入睡。他感觉自己做出这等下流的事来，对不起娘，对不起云妹，临出门时，娘咋说的？“不管在哪里干，都要像你爹那样，堂堂正正做人”。我这一辈子的清白算是完了，我不配与云妹做朋友，这样想着，又难过地落下了泪。

第二天，天刚亮，二柱硬着头皮走出去，烧茶炉灌水。张娟看他眼红红的，问：“张哥！好了吗？”王秀也问：“柱儿好了吗？”二柱只低着头：“嗯！嗯”地应着，也不说话，早饭的时候，二柱也只是埋头吃饭，不与任何人搭话。早饭后，庞翠翠大声招呼：“二柱去市场！”二柱只“嗯”了一声，并不抬头看她。

后来的一个多月，二柱一直躲躲闪闪，从不和庞翠翠单独相处，只低头干活儿，从不主动和翠翠搭话，更不“翠姐、翠姐”地叫了。

一天去市场采购，庞翠翠坐在车篷里郑重地说：“柱儿！我求你了，忘了那件事吧！就当什么也没发生！要不我跪下求你，请你原谅！”她说着真的跪了下来，二柱回头一看，愤怒了，脸涨得通红，瞪着眼挥起了拳头，照准车篷就是两拳，他吼道：“你还要逼我！”翠翠立马起来忙赔不是，说：“兄弟消气，兄弟消气，我不敢。”

店里的人都发现了二柱的异样，他耷拉着头，什么话也不说。谁也不好问到底发生了什么事。

自从那件事发生以后，二柱每天都在沮丧中度过，他陷入深深的自责之中。他恨自己不争气，犯了这样的弥天大错，是自己的愚蠢和无知才葬送了自己一生的清白。他的身心发生了很大变化，他更多的是恨自己。如果让他从骨子里恨庞翠翠，他却一下恨不起来。他从心里认为是庞翠翠一直在关心他爱护他。田壮壮的蓄意欺负，三个混混的恶意进攻，都是翠翠解了围，翠翠喜欢他心疼他，曾一度给了他勇气和力量，他时常觉得心里暖暖的，可自己毕竟受了侮辱，从感情上和做人的原则上都是无法接受的。令他可恨的是，他的生理还是会有冲动，在梦里他时常和女人搂在一起发泄激情，那女人是谁呢？模模糊糊，是云妹，是张娟，末了好像是翠翠。不！谁也不是，每一次他都会被自己的举动惊醒。

二柱的冷漠，使庞翠翠多少感到有些自责。她真正认识了这个既年轻又坚忍，既蓬勃向上又淳厚正派的男人，她曾经给了他关爱和呵护，可也给了他伤害和耻辱。她知道在二柱骨子里，把洁身自好看得比生命都重要，对这样一个男人难道不值得珍惜吗？同时她也知道在二柱眼里，她是一个一钱不值淫荡的坏女人，可自己心里的苦有谁能知道啊！同样也是为人一回，老天爷为什么不能给我一个可心的男人，我上辈子造了什么孽？为什么就该我陪田壮壮这样的垃圾男人一辈子，想到这些她非常可怜自己，感到非常委屈，伤心地哭了，放声痛哭。二柱在前边开车，听到哭声，一下惊呆了，他把车靠路边停下来，也不吭声，她一直在哭，哭得很伤心。这一次二柱看她并不像演戏，而是真的伤心，于是动了恻隐之心，坐在车上冷冷地说："翠姐，别哭了！"

二柱态度的缓和，令庞翠翠更加伤心，她哭了一阵子抬起头来说："二柱，我真心地爱一个男人，为什么就像犯了罪一样，我知道我喜欢你，想得到你不合适，是非分之想，可我就是控制不住我自己，你真的不能原谅我吗？"庞翠翠一边说着一边凑到前边去，她拿出那张十万元的银行卡，塞到二柱手上说："柱儿，这是十万元，你如果原谅姐，你就拿着，算姐的补偿。"

二柱立马推了回来，正色道："翠姐，你要干什么？我虽然失了身，但我的灵魂还在，如果我收了你的钱，和卖淫的女人有什么两样，我只希望得到尊重。"这几日，二柱一直压抑着愤怒，虽然他还没有胆量对翠翠使用拳脚，但这一腔怒火必须发泄出来，他侧目看了一眼翠翠，又压抑了一下自己的情绪，说："翠姐，你的行为是对人类良知的泯灭，你把两个人都拖入了罪恶的深渊，你应该明白，爱是相互的，不能逼人就范，并且爱是心灵的共鸣，并不是仅仅为了得到肉体，不然亦形同猪狗，你尊重我也是尊重你自己，咱们以后还是姐弟，守住这份友谊比什么都重要，你好好守住你的日子吧！别太贪心了，好吗？"二柱的话沉甸甸的，句句在理儿，庞翠翠无地自容，她一边哭一边点头说："只要你原谅我就成。"庞翠翠暗自震惊，一个十八九岁的孩子，竟懂得如此多的道理，我庞翠翠这辈子算是白活了，面对二柱庞翠翠无话可说，两个人沉默了一会儿，翠翠说："咱们回去吧！"

进了腊月天寒地冻，二柱穿上了去年在北埠建筑工地买的那件防寒服，把那件厚厚的毛裤也穿上，今年身子已长大了，穿在身上紧紧的，不舒服，但是暖和多了。他每天都要骑上三轮摩托去市场采购。这几日情绪似乎好了些，不再像前几天那样总把脸转向一边。庞翠翠看二柱情绪好，松了口气，总搜肠刮肚地找话题与二柱搭话。二柱话虽不多，但也不是不搭理。

去菜市场时翠翠说要去一趟超市，二柱没吭声，直接把车开到超市门口，庞翠翠说：“你也进去吧！里面暖和些。”刚刚一番发泄使二柱的情绪缓和了些、平静了些。他进入超市门口，说：“你去吧，我在这儿站一会儿。”翠翠知道，二柱没有兴趣跟她一起转，也不勉强，自己径直走了进去。半个多小时翠翠从里面出来，她提了好几个包，里面都是衣服，二柱没有接她手里的东西，随她走到车前，翠翠停下来。其实包里是为二柱买的东西，她有点儿心虚，不知道二柱是否会再次发火，她只是想试探一下，于是郑重地说：“二柱，你不要生气，这件羽绒服和加厚的裤子、保暖内衣是给你的，你这一身已不合身了。”二柱有些急，愤愤地说：“你怎么又替我做主，我什么时候说要衣服了，我绝对不要！”说着二柱把脸转向一边，庞翠翠慢慢地说：“你先别生气，先听我把话说完，一呢天很冷，你应该有一件羽绒服，天天出来买菜穿上暖和些；二呢，春节快到了，穿件新衣服回家，老人心里会舒服些，别苦了自己。我会在工资里把钱扣下，我绝对没有恶意，希望你不要因为这档子小事生气。”翠翠说得平平静静。二柱虽不高兴，也没再说什么，默不作声上了车。翠翠内心非常清楚，她觉得没有必要再做别的解释，小心翼翼地上了车，二柱连头也不回开着车往回走。

卸完了车，二柱愤愤的，可最终还是把那些衣服拿回了房间，他关上门举起衣服狠狠地向床上摔过去。他自言自语道：“痴心的女人，何苦来着！”

庞翠翠看二柱冷冷的，也有些不愉快，提着东西上了楼，心想：臭小子，真是头倔驴，人说一日夫妻百日恩，你我虽不是夫妻，也有那么一腿，明知是讨好，却不给好脸，要不人说女人贱呢！我就是个贱女人，遇见可心的男人，怎么也放不下。再过十天半个月他就要走了，也许再也见不着了，她这样想着，心里禁不住酸酸的。

这几天翠翠坐立不安，每当想到二柱将一去不返，内心陡添无限惆怅。在这桃花镇上，庞翠翠是争强好胜出了名的。起初她手里只有两千元钱，她帮田壮壮一步一步把买卖做大，从摆水果摊到卖冰糕，又从卖街头小吃到开小饭馆。五年后她出五十万元建起了现在的桃花园酒店，并买断了土地使用权。又过了一年，花二十万元对桃花园酒店进行装修。这几年可谓财源滚滚，她精打细算，善于运筹。现在的桃花园酒店，给她三百万元她也不卖。她手里到底有多少钱，就连田壮壮也不知底。在桃花镇这块土地上，她是永不言败的。她眼观六路，耳听八方，没有她办不来的事。可面对张二柱这样一个乳臭未干的小男人，她却一筹莫展，她只得了一次手，却没有得到他的心，这小子可是一个软硬不吃、油盐不进的主儿，这些年庞翠翠从来没有这样失落过。

二柱的失魂落魄，令两个丫头看出了一些端倪。一天晚上，两个人不由自主地聊起来，张娟说："秀姐，二柱怎么了？怎么像霜打了似的，谁都不理，与谁都不说话，连翠姐也不理，好奇怪啊！跟刚来时像换了个人似的。"王秀神秘地眨眨眼，俯在张娟的耳旁说："傻丫头，还看不出来，八成让翠姐启封了，一个毛头小子，只能乖乖就范，那翠姐什么招儿没有啊。"张娟十分惊讶地说："你胡说什么，天底下会有那样的事？"王秀推一把张娟："去！不信拉倒，算我没说，再不自己去问二柱"。张娟向王秀肩头击了两拳，哈哈笑起来："要问你去问，我还没傻到那一步。"

腊月二十三辞灶神爷，祖上传下来的既成习俗，是人未到不辞灶。按正理说，这一天应放人回家，可今年买卖好，一直忙到腊月二十五还是关不上门。三个年轻人翘首企盼，吃晚饭的时候，老板田壮壮终于发了话，过了腊月二十六关门走人。还是老规矩，留下一个月工资，过了年开门第一天发到手，一分不少。节后重打锣鼓另开张，服务生工资从六百元涨到一千元，很明显这是老板挖空心思想留人，可这三个年轻人买不买账，还得另说。

张娟看周围没人，凑近二柱悄声说："张哥，过了年还来吗？"二柱说："不知道。"

王秀接上说："这是你自己说了算的事，怎么还说不知道！"

二柱很漠然，不吭声，两个丫头神秘地交换着眼神，好像在证实着她们背地里的议论，觉得很没趣儿，走开了。

腊月二十六晚餐只有几个散客，八点多就关了门。庞翠翠在后边平房里摆了一桌，打开了空调，请几个人过去就餐。马良家里有事早回去了。田壮壮在楼上喝酒。庞翠翠很客气，给三位斟上了酒，她端起酒杯说：

“弟弟妹妹们辛苦了一年，姐敬你们一杯，我先喝了。”一仰脸把酒干了，三个人都举杯响应也干了。

翠翠从衣袋里掏出三个信封说：“这是你们的工资，回房点一下，不合适再来找我，还有点儿奖金，一会儿我送你们房里，来，吃菜，咱们吃吧！”

张娟、王秀说：“谢谢你，翠姐！”

二柱愣了一下神儿，冷冷地冒了一句：“谢谢你，翠姐！”

听了二柱这一句，庞翠翠顿生悲伤，眼里溢满了泪水，声音哽咽了，说：“姐有做得不对的地方，你们多包涵。”说着又饮了一杯。

张娟说：“翠姐，你挺不容易的，得操多少心啊！你别喝了，俺三个随意！”

王秀也说：“翠姐，你别喝了。”

听俩丫头一席话，庞翠翠像个受了委屈的孩子，捂着脸呜呜地哭起来，哭得很伤心。张娟、王秀不明白这是为什么，平时总是乐呵呵的翠翠，今天怎么了？可二柱心里明白，翠翠这份情愫是冲他来的，看翠翠这样，他心里也有点儿酸，心想：难道这是对自己行为的忏悔，还是愧疚，还是对我离去的不舍？这会儿已经从心里开始原谅她了，一个痴情的女人，不，应该是个痴情狂，其实我也有责任，如果我就像块木头，她还能怎么样，最终还是我自己控制不住。他站起来端起酒杯说：“翠姐，我敬你，你给了我很多照顾和关心，谢谢你！”二柱的话有点儿言不由衷，有点儿生硬和勉强，说着先喝了。庞翠翠的眼泪哗哗地流了下来，一声没吭端起酒杯一饮而尽，然后擦擦眼泪笑着说：“你们见笑了，姐是个感情脆弱的人，你们慢喝，我去给你们做点儿汤。”说着急忙走了出去。

她跑到厨房蹲在地上，捂着脸哭了一会儿。然后开始做汤，汤做得很讲究，放了葱、姜、肉丝、虾皮。翻炒后又放了水，勾了芡，然后又打了鸡蛋，还放了香菜淋了麻油。她拿了三只大碗盛好后，又小心地向二柱的碗里放了点儿什么，并且又搅了一下。她把三碗汤用托盘端着送到桌上，亲自放到每人面前。这三碗汤足足做了十分钟，她笑着说：“姐今天做的汤比平时仔细，你们尝尝啊！”张娟先尝了一口说：“再加一点儿醋更好！”

庞翠翠又拿来了醋，给每个碗里淋了一点儿，说："你们喝吧，我上去看看。"她说着上楼去了。

不一会儿，田壮壮端着酒杯下来了，咧着大嘴笑嘻嘻地说："弟弟妹妹们请受我一拜，"说着拱手一拜，"哥敬你们一杯，来，我先喝。"说着一仰头，一杯酒下了肚，又说，"哥是个粗人，平时多有得罪，请多原谅，你们三个都是好人。"田壮壮已经有几分醉意，庞翠翠怕他生事，推着让他上楼去了，然后又转回来，说："一斤二锅头喝下去了，又开了一瓶，随他去吧！"翠翠又说，"菜已凉了，我去热一下。"她用托盘拿走了几个菜，不一会儿就热了端上来，并热了馒头一起上来。

二柱喝了两杯酒，吃了许多菜，把一碗美味的汤喝了下去，还吃了馒头，已经吃饱了。可能是喝酒的原因，他感觉有点儿晕，说："我头有点儿晕，先走了，你们慢用！"说着回房去了。

翠翠说："你们俩不用收拾，放着我来收拾，你们先回房歇着，一会儿我去你们房里。"

二柱回到房间，随手把门锁好，自从上次那事过后，他每天都要锁门。他感觉脸上发烫，盆里有水他抹了一下脸，就躺下了。半个小时以后他躺不住了，感觉很难受，好像酒劲上来了，心想只喝了两杯不至于吧！上次喝了三杯也没这样。他感觉全身滚烫，脑袋像要裂开一样，胸中像万马奔腾，他下床把灯熄灭，把衣服扒下来，光着身子，感觉越来越难受，五脏六腑像要翻开来一样，整个身子像要飘起来。此刻他忘记了一切，心旌荡漾，如入无人之境，不可自抑，他打湿了毛巾把身子擦了一遍，丝毫不起作用，他焦急烦燥得像一头发狂的雄狮，在房间里转来转去。大脑里仅存的一点儿理智告诉他，自己被翠翠暗算了。

庞翠翠在张娟、王秀房间出来时，已近午夜十二点了，她给俩丫头每人送去五百元奖金，每人一瓶化妆品，两人千恩万谢地把她送到门口。翠翠说："你们别出来，栅栏的门我来锁。"她回到房间，田壮壮早已睡熟，发出阵阵鼾声。她从抽屉里拿出一个信封，拿着手电筒向楼下走去。走到院子里，把厨房和院子的灯熄灭，一看二柱已经熄灯，她掏出小门的钥匙，径直向二柱房间走去。

门突然打开了，庞翠翠打开手电筒，二柱光着身子，站在房子中间，她扑上去，抱住二柱一阵狂亲：“柱儿，想死我了——”她一边亲着，一边抚摸二柱的身子，并把信封塞在二柱手上说：“这是姐给你的，我说过不会让你吃亏。”已失去理智，几近疯狂的二柱，抱起了翠翠……

疯狂在持续。庞翠翠开始害怕，她听人说过，男人到了这种程度，会休克，心脏会骤停，会猝死，她两手抓住二柱的肩膀大声喊：“二柱你停下来，你停停，你听我说二柱，姐对不起你，姐在你的汤里放了‘伟哥’！你停下来吧！我害怕，这样会死人的。”

二柱猛然间醒了，他震怒了，挥起大手，照准翠翠的脸啪啪就是几个耳光：“无耻的女人，你成心想害死我是吗？滚！你滚！无耻！无耻!”他像一头发怒的雄狮大声吼着，光着身子站在地上，翠翠胡乱穿了衣服跑出去。

二柱开始出汗，大汗淋漓，身体开始降温，头也不疼了，浑身都在发抖，他瘫软地倒在床上裹紧了被子，昏昏睡去。

一觉醒来时，已是早上八点多，他赶快穿了衣服，收拾好自己的行李。冷不丁看见翠翠给他的信封丢在地上，捡起来狠狠地砸向门口。停了一会儿又捡回来，抽出来一点正好是一千元。他又找出昨晚的那个信封，点了一下是三千元。迟疑了一下，塞进了行李袋里，心想：那女人不曾扣除买衣服的钱，可不管怎样都换不回我的清白！

院子里一片寂静，大门敞开着，一个人影没有，二柱估计张娟、王秀早已离开，他提着行李卷，跌跌撞撞地走出了大门。

他感觉太难受了，身体摇晃了一下，差点儿摔倒。他觉得头昏脑涨，恍恍惚惚，浑身一点儿劲也没有，心里慌慌的，五脏六腑像被掏空了一样。他稳了一下神，摇摇晃晃地向对面的汽车站走去。

路边有餐点，他打算吃点儿东西，又觉得胃里像烧干的锅，口干舌燥，无法咽下去。在离餐点不远的地方，他放下了行李卷，靠着树无力地瘫坐下来。走出桃花园酒店，像逃出了魔窟，他感觉自己像个刑满释放的犯人，想想这几个月自己已经罪恶深重，怎么回去见娘啊！不如一头碰死算了，内心既悔恨恐惧又委屈，满腹悲伤涌上心头，两手捂着脸伤心地哭起来。

准备回家过年的耿秋实，正在餐点上吃饭，他一抬头猛不丁看见对面有个小伙子正在哭，两手捂着脸两肩直颤抖，哭得甚是伤心。他直犯嘀咕，是不是钱被盗了。他放下了筷子，走过来蹲在二柱面前，晃晃二柱的肩膀问：“兄弟，碰到什么事啦？能跟哥说说吗？”二柱抬起头来，看是个陌生人，直摇头一个劲儿地哭。耿秋实看小伙子泪流满面，长得挺漂亮，脸色干黄干黄的很不好看，他非常急切地问：“兄弟，你脸色不好看，是不是病了！来！我陪你去医院！”二柱直摇头。耿秋实掏出五百元钱，放在二柱手上说：“兄弟，是钱被盗了是吗？这点儿钱你拿着回家过年吧！”二柱抬起头哭着说：“大哥，我有钱，不要你的钱！”耿秋实很纳闷，问：“这到底为啥呀？大过年的，出了啥事啦？是不是家里出了什么事？是不是谁欺负你啦？哥给你做主，快跟哥说说。”二柱还是直摇头。耿秋实把二柱扶起来，说：“走吧兄弟！跟哥去吃点儿东西。”耿秋实扶着二柱一边走一边问：“兄弟，家是哪里？在哪里干活儿啊？”二柱答：“家是蒙源县大河乡凤凰岭村。”耿秋实高兴起来：“哎哟嗨！兄弟，咱是老乡，我是蒙源县高台镇耿家寨。你那村北边是不是有一个出了名的百丈崖和老虎潭？”二柱擦了擦眼泪说：“是啊！你咋知道？”秋实笑着说：“嘿！去年我还骑摩托车带老婆孩子去你那里玩呢！你那村前还有一棵老白果树，已有五百年的历史，是大明朝正德年间栽的，县政府在那里立了牌子。我家离你那里二十里路，过了高台镇驻地第一个村就是耿家寨。”二柱高兴地叫起来：“大哥！真是巧极了，老乡碰到了一起！”耿秋实也乐了，心想：真是个孩子，刚刚还哭成那样。一边说着话两人来到一家小吃店，耿秋实要了两碗肉丝面，说：“咱先吃面吧！吃完一起回家过年！”

二柱情绪好多了，他先喝了一杯水，又吃了面条，脸上泛起了红色。耿秋实和二柱坐在一起，拍拍二柱肩膀，说：“兄弟！你刚才脸黄黄的挺吓人的，现在好了，脸上有了红颜色，多漂亮的一张脸啊！快跟哥说说，到底出啥事了，别把哥当外人。从今天起，你就是我兄弟，我就是你哥，不管什么事都应该跟哥说，别放在心里闷着。”

二柱眼圈又红了，直想哭，把头耷拉下来说：“大哥，我没脸说。”

耿秋实说：“兄弟，就算你干了见不得人的事也应该跟哥说，哥能替你分忧，能替你想办法。”

二柱被追问到这份儿上，看耿秋实实在是个热心肠，就把闷在心里的事给耿秋实说了。他一边哭一边说：“那不知耻的女人，第一次威胁我，我没敢反抗。昨天晚上又偷偷地在我碗里放进了那种药，差点儿把我的命要了去，我如果死了，娘可咋办呀！我的清白没了，怎么做人啊！”说着又哭起来。

耿秋实一脸的严肃，他掏出手帕给二柱擦眼泪，说：“兄弟，咱不哭！我能看出来，你虽然年轻，可你是个堂堂正正的男子汉，是个正派的人，看你长的这副模样，男人都想和你亲近，何况是女人呢，那女人虽然可耻，但她只想得到你的身体，并不是为了钱，她应该给你的钱分文不少，说明她不是为了钱。如果她克扣了你的钱，哥要陪你找她讨个公道。她之所以套上你，是因为你太年轻、太单纯，没见过世面，胆子又小，但凡换了别人，谅她也不敢。这样的事哥不好替你做主，男女之间的事谁能说得清啊！到时她反咬一口咱有口难辩，哥劝你吃个哑巴亏算了，这件事你知我知，到此为止，回去也不要给娘说，不然她会很难过的。将来有了媳妇也不要跟她说，永远烂在你自己肚子里。我是过来人啦，对这样的事看得开，容易放得下，你毕竟还年轻，对这事看得重，一时半会儿放不下我能理解，我劝你还是放下吧，忘了它。这件事自始至终不是你的错，你将来会有很好的前程，别把这件事总放在心上。过了年上我那去，我在沙田镇东方大宇塑料公司干，已干了十年了，大小也负点责任，现在正招人，一个月至少一千五六百块钱。”

二柱高兴起来，说：“行，大哥，我跟你去，谁再欺负我有你呢！”耿秋实也很高兴，说：“你不是在北埠开发区干过嘛，东方大宇公司就在北埠开发区最东首第一家，白沱河西岸，南边靠 A08 国道，过了白沱河大桥就是沙田镇，离这里二十公里，我是搭公交车到这里，再换乘长途客车，走，咱们走，回家过年！”

耿秋实就是个热心肠，一番开导，又让二柱高兴起来了。他怕二柱路上再出什么麻烦，把他一直送到凤凰岭村，在二柱家里吃了饭，又搭上了回家的班车。

第九章　柳暗花明

二柱来东方大宇公司已经三个多月了，他对东方大宇的新环境新工作非常满意，打心眼儿里高兴。他热情奔放开朗活泼的性格，积极负责认真细致的工作态度，乐于助人无私奉献的精神，受到车间及厂里领导和同事们的广泛赞誉。

家里的欠债还差两千元，二柱完全可以先行复学，然后再想办法还清余债。可他毅然决定继续外出打工，随耿秋实去，一则他已答应了耿大哥，不能食言。二则最主要的是他怕见云妹，他感觉自己已无颜再见她，在二柱心里云妹是个美丽纯洁的好姑娘，他自己已经不纯洁了。大年初二一大早，他就起身去找耿秋实，生怕见着初二来拜年的云妹。尹秀兰也已看出来，二柱心里藏着事。

五一劳动节马上到了，厂里规定轮流休息。有的想去省城玩，有的想回家。已有三个人找二柱请他替班，他都愉快地答应了。二柱原本打算五一期间爬一次小汶山和大汶山。听说爬上大小汶山，可观赏省城全貌。已有这么多人请他替班，只好打消这个念头。

晚上，二柱正聚精会神地学英语，同屋的小齐笑嘻嘻地凑上来说：“柱儿哥，五一能给咱替个班吗？”

二柱立马答应着：“行！还有，我已答应了三个人，你怎么不早说啊？”

齐强不高兴了：“近水楼台先得月，你总不能先答应人家吧！再怎么说咱也一个屋住着。”

二柱笑着说：“你小子！你如果先说了，我怎么还会答应别人，当然是你优先了，不过你放心，我会想办法的！”

齐强笑了：“那谢谢柱儿哥！”然后跑了出去。

二柱无奈地笑笑，摇摇头：“这小子，真拿他没办法。”

齐强与二柱同岁，比二柱小几个月，来厂已两年了，平时总不把二柱放在眼里，二柱没来的时候，车间里不论大事小事总听见有人不停地叫：“小齐！小齐——”自打二柱来了以后，车间里总有人不停地喊：“二柱！二柱——”再也听不见有人喊“小齐！小齐”啦！特别是车间主任耿秋实，走到哪儿都带着二柱。二柱一天到晚总跟在耿秋实身后，像个跟屁虫，还总“哥啊、哥啊”地叫，最让齐强受不了。

上个月公司宣布耿秋实任注塑管厂副厂长兼车间主任，他已搬到两室一厅的单元楼去住，二柱原来和秋实住一间房，现在厂里安排齐强和二柱住一间，二柱高高兴兴地把齐强接过来，帮他整理床铺，齐强总是不冷不热的，还时不时地瞅机会呲二柱一句，二柱总是笑，从不和他计较。二柱知道他并没得罪小齐，是因为越来越多的人喜欢二柱，他有点儿吃醋罢了。二柱想：我有信心暖化他。

齐强有时会向二柱示强，摆出一副师傅的架势，他经常想：有什么呀，我干两年了，他才干几天呀！我拿一千八，他才拿一千五呢，不就比我个子高，模样长得漂亮嘛，人灵活勤快性格好，我能差哪儿去！二柱呢知道齐强不服他，所以主动称呼：“齐师傅！齐师傅！”齐强又浑身不舒服：“哎！别价，想让我一天到晚叫柱儿哥是吗？你饶了我吧！”二柱哈哈笑了：“不敢，不敢！”

吃晚饭的时候，二柱打了饭和秋实坐一起，两人边吃边聊，耿秋实说：“咋样兄弟，自从搬开住了，很少有机会跟你说话了，天天在车间里见，却没有说话的机会，说说吧，有啥想法先给哥说。”二柱笑了笑，说：“也没啥想法，晚上有时候想去你房里聊一会儿，怕你事多，当副厂长了嘛，肯定事多。我晚上很少去文化活动中心，只去过一次，我既不愿打牌下棋，也不愿去打球，那里的书报随便看，可我还是想把精力和时间用在学习上。除了在班上，我每天都要学习五六个小时。”耿秋实很开心地说：“行！兄弟，我赞成你这么做，不要放弃，你将来肯定会有出息，不要辜负了云妹。”

二柱接过来说：“大哥，我只想说谢谢你！把我带来这天堂一样的地方，我很开心，师傅们对我都很好。”

秋实笑笑说：“你小子，总谢呀谢的！我是你哥还客气啥！师傅们都挺喜欢你，是你干得好！人缘好！都夸你，行！好好干吧！”

二柱接着说：“大哥！我能有啥能耐啊，还不是大哥处处关照我。”

耿秋实笑了一下，从口袋掏出一部手机放在二柱面前说：“这手机送给你，我当了副厂长公司又配了新的，刚充了五十元话费，你放身上经常用一下，再给家里打电话不用跑电话亭了，你看现在的年轻人，好多都用上手机了。”

二柱高兴地收着，说：“谢谢你，大哥!”

晚饭以后，二柱在厂区漫步，他喜欢在厂区散散步，独自徘徊。有时也想回忆一下英语、数学什么的，一点点地寻找着记忆。他更喜欢找个安静的地方静静地思考，这些习惯与他风华正茂的年纪似乎不相符，可二柱就是这样的。冥冥之中他有一种预感，这个令他心仪的地方，似乎在孕育着他命运的重大转折。他默默地为自己命运面临的巨大转折而祈祷。口中默念，我二柱也该峰回路转了，我上辈子对不起谁了？老天爷似乎要眷顾我了。

这里环境优美，既有现代化的高楼大厦，亦有优雅的小桥流水，花草片片，树木葱茏，亭榭点缀，曲径回廊，一个富有诗情画意的地方。他听秋实大哥说，这里原是一片荒漠的白沙岗，寸草不生，特别到了夏天，太阳照射下的白沙岗，一片焦土，用老百姓的话说足以烫死蜥蜴。十年前马延福力排众议，投资六十万元买下了三千亩白沙岗永久性使用权。他聘请园林专家进行整体规划设计，从省地质工程大队请来工人，在不长草的白沙岗上打眼放炮，然后整平垫土，植树种草，将穿厂而过的小义河筑堤蓄水，厂区内呈现出九个人造小湖泊。仅用两年时间，昔日寸草不生的白沙岗上，一座现代化花园工厂拔地而起。如今的东方大宇公司，辖四家分厂，员工八百多人，公司是北埠区纳税大户，总资产达到十八个亿，董事长马延福是省人大代表、省劳动模范。可他原来就是一个卖菜的。想想还真是不可思议。

二柱看时间还早，想用手机给娘通个电话，他试着拨了五嫂店里的电话号码，竟然一下拨通了，那头传来五嫂的女高音："哎——是柱儿兄弟呀，你等着，我去叫婶子。"二柱从心里感激五嫂，她确实是个好人，凡事风风火火，爽爽快快，对娘总是关怀有加，有朝一日我一定要报答五嫂。二柱这样想着，那边传来娘的声音，他非常高兴地对娘说："娘，我在用手机给你打电话，这手机是秋实哥送我的，他当了副厂长配了新的，这个给了我。我现在挺好，秋实哥搬走了，又来了一个小齐跟我住一间房。俺住的是职工公寓楼，房间有电视，被罩床单半个月换洗一次，都是免费的，夏天冬天有中央空调。吃饭在大餐厅，很敞亮，俺吃的是自助餐，想吃什么自己打，每顿都有几个菜。娘，你放心吧！俺在这住得好，吃得也好，干活儿就是八小时，下了班可以到文化活动中心，打牌下棋，读书、看报都行，我没去玩，我还是抓紧学习英语、数学。另外，公司还办了养老保险、医疗保险，总之这里什么都好，娘你放心吧！"尹秀兰听儿子说了那么多，听儿子很开心、很兴奋，知道儿子在这儿好，也放心了。她说："儿啊，你说的那些保险啥的俺不懂，可有一样我听懂了，你学习要抓紧了，可别让云妹白操心。"二柱在这头笑笑说："娘，你放心吧！你儿子时时都想着这件事。"最后尹秀兰还是千叮咛万嘱咐，二柱高高兴兴地挂断了电话，心想：这真是好东西，平时看人家走着坐着地打电话，感觉不可思议，原来竟是如此简单。二柱做梦也没想到，自己竟然也用上了手机。

回到宿舍已近晚九点，第二天是下午两点的班，他打算今夜要多学一会儿，小齐正好在班上，宿舍一片寂静，他准备学到深夜四点再睡觉，睡八小时中午十二点起床，吃了中午饭，上两点的班，等下了班就是"五一"劳动节了。

"五一"劳动节三天假，二柱要上两个连班，第三天要上三连班，二十四小时连轴转，听起来挺吓人的，可对二柱来说却算不了什么。在北埠建筑工地，干那么累的活儿，连续干十三四个小时，这里的活儿比建筑工地轻松多了，我能行，他对自己充满了信心。五月一号、二号，二柱连着两天都是工作十六小时，他并没有觉得怎样。五月三号，已经是夜里两点，再有四个小时，二柱就可以下班了，他已在班上连续工作了二十个小时，他觉得还行，不会有问题。耿秋实知道了这件事，急急忙忙跑过来，让二柱赶快回去休息，剩下的班由他来当，说："等你睡足了觉，吃饱了，我再收拾你。"二柱看耿秋实真的生气了，乖乖地走了。第二天，二柱是夜班，耿秋实专门赶过来批评二柱："你小子，你以为你是铁打的啊？你如果撑不住了，打了瞌睡，出了责任事故，你能负得了责任吗？你不要认为这是你二柱自己的事，真的出了事故，连我这个副厂长也要吃不了兜着走。这个事我疏于管理，是我的责任，以后千万别干这等傻事了。"二柱这时才知道事情的严重性，连说："对不起大哥，我把这事想简单了。"

这件事以后，耿秋实找来了班组长开会，首先检讨了自己的疏忽，工作考虑不细致，差点儿酿成大错。找人替班看起来是个人行为，事实上是事关全局的大事。他规定：以后有替班的，要由车间主任统一安排，班组长要心中有数，要把安全生产意识贯穿于每个环节、每一道工序。一个人不管身体状况如何，只能连续干十二小时，确实需要替班，可以考虑有两个人承担，大局意识比什么都重要。二柱从心里佩服耿秋实，从这件事上，既能体现出他作为领导的能力，也能看出他做人的品质。

公司技术部要举办一次为期三天的技术骨干培训班。这是马锦宇就任技术部负责人后实施人才计划的重要举措，他计划采取分期培训、分散学习、定期考核验收的形式，用两年时间，对公司八百名员工进行全面岗位技术培训，以全面提高全体员工的文化素质和岗位技术水平，为公司产品结构的调整和产能技术的全面升级做战略准备。当他把这一设想报告给公司管理层和马延福后，得到全面肯定和积极支持，特别是董事长、总经理马延福感到非常欣慰，他觉得自己的儿子已经长大了，这小子非等闲之辈，他有理想有抱负，对公司未来发展有自己的一套设想，真是难能可贵啊！这些年的心血没有白费。

参加这次培训的十八名技术骨干分别由四个分厂选派，注塑管厂选派了四人，张二柱和齐强也在其中，车间主任通知二柱和齐强参加培训班。以后每个月都有一批骨干参加培训，人数不等，都有机会。二柱非常高兴，他认为自己刚来不久，车间机械设备的工作原理、运转性能、技术特点以及各个环节的技术要求，都有其内在联系，现在自己虽然能当班，但只知其一不知其二，自己确实应好好学习，才能出色完成任务。再说让参加首批骨干培训班，说明领导对自己抱有很大期望，一定要学好学透，不能辜负了领导，他对这次学习充满了信心。

张二柱和齐强搭伴向总部办公大楼走去。一套蓝色的工作服被二柱洗得干干净净，穿在二柱身上显得合身、整洁、精神。乌黑蓬松的短发随着他矫健有力的步伐上下颤动，今天他显得非常兴奋，容光焕发神采奕奕。

技术部在十一楼，二柱建议齐强说："咱们爬楼梯吧，乘电梯没意思。"齐强说："行，保证不会落你后边。"说着两个小伙子一起冲向楼梯，等到达十一楼时，两个人都已气喘吁吁了。还是二柱先到了两步，两人搂在一起哈哈大笑起来。二柱笑着说："咋样，够劲不够劲，快报个数。"齐强喘着粗气说："哎呀，累死了，够劲够劲！一边爬一边数谁能保证数得准，你说多少?"二柱笑着说："一百九十八级，一个不多，一个不少，不信等会儿你再数一遍，错了我认罚。"齐强说："说话算数，错一级一瓶啤酒，不许反悔。"二柱笑笑说："行！行！行！错了我认罚，对了也要有奖，你说奖什么?"齐强认真地说："行！行！对了奖一瓶啤酒。"正说着又有人来报到，二柱说："好！好！别贫了，快走吧！"

两人说笑着向会议室跑去。会议室里宽敞明亮，椭圆形的桌子，周围放一圈椅子，已坐了四五个人。两人找地方坐下，桌上放着十八袋资料，应该是人手一份，二柱拿出一份看了一下，里面有笔记本、笔，有一份热处理技术百问百答，还有其他一些资料。会议室一片寂静，两人不敢再说话，埋头看资料。只十几分钟工夫，人都到齐了，进来一位年轻小伙子，给每人递上一杯水。又过了几分钟，正好八点半，走进一个年轻人，戴眼镜，高高的个头、白白净净，长得很英俊。他一手拿文件夹，一手端茶杯，环视一圈，笑了笑说："都到齐了，我们开始，先自我介绍一下，我叫马锦宇，现任技术部长。咱点一下名，叫到名的同志请站起来，我好认识一下。”马锦宇开始点名：“王永传、蒋友柱、李长远、金玉福、张二柱、齐强……”十八个人都站起来恭恭敬敬向马锦宇点头示意，让马锦宇认识。当点到张二柱时，二柱站起来，马锦宇愣了一下神儿，他眼睛直直盯着二柱足有十几秒钟，不再向下继续。二柱坐下了他还在愣神儿，然后笑了笑继续向下进行。

开始学习的时候，马锦宇的开场白非常特别，他说：“来参加学习的十八位同志，大的二十八岁，小的十九岁，我二十二岁，有比我大的，也有比我小的，文化程度有高中、中专和初中，我是热处理专业毕业的本科生，我在热处理方面先当你们的先生，其他方面我是你们的学生。咱们为了公司的未来走到了一起，说明咱们有缘分，希望大家学好这门知识，将来做好企业的主人。你们手上的资料，是这本书的要点和精髓，要学习这门知识，光看手上的资料不行，要全面系统地学习这本书。”他说着抱起几本书按顺序发给大家，每把书交到学员手上，都要和学员握一下手。当他站到二柱跟前时，他握住二柱的手，两个人都愣住了，互相看了半天，足有半分钟，周围的人都惊呆了，马锦宇和二柱都笑了笑，二柱的脸涨得通红。马锦宇笑着对大家说：“世界之大，无奇不有，我和张二柱非亲非故，他是蒙源县大河乡凤凰岭村人，远隔二三百里，我们两个模样却是如此相似，说明我们俩有缘分。”不知是哪一个带头鼓起掌来，会议室里一片掌声。

学习按章节进行，马锦宇引领大家一边翻书，一边讲解，并圈上一些重点，重点章节他讲解得细致一些，并且每一个章节都布置了作业。他郑重地说：“发给你们的笔记本，那就是你们的作业本，每章节的作业，都要认真做好，书写工整，三个月以后把作业本交上来，然后发给你们考试测试题，半年以后进行一次综合考试，希望大家都得高分。凡经考试合格者，公司将颁发一份岗位技术证书，那是将来评工晋级的一份凭据，希望大家用心学，都当技术能手。”

三天学习只是走马观花，对这门热处理专业知识也只能是了解皮毛，接下来就是自己一步一个脚印潜下心来学习这本书。回来后二柱细想，这本书并没什么难，只要舍得用工夫一定能学好。他给自己做了规定：除了完成班上的任务，睡觉时间七小时，吃饭一个半小时，其他时间都用在学习上。除了学好这本书做好作业之外，高中各科的学习一刻也不放松。他非常羡慕马锦宇，人家二十二岁，早就大学毕业了，真是惭愧，他暗下决心，将来不管怎样，都要有文化有知识，他对知识改变命运这一点深信不疑。

自从学习班结束以后，二柱像换了一个人，整天默不作声，像丢了魂似的，车间里的人都挺纳闷，原来二柱一天到晚都是乐呵呵的，现在是咋啦？有一次在车间碰上了耿秋实，只呆呆地看着也不说话，耿秋实也感觉挺奇怪，突然大声喊："哎！小子，吃饭后找你有事！"二柱缓过神儿来笑笑，"好好"答应着，傻了似的也不说话。

晚饭后，耿秋实扶着二柱的肩膀两人一起来到厂区一角，在亭子间坐下，耿秋实拍拍二柱肩膀说："咋啦！怎像丢了魂似的，有什么心事快给哥说说，别闷在心里，是不是云妹欺负你了，还是谁得罪你了。"

二柱笑了笑，说："大哥，都不是，我不知从哪儿说起！"

秋实急了："说吧，干吗吞吞吐吐的，这可不是你。"

二柱苦笑了一下说："大哥，你认识马锦宇吗？"

耿秋实说："认识，技术部部长，去年刚毕业的大学生，上班刚半年多，董事长的大公子，谁不认识啊！怎么啦？"

二柱摇摇头笑了笑，吞吞吐吐地说："你觉得我和他长得像吗？"

耿秋实考虑了一会儿，突然明白了似的说："像，很像，太像了，个头模样都一样，只是他比你白净一些，他的生活环境和你不一样，连说话的声音都一样。"他又停了一下说，"哎——你是说他是你丢失了十八年的哥哥！嗯——也不是没有这种可能，不过，二柱我可告诉你，你的心情我理解，这可不是小事，你小子可要冷静些。你知道，马锦宇可是马延福唯一的儿子，人家刚大学毕业，是公司十几亿资产的继承人，就算你有十分把握他是你哥，你也得弄明白，你哥怎么到这儿来啦！你哥丢失的时候你才两岁，你能说清楚吗？再说啦！咱哥俩儿现在是在人家手下干活儿，你可别忘了自己是谁，要我说呀！这事你要放一放，不要急于求成，要先把工作干好，站稳了脚跟，好好了解马锦宇是什么情况，把来龙去脉弄清楚。他要是你哥最终还是你哥，他跑不了，你说是不是这个理儿!”

二柱听耿秋实一席话，心里敞亮多了，说：“大哥，我听你的。大哥你不知道，那天和马锦宇见面的那一幕，我们俩握着手愣了大半天，他直着眼看我，我也直着眼看他。我好像看见了镜子里的自己，我估计他也是同样的感觉。在场的人都很惊讶，并为我们鼓了掌，当时看他那神情，不仅仅是惊讶，而是在思考。特别是我和他站在一起时总有一种说不清楚的感觉，是一种不陌生的感觉。他表现得很轻松，还笑着说世界之大无奇不有，还说什么非亲非故，我们俩如此相像。他好像是在掩饰什么！反正我觉得怪怪的。”

耿秋实拍拍二柱肩膀说：“兄弟，先别想太多，再接触他时多留意一下，说不定还会发现其他什么!”

二柱答应着：“我记住了大哥，我知道这事不能太冒失了。”

仔细一想，耿秋实还真是觉得马锦宇与众不同，要说他是马延福的独苗，从小娇生惯养，可怎么都看不出他是被娇宠出来的孩子。从不张扬，对谁都是客客气气，平时总是沉默着，举手投足很有分寸。凭耿秋实的直觉，马锦宇心里一定藏着秘密，说不定他对自己的身世之谜是了解的，只是深藏不露罢了。里面到底又有怎样的隐情？秋实安慰着二柱，自己陷入了沉思。

自从学习班结束后，在注塑管厂车间里掀起了一股不大不小的舆论风波。大家都在热烈讨论二柱与马锦宇模样相似的问题，而且乐此不疲。一个小高潮跟着一个小高潮，每个人都在竭尽全力地调动着自己丰富的想象力。一个说：“马锦宇该不是大柱吧？二柱家里如果还有一个哥哥叫大柱——那马锦宇就没戏……”另一个又说：“真是奇了怪了，如果没有一点儿血缘关系，怎么会那么像啊？真是连说话的声音都像。你要说区别嘛——二柱就是一个活泼可爱的小屁孩，马锦宇是个稳重大气的大学生!”

在参加讨论的人里面，最活跃的当数齐强，似乎他是第一见证人，一说起这档子事他就激动得满脸通红，说：“你没见那阵势，两个人握着手你看着我，我瞧着你，激动得半天说不出话来。似乎刚从复印机里蹦出了两个一模一样的人来，真是太神奇了，他们就是穿的衣服不一样，如果脱了衣服，保准一模一样！”说着大伙都哈哈笑了。

老成稳重的耿秋实处事机敏，他认为这可是一件严肃的事，不能当作玩笑。在他的管辖领域，想象力不可以任意放飞，真要引出事非来，谁也担待不起。于是他及时地制止了这场舆论风波。他有点儿生气地说：“哎！你们是不是吃饱了撑的，觉得寂寞了就多看看书看看报，别一天到晚瞎琢磨。据我所知，二柱家里的哥哥大柱早已结婚生子了，别在那里胡编排！哦——模样相同就非得有血缘关系啊？古月、唐国强是不是跟毛泽东有血缘关系？王铁成、刘劲是不是跟周恩来有血缘关系？在十二亿人里找跟你模样相同的人能找出一火车来，你信不信？马锦宇可是董事长的独生儿子！”他指着齐强说，“还有你小子！再胡说八道拧着你耳朵交给董事长！听见没有！”

齐强立刻作揖求饶：“厂长大人饶命！厂长大人饶命！”车间里一阵哄笑。从此再没人敢公开提这档子事。

耿秋实三十一岁了，比二柱大十二岁，二柱认定了这个大哥，对这位大哥佩服得五体投地。不仅仅因为他是二柱的领导，也不仅仅因为他对二柱有恩，主要还是因为耿秋实的人品确实没的说，说话办事都在理儿。耿秋实在心里认为，二柱说的这档子事并不是空穴来风。他预感到将会有重大转机发生，但他并不主张贸然行事，要慢慢来。要把一切弄清楚，到时自然水到渠成，他下决心要帮助二柱把这步棋走好。他心中暗想：马延福就是本地人，如果马锦宇不是他亲生的，没有不透风的墙，要进一步了解情况，再做打算。

自从那天在会议室遇见二柱以后，马锦宇一直魂不守舍，啥事也不做。白天在办公室，他既不翻阅资料也不开电脑，晚上一整夜也睡不着，昨天和女朋友唐亦珊见了一面，他始终不说话，像丢了魂似的。唐亦珊好生奇怪，摸摸他的头，体温正常，说：“你这人怎么啦？中邪啦？怎么会这样！”一直追问他。最终他啥也没说，就那样心事重重地离开了，把唐亦珊急坏了。今天他又来到办公室，还是没做事，就那样一个人呆呆地坐着。小时候的事他模模糊糊还记起一些，他知道自己小时候在另一个家名字叫大柱，有个弟弟叫二柱，爹叫三木匠，娘叫秀兰，还有奶奶，村口有棵很大的树，其他什么也记不起来了。比如，家在什么县，什么乡，什么村，家里姓什么，他全部都不知道。为什么从那个家来到这个家，他也不知道。自从来这个家以后，他从不敢一个人到外边找小朋友玩，一出门小朋友就喊："野孩子！野孩子——"一听有人喊，他撒开腿就往家里跑，他知道妈妈会护着他。后来他上学了，都是妈妈接送。妈妈从来不让他和外边的小朋友玩。再后来他就随爸妈搬到镇上住，在那里读了小学、初中。读高中时又搬到现在这个家。高中是在省城四中读的。读小学、初中时，爸妈不允许他交朋友。进市里读高中时才开始和同学一起玩。读大学时才有了来自四面八方的朋友。他知道自己不是亲生的，所以处处小心，从不多说话。爸妈很疼爱他。他也曾经有过寻根的念头，可他不知道该怎么办，也不敢和爸妈提，甚至和女朋友唐亦珊也从没说过这件事。这几天他坐立不安，张二柱是不是我弟弟？怎么长得和我一模一样？我是姓张吗？爹娘叫什么名字？他想向二柱打听一下，又不敢，害怕惹出乱子，万一让爸妈知道了会怎样呢？

一连几天没人给他打电话，下午三点唐亦珊突然来了电话："锦宇，下午一起吃饭好吗？"马锦宇答："随时恭候！"电话那边又说："怎么听见你懒懒的，是不是不舒服！"马锦宇又答："没有不舒服，这几天一直没回来，你在干吗？"唐亦珊说："筹备台胞联谊会，整整忙了一星期没停下，现在好啦，万事俱备只欠东风，你有应酬吗？"锦宇说："没应酬，外面的均不感兴趣，只爱妈做的鲫鱼汤！"唐亦珊说："那好，下午见！"锦宇说："下午见！"

凭唐亦珊的感觉，马锦宇心里一定有什么事瞒着她。她知道锦宇虽不是一个有请就到的主儿，可也不应该这样，他心里一定有疙瘩。在她心目中，马锦宇是一个严肃、谨慎、规规矩矩的男人。他性格内向，优柔寡断，和一帮同学在一起，总听不见他的声音，总是默不作声，不苟言笑，从不多说话，和他在一起总有种压抑感。他和唐亦珊单独在一起的时候，也是有板有眼，甚至有时和她接吻时也是留有余地。有时唐亦珊感到遗憾，与马锦宇一起玩总也不能尽兴，总觉得他心头蒙着一层东西，让他高兴不起来。与马锦宇比，唐亦珊却又是另一种风格，她漂亮、精明、热情奔放，性格上与马锦宇差别很大，可她就是喜欢马锦宇，他就是唐亦珊心中的白马王子。他人长得漂亮、帅气、聪明、刻苦，从不张扬，特别和女孩子在一起时从不轻浮，安静沉稳，循规蹈矩。唐亦珊和他在一起有一种安全感，她和他好了五年了，她从不担心他还会找别的女孩子。唐亦珊决心趁吃饭的时候，再一次探探锦宇心里的秘密。

如果你说马锦宇放不开，可他和父母在一起时也挺轻松的，说话随随便便，有时还跟爸爸妈妈调个侃开个玩笑什么的。对他目前的工作，马锦宇并没说出什么不满意，他就是有点儿羡慕女朋友唐亦珊，进了台商企业，不但待遇高，而且不是聚餐会，就是什么联谊会，整天满世界风光。自己进了爸爸的企业，说大不大，说小不小，终归是民营企业。失去了到外面闯世界的机会不说，老躲在老子的羽翼下太没劲了。可如果真让他去外面闯，他又缺乏勇气。

马延福早看透了儿子的心思："儿子，你想现在就大显身手，我立马就交给你，我做梦都想在家待着，和你妈养花、观鱼，伺候孙子。"

马锦宇马上求饶："爸，你就饶了我吧，我可没那能耐，你还不到六十岁呢！就想休息，你看人家李嘉诚都七十多岁了，还在拼呢！"

马延福哈哈笑起来："臭小子，不把你老子累趴下你不甘心是嘛！"马延福也知道，儿子是在逗自己玩，他心疼儿子，也没打算立马就交给他，又说："儿子，你别光瞅热闹，商场如战场，你得好好历练，不然我也不放心哪！"

这时候老伴王桂芬会掺和进来："咋啦老东西！别算计我儿子，他才多大呀，你就让他受那份罪，没良心的！"

马延福唉叹一声："天地良心哪！你呀！就你心疼儿子，我不心疼，真是的！"

马延福两口子的心思全在儿子身上，真是捧在手里怕摔了，含在嘴里怕化了。马锦宇把父母的爱牢牢记在心里，决心做个孝顺儿子，报答他们的养育之恩。

马锦宇心里的秘密不曾向任何人泄露，可这几天他总有一种按捺不住的冲动：我的爹娘在哪里，我是谁家的孩子，我是个男子汉，难道不该弄明白这件事吗？他这样想着心里烦烦的。

下午快五点钟的时候，马锦宇拨通了家里的电话："妈，我晚上和亦珊一起吃饭，别准备我的饭了。"王桂芬在那头答应着："行，亦珊已两个星期没回来啦！告诉她星期天来家吧，妈给你们做好吃的。"马锦宇答应着："知道了妈！"他放下电话，无心干别的事，打开电脑，随便浏览一下，心里还是烦烦的。他关了电脑，拿了一本杂志翻看了起来，好歹熬了一个小时，接近六点钟时，他匆匆下楼，开起自己的新奥迪，一溜烟儿跑了。

马锦宇平时上班是不开车的，早饭以后，他喜欢早早出门，步行穿过厂区，走进办公大楼，在路上要走十几分钟，他觉得厂区环境优美，像漫步公园，呼吸一下新鲜空气，特别舒服。再说仅仅几步路还要开车，太奢侈了。所以平时他总把车放在楼下地下车库里，不进城他轻易不开车。马延福对自己儿子的做法十分欣赏。

马延福的小别墅坐落在厂区东北角，这里环境优美僻静，小别墅建造得非常别致大气，是一处典型的西式花园洋房，左前方是游泳池，正前方有假山瀑布，房子周围是草坪。房子东面辟有一块菜地，王桂芬经常在菜地里侍弄各种蔬菜，是她劳动锻炼的好地方。再向东两百米就是白沱河岸，厂区沿白沱河而建，河岸陡峭，没有通道，沿河边是一千五百米长的栅栏。白沱河水流湍急，王桂芬常站在铁栅栏里面向下观赏河里的流水。别墅向北还有五百米是储备用地，目前都是草坪，马延福准备向北扩展一些，建一处高尔夫球场。别墅向西三百米是中央大道，大道西边是建筑壮观的体育场。体育场向南有一处公园，公园前边是职工生活区，建有三座职工公寓楼、三座宿舍楼。再向前是生活服务区和休闲娱乐区，大楼里有职工餐厅、文化娱乐中心、商店，咖啡厅、歌厅、放影厅，再向前就是工厂区，生产车间非常庞大，蔚为壮观。生产区向东过了中央大道是在建的净化场，再向前是十九层高的办公大楼，办公楼前是宽敞的广场，广场中央树立着飘扬的五星红旗。每天早上马锦宇都顺中央大道步行到办公大楼上班。早上他就有预感，唐亦珊会约他，这或许叫心有灵犀，所以他早早地把车开到办公楼下。中午他一般都去职工餐厅就餐，目的就是看看那里的运转情况，与职工近距离接触，听听他们说些什么，马锦宇虽然年轻，但他考虑问题总善于从细微处着手。

马锦宇和唐亦珊来到市里美食一条街上的御花园酒店，这里僻静优雅、舒适。唐亦珊点了四菜一汤，都是马锦宇爱吃的，那一汤也是鲫鱼汤，要了一瓶张裕干红。唐亦珊看马锦宇总是沉默着，没有一点儿精神，心想：这人到底有啥事啊？她斟上酒，把湿毛巾打开递到锦宇手上，说："快擦一下，拿起筷子来先吃着，再有一个就上齐了，别干坐着。"马锦宇应着，拿起筷子夹了菜放在嘴里。唐亦珊端起酒杯说："来，锦宇再有什么不开心的事，咱先吃了饭，把肚子填饱了再说。"马锦宇端起杯和唐亦珊碰了一下，一仰脸一饮而尽。唐亦珊感觉有些异常，平时不是这样的，一杯酒要三四次才饮干，今儿怎么啦？她不敢说，又把酒斟满，马锦宇端起来又是一饮而尽，唐亦珊有些害怕，跑过来搂住马锦宇说："锦宇，你别吓我！出啥事啦？是我做错了什么？你快说话呀！"

马锦宇转过身来，紧紧抱住唐亦珊，迟疑了一会儿锦宇说："亦珊，我有事一直瞒着你，你不会怪我吧！"

唐亦珊直起身来一看马锦宇眼泪哗哗地流下来。她有些害怕，急忙拿出手帕给锦宇擦去眼泪，她有些着急地说："能有多大的事啊！你快说吧！不管什么事我都不会怪你，从上大学第一天起，我们就相爱就一直在一起，不离不弃，有天大的事我也不怕，只要你好好的，不管你做错什么事，我都会和你在一起过一辈子，你放心吧，我不会怪你。"

马锦宇说："关于我的身世，我从没和你说过。我不是故意要隐瞒。我曾想说的，但不知道从哪里说起，我——我不是这个家亲生的，是抱来的。"

唐亦珊一听，非常惊讶，她定了一下神儿说："那怕啥！爸妈不是非常疼爱你吗？怎么啦！"

马锦宇说："我说的不是这个意思，最近我碰见一个孩子叫张二柱，和我长得一模一样，我在那个家的时候就叫大柱，有一个弟弟叫二柱。我不敢肯定他就是我弟弟，我五岁的时候，一夜之间就来到这个家。我那个家在哪里，姓什么，只知道爹叫三木匠，娘叫秀兰，弟弟叫二柱，还有奶奶，其他什么也不知道。我曾经有寻根的想法，怎么寻啊！我对谁都不敢说，也怕伤了父母，自从看见了张二柱，我再也按捺不住了，我想找爹娘，小珊，你能帮我吗?”说着眼泪又流了下来。

唐亦珊露出了微笑，她给锦宇擦干眼泪，搂住他拍拍他的背说：“你这傻小子，你要找亲生父母有什么错啊！我会帮你的，高兴起来吧！咱现在已经有了一些线索，就从张二柱开始，这事先别跟爸妈说，别伤了他们，等有了一些眉目再跟他们说，我相信他们都是通情达理的人，会理解的。再说他们从小把你养大，感情很深，即使找到了亲生父母，也不会影响你与他们之间的感情!”

马锦宇打断了亦珊的话说：“我也是这样想的，我会永远爱他们，孝顺他们一辈子。”

唐亦珊又说：“你放心吧！我一定帮你把这件事办好！别这样心事重重、闷闷不乐的样子，让我看了心里难受。”

马锦宇点点头，酒精已开始起作用，脸红红的情绪有些激动。

唐亦珊知道，锦宇是一个深沉而坚强的男人，但有时感情脆弱得像个孩子。这个时候他非常需要体贴和安慰，她深情地对马锦宇说：“锦宇，你不要心急，请你相信，我一定能想出办法来。来，咱先吃饭吧！你该干什么还干什么，把这事交给我。”唐亦珊让服务生把菜又热了，两个人吃了饭，他们没有再喝酒。唐亦珊开车一直把马锦宇送回家里。

第十章　兄弟相遇

耿秋实跟马延福干活儿已经十年了，在早年跟马延福干活儿的那一批骨干里，耿秋实是唯一一个远道来的，马延福的颗粒厂刚搬到镇上时他就跟着干。他既聪明又诚实，干起活儿来不要命，而且又善于团结人，不管碰到什么是非都不搭茬儿，从不乱说话。经过长期观察考验，马延福认为这个年轻人靠得住，是一块好材料。

在三十岁的年轻人里，耿秋实算是有城府的，这也许与他的生存经历有关。他爹死的早，娘带着十五岁的他、十二岁的妹妹和八岁的弟弟艰难度日，兄妹三人是在娘的眼泪里泡大的。初中没读完就辍学了，帮着娘干农活儿。十八岁外出打工挣钱，不管挣多少都拿回来交给娘，告诉娘要让妹妹、弟弟好好读书。妹妹挺争气，读完了卫校去县医院当了一名护士，弟弟没考上学，学了一门做铝合金的手艺。家里的日子一年比一年见好，他先是建了三间瓦房，娶了媳妇，生了儿子。又帮弟弟建了三间瓦房，打发妹妹结了婚。可生活的艰难他一刻也没忘记。也许是同病相怜，那一天，他与二柱坐在一起静静地听二柱叙说家里的遭遇，两个人抱在一起失声痛哭，他搂着二柱为他擦干眼泪，安慰二柱："别哭了，兄弟，这就是命，挺起腰来向前奔吧！总有一天老天爷会对咱好。"他有一种预感，马锦宇是二柱的哥哥，这事错不了。这可能就是老天爷的安排，让兄弟俩碰在了一起。他想，这可咋办呀，二柱还是个懵懵懂懂的孩子，我是出力干活儿的料，这档子事我一点儿办法都没有。好在二柱非常听话，情绪稳定下来，他生怕二柱莽莽撞撞跑去认哥，那样就把事情搞糟了。这几天，他整夜都睡不着觉，一直在想，假如马锦宇是丢失了十八年的大柱，从大河乡凤凰岭村到省城边上的沙田镇，少说也有三百多里路，一个五岁的孩子，怎么就到这里来了，这是个谜，怎么解这个谜？听天由命吧，老天爷既然让两兄弟碰在了一起，自然就会让两兄弟相认，这是天意。既然是天意，马老板就怪不得我，马老板对我不薄，可一码归一码，帮二柱找哥没有错，说不定能让马锦宇认祖归宗，对马老板来说，并不是一件坏事。我耿秋实做任何事都得对得起良心。我与二柱非亲非故，可我就是心疼他、同情他。多亏他是个男孩子，被女老板逼到了死亡边缘，是我拉了他一把，救了他一命，那事要搁在一个女孩子身上，或许迈不过那道坎儿，也许命早没了。那孩子也是命大福大，一个男孩子长出了那样一副模样，且不说那张脸长得标致，就那身板硬硬实实，那胳膊腿都长得标准，那性子又像一盆火，难怪人见人爱。电视剧上那些小帅哥，个个不及他，怪不得那女老板盯上了她，抢先一步尝了他的鲜……耿秋实就这样胡思乱想着，翻来覆去难以入睡。

自从那天和二柱谈完话，耿秋实一直把要帮二柱了解情况的事放在心上，可就是苦于没有机会。话说也巧，一个星期天，一个偶然的机会耿秋实去镇上办事，碰到了十年前的工友赵成义。六七年没见了，两人非常高兴，时间正接近中午，耿秋实非要请赵成义到酒店喝两杯，盛情难却，老赵说："恭敬不如从命。"

两人一边喝酒一边海阔天空地聊开了。

老赵四十八九岁，家住东沙田，是马延福的邻居。十几年前马延福把塑料颗粒厂从东沙田迁到镇上粮管所旧仓库，苦于缺人手，就把老赵拉来了。耿秋实出来打工第一站，就进了马延福的颗粒厂，两人搭伴跟马延福干，非常投缘。老赵没文化但干活儿非常卖力气，人也本分实在。耿秋实有点儿文化，脑子活泛，热情能干。老赵比秋实大十来岁，总拿秋实当小弟弟，秋实也拿老赵当老大哥，无话不谈。后来马延福在白沙岗建了厂又要搬迁，老赵说自己没有文化，家里大棚蔬菜需要人，就没再继续跟了去。转眼又是六七年过去了，说话间老赵给秋实报了喜，说再有半个月儿子就娶媳妇了，自己正忙着为儿子筹备婚礼。耿秋实哈哈大笑说：“这喜酒小弟一定得喝。”说着掏出二百元钱放在老赵手上，老赵笑着说：“那好，六月二十六你可一准来喝喜酒！”两个人一言为定。

今天正是阴历六月二十六，天气好热，耿秋实在服务公司保洁处借了一辆自行车，上午快十一点的时候，骑上自行车急急忙忙向东沙田赶。从公司到西沙田三里，西沙田到东沙田五里，耿秋实想，八里路一个小时赶到，晚不了喝喜酒。

耿秋实到达老赵家时，新媳妇早已过了门，婚宴就要开始了。赵成义哈哈笑着把耿秋实迎进门说：“我就说嘛，今儿个你要不来，我可不饶你！”耿秋实笑着说：“能不来嘛，这喜酒一定得喝。”说笑着老赵把秋实让进去。

与秋实同桌的都是本村邻居，说话都非常随便，耿秋实自我介绍，家是桃花镇的，与赵大哥一起干过活儿，并不说在哪儿干活儿在哪儿认识。酒过三巡，借着酒劲，个个海侃胡吹起来。

一个说：“咱这村年年种菜不见钱。”

另一个又说：“不见钱也有发财的，马延福就是一个。”

一个又说：“马延福发财也不是卖菜发的，他卖菜的那些年，谁还不知道，上午送了菜，下午捡破烂！发什么啦！”

那一位又说：“咱庄户人家不讲命不行，他马延福能有啥能耐呀？可人家命好，要我说呀！他是捡了儿子，带来了财。自从他把儿子捡回来，一年一个台阶，卖菜时三万元拿不出来，人家现在值十几个亿，好事呀都让那小子给摊上了！”

一个又说：“要我说，人家老天爷对他好，你也进城送菜，咋就没捡着儿子呀？那么好的儿子干吗让马延福捡了去。”

那一位接上说：“我现成的儿子，干吗要捡儿子呀！”

另一个又说：“说的也是，送子观音要把儿子送给谁，那是老天爷定下的。观音菩萨把儿子送你手上，你还要有担福的命，你看人家那儿子长的，那叫一个帅，个子长得高，模样也标致，白白净净。人家还聪明，读了大学，要我说呀，人家马延福祖上积德，还是那句老话：福寿命里有，命里没有莫强求。”

一个又说：“一事顺，百事顺，听说人家马延福还和省里的干部攀上了亲家，亲家是省人大的秘书长，一开始还不大同意这门亲事，可一见了这孩子，一百个同意。”

耿秋实心里好笑，好像这新婚喜宴就是马延福的讨论会似的，参加了一个喜宴，真是想什么来什么，马锦宇是马延福捡来的，不是亲生的，这一点毋庸置疑。

喜宴回来当天下午，吃晚饭的时候，耿秋实约二柱坐在一起，把这消息悄悄告诉了他。

张二柱急不可耐，直想打听马锦宇更多的消息，可却无从下手。他想再近距离看一下马锦宇，怎么办呢？他想了一个办法，他要抓紧完成马锦宇布置的作业。三个作业本他已经完成了两大本，再有一个星期就可完成最后一本，等完成了，就去送作业，不就可以看一眼了吗？

二柱没白没黑地赶作业，他的作业做得很认真，书写非常工整，字写得也漂亮。每当看到二柱在学习，齐强就凑过来捣乱：“柱儿哥，还有一个月呢，你急啥呀？你可不能把我扔下不管呀！”

二柱笑着说：“除了八小时，不都是你学习的时间嘛，干吗非得去文化中心疯玩，先把作业做完了再玩不成吗？”

齐强非常为难的样子：“我不去，他们会来找，打牌少了一人没法打，打乒乓球少了一个也没法打。”

二柱笑笑说：“你就把完成作业当成是八小时之内的任务不就完了！”

齐强答应着说：“那行，你可要把作业借给我抄，你看行吗？”

二柱说：“行！你可别弄脏了。”

齐强答应着：“行，我保证！”

省市环保部门向马延福下达了最后通牒。七月三十号净化场还不能投入运营，不能实现零排放，大宇公司必须全面停产。这几天马延福急出了一嘴的泡，他给马锦宇下达了死任务，三十号之前，你什么事也别干，就盯在工地上，什么时候净化场开始运转了，你的任务就算完成了。马延福拍拍儿子的肩膀："儿子，打仗还是得父子兵啊！你可要盯紧了，现在还有二十几天，一旦不能如期运转，咱就得停产，咱停不起的！"

马锦宇说："爸，你放心吧！我一天到晚都盯在那里。"

二柱已经做好了作业，三大本，清洁整齐，字迹工整，一丝不苟。只等亲手交给马锦宇，他想一定要和马锦宇多说几句话，到底要说什么，他没想好，就按秋实哥说的，见机行事，实话实说。他打了好几次电话，技术部的技术员小徐只说马部长不在，如果你要交作业就交给我也行，二柱说我还要向马部长当面请教一些问题。小徐说："那你再等几天吧！"二柱只好耐心等待。

一天下午二柱正在复习功课，耿秋实打来电话，说找他有事。二柱急急忙忙跑下楼去，秋实站在楼下等他，两人来到僻静的地方。耿秋实说："二柱，有人想和你见个面。"二柱问："是谁啊？"秋实说："是马锦宇的女朋友叫唐亦珊，她是马锦宇的大学同学，现在一家台商企业供职，人很漂亮、聪明、精干。我见过两次，昨天下午她找到我说：'耿大哥，听说你们车间有一位小伙子叫张二柱，和我们锦宇长得挺像，我很好奇，想见一下交个朋友，你能帮忙吗？'我只好答应。你要长个心眼儿，人家明知你是马锦宇的亲弟弟，认不认，还得另说，这年头人心不好测。总之见比不见好，你也不用怕，问什么照实说，你不要问她什么！"二柱说："大哥！我有点儿紧张，万一说错了话咋办？"耿秋实说："你只说家里的情况，你要寻哥哥的事最好先不说，看她说些什么！听说这唐亦珊的父亲是省里的大官，说不定人家压根就不想认咱，看不起咱，富人看不起穷人，自古有之，你要记住咱不能丢儿，咱没钱要有骨气。找哥哥的事要顺其自然。"二柱说："我知道了大哥！"

晚饭后二柱应约来到咖啡厅，刚一进去，就有个女孩子跟他打招呼："嘿！你是张二柱吗？"

二柱说："是啊！"唐亦珊客气地笑着说："请到这边来吧！"她引二柱到了一间单间，客气地让二柱坐下，然后自我介绍说："我叫唐亦珊，是马锦宇的女朋友，听锦宇说你跟他长得挺像，有点儿好奇，决定见见你交个朋友。”她咯咯地笑了，笑得很甜，说，“果不其然，真的很像，咱随便聊一聊吧！不影响你休息吧？”

二柱爽爽快快地说：“不会！我有的是时间。”

唐亦珊说：“你要点儿什么？”

二柱说：“一杯水吧！”

唐亦珊叫了服务生说：“那好，两杯水！”唐亦珊又笑笑说，“二柱是你的大名吗？”

二柱说：“大名小名就这一个！”唐亦珊说：“那我就直接称呼二柱你不介意吧！”二柱轻松地笑笑说：“不会！”

唐亦珊笑笑，客气地说：“你比我小，还是叫二柱兄弟吧！这样亲切些！”

二柱脸红红的，说：“好，那我就叫你唐姐吧！”二柱一边说话，头耷拉下来，不敢看人，心想：马锦宇如果是我哥，这位应该是我嫂子了，哥可真有福气，找了这么漂亮的媳妇。

唐亦珊与二柱比，可算是个鬼精灵，她一看二柱这番表情，知道这孩子没见过世面，一看就知道没有小心眼儿，还有点儿腼腆。

唐亦珊又笑笑说：“你放松点儿，看样子你不常跟女孩子打交道，有点儿放不开，没关系的咱随便交流一下！一看就知道你是个真诚的孩子，你就当我是姐，咱随便聊点儿家常，咋样？家里都好吧！”

唐亦珊的热情坦率使二柱放松起来，说：“都好！家里就娘一个人！”

唐亦珊有点儿愕然，停一下她又问：“那其他人呢？”

二柱说：“爹死了，奶奶死了，十八年前哥哥大柱丢了！”

听了这一句，唐亦珊似乎有了底，她急忙又问：“这是怎么回事呀？”

二柱很茫然，不知从何说起：“我哥五岁的时候，不知怎么就丢了。爹到处找，跑遍了全国各地，找了一年多，花完了家里所有的钱，差点儿没死在外面，是好心的警察把他送了回来。在家躺了几个月，整个人呆傻了，经常出现幻觉，眼前常出现我哥的影子。终于有一天把拖拉机开到桥下，人当场就死了。娘拖着我和奶奶，苦度时光。后来奶奶也得了病，我读高一的时候奶奶也死了，欠了一万多元的债。我没法儿再上学了，出来打工挣钱还债！”二柱一边说着看了一眼唐亦珊，发现她眼圈红了，他低下头心想：唐亦珊不是秋实哥说的那种人，她不会看不起穷人，她有爱心，二柱心里踏实了许多，说：“唐姐咱说点儿别的吧！”

唐亦珊笑了，说：“对不起二柱，让你说了伤心的事！”二柱说：“没关系的！这是家里的实情，我习惯了，不伤心！”唐亦珊又问：“家里还欠债吗？”

二柱说：“现在已经不欠债了，我打了两年的工，都还清了。”唐亦珊又问：“你成绩怎样？把学停了挺可惜的！一看你就聪明开朗、活泼健康！”二柱说：“学习在班里是前几名，现在我自己学，没停下，我同学支持我，借给我英语学习机，不然今年正好参加高考！”

唐亦珊长叹一声：“真是可惜了！你一直坚持学习，这样很好，说明你很有毅力，不怕困难，有理想有抱负，总有一天你会有出息的。咱们现在是朋友了，有需要我帮忙的地方，就告诉我，比如学习方面，别客气，我一定会帮你的！”

二柱笑了，笑得很开心，他说：“谢谢你唐姐，我会的！”唐亦珊又说：“好啦！不耽搁你更多的时间，有机会再找你玩，祝你学习工作顺利。”

二柱高兴地说：“那好，谢谢唐姐！”

唐亦珊离开了咖啡厅，心里沉沉的，没想到二柱家里会发生这么多不幸。据二柱介绍的情况与锦宇说的基本吻合。她从心里确信他们是亲兄弟应该没错，她不想马上把家里那么多不幸直接告诉马锦宇，怕他一下接受不了，等一等吧。这几天马锦宇没白没黑地在工地上，急着告诉他不合适，所以停一天再说，等公司拿到节能减排的绿卡再说。

这些日子马锦宇一直待在工地上忙。一天到晚盯着净化设备的安装，不敢有半点儿松懈。正值盛夏，工地上骄阳似火，在工地上转一圈，衣服会全部湿透。他已经晒黑了，脸上胳膊上起了一层皮，红红黑黑的。唐亦珊看见了几次，从心里想锦宇和二柱太像了，简直没什么两样，可她不能把话说出来。

马锦宇看似文弱，但他意志很坚强，他想越是这时候越要坚持不能离开，一定要帮爸爸把好这个关，投资一千万元，这绝非小事，维系着公司的命运和前途，再艰苦也要把这块硬骨头啃下来。

这些日子马锦宇人在工地，可他一直盼着唐亦珊给他送来好消息，一直在焦急地等待着。他也经常见唐亦珊，估计她还没啥消息，如果有消息她一定会告诉我！他这样想着，并不想催唐亦珊，那样不好。他是一个外冷里热的人，表面看冷冷静静，内心早已激情澎湃。他也一直就盼着早一天看见二柱，盼着早一天相认，他会紧紧地搂住弟弟大哭一场，表达一下自己久久积压在内心的情感，他不时地这样遐想着。

三十号上午十点，省、市、区领导和各级环保局领导陆续到达东方大宇公司净化场启动仪式现场。这里布置一新，大红布帘上标语是“热烈庆祝东方大宇公司净化场投入运营”。两个硕大的彩色气球飘在空中，大气球悬挂着的红色布帘上一边是“积极推进节能减排”，另一边是“造福广大人民群众”。礼花鞭炮摆在一边准备就绪，高音喇叭播放着优雅激荡的迎宾曲。马延福穿戴整齐，红光满面，高兴地与前来剪彩的各级领导热情握手，感谢各级领导的支持。

剪彩仪式开始，分别由市环保局严局长和谢区长致辞，贾副省长、汪市长、省环保局张局长参加剪彩，现场鼓乐喧天，礼炮齐鸣，好不热闹。启动仪式简短热烈，设备启动后省市领导步入净化场观看运转情况，化验员取样化验，然后把检验报告呈交领导审查。省市领导和环保局领导十分满意，现场响起一片热烈的掌声，祝贺净化场正式投入生产。省环保局张局长把一份绿色零排放证书郑重递交给马延福，各级领导与马延福热情握手表示祝贺。马延福和马锦宇父子俩总算松了一口气。

早上八点的时候，马锦宇走进了自己的办公室，他已经二十多天没进这间办公室了。他把爸爸给他那本“零排放证书”放进了文件柜。然后在沙发上坐下翻了一下报纸，他已经好些日子没看报纸了，这些日子没白没黑地在工地上转悠，为了获得这张节能减排的通行证，父子俩倾注了大量心血，还好，终于大功告成。这几天在工地上真是无暇顾及自己的那份心事，二柱怎样啦？一晃多少天没看见了，虽然还不敢肯定那就是自己的亲弟弟，可真想马上就看见他。他在办公室里坐立不安，希望唐亦珊能尽快给他带来好消息，也盼望早一天看见二柱。他漫无目的地在办公室走着，一会儿坐下来翻报纸，一会儿又站起来来回走动。

快十一点的时候，小徐敲门进来说："马部长，您的电话！"他走到办公室，拿起电话，那边说："是马部长吗？我是张二柱，我想交作业还想请教问题……"没等二柱说完，马锦宇显得有些激动，他说："那——你快来吧，我等你！"放下电话，他回到办公室坐下来定了一下神儿，又拿起水杯喝了一口水，焦急地等待二柱到来。

只十几分钟二柱到了，他敲门，马锦宇说："请进！"二柱有些拘谨，悄悄走进来："马部长好！这是我的作业！"他双手捧着把作业递给马锦宇，马锦宇双手接着，客气地说："你请坐吧！"马锦宇老盯着二柱笑，二柱有点儿不自然。

马锦宇翻看了一下作业，然后抬起头来笑着说："你是第一个交作业的，先不说里面的内容，就说这卷面，你的字写得好，工整，清晰，干净，比我的字写得漂亮，我说的是真话。"

二柱有点儿不好意思地说："怎么会呢！是马部长夸我！你是大学生，我高中只读了一年。"

马锦宇说："学历说明不了什么，因为咱们的机遇不一样，单说你的学习精神，就令我很感动。"

二柱笑笑把头低下来，只说："谢谢马部长！"

马锦宇认真地说："二柱，别这样称呼好吗？咱们单独在一起时就称大哥！"

二柱有些激动："我知道了，大哥！"

马锦宇又说："我们随便谈谈吧！今天咱只谈家常，不谈学习好吗？那本热处理学你学起来不会有问题的，咱今天不谈学问，以后有的是时间。"

二柱说："那好，那你说吧！"

马锦宇说："家里都好吗？"

二柱笑笑说："都好，家里就娘一个人！"

马锦宇非常惊讶的样子，说："为什么？就娘一个人，其他人呢？"

二柱说："你有所不知，爹和奶奶都去世了，小时候有个哥哥丢失了，所以就只有我和娘！"

马锦宇又问："你小时候就叫二柱吗？"

二柱笑着说："是的，哥叫大柱！哥丢的时候五岁了，爹疯了似的到处找，大城市都去了，找了一年多，最后是好心的警察把他送回来，人只剩下一口气，他整天神情恍惚，把车开到桥下，当场命就没了。娘带着我和奶奶，日子很苦，我读高一的时候，奶奶也去世了。为奶奶治病欠了债，我只好出来打工挣钱还债。"说到这里，二柱沉默了。

马锦宇紧闭双眼，他用报纸挡上了自己的脸，二柱垂下头，两人都沉默着。二柱知道，马锦宇用报纸挡着脸，是在极力克制自己，当听到爹没了，家里又遭了那么多难，他在感情上是难以接受的，他的处境不允许他立刻做出表示，这可以理解。过了一会儿锦宇说："二柱，你成绩肯定不错！把学停了挺可惜的！"他想转移话题，这样两人会觉得轻松些。

二柱说："成绩在班里排前面，我坚持自学没停下。"

锦宇说："真是难为你了！"。

突然有电话来，马锦宇说："对不起，我接一下电话。"电话是唐亦珊打来的，约他马上见面，马锦宇说："行，我知道了。"

马锦宇坐下来像是想起了什么，说："二柱，你的登记表上没填娘的名字。"

二柱说："娘叫尹秀兰，我没填，有机会我再补上。"

马锦宇说："不必了，我知道了！"又坐了一会儿两人都不说话，还是马锦宇打破了沉寂，他说："二柱，以后想找我，什么时候都行，我把手机号给你，有事直接拨我手机。"他说着拿过一张纸，写上了自己的手机号码递给了二柱。

马锦宇不敢再问爹的名字了，因为爹已经没了，再问就是故意戳二柱的心窝。娘的名字叫秀兰，这已经足够了，可以肯定二柱就是自己的亲弟弟，可他不敢贸然认这个弟弟，他呆呆地看着二柱，真想立刻冲上去拥抱他，可二柱能接受我吗？他站起来走近二柱，紧紧握住二柱的手，神情沉重地说："记住，二柱，有事给我打电话！"

二柱知道谈话可能要结束了，他站起来说："谢谢大哥！我先回了。"

两个人紧紧地握着手，四目相视，锦宇很不舍地把二柱送出了门。

中午马锦宇开车来到唐亦珊的宿舍，这是一处两室一厅的小户型单元楼。房间里布置得简洁干净，卧室里的梳妆台上放一张放大了的她和马锦宇的合影照。客厅里没开电视，马锦宇进了门也不说话，默不作声地坐在沙发上。唐亦珊靠近马锦宇坐下，她说："锦宇，我见过二柱了。"马锦宇说："我也见过了。"他转过身来紧紧抱住唐亦珊失声痛哭。唐亦珊拍拍他的背说："锦宇，你冷静些，咱们还要做许多事！"她扶起马锦宇，为他擦干眼泪。她说："这几天本想给你说，又怕你压力太大，影响了净化场的工作，既然你已知道了，我劝你冷静些。"马锦宇说："没想到为了我，家里家破人亡！"说着又流下了眼泪。唐亦珊说："锦宇，我有一个想法，为了万无一失，咱做个 DNA 鉴定，一旦你与二柱的 DNA 鉴定结果一致，可以免去向许多人做解释，也是咱向社会公开的最有力的证据，有理有据谁都好说话，特别是对爸妈也好面对。我表叔在省公安厅，那里有专门鉴定机构，你看行吗？"

马锦宇说："我听你的！"

唐亦珊说："现在是午休时间，等下午两点半我与表叔联系，现在先去吃点儿饭吧，总不能饿着肚子吧！"

马锦宇说："一点儿不想吃，饿了再说。"两个人一时语塞，谁也不说话。停了一会儿马锦宇说："我想跟你说，上午我见了二柱，真为他的精神感动，他是一个好孩子，比我强。历经磨难，总不气馁，精神抖擞向前奔，热情奔放，一刻不停地学习。生存环境那么差，还练出了一副好体魄。那作业本写得一丝不苟，字也写得漂亮，这一切都表现出他积极向上的人生态度，我真是太感动了，我与他比真觉得惭愧。"

唐亦珊紧紧握住马锦宇的手，拍了拍说："谁说不是啊，那天晚上和他谈了一会儿，总觉得他像一盆火，让人看到希望，你知道吗？他一直在学习高中阶段的课程，咱一定要帮他实现梦想！"

马锦宇激动地说："谢谢你！亦珊，我为有这样一个弟弟感到骄傲。"

唐亦珊说："锦宇，你看出来了吗？二柱模样虽和你一样，可他的体质比你好，和他一接触，即便不说话，也能感觉出他浑身上下透着聪明才气，洋溢着青春活力。正像你说的，他总有一种积极向上的东西在感染着你。啊——多可爱的孩子！"

马锦宇接过来说："亦珊，你知道嘛，我觉得二柱坚韧不拔的品质，积极向上的人生态度都和娘有关系，是娘培养教育了他。娘是啥模样，我已记不起来了，但是从二柱的身上我看见了娘的影子。"

两人说着话不知不觉已到了下午三点钟，唐亦珊拨通了表叔的电话，向表叔说明了情况，表叔满口答应帮她联系，一旦联系好了，就电话通知她。

张二柱今晚是夜班，一个下午他都在学习英语，突然他的手机响了，一看是家里打来的，他接通了电话说："嫂子，你放下电话，还是我给你拨过去！"二柱拨通了五嫂的电话，五嫂说："柱儿兄弟，婶子跟你说话。"二柱说："好，你让娘说吧！"

尹秀兰接过电话说："柱儿啊，告诉你一个好消息，云妹考上大学了，昨天接到了录取通知书，是省里的医学院，昨天下午就来告诉我，她说要去你那里一趟，让你回来复学，你要听话，你得赶快回来。"

二柱说："娘，你听我说，我也有个大事要告诉你，我丢失了十八年的哥哥快要找到了，我虽然还没有十分的把握，但我想他就是我哥，他是我们董事长的儿子叫马锦宇，和我长得一模一样。"

二柱刚说到这里，就听那边娘"哇"的一声哭了："柱儿啊，你这是要娘的命啊！这些年我连想都不敢想，一想起来，我这心就像刀绞一样，你怎么又在娘的心上捅一刀啊！啊！"

五嫂吓坏了，她接过电话："柱儿兄弟，你到底说啥了，让婶子哭得这么伤心，你这是干啥呀！"

二柱说："嫂子，你跟我娘说，找到我哥这是比天还大的事，学我一定会去上，哥就快找到了，我不能放弃！"

尹秀兰擦了眼泪又接过话筒说："柱儿啊，你哥右耳朵后边，靠近头发边有一颗胎记，红红的，像花生米那样的形状，你要看好喽！"

二柱说："娘，你放心吧，我记住了，学我一定要上，等云妹来了，我会跟她解释，可哥一定要找到，这是咱家的大事。娘，你别难过了，我将来考上大学是喜事，找到我哥也是喜事，你说是不是啊？"

尹秀兰情绪平静下来，说："娘知道了！知道了！"

二柱又说："娘，还有一件事，你把我和哥小时候照的那张全家福冲洗一张寄来，我有用。"尹秀兰说："我这就叫你嫂子去办！"

啊！云妹考上了大学，这真是一件大喜事，二柱非常高兴，他想等云妹来了，一定要庆祝一下，要请上耿大哥、唐亦珊和马锦宇。现在工资卡上有八九千元钱，要给娘寄一些，剩下的给云妹，她上大学肯定用得着。他这样想着，心里很高兴。

云妹考上了大学，对二柱心灵上是一个极大的触动。能参加明年的高考是二柱最急迫的愿望。我不能就这样消沉下去，我一定要努力。他静下心来想了一下，家里的债已经还清了，前几天他又给娘寄去了三千元钱，他知道娘除了还债，平时是不花钱的，可是把钱放在娘手上，她会觉得心里踏实。自己手上还有些钱，如果去参加下届高三班，一时半会儿经济上是可以维持的，可是得到这个岗位不容易，再说离开这里，找哥的事就没指望了，我不能轻易就放弃，要找耿大哥拿个主意。

晚饭以后，二柱找到了耿秋实，把自己的想法实话实说，他说："大哥，不瞒你说，云妹考上了大学，给了我一个极大的鼓励，如果我要踏踏实实地付出努力，考大学的事我也能做到，只是你要帮我，我不能放弃现在的这份工作，一个月一千五百元，工作也不累，我想再多挣几个钱，起码春节前我不能离岗，至于学到哪里上，我还没想好，那天和唐亦珊坐在一起，她说学习上可以帮我，只是那么一说，至于怎么帮……能否求她联系一下，这是其一。其二，找哥的事有点儿眉目了，我不能放弃，不能离开这里，能找到哥与考上大学同样重要，大哥你理解我吗？"

耿秋实拍拍二柱肩膀，坚定地说："兄弟，我能理解，别为这两件事发愁，只要你有这个决心，咱总能想出办法来。比如说，你不愿意放弃现在这个岗位，想多挣几个钱，这个我能帮你，我可以给你安排不耽误听课学习的班，你可以只上小夜班，下午两点到六点我可以顶替你，你回来可以上下半个班从六点到十点，这个哥能做主。”

二柱不好意思地笑笑，说：“那怎么行，你是副厂长，光替我顶班，人家会怎么看。”

耿秋实拍拍二柱肩膀说：“兄弟，这个你不用担心，实话告诉你，不管我当了副厂长，还是没当副厂长，厂里每个工友的班我都顶过，他们不会有意见，再说，你参加复习，这是正大光明的事，厂里如果还有谁要去参加复习，我照样可以帮他顶班。关于联系学校的事，就交给唐亦珊吧，她已经承诺了，我相信这对她不是一件难事。”

二柱高兴地说：“大哥，你这样说我就放心了。”

耿秋实又说：“至于找哥的事，你就更不用担心了，唐亦珊向我透露过她要实施 DNA 检测的计划。只要 DNA 检测结果一出来，尽可把心放下，能否堂堂正正把这事办妥当，最重要的一关还是在董事长那儿，这事是否最终会卡在他那儿谁也说不好，他养了这么多年的儿子，突然说是人家的，这事放在谁身上都不好接受。不过这事你不必担心，担心也没用，最终总能有办法解决。据我所知，马锦宇这儿不会有问题，这一点最关键，只要哥找到了，不管有再大的障碍通不过，你都不用怕，你想想咱还有啥好怕的。”

吃晚饭的时候，马锦宇对父母说：“爸！妈！告诉你们一个好消息，我高中时的班主任，省立四中的钱老师钱坤当了四中的校长，刚刚的事，我明天要去给他祝贺一下，你们看好吗？”

马延福说：“当然要祝贺了。”

王桂芬也说：“应该的！应该的！要带一份贺礼去，那可是个好人，人家一直对你特别关照，俺把儿子交给他呀一百个放心！你上了大学是他的功劳，人家对你可像对自己的孩子一样，每次都夸你聪明、学习刻苦、人长得帅。哼！我儿子嘛！”

马延福打断王桂芬的话：“切！老东西，话都让你说了，你知道什么，人家是特级教师，全国教育战线先进工作者，净说些婆婆妈妈没用的，切……”

马锦宇看看爸爸妈妈哈哈笑起来：“行啦！爸！妈！你们说得都对！”

马延福说："记住了儿子！要把爸妈的问候带上，说咱全家祝贺他！"

马锦宇笑着说："知道了爸，这还用你教我呀！"

马延福笑着拍了一下儿子的肩膀："臭小子……"

其实马锦宇进城也不完全是为老师祝贺，还有一件重要的事，唐亦珊表叔已替他联系好了做DNA鉴定的事。两人已经说好，先去省公安厅检测中心采取样本，然后再去省立四中找钱校长，要和钱校长一起共进午餐。

两人赶到省公安厅已经九点多，唐亦珊带着马锦宇一起找到了省公安厅刑侦处长李毅刚，李处长迎出来，唐亦珊大大方方向表叔介绍马锦宇："表叔，这就是我男朋友马锦宇。"

李处长打量着马锦宇笑着跟马锦宇握手："嗬！帅小伙，一表人才，不错不错！丫头有眼力。"唐亦珊笑笑。马锦宇向李处长鞠了一躬，说："叔叔好！"

李处长笑着问："是同学？"

唐亦珊说："大学同学。"

李处长拍拍锦宇肩膀对唐亦珊说："你爸妈好福气，选了个好女婿。"

唐亦珊不好意思地笑笑说："叔叔，咱快办正事吧！你挺忙的，不想耽搁你！"

李处长说："那行！你带锦宇去吧，我已跟王主任打了电话，直接去检测中心找王主任，在十楼，有什么事再打我电话！"告别了李处长，两人直接上了十楼。

检测中心王主任热情地接待了唐亦珊和马锦宇，事情办得很顺利，仅半个小时就采完了样本。王主任说："一个星期后来取结果。"谢过王主任，两个人从检测中心出来，唐亦珊给李处长打了电话，报告了办理结果，说："叔叔，我不再去你办公室了，一个星期后再来找你！"两个人离开了公安厅。

马锦宇在锦江饭店订了桌，并且约了十几个同学，要热热闹闹地为钱老师祝贺一番。他俩赶到四中时已接近十一点。

钱校长的庆祝宴会持续了三个多小时，参加宴会的十几个同学轮番向钱老师敬酒，钱老师原本就不胜酒力，半推半就地也喝了好几杯，饭后又找了一间休息室，在那里拍照打闹说笑，又折腾了几个小时。锦宇的十几个同学中有四五个都带了女朋友，唯独马锦宇和唐亦珊是高中时的同学不同班，进了大学又在一个班。钱老师对唐亦珊略有了解，他非常赞赏自己这对学生的婚姻选择，祝福他们幸福美满。大家都说马锦宇和唐亦珊是天生的一对，地设的一双，是白马王子配了百花公主，借着酒力，大家说笑打闹到六点才散去。

一天下午，唐亦珊拨通了二柱的电话问二柱有时间吗，二柱说："我在上班，再有一小时就下班了，有事你说吧，唐姐！"唐亦珊告诉二柱晚上八点钟在咖啡厅见，不见不散，二柱满口答应。

下班后二柱先洗了澡，然后去餐厅吃晚饭，八点钟他按时到了咖啡厅，唐亦珊已在那里等候。二柱说："对不起唐姐！我晚了。"唐亦珊说："你没晚，是我早了一会儿。"

二柱坐下以后，唐亦珊直接说："二柱，你想找哥哥，是你和家人的共同愿望，也是一件大事，骨肉分离牵动着每一个人的心，即便不是当事人，心里也非常纠结。我虽然没和你交谈过，但是我已和耿大哥交流过了，帮助你是我的责任，我想帮你尽快找到哥哥。"

二柱非常激动，说："唐姐，谢谢你！我做梦都在想这件事。"

唐亦珊平静了一下说："咱现在要做一件事，这个很重要，明天我带你去一趟省公安厅，做一次 DNA 鉴定，等结果出来，在那里备一份案，找哥哥的事正式纳入议程，这件事暂时要保密，对谁也别说，你看好吗？"

二柱说："好！谢谢你唐姐！"

二柱拿出一张照片说："唐姐你看，这是我和哥与爹娘、奶奶一起照的全家福，那时我两岁，我哥五岁，你拿一张，兴许用得着。"唐亦珊接过来一看，直点头。

第二天上午，唐亦珊带着二柱去了省公安厅检测中心，王主任接待了他们，一看二柱的模样，王主任也愣了一下，半天才缓过神儿来，笑了笑说："那咱采样吧！"他们很快采完了样本，王主任填了一份二柱的身份卡与样本一起密封存档。王主任一直在笑，他赞许地向唐亦珊点点头，什么也没说。唐亦珊说："等这份结果出来，再一起来取。"王主任说："半个月以后吧。"

回来的路上，唐亦珊对二柱说："二柱，你想找个学校参加复习，这很好，这事我与锦宇沟通过了，他非常赞成，说你有志气、有毅力，不考大学太可惜了。不瞒你说，锦宇高中时的班主任钱老师当了四中的校长，我们邀了一帮同学刚刚给他祝贺了一番，锦宇已给他打了招呼，钱校长已经答应了，他说高三提前二十天开学，你要做好准备。至于费用的事，你不用操心，我会帮你解决！"

二柱非常感动，说："唐姐帮我联系复学的事我就感激不尽了，哪里还要你操心费用的事。不瞒你说，我打工挣了不少钱，上学的费用我自己能解决，不劳唐姐费心！"

唐亦珊笑了笑，说："别那么见外，咱是朋友嘛。"

八月六日是开学的日子，二柱一早起床去吃早饭，早饭后在公司大门口乘上了六点三十分的第一班车。到达学校时，才七点十分。

二柱所在的六班，多数是走读生，可以不上早晚自习，班主任李老师专门找二柱谈话，说："你的情况比较特殊，只读了高一，开学就考试，看看你的情况怎样，实在不行，只能从高二开始。"

二柱没说啥，心想：考就考吧，反正自己也差不哪里去，绝对不能再从高二开始，拼了命也要从高三开始，不过二柱非常能理解班主任，谁愿意拖一个老大难，万一影响了班里的整体成绩，作为老师，谁都不愿意接受，学习成绩的事来不得半点儿虚假，自己必须认真对待，他暗下决心。

星期三、四考了两天试，涉及高三之前所有的课程，星期五一早成绩公布了，二柱的总成绩在班上排在第十八名，而且语文、数学、英语的成绩在班上排在前五名，班主任李老师找到二柱说："二柱，出乎我的预料，你只读了高一，高二的成绩还这么好，真是不可理解！"

二柱笑笑说："老师，其实这两年我一直没停下，一直坚持自学，同学送给我英语学习机，语文、数学我阅读了不少资料。不瞒老师说，高三的课程我也学了一些，不过自己学心里总觉得不踏实，比如物理、化学我差了很多。"

李老师笑笑拍拍二柱肩膀说:“好好学吧，二柱，我对你有信心……”

开学以来，二柱每天都是来去匆匆，听课、复习、上班每一件事都不能耽误，每天上完课回来，匆匆忙忙吃了饭就跑去上班，让耿秋实赶紧回去休息，他心里总在忐忑不安，心想：总让耿大哥顶班，人家毕竟是副厂长，这样长此以往也不是事，咋办呢?

为了不更多地影响耿大哥休息，二柱星期天就替齐强顶班，这样从星期一到星期五其中有两个半班由齐强顶上，这样耿大哥的负担就轻了些。班上还有几个好伙伴要替二柱顶班，二柱都一一谢绝。他说：“我学习不是一时半会儿就能完成的，我不想影响更多的人，让我自己解决吧。”

有时下午没有老师讲课，只是复习，二柱就赶回来上班，把复习时间安排在晚上下班以后，但一定要完成老师布置的进度。有时他担心耿大哥总安排上小夜班，班上人会有意见，就主动找耿大哥说：“安排我上大夜吧，我下了班，吃了早餐就可以去上课，中午可以在教室睡一会儿。”耿秋实说：“你别担心了，不会出什么问题，你安心学习就行了，你要注意身体，我担心这样拼你会受不了。”

二柱笑笑说：“大哥，你看我不够壮吗？你放心吧，我没有问题。”

看二柱兴致勃勃、神采奕奕的样子，耿秋实放心地笑了。

半个月后，马锦宇知道了这件事，他亲自找到了耿秋实，说：“大哥，二柱不是铁打的，这样两头跑，不但学习没有保障，班里也怕出问题，一旦出了问题，不好解释，二柱的班不用安排了，他的工资由我来解决，就算是请事假。”

随之，耿秋实又把锦宇的意见告诉了二柱，他坚决不同意，他说：“咱现在最怕的是什么，就是怕给锦宇惹出乱子来，这事一旦被董事长知道，你和锦宇怎么解释，这样不妥，就是把学停了，也不能把班停了，大哥你放心吧，我的班仍由我自己来当。再说，我哥的事八字还没有一撇，刚刚有一点儿眉目，我就让他来扛事，我成什么了，你隔三差五替我顶一个班就行了，这事绝对不能让他扛。再说星期天我可以与齐强调班，这事难不倒咱，你转告锦宇，他的好意我心领了，不能那么做，不要认为我在吃苦受罪，其实没什么，叫他一百个放心，我有一个健康的好体魄，这件事难不倒咱。”

耿秋实无奈地摇摇头，笑笑说：“好吧，按你说的办，锦宇那里我会解释。”

一大晚上，二柱正在当班，齐强带着几个小兄弟跑了来，王永传、金玉福、小纪等来找二柱，要替二柱顶班，二柱婉言谢绝，说：“学习是我自己的事，不劳大家跟我受苦受累，大家的好意我心领了。”

几个人都不高兴了，一起说：“二柱，学习是正事，当初我们找你替班是为了去玩，你二话不说就替我们，现在你需要我们时，让我们袖手旁观，就兴你大仁大义帮我们，就不兴我们替你做件好事，你把我们看成什么人了！”

二柱哈哈笑了，说：“行了，行了，我说不过你们，我答应哪一天需要你们帮忙，我一定找你们，请各位多担待！”

几个人一起说：“臭小子，净跟我们客气！”说着都笑着走了。

第十一章 情定大宇

张二柱接到辛云妹打来电话，说她九月一号开学，开学前一天来东方大宇公司看他，让他八月三十一号中午到沙田镇汽车站接她。二柱非常高兴，他去服务公司超市买来了水果，洗好了放在房间里。上午快十点的时候，二柱借了一辆自行车匆匆忙忙向沙田镇汽车站跑。他在车站等了一个多小时，不见云妹从车上下来，有点儿着急，一直等到十一点半又来了一辆车，老远就在车窗里看见了云妹。他跑向前去，大声喊："云妹！"云妹也看到了二柱，高兴地向他挥手。车上人很多，二柱站在车门口等着，不一会儿云妹出现在车门口，二柱急忙上前先接着云妹的包，然后把手伸给云妹，云妹紧紧握住二柱的手，好不容易从人群里挤出来。二柱把包放在自行车上，另一个包挺重，云妹说都是二柱学习用的资料，足有二三十斤重。二柱笑了笑说："行！都用得着。"

他和云妹面对面站着，光是笑，云妹也看着二柱笑，半天二柱才说："云妹，祝贺你！你终于成功了！"

云妹说："你也会的！"

二柱说："我一定，你放心！"

二柱总盯着云妹傻笑，半天才掏出手帕说："你出了很多汗，快擦一下吧！"说着把手帕递给云妹。云妹也总是笑，老盯着二柱的脸像刚认识似的。过了半天二柱才说："咱走吧！把重包放在车把上，轻的你来拿，我带你，这儿到公司三里路，咱们骑车走。”两人骑上自行车，二十分钟就到了厂门口，他们下了车，云妹到处看，笑着说：“二柱，你们厂很壮观！”二柱很自豪地说：“我觉得也是！”

到了二柱房间，放下包，二柱给云妹倒了水，让云妹洗把脸，递上毛巾。云妹喝了水在房间里到处看，说：“很整洁，很漂亮，白色的床单，蓝色的被罩，挺好的！”二柱说：“都是公司提供的，半个月换洗一次。”二柱看了一下表说：“下午一点之前都是就餐时间，刷卡的自助餐，你应该饿了，咱去吃饭吧！”云妹说：“行，咱走吧！”

走到餐厅门口时，碰见齐强和一帮小兄弟出来，一看二柱带着个漂亮姑娘都跑过来围上了，齐强先搭上话了：“柱儿哥，带女朋友来了。”

二柱脸红红的笑笑说：“别胡说，我同学！”

另个说：“啥同学！女朋友不就得了！”

又一个说：“咦！二柱！有眼力，多漂亮的姑娘呀！你交桃花运了！”云妹羞得脸通红，只笑不说话。

二柱笑着：“别贫了，该干啥干啥去！”一伙人笑着跑了。

二柱陪云妹吃完了饭，回到宿舍，齐强正躺在床上，看两人进来马上起来，笑嘻嘻地说：“柱儿哥，我两点的班，你们尽管玩，打扰不了。”

二柱说：“别客气，都是同龄人，一起说说话没关系！”

齐强说：“柱儿哥，啥时候发喜糖啊！”

二柱说：“你小子！别贫了，我俩是同班同学，她考上了省城的医学院，明天报到，提前一天来看我，顺便玩玩。她叫辛云妹，和我家离得不远！”

齐强笑着说：“祝贺你云妹，你出息了，考上大学了！”

云妹笑笑说：“微不足道，不值得你夸，谢谢你！”二柱拿来水果递给两人，又闲聊了一会儿。

齐强说：“我要上班了，你们玩吧！”然后拿着工作服跑出去。

云妹说：“二柱你有啥打算？这里是挺好的，但是还要从长计议，学还是要上的。”

二柱说：“云妹，我已加入了省立四中的高三班，已学了一段时间，并且这两年我学习一直没停下来，这与你的帮助是分不开的，最近有一件大事，上学的事还要受一些影响。”

云妹问：“什么大事啊?”

二柱说：“我哥快要找到了，已有眉目了，这对我和娘来说，是比天还大的事，所以我不能放弃!”

云妹激动地站起来：“是真的吗？那太好了，现在在哪里?”

二柱说：“就是我们董事长的儿子叫马锦宇，比我大三岁，人长得和我一模一样。前几天我已去省公安厅采了样本，做一次 DNA 鉴定，我估计他可能也去了。如果能吻合，这事毋庸置疑了，娘也了却了一桩心愿，爹的在天之灵也可安心了，我也能心安理得地去上学了。”

云妹激动地抓住二柱的手摇着：“哎呀！太好了，这些年受了多少罪啊！这一回老天爷总算睁了眼了！咱苦日子就要到头了!”说着云妹流下了眼泪，二柱也流下了眼泪，两个人紧紧地拥抱在一起。

二柱拿出了一张银行卡，放在云妹手上，他说：“云妹，你考上了大学，我从心里高兴，这些年咱俩从心里都装着对方，咱们彼此的情分是不能用钱来衡量的，这里面有五千块钱，是我挣来的工资，我想让你带上，上学用得着，你不会拒绝我吧!”

云妹深情地说：“二柱，我有钱，带了许多，但你给我的我一定带上，不管走到哪里，只要心里装着你，我心里就踏实。”云妹的表白让二柱非常激动，他把云妹拥在怀里。

二柱一会儿给云妹倒水，一会儿给云妹削苹果，都是亲自给云妹递在手上。云妹好生感动，心想：二柱已经长大了，去年暑假的时候还是大大咧咧的，今年像换了个人似的，知道疼人了，也敢表达了。他对人感情真挚热情，没有小心眼儿，他意志坚强，聪明好学，一切都会好起来的，我不会看错人的。总有一天他会紧紧地抱着我说出那三个字，我等着。云妹觉得自己很幸福。她紧紧抓住二柱的手说：“二柱我很幸福!”说着脸绯红低下了头，又说，“我相信你是一个坚强的男人，你会赶上来的，我等着。”说着把脸深深埋进二柱怀里。二柱紧紧搂住了她，说：“请你相信我，我不会让你失望。”

二柱拨通了耿秋实的电话，跟他说："大哥，云妹来了，她考上了大学，明天去医学院报到，晚上想为她祝贺一下，想请大哥聚一聚。"

耿秋实爽爽快快地答应着说："好好好！一定要好好庆贺一下，这是喜事儿！"

然后他又拨通了唐亦珊的电话说明了原委，唐亦珊很高兴地说："谢谢你二柱，这么信任我，我一定会来。"

二柱又说："我想请锦宇大哥也参加，我不敢直接跟他说，请唐姐替我表达一下心意。"

唐亦珊高兴地说："你放心吧，这事交给我！"

二柱又说："就在公司的小餐厅，那里是比不上城里的大酒店，但是档次也不差，这里方便些！"

唐亦珊又说："去城里的大酒店更好些，交给我来办吧！"

二柱说："不麻烦了！唐姐！就在这里好！"

唐亦珊说："那好，就按你的意思，我一定参加！"

唐亦珊拨通了马锦宇的电话，向马锦宇说明了情况，马锦宇说："既然是二柱的同学，专程赶来看二柱，说明不是一般的同学关系，我一定参加。"唐亦珊又把消息转告给了二柱。

二柱非常高兴，对云妹说："今晚你就可以看到我哥了。"

云妹说："我太激动了！我只怕说错了话，你要提醒我。"

二柱说："没关系！你尽管放松些，不过还没戳破这一层窗户纸之前，话还是不能说得太白了，他这里有一个家，还是留有余地吧！这样对彼此都好。"

下午四点多钟，二柱邀请云妹下楼，要带她在厂区转一转，看看周围环境，顺便到小餐厅把桌订好。

二柱先订了桌，然后又带云妹先看了画亭、回廊、人工湖。

二柱饶有兴趣地介绍说："云妹，沿小义河依势而建的画亭、回廊、人工湖，是这个院子里的重要景点，我要陪你好好看一看！"

云妹高兴地说："这一眼望去就非常壮观，人工湖算是自然景观，与画亭、回廊这一片仿古建筑搭配一起，既清幽秀丽，又古朴典雅，可算是相得益彰，你要好好给我介绍一下。”

二柱长长舒了一口气，一脸柔情地说：“小义河自北向南再向东蜿蜒而下流经厂区，沿小义河建了九处塘坝，自然就有了九处人工湖。最上端的人工湖畔建有一座万赖亭，最下端的荷塘湖畔建有一座落花亭，再向下去有一处落差三米的小瀑布，然后向东流经总部办公楼广场前面，向东汇入白沱河。广场前面的小义河，人工砌就，建有三处汉白玉石雕拱桥，设计精巧，是过 A08 国道通向厂区的一道天然屏障。两个画亭中间这一段起伏曲折的回廊，依河而建足有二三百米长，其中的立柱有 48 根，分别题有古代著名诗人的诗句，两座画亭各有 6 根立柱也有题诗，这样算起来共有 60 根立柱上书写着寓意深刻的诗句。由省内著名书法家书写，风格各异。其中有相当一部分是舒同体，非常壮观。听说凡有客人来访，董事长都会带客人前来欣赏一番，当客人问起诗词出处，董事长都会一一作答。”

两人一边说着来到人工湖边，人工湖水面如镜，池水清澈见底，里面有放养的各种鱼儿在游动。池边柳枝低垂，轻拂水面。又走了几步来到一处荷塘边，满塘荷花绽放，清香扑鼻，云妹驻足观望突然突发奇想地问：“这儿是不是有几分‘荷塘月色’的意境？”二柱笑笑说：“你说的没错，就是营造了那样一种意境，只要身处其境，你就自然而然会想起朱自清的《荷塘月色》，真是妙不可言。”

他们又走近了“落花亭”，驻足观望，“落花亭”三个字书写得非常潇洒，烫了金。亭间六根柱上分别题着三句诗。

一句是：　等闲识得东风面，
　　　　　万紫千红总是春。
另一句是：接天莲叶无穷碧，
　　　　　映日荷花别样红。
还有一句是：月明船笛参差起，
　　　　　风定池莲自在香。

二柱一边读着一边说：“这三句诗我只知前面一句是南宋儒家代表人物朱熹的诗句，那一句‘万紫千红总是春’，算得上千古佳句，那两句出处不得而知，三句诗的寓意更说不清了，依我看也是咏物抒情吧！”

云妹非常感慨地说：“三句诗都很优美，这亭子配了三句诗越发的美。这亭子又建在荷塘边，三句诗均与满塘荷花有关，实在是独具匠心。真要好好地见识一下。说来惭愧，高中三年光赶功课，没有精力欣赏古代诗文，中华民族五千年文明史，闪耀着人类智慧的光芒，古代诗文是民族文化的瑰宝，博大精深，非常值得学习探讨。”

二柱说：“何尝不是，我也深有同感！”

云妹端详着画亭顶端的人物彩绘突然说：“二柱你看，上面的彩绘似乎是一则寓言故事。”

二柱端详了半天，只是摇头，笑着说：“我实在是个粗人，来过几次却没留心上面的故事，是什么？快说说看。”

云妹笑着说：“这则寓言故事叫《祸福相依》，手提弹弓站在栗园一角的这位老者是庄子。一只大雀鸟从他头顶飞过，在他对面枝繁叶茂的树荫间，有一只蝉在鸣叫，而在蝉身后又有一只螳螂隐蔽在树叶后，正伺机而动。在老者正伺机弹射的时候，另一侧有一位农夫指着老者厉声责骂，责怪老者弄坏了栗果。这则寓言故事告诉人们，无论做何事都应权衡利弊瞻前顾后，不可贸然行事。这则故事还有一个版本叫《螳螂捕蝉，黄雀在后》，似乎与这则故事雷同，可这则故事又出现了庄子和农夫，似乎又把故事的内涵无限地延伸到了社会的人和事。”

二柱无限感慨，笑着说：“原来如此！受益匪浅！受益匪浅！”

二人沿回廊信步，说话间他们又来到一处题诗的立柱前。

上面的题诗是：　春江潮水连海平，
海上明月共潮生。
滟滟随波千万里，
何处春江无月明。

对面又有一幅题诗：西塞山前白鹭飞，
桃花流水鳜鱼肥。
黄梅时节家家雨，
青草池塘处处蛙。

“——啊！多美丽的田园诗画呀！”云妹激动地说，“真是太美了！”

又向前走了几步，二柱向云妹招手说：“云妹这里看，这一组恐怕是饮酒赏月的意境了。”

只见上面的题诗是：今年欢笑复明年，
秋月春风等闲度。
春江花朝秋月夜，
往往取酒还独倾。

对面的一组诗是：人生得意须尽欢，
莫使金樽空对月，
天生我材必有用，
千金散尽还复来。

二柱笑了笑说：“这生生地道出了老爷子的一腔情怀！”

云妹说：“有机会一定要结识这位老人！”

他俩继续向前走，前面又是一处人工湖，云妹又是眼前一亮，她问二柱：“我没去过杭州西湖，可在画上我见过‘三潭印月’，这儿好像是那样一种意境！”云妹感叹不已。

二柱笑了笑说：“你说得没错，看来你对自然景观的体验很有灵气，一眼看透真谛，真是难得。”

说话间他们又来到回廊的题诗处。

上面有一对诗句：春草青青柳色黄，
桃花历乱李花香，
含风鸭绿粼粼起，
弄日鹅黄袅袅垂。

另一边的题诗是：溪山掩映斜阳里，
楼台影动鸳鸯起。
竹外桃花三两枝，
春江水暖鸭先知。

二柱读罢感慨地说：“这便又是另一番景致，太令人陶醉了。”

云妹指着湖面说：“二柱，你看湖边这一行翠柳，柳丝轻抚水面，随风摇曳，湖里有几只绿鸭正在嬉戏，与这几句诗真是无尽的和谐！”

二柱说："真是不可思议！景与诗、诗与景的默契，已达绝佳境地！"

云妹忽然指着顶上说："二柱你看顶上又是一幅彩绘，想必也是一则寓言，这一幅我却想不出来出自何处？从头到这里，已是六幅彩绘了，想必是六则寓言故事。"

二柱看了看笑着说："这一则故事我却知道，叫《纪昌学射》，仰卧在地上的这位就是纪昌，操作织机的是他的妻子，纪昌两眼直盯来去往复的梭子，是在练眼力，这是在练学射的基本功。另一边是纪昌射中了用牛尾毛悬吊的一只虱子，说明他学射成功了，这则故事启示人们凡事都要有从零做起的精神，用心做，没有做不成的。"

云妹笑着说："寓意实在太深刻了。"

二柱见天色已晚，一看时间已是晚六点多了，他说："云妹，因时间的原因，今天不能仔细欣赏了，另选时间再来吧！不能让客人等咱们，六点半时咱们必须准时在小餐厅恭候！"

云妹说："实在可惜，咱们只能结束了。"

二柱说："咱们以最快的速度去上端的万赖亭看看，然后就向小餐厅走。"

云妹说："那好，就按你的意思办！"

两人急急忙忙来到"万赖亭"，此亭与落花亭建造特点基本一致，"万赖亭"三个字书写却是舒同体，也烫了金，甚是壮观。

柱上有三对题诗：

一对是：

老夫聊发少年狂左牵黄右擎苍，
酒酣胸袒尚开张鬓微霜又何妨。

另一对是：

大江东去浪淘尽千古风流人物，
羽扇纶巾谈笑间樯橹灰飞烟灭。

又一对是：

莫等闲白了少年头空悲切，
待从头收拾旧山河朝天阙。

二柱一边读诗，一边若有所思地说：“如果说前面的诗全是借景抒情，这几句便有明志的意思了。这几句诗既渗透着耐人寻味的人生感悟，亦有昂然向上的远大抱负。‘万赖’二字是啥寄托啥意境，不得而知！”他一边说着一边摇头。他牵起云妹的手说：“咱向回走吧！”二人走出了“万赖亭”。

二柱说：“云妹你注意没有，‘万赖亭’上面也有一幅彩绘，想必也是一则寓言故事，一路数来共有12幅彩绘，想必是12则寓言故事，有闲暇时咱去一趟书店，买一本古代寓言故事，对照着来一番探讨，你看如何？”

云妹说：“好好！节假日我去书店办这事。”她又说，“这些诗文，我们无法悟透它的深刻含义，但是它对后人的启迪和教诲是深刻的，老人家寄托着怎样一种情怀不得而知，我们可能会在漫长的人生道路上慢慢读懂它！”

他们走到了体育场旁边，云妹跑了过去亲自体验了一下橡胶跑道。

云妹颇有感慨地说：“这儿的建筑，小中见大，大中见小，可见它的缔造者和管理者颇具匠心。从小桥流水、画亭回廊、假山奇石、绿树花卉的优雅怡然，到高楼大厦等现代建筑的雄伟壮观，还有那幢西式洋房的点缀，足以看出这位领导者文化素养极高，文化底蕴沉淀深厚，他应是一位儒商，不然不可能有如此的境界。”

二柱“扑哧”一声笑了，云妹说：“怎么，我说的不对？”

二柱笑着说：“恰恰相反！要说总经理的管理水平，我不敢妄加评论，要说文化修养，告诉你，董事长仅是初中文化，他经常说自己是个粗人，但是他也经常说营造和构建文化氛围，应当是现代企业管理者追求的目标，没有文化氛围的企业是没有生命力的，你看他说得多好，我敢说饱读诗书的人，也未必总结得如此精辟。”

云妹说：“所以嘛，要我说他应该算是奇人。”

二柱说：“你说的没错，第一个奇，他没多少文化，但他所努力营造和构建的企业文化氛围，却彰显出浑厚的文化底蕴。管理企业与打造构建文化元素紧紧结合起来，这便是现代企业家的文化素养，你说的儒商大概应该有这层意思。第二奇，他白手起家，早期就经营大棚蔬菜，天不亮就向城里送菜，等菜处理完了再走街串巷收破烂，这个营生一干就是十年。

后来又干起了塑料颗粒加工，也是从小作坊做起，一路走来，历经艰辛，竟达到如今十几个亿的资产，你说他奇不奇。我跟他仅见过一面，那是一个慈祥和蔼、体魄健壮的老人，他性情开朗豁达，不见其人先闻其声，时不时地哈哈大笑。”

云妹笑着说：“真是不可思议！人世间啊！竟会有许多令人匪夷所思的事！二柱啊！我想，人们的社会生活无时无刻不在教给我们许多知识，逼着我们去接受许多不理解和不敢想的事物，你说是吗？”

二柱笑着说：“哎，云妹！你就是个哲人，将来在成为一名救死扶伤的医生的同时，也应成为一名哲学家，把抽象的哲学道理讲解得浅显易懂，去医治人们心灵的创伤。”云妹笑得蹲了下来，说：“你这人，能把一个平庸的人说得出奇的崇高，真有你的！”

下午五点的时候，唐亦珊驾车来了，她去了马锦宇的办公室。马锦宇正在审阅张二柱交来的作业，他看得聚精会神，一边看一边感叹，他不仅欣赏二柱字写得好，也欣赏二柱的题答得好。当时在学校上学时，专门学了这一专业，也没像二柱这样认真细致地整理作业，真是难能可贵。唐亦珊敲门进来，他对亦珊说：“亦珊，你快来看看，这是二柱的作业本，你看咋样，做个评价！”唐亦珊翻开作业本看了看认真地说：“里面的内容先不必说，单就这字，这作业的整洁清晰，比你我都强，咱这四年大学读得真是惭愧。”

马锦宇笑笑说：“我要说的也是这句话，我的生活条件比他好，衣食无忧，他历尽艰辛，可他就是坚定不移认准了坚持学习这条道，真是令人钦佩。”

唐亦珊笑笑说：“要不人家说，穷人的孩子早当家呢！多好的孩子啊！”她说着把二柱交给她的那张全家福拿出来交给锦宇，“二柱说这是他与哥哥小时候与爹娘、奶奶照的全家福，锦宇你仔细看看你小时候的模样与现在很像，看你们两兄弟小时候还挺好看的。”

马锦宇急忙拿过照片，认真端详了半天，沉思良久，他说：“是！没错！看了照片，我又想起了小时候许多事情，爹和娘就是我记忆中的样子，二柱小时候非常可爱，还有奶奶，我小时候整天跟在奶奶身后走里走外，没想到爹竟为了我丢了性命，奶奶也死了。”说着流下了眼泪，唐亦珊紧紧搂着他，两人相拥在一起。

为云妹举办的庆祝晚宴，六点半开始了。耿秋实是老大哥，坐在上座，马锦宇、唐亦珊坐在右边，张二柱、辛云妹坐在左边。二柱拿起菜单，让两位哥哥点菜、点酒，并客气地说：“今天是喜事咱一定要尽兴！”耿秋实点了白沱河王酒，马锦宇赞同地说：“这酒虽不在十大名酒之列，但它是咱们的家乡酒，口味醇厚清香、绵甜适度，如果排序应列为第十一位，秋实大哥你同意吗？”耿秋实笑笑说：“你的评价很合适！就喝它，两位小妹妹来一瓶张裕干红怎样？”唐亦珊邀云妹表态，云妹说：“耿大哥，我是不喝酒的。”耿秋实说：“哎！啥时候都可不喝，今天可是你的庆祝宴，你必须表现一下，不能多喝也不能不喝，一定要尽兴。”云妹又说：“那姐姐说吧！我随姐姐！”唐亦珊笑着说：“云妹，既这么着，我也不客气，就来张裕干红吧！我也是很少喝酒的！”耿秋实笑着说：“还没开始哪，就先来了防卫，你们放心！哥哥我以保护你们为前提，但一定要尽兴！”唐亦珊笑着说：“大哥放心，我们一定要尽最大努力。”

耿秋实把菜单交给唐亦珊说：“你们四个人每人点一道自己喜欢的菜。”四个人很快点完了自己要的菜。把菜单递给耿秋实，秋实一看哈哈笑了：“好啊！你们四个故意让大哥唱重头戏是吧！那好吧！大吉大利，点个爆炒鸡块；天天有余，点个红烧鲅鱼块；汤嘛咱就随了锦宇，来个鲫鱼汤。虽然鱼有点儿重复，但是一个是海鱼的红烧，一个是清淡的鱼汤，你们看咋样？”大家都说：“大哥想得周到！”马锦宇不好意思地说：“汤嘛！大哥不必向我倾斜。今天是云妹的庆宴，由云妹来点。”云妹不好意思了，只是笑笑推推二柱，二柱马上表态说：“大哥，我们都喜欢鲫鱼汤。”耿秋实笑着说：“既是这样，那就快上菜！”

开始上菜，二柱站起来说：“大哥，今天的酒由我来斟，你们只管坐着别动。”他开了酒，先给耿秋实斟上，然后又给马锦宇斟上，他突然想起娘的嘱咐，想看一下大柱的胎记，他站在锦宇右后方，为锦宇斟了一下，还不满又斟了一下，马锦宇下意识地用手招呼一下，一偏头，二柱看得真真切切，耳后确实有一块胎记，像花生米的形状。他非常激动，心怦怦直跳。他镇定了一下，又拿起张裕干红为亦珊、云妹斟满，最后又为自己斟满。耿秋实笑嘻嘻邀大家共同举杯，他说："来！大家举杯，共同庆祝云妹考上大学，你为蒙源人争气添彩，也是我们兄妹五人的共同喜事，我提议，共同敬云妹三杯酒——三阳开泰，祝你学业有成，事事顺心，家庭幸福。"他带头干了，然后锦宇、二柱也干了，唐亦珊、云妹举起杯，相视而笑，迟疑了半天也干了。秋实非常高兴，他号召大家先吃一会儿菜，空着肚子不行，他拿起备用筷子为云妹、唐亦珊、锦宇、二柱都夹了菜。几个人一起说："谢谢大哥！"耿秋实越发兴奋，接下来又是二柱斟酒，然后碰杯干杯。秋实提出的三个开场酒都干了，进展顺利。三杯酒下肚，除了耿秋实没起颜色，几个人都添了颜色，特别是马锦宇、张二柱脸上一红，一眼望去，判若一人，看不出有啥区别，简直就是一个模子刻出来的，秋实心想：这还做什么 DNA 鉴定呀！让谁看都是亲兄弟，只是二柱比锦宇的体魄肩膀又宽绰厚实了些，都是一表人才，一样的美男子。那两位即将成为亲妯娌的姑娘，一个漂亮精明练达，一个端庄秀丽文弱。嘿！老天爷呀！是领了张三婶的指令设计的吧！怎么那么让人称心如意啊！三杯酒下了肚，耿秋实只觉自己心胸旷达，全身舒坦。

腼腆的云妹以攻为守，首先站起来举着杯说："首先感谢哥哥姐姐对我一片盛情，我平生不喝酒，今天好事成双，我敬各位两杯。"说着自己首先干了，然后举着杯让大家干，大家不好推辞，只得干了。二柱又斟满了酒，云妹端起来又先干了，然后又号召大家，大家只好干了。她及时推了一下二柱，二柱立马站起来说："大哥对我有恩，今儿借着机会，我要单独敬大哥两杯。"他给秋实斟满酒，把酒端起来，递到秋实手上说，"大哥请！"然后自己端起酒杯一饮而尽，耿秋实站起来说："哎！二柱你别弄错了，今儿可是云妹的喜酒，怎么把我推出来了？"二柱说："大哥！到啥时候都要长为先，这是规矩。"锦宇、亦珊随和着："大哥！这是应该的礼数，不能变的！"无奈，耿秋实只好饮了，二柱又斟了第二杯和秋实饮了。耿秋实及时站起来说："来来来，我来提议，今儿是云妹的祝贺酒，也是云妹和二柱两人的喜酒，你们两人从小相互关爱，走到今天不容易，云妹一直关心二柱的学习和成长，我坚信二柱一定会有一个好前程，我知道他一直在刻苦学习，这一分付出一定会有回报，大哥今天想见证一下你二人的真诚友谊，为了你们心中的真诚，为了你们心中的爱，你们两个碰一杯。还有，我与锦宇、亦珊情分不浅，你们两人爱得深、爱得真，我是见证人之一，你们是天生的一对，今天哥哥想亲眼见证你二人饮一杯交杯酒，祝福二位早结连理。”说着他给四人斟满了酒，四个人都站起来，都很兴奋，都痛痛快快地把酒干了。

马锦宇及时站起来拿过酒瓶给耿秋实斟酒，说：“大哥！按理说，我要先敬大哥，因为今天二柱、云妹是主角，倒显得我落后了，现在我敬大哥两杯，大哥对二柱有恩，自然也是对我有恩，除此之外，你我相识在前，所以大哥务必接受小弟的诚意。”马锦宇端起杯与秋实碰了一下先干了，耿秋实无话可说只得干了，然后锦宇又敬了一杯。

此时唐亦珊也笑着站起来说：“对不起大哥！我落后了，我一向是雷厉风行的性子，不想今儿却落后了，让云妹抢了先机，其实这样也好，今儿她是主角，不能喧宾夺主，来吧大哥，妹妹敬你两杯，听说你又有新跨越，提前祝贺你。”

马锦宇说：“大哥，提前跟你透个秘密，其实已不是秘密了，这两天就公布，靳玉欣去净化厂当厂长，注塑管厂由大哥任厂长，已给大哥打了招呼了，等任命一公布，咱再单独庆祝，今儿提前祝贺一下未尝不可！”

耿秋实哈哈笑了：“饶了我吧！弟弟妹妹们！怎么就把目标转向我啦！”

马锦宇说：“既然是祝贺大哥，亦珊咱们四个共同敬大哥！”四个人举杯都站起来说：“祝贺大哥！”耿秋实也站起来，他已有几分醉意，说：“谢弟弟妹妹看得起我，要说祝贺，哥就等着祝贺你们，今天不提别的话题了，哥懂得孰轻孰重，哥盼着！来吧！咱大家共同干了！”

他们散的时候，已经晚上十点，耿秋实已经醉了，二柱把他送到房间，给他喝了水，伺候他睡下。

服务公司有客房，二柱本打算送云妹去客房休息，唐亦珊说：“二柱！还是让云妹和我住一起吧，家里有我的房间，我住三楼，锦宇住二楼，爸妈住一楼，很方便的！”说着把云妹推上车，二柱说：“劳姐姐操心！”锦宇、亦珊都说："不客气！"

二柱把这一切都安排好以后，马上回到自己房间，他亲眼看到了马锦宇的胎记，和娘说的一模一样，他按捺不住内心的激动，天虽有些晚了，但他还是想在第一时间把这消息告诉娘。齐强上夜班，房间只有二柱一个人，他决定立刻拨打五嫂电话。电话要了好半天，五嫂终于接了，五嫂说她已经睡下了。二柱说："对不起五嫂，我有要紧事，想让娘接电话。"五嫂说："你等着柱儿兄弟，我马上去叫。"不一会儿娘到了，电话里传来尹秀兰的声音："柱儿啊！有啥事啊，黑天半夜的！"二柱说："娘！我看见哥哥的胎记了，和你说的一个样，这回你该放心了吧！你千万别哭。我们还到省公安厅做了DNA鉴定，只要结果一出来，一切都明白了。我会尽快带哥回家看你！"二柱不让娘哭，可尹秀兰还是哭了，她放下电话哭着说："老天爷啊！你终于睁开眼啦！"

唐亦珊安顿好云妹，让云妹先休息，她对云妹说："你甭客气，我有事要跟锦宇商量。"说着去了二楼，到了马锦宇房间。她说："锦宇，检测报告早已出来啦，怎么老拖着不去取啊？你是咋想的？"马锦宇说："亦珊！我越想早一点儿知道结果，就越是害怕，心里很矛盾、很忐忑，我怕一旦结果和我想的不一样，自己会受不了！"唐亦珊笑了："锦宇！你怎么像个孩子似的！总是要面对的，明天去取吧！不能再拖了。"马锦宇答应着说："那就明天上午去！"

第二天早上七点，唐亦珊匆匆起床，她叫起了云妹和马锦宇，她们洗漱完了以后，下到一楼，亦珊对王桂芬说："妈！这是辛云妹，是张二柱的同学，考上了大学，要去医学院报到，昨晚来时你已睡下了，没跟你打招呼。"辛云妹走上前给王桂芬鞠了一躬说："阿姨好！"王桂芬笑着说："多有出息的姑娘啊！考上了大学，你瞧这模样，端端正正，斯斯文文的，真是个好姑娘。"辛云妹红着脸笑笑说："谢谢阿姨。"唐亦珊说："妈！我和锦宇去一趟省城，送云妹姑娘去省医学院报到，然后再办点儿零碎事，中午赶回来，早饭我们在餐厅吃，你和爸再休息一会儿。"王桂芬应着说："好好！你们去吧！我去外面做活动去了！"

他们约二柱在餐厅一起吃了早餐，然后带云妹去了省城。

唐亦珊、马锦宇到达省公安厅检测中心时，已近上午十点钟了，他们直接找到王主任。王主任拿出来三份检测报告，一份是马锦宇的，一份是张二柱的，另一份是张春来的。王主任就此做了专门解释：“你们有所不知，张春来这一份，十八年前就进行了检测，他是蒙源县大河乡凤凰岭村人，十八年前丢了孩子就向警方报案，当时就来采样检测，并备了案，一直没有结果，这回调出来一对照，三个人的检测结果完全吻合，完全一致。你们要尽快与他本人取得联系，县公安局当时就介入此案，我们会与他们联系让他们协助。”唐亦珊连声感谢，马锦宇早已泪流满面，他们告别王主任出来，在走廊里马锦宇终于克制不住，他紧紧抱住唐亦珊失声痛哭。几分钟后，马锦宇情绪稳定下来，唐亦珊说：“我不想让你这副模样去见表叔，咱们直接走吧，我在电话里告诉他。”马锦宇点点头，两人匆匆离去。

出了公安厅，唐亦珊拨通了李处长的电话：“叔叔！检测结果已经出来了，完全吻合，本想当面向你致谢的，可锦宇情绪有点儿激动，一脸的泪迹，不好意思这样子去见你。对不起叔叔，改天专门登门致谢吧！”李处长说：“我理解！我理解！你们先回吧！一块石头终于落了地！改天请你们来家吃饭！”唐亦珊忙说：“谢谢叔叔！”

马锦宇的情绪还是不稳定，时不时地还是落泪，唐亦珊想不能这个样子回公司去，倘若让父母看出来，一个劲儿地追问该怎么回答呀？他们可是一直蒙在鼓里，什么也不知道，虽说迟早要让他们知道，要过他们那一关，可到底该怎么办，现在还没顾得上考虑。眼下要把锦宇的情绪稳住，要开导他，让他冷静地思考问题，要想个万全之策，让双方老人都接受这个事实。特别是锦宇现在的父母，他们把锦宇当成自己的命根子，猛不丁让他们接受这个现实，他们受得了吗？唐亦珊决定先找个地方吃饭，一边吃饭一边开导锦宇。

唐亦珊给王桂芬打了电话，说在城里碰到了朋友，要一起吃饭，午饭不回来吃了。

他们来到御花园酒店，要了一个既优雅又僻静的包间。唐亦珊点了几个锦宇爱吃的菜，要了一瓶张裕干红给锦宇和自己斟满了酒，端起来说：

“锦宇，咱心里一块石头终于落地了，这件事对你、对二柱、对娘、对爸妈都是一件好事，你一直以来，不就盼着这一天嘛！所以这是一件可喜可贺的事情，咱先祝贺一下。”两人碰了一下杯，每人都饮了一口。唐亦珊又说：“锦宇，你是个男子汉，遇事要冷静，你第一个知道了这件事，你受不了，爸妈要知道了这件事，他们也受不了，他们知道你不是亲生的，可他们一直视你为心头肉，他们的心也一直悬着，早一点儿让他们接受这件事，对他们是好事。可是要慢慢来，猛然间让他们接受，他们会受不了。还有那边的娘，她是生你养你的人，儿子突然没了，生不见人死不见尸，她心里的滋味，没做母亲的人是体验不到的。儿子没了，丈夫死了，那日子她该咋过的啊！她能挣扎着活下来，已经不容易了，她苦熬苦等了十八年，现在让她猛不丁接受这样一个天大的喜事，她也可能一下子接受不了，会倒下去。所以你要多想这些，不要光想自己的感受，锦宇你是个男子汉，要对你的亲人负责，你要冷静下来，想一想怎么办。”

马锦宇听了唐亦珊一席话非常感动，他紧紧地抱住了自己心爱的女人说：“谢谢你老婆！”

唐亦珊轻轻拍拍锦宇的背说：“我爱你！老公！至于二柱，他不会有什么问题，他经历了太多的磨难，意志很坚强，性格很开朗，咱要在第一时间把这个好消息告诉他，他可能是你最好的助手。”

马锦宇脸上露出了笑容，说：“亦珊！我想马上见到二柱，我太爱他了，真想一下子就把他揽在怀里。”唐亦珊笑着说：“我理解，我理解！”光顾着说话菜早已凉了，唐亦珊让服务生又重热了菜，把鲫鱼汤拉在锦宇前面说：“快喝吧！这是你最爱喝的。”两人草草吃完了饭，急急忙忙往回赶。

回到公司已下午两点多了。唐亦珊给二柱打了个电话，二柱说两点才刚上班，要到晚上十点钟才下班，唐亦珊说：“那好，没什么急事，十点以后我再和你联系！”

他们回到家，两人跟母亲王桂芬打了招呼，唐亦珊说：“锦宇你上去躺一会儿，我跟妈说一会儿话！”马锦宇点点头上楼去了。唐亦珊挨着王桂芬坐下来说：“妈！我们碰到了熟人，锦宇喝了点儿酒，让他躺一会儿吧！我陪你坐一会儿。”她接着说，“妈！早上送走的那个云妹，是张二柱的同学，张二柱是耿秋实带来的，是蒙源的，挺好的一个小伙子，聪明能干，长得像锦宇一样的个头。”唐亦珊心里忐忑不安，心想：这会儿不能把更多的消息说出来，不然会招来麻烦。

王桂芬说：“咋就不上学呢？人家姑娘考上大学了，他咋办呀？既然人家来看他，肯定比同学要近了一层。”

唐亦珊笑着说：“妈！二柱家里穷，欠了债，出来打工挣钱还债的，学习一直没有停下来，等还齐了债，还要上学的。”

王桂芬说：“唉！真难为这孩子啦，家人也真横的下这份心。”唐亦珊说：“妈！家里就他娘一个人。”

王桂芬叹一声：“真是个苦命的孩子呀！亦珊哪！能伸把手时就伸把手，助人一臂之力，农村的苦日子我是知道的，人说一分钱难倒英雄汉，那是不假，真要是摊到了什么事，那可真是呼天不应。”说着，王桂芬竟伤心地流下了眼泪。唐亦珊忙安慰说：“妈！现在都好啦。”说着抽出纸巾递给王桂芬：“现在谁家有什么难事，政府会伸手，邻里乡亲也不会坐视不管，真要是天灾人祸，大家一起扛！都会过去的！”王桂芬转而一笑：“说的也是！”

晚十点钟二柱下了班，回到公寓洗了澡换了衣服，正想开始学习，电话响了，是唐亦珊，二柱接了电话：“唐姐！有事你说吧！”唐亦珊说：“二柱，有个好消息告诉你，省公安厅的那份检测报告出来啦，你哥找到了，他就是马锦宇，你们两个的 DNA 结果完全一致，还有你父亲十八年前的检测结果与你兄弟俩的完全吻合，马锦宇在他办公室等你，你快去吧！”二柱非常激动，半天不说话，唐亦珊有些不放心，她又说，“二柱，你在听吗？你要冷静，稳住神儿好吗？”二柱忙答：“我知道了姐姐！谢谢你。”打完电话，二柱撒开腿就往办公楼跑，他一口气跑到了十一楼，敲响了马锦宇办公室的门，马锦宇打开门，两兄弟紧紧地抱在一起，两个人都失声痛哭，二柱说：“哥——哥你跑哪儿去啦？爹死了——爹死了——奶奶也死了你知道吗？”

唐亦珊怕不方便，早躲到隔壁休息室去了。两兄弟哭了半天，马锦宇扶起二柱，给他擦了眼泪，把他拉在沙发上坐下说：“快让哥看看你，你长这么大了，跟哥一样高。”

二柱说：“哥！那天喝酒，我就看见了你耳后的胎记了，是娘跟我说的，就是不做 DNA 鉴定，我也敢肯定，你就是我哥！”两个人又靠在一起。

唐亦珊走出来，给兄弟两人倒上了水，二柱站起来和唐亦珊紧紧拥抱在一起。

二柱说：“姐！谢谢你！”

唐亦珊拍拍二柱的背说：“好啦！高兴起来吧！你们两兄弟终于相认的时候，你知道我心里多激动吗？”说着也流下了眼泪，又说，“这是天大的喜事，要尽快给娘打电话，让她把心放下来！”说着她泡了毛巾，让两兄弟抹了脸，她说：“中秋节、国庆节快要到了，要快点儿回去看娘。”

二柱说：“今晚不能打电话了，都十一点了，别吓着娘！”

锦宇说：“娘身体好吗？”

二柱说：“娘一直瘦瘦弱弱。经常整夜整夜地睡不着觉。”

马锦宇说：“我对不起娘！对不起爹！对不起奶奶！对不起你！都是因为我弄得家破人亡，受了那么多罪。”

二柱深情地说：“哥！这不是你的错，那时你才五岁，你知道啥呀！”

马锦宇说：“我要把娘接过来，我要守着她，二柱你要听哥的话，尽快去上学，你一定会有出息的，你比哥坚强，体质也比哥好，我会跟钱校长联系，哥送你去省立四中上学！这里的班你不用再上了，你上学的费用由哥来承担，又上班又上课你会受不了，我会把这里的事安排好，你放心吧！”

二柱说：“哥！我听你的。还是暂时不停这里的班，我不想离开这里，等你的事公开了，董事长认可了，我再完全把班停下，专心致志地去上学，我能行，你放心！”

唐亦珊说：“要想办法给这边的父母说，我怕他们一下接受不了，这事一定要慎重，他们都是一大把年纪了，也经不起折腾。总之，中秋节、国庆节期间一定要想办法回去看娘！”

马锦宇说："一定会有办法的！"

第二天一大早，二柱拨通了五嫂的电话，五嫂急急火火地叫来了尹秀兰，二柱跟娘说："娘，告诉你个好消息，我和哥相认了，我和哥紧紧地抱在一起，痛痛快快地哭了一场。哥说他对不起娘，过几天就回来看娘。"尹秀兰放声大哭："老天爷呀！俺给你磕头啦！俺到底做错了啥啦！你治了俺这么多年，这回你总算睁开眼啦——"二柱一边哭一边劝娘："娘！要哭你就哭吧，哭个痛快，你可要挺住，你别让儿子不放心！娘，你把电话交给五嫂。"五嫂也在那里哭，她接过电话说："柱儿兄弟！你可办了一件大好事。"二柱说："嫂子！娘就靠你照看了，我这两天就和哥一起回去看娘，你让娘哭吧！哭了心里好受些！"五嫂说："柱儿兄弟，你放心吧！婶子没事的，我一刻也不离开她！"

打完电话，二柱长舒了一口气，感觉轻松了许多。

第十二章　认祖归宗

这几天尹秀兰忙着给儿子准备吃的，她杀了一只大公鸡，挂在墙上。把攒好的鸡蛋拿出来数了又数，买了肉剁了肉馅，说给大柱包肉馅饺子。把新收的花生剥了一篮子，把家里打扫了一遍又一遍。天天坐在大门口向村口看，向大桥那儿看，盼儿子早点儿回来。五子媳妇也给五子打了电话，说大柱找到了，这几天就回来，让他国庆节回来一趟，咱得庆祝一下。全村的老少爷们儿都知道了大柱要回来的消息，都送来了鸡和鸡蛋。五子的爹娘也来了，陪着尹秀兰抹了一会儿眼泪。

国庆节前一天晚上，蒙源县公安局来了几名警察，给尹秀兰报告了好消息，说大柱已经找到了，张春来十八年前的 DNA 鉴定结果和马锦宇、张二柱的检测结果完全一致，是百分之九十九点九九的血缘关系。尹秀兰给公安局的同志深深地鞠了一躬，说："俺一家子谢谢政府啦!"

东方大宇塑料有限公司一年一度的秋季运动会于九月二十八日如期举办，比赛项目主要是田径和球类。耿秋实鼓励二柱一定要报名参加，这无论对厂里还是个人无疑都是好事。以前在学校，二柱只参加过田径项目的训练。球类项目，他非常喜欢乒乓球，他怕时间不能保障，也怕影响了学习，所以就放弃了。这次二柱报名参加了一百米、二百米短跑和四百米接力，还有跳远共四项，是个人参加项目最多的一个。

运动场上的张二柱英姿勃发，精神抖擞，拼劲十足。他体魄健硕，四肢协调匀称，臂膀宽厚，肌肉发达，肌肤红润光滑，极富弹性。浑身上下显示着完美的肌肉线条，准确地说他更像一名健美运动员，穿着厂里发的运动短裤背心，无处不在显示生命的力量。每比赛完一个项目，他都兴致勃勃地向站在看台上的哥哥招手示意。马锦宇一直在观看比赛，特别是二柱的比赛项目，他看得特别认真，他看到二柱在运动场上的矫健身姿，心里特别高兴。他看到自己的弟弟，历尽磨难，体格还这么健壮感到非常欣慰。他想好了，等天气暖和了，要带二柱一起学游泳。

经过一天的紧张比赛，二柱获得二百米短跑和跳远项目的冠军，一百米短跑和四百米接力的亚军。由耿秋实挂帅的注塑管厂，共获三项冠军，两项亚军，三项第三名，在四个分厂中获得总分第一名的好成绩。耿秋实非常高兴，他一整天都在为注塑管厂加油助威，他们厂派出了五十五人的代表队，阵容强大。耿秋实还带领着一百一十人的啦啦队，在四个分厂中也是人最多的。

下午董事长马延福为获奖运动员颁奖。他非常兴奋，满面红光。他看二柱一个人获两项冠军，非常赞赏，亲手把奖牌挂在二柱脖子上。二柱高兴地伸出手跟董事长握手，马延福看看二柱愣了一下，心想：这小伙子酷似自己的儿子。但他并没有多想，只是很喜欢，他拍拍二柱肩膀伸出拇指，哈哈大笑着说："好小伙！好样的！"二柱高兴地深深鞠了一躬，全场响起一片热烈的掌声。马延福大声告诉大家："咱这奖牌是专门定做的，含金量高，金牌价值两千元，银牌一千元，铜牌五百元，我祝贺全体运动员取得好成绩！祝贺大宇公司秋季运动会圆满成功！"

注塑管厂获得唯一一块优秀组织奖，董事长亲自把奖牌授给耿秋实。耿秋实非常兴奋。他向董事长深深鞠了一躬，又向自己的代表队和啦啦队深深鞠了一躬。

在马延福眼里，耿秋实聪明、老成、能干，善于团结人，又是个热心肠，做事有板有眼扎扎实实，遇事爱出主意想办法。在公司中层骨干里，耿秋实不是最先跟马延福干的，但他却是马延福最欣赏最放心的。公司无论什么事，只要马延福一出口，保准第一个响应的就是耿秋实，他带领一帮人呼啦啦就上去了。马延福说他是最有号召力的厂长。他虽然文化不高，但对马延福忠心耿耿。自从当了注塑管厂厂长后，各项工作打理得井井有条，全厂两百多号人团结得像一个拳头。他威信高、人气旺，呼声一片。马延福一直认为耿秋实堪当大任。他准备在适当的时机与儿子共同讨论一次，他想听听儿子的看法。

晚上公司设宴招待全体运动员、裁判员，同时获两块金牌的张二柱，成为大家争相敬酒的焦点人物。董事长马延福专门与二柱碰了杯，他注视了二柱一眼，转而大声说："小伙子多喝一杯！"二柱激动得满脸通红，大声说："谢谢董事长！"

唐亦珊从二柱口中得知，耿秋实的弟弟耿秋光国庆节期间要结婚。脑子灵活的她，灵机一动计上心来——这是回家的好机会、好理由。她找到马锦宇把自己的策划详细说了一遍。锦宇表示赞成。晚饭的时候，锦宇对父母说："爸！妈！耿秋实早年死了父亲，是他母亲含辛茹苦把他们兄妹三人拉扯大。耿秋实是老大，娘操持给他娶了媳妇，他是个孝顺儿子，一直和娘、妹妹、弟弟一起生活，一直供妹妹上了中专，妹妹现在在他们县医院是一名护士，弟弟在当地找了个媳妇，学了一门做铝合金装修的手艺。这几年秋实操持给妹妹成了亲，又给弟弟盖了房。他说只要给弟弟娶了媳妇，娘的心事就完成了。他弟弟要结婚是秋实心里的一件大事，我们大家跟耿秋实是朋友，打算去一趟。"马延福、王桂芬听了锦宇的介绍，都表示赞成。马延福说："你们去吧，帮个人场也是好的，让你妈拿五百块钱，我和你妈也表一份心意。"马锦宇和唐亦珊很高兴，答应一定要办好这件事，办得体面些。

晚上马锦宇、唐亦珊把耿秋实、张二柱叫到一起。把要回家的事仔细策划了一番。第二天中午，马锦宇和唐亦珊带二柱一起进了一趟城，转了两家超市，给娘买了衣服和吃的，还给乡亲们买了糖果和水果、烟什么的。又给耿秋实的弟弟买了一些床上用品。耿秋实把节日期间生产计划和人员安排计划表交给了副厂长，责成副厂长要严格按计划实施，要确保万无一失，副厂长连连答应。

国庆节一大早，马锦宇驾车驶出东方大宇公司，向蒙源飞驰而去。耿秋实坐在副驾驶座上，唐亦珊、张二柱坐在后座。车驶进大山，山里的好景致吸引着他们。波浪般起伏的山峦，云雾缭绕的峻峰，深深吸引着初进大山的锦宇和亦珊。唐亦珊用数码相机给几个人拍了照，她说回家要给娘多拍几张，给乡亲们多拍一些，耿秋光的婚礼也要多拍一些。马锦宇第一次到大山里来，感觉太开眼界了，他说："这里的奇峰瀑布，蕴藏着极大的开发潜力，青龙峰巍巍壮观。非大小汶山可比，从省城驱车来此两小时，是人们休闲旅游的好去处。如果有人在此投资旅游开发，我建议他们架设过山索道，肯定受欢迎。"耿秋实说："你说得太对了，也许哪一天，有一位香港大亨路过此地，会发出与你同样的感慨，也许哪一天天会降大任于你。"两人谈笑正浓，唐亦珊拍拍锦宇的肩膀笑着说："好啦！好啦！你们两个别再感慨了，还有正事等着咱呢！快走吧！"

他们急忙上了车，驱车前行。耿秋实说："再有一小时就到了。"马锦宇说："马上就要见到娘了，我有些紧张！"秋实说："是啊，你离家十八年，你的感受别人是体会不出来的！"

车到达凤凰岭村时已是上午十点十分，因为二柱提前给家里打了电话，全村人都站在村口迎接大柱到来，二柱家门前场院上站满了人。

车子驶近老白果树前，马锦宇停下车，他下车跑到大树旁紧紧抱住大树，把脸紧紧贴近大树，二柱也下了车，远远地看着哥哥。停了一刻钟，马锦宇又围大树转了一圈，向远处看了看，好像想起了什么，可他什么也没说，又回到车上。

车慢慢驶进村子，人们闪开了一条道，二柱伸出头来跟大家打招呼，尹秀兰由五子媳妇扶着一直站在大门口，她的眼泪挡住了视线。二柱挽着锦宇的胳膊走近了尹秀兰，二柱说："娘！这就是我哥！我哥回来了！"锦宇双手抓住了娘的手，顺势跪在娘跟前，他早已泪流满面，泣不成声地说："娘！大柱回来了！你儿子回来了！娘，是儿子不孝。"娘儿仨抱在一起放声大哭。尹秀兰哭着说："儿啊！你——你到底哪儿去啦！娘等你盼你，等了十八年，娘以为这辈子再也见不着你了！真是老天有眼，又把儿子给俺送回来啦！老天爷呀！老天爷，你为啥这样捉弄俺呀！啊……"场院上的人都哭了，哭声一片。

张五子在沟边的树上拉了一条绳，上面吊着十挂鞭，五子媳妇一边擦眼泪一边喊："五子你咋不点鞭啊！"五子马上点燃了鞭炮，顿时鞭炮声大作，整个山村洋溢着喜庆气氛。锦宇把唐亦珊推到前边来，没等锦宇开口，唐亦珊开口就喊："娘！俺是大柱媳妇！"娘儿俩紧紧拥抱在一起。尹秀兰说："俺张家真是祖上积德，摊了这么好的儿媳妇。"尹秀兰边擦眼泪边说："快让娘看看，闺女呀真是难为你了！"唐亦珊一个劲儿地叫："娘！娘你别难过了，都过去了，你儿子回来了，一切都会好的！"大伙一起说："快进屋吧，快扶你娘进屋吧！"满脸泪水的锦宇转过身来大声地说："父老乡亲们！大柱谢谢你们！谢谢你们照顾我娘！"说着向大伙深深地鞠了一躬，大伙都说："真是个好孩子，不管走到哪里都是张家的好孩子，错不了！"二柱拿了一袋糖说："来！请大伙吃糖。"说着把糖分给大伙。

马锦宇和唐亦珊把尹秀兰扶到屋里，让娘坐下，尹秀兰拉过锦宇说："儿啊，快让娘看看，你长成啥样啦！"锦宇蹲下来趴在娘怀里，尹秀兰扳过儿子的头，看了看耳朵后边那一块胎记，用手抚摸着，说："娘一直记着这块胎记，今儿娘又看见了，我不是在做梦吧！"锦宇一个劲儿地叫："娘！娘！我就是大柱，我就是你儿子，娘！我记起来了，我小时候跟着奶奶，在院子里挖土和泥玩，一天一天没完没了地玩，饿了就叫奶奶喂饭吃。"正说着，二柱把耿秋实拉进屋里来说："娘！秋实大哥和俺一起来的！"尹秀兰急忙站起来说："他秋实大哥呀！你可是个贵人，算命先生说俺会有贵人相助，你就是帮俺的贵人，你帮俺带去了二柱，又帮俺找到了大柱，你的大恩大德俺怎么报答呀！"耿秋实满脸通红地说："婶子！快别这么说，我没做什么！"

正说着五子走上前来，扯着锦宇衣服说："大柱兄弟！还认识俺吗？"尹秀兰忙介绍："这是你五子哥。"锦宇看看光是笑，五子说："记不起来了，小时候天天带你在老白果树底下玩，有一回你掉进沟里，爬不上来，俺也捞不着你的手，就跳下去，让你踏我的肩膀把你顶上来，想不起来吗？"锦宇笑笑说："想起来了，你是五哥！"两人紧紧搂在一起，五子拍拍锦宇说："你小子，哪儿去了，你知道俺多想你嘛！"说着流下了眼泪，他又笑着说："你小时候到我肚脐眼儿，现在比我高了一大截。"说着大伙都笑了。尹秀兰又忙给锦宇介绍说："这是你大爷、大娘，五子的爹娘！"

锦宇忙叫："大爷！大娘！"又给他们点了烟，二柱又在后边递上了糖。尹秀兰又介绍："这是你五嫂，五子的媳妇，这几年多亏你五嫂照顾我。"锦宇说："谢谢你嫂子！"二柱忙给五嫂递了糖，五子媳妇一个劲儿地笑，说："照看婶子是应该的。"尹秀兰又介绍："这是你四叔永顺叔。"锦宇忙叫："四叔！"秀兰又说："你还记得四铁匠吧！村里人都叫你爹三木匠，叫他四铁匠。"锦宇笑笑说："我想起来啦！村里人都叫三木匠、四铁匠，行当不一样，心眼儿都一样！"说得大家都哈哈大笑起来，都嚷嚷："你看这孩子这不都记起来了！"锦宇说："小时候，我不知道我爹叫张春来，只知道他叫三木匠，经常黑天半夜给村里干木匠活儿，四铁匠叔也是黑天半夜给村里干铁匠活儿。"五子娘说："真是难为这孩子啦！才五岁的人记了这么多事！"说着大伙又是一阵笑。

二柱和秋实从车上卸下一些东西搬进来，二柱拿了橘子、点心分给大伙吃，五子媳妇和唐亦珊在院子里忙着做饭，一个说："二柱！啥时候也把你媳妇带回来给你娘看看，你看大柱媳妇多漂亮呀！"二柱笑着说："我还早着呢，还要上学！"五子媳妇一边忙里忙外一边插嘴："啥还早啊，早来过了！"二柱笑着说："别听嫂子瞎说，啥话还没说呢！"五子媳妇又说："还用说啊！心里有就行了。"说的大伙又是一阵笑。

眼看着要吃中午饭了，五子媳妇和唐亦珊摆满了一桌子菜，大伙一看要吃饭都起身要走，尹秀兰忙说："大伙别走，一起吃中饭。"大伙都说："大柱十八年才回来，这一顿是你们母子的团圆饭，和大伙吃饭的日子还长着呢！俺都回了，下晌再来！"说着大伙都散去了。

这是一顿母子离别十八年的团圆饭，尹秀兰高兴极了，她在上座，锦宇和二柱分坐两边，唐亦珊挨锦宇坐下，二柱一边挨着的是秋实、五子和五子媳妇。唐亦珊和二柱忙着斟上了酒，锦宇跟娘坐在一起，一直搂着娘的肩膀，就要吃饭了，他跟娘说："娘！咱先别吃饭，我得先给你磕了头再吃饭，我离开你十八年了，是儿子不孝，刚才大伙在这儿光顾着说话了，没给我机会，我一定要给娘磕头。"

耿秋实说："婶子！就该这样，那就先磕头吧！"

尹秀兰站起来，二柱把凳子向后一拉，让娘坐下，锦宇跪在地上给娘磕了三个头。唐亦珊也说要给娘磕头，她也跪下给娘磕了三个头。

二柱说：“我虽常在家，也很少给娘磕头，今儿我也要给娘磕头。”说着也磕了三个头。

唐亦珊说要给娘拍照，让锦宇和二柱分别站在娘身边拍了照。然后三个人又站在娘身边让耿秋实拍了照，尹秀兰看着三个孩子都磕了头，心里又喜又悲，眼泪又流了下来。唐亦珊跑过去给娘擦眼泪说：“娘！咱们吃饭吧，咱们啥也不想，以后都是好日子啦！”

尹秀兰笑笑说：“是！说的是！”

一顿团圆饭吃得热热闹闹，锦宇、二柱都给娘端了酒，唐亦珊给娘夹了菜，耿秋实、五子和五子媳妇也都给尹秀兰敬了酒，直到下午两点多才吃完饭。

吃完中饭，唐亦珊给娘说：“娘，秋实大哥要回去给弟弟操办婚礼，我和二柱送他回去，让大柱在家陪娘说话。”尹秀兰说：“好！好！快去送你大哥吧，你大哥是个孝顺孩子，他娘也不容易，我打心眼儿里敬重她，我也表一份心意。二柱！娘床头上有钱，取二百元给你大哥。”耿秋实感动不已，说：“谢谢婶子。”

锦宇一直扶着娘搂着娘的肩膀把三个人送出大门，然后又回来让娘坐下。他想起了那天丢失的经过，他跟娘说：“那天我在老白果树下玩，桥头那里有一个人叫我，我跑过去，他给我糖吃，把我抱上了车，不一会儿我就什么都不知道了。等我醒来时，到处漆黑，我又饿又怕，我拼命哭，拼命喊娘。那人用绳子捆住我的手，他用手电筒照车，我在车上拼命喊拼命哭。来了一个骑摩托车的人跟那人说话，他把我抱下来给我饼吃，给我解开了绳子，还给了那人钱，就带我走了。他们家没有孩子，他买好吃的给我吃，还给我买衣服。他问我家是哪里，我不知道，我只知道娘叫秀兰，爹叫三木匠，其他什么都不知道。他们很疼我，供我上了大学。我想找家，可不知道家在哪里，我不敢跟他家里人说，多亏二柱来了，我见二柱第一眼，就觉得他是我的亲人。亦珊想出个办法，去做了 DNA 鉴定，我又找到了家。娘，我就像做梦一样。现在的这个公司是爸办起来的，他原来就是卖菜的，吃了很多苦。”

尹秀兰说："儿啊！我啥也不想了，只要你过得好我就安心了。"

锦宇又说："现在爸妈都不知道这件事，是唐亦珊和秋实大哥策划好的，要去他家庆祝婚礼，我还没想出办法怎么跟老人说，我怕他们接受不了。"

尹秀兰说："好儿子，要知恩图报，咱不做没良心的人。"

锦宇说："我记住了，娘！"

尹秀兰又说："咱明儿要到你爹坟上去，要让你爹和你奶奶看看你，你十八年没来家，要给他们烧张纸钱，让他们在那边安心。"

锦宇说："我知道了，娘！我要给爹和奶奶磕头，要向他们忏悔我的不孝。"

尹秀兰抚摸着儿子的头说："别这么说了儿子！这不是你的错。"

下午五点的时候，唐亦珊和二柱赶了回来，二柱说："秋实大哥说了，明天不让我们再过去了，不能让他那档子事耽误了咱的事，好不容易回来一趟，明天要给爹上坟，要多陪陪娘，我们都上了礼，哥一份，姐一份，我一份，娘一份，董事长也带来了一份，秋实大哥挺高兴的。"

唐亦珊也拿了板凳坐在娘跟前，握着娘的手。

二柱说："娘！明儿到爹坟上去的东西我来准备，你说吧！"

尹秀兰说："你五嫂一会儿就来，让她办吧！鸡、鱼、肉都是现成的，让你五嫂下锅一过熟就成。还有你们带来的水果点心，酒也是现成的，纸钱你五嫂店里有。咱简简单单地办，不兴师动众，你们歇一会儿，娘不想让你们沾手。"

二柱也拿了凳子坐在娘身边，三个孩子都靠在娘身上，尹秀兰觉得这样比啥时候都幸福，她抚摸这个的头，又抚摸那个的头，心里暖暖的。

尹秀兰正和孩子们围在桌子上包饺子，五子媳妇来了，边说边要拾掇去上坟用的东西。尹秀兰说："那几样东西都在厨房的案子上，你拾掇吧！"唐亦珊要帮她干，五子媳妇说："妹子，你别沾手，这一点活儿很简单，我眨眼工夫就做成了。"娘儿几个一边说着话，一边包饺子，饺子还没包完，五子媳妇就喊："婶子，东西拾掇妥了，店里要上人了，我去了。"尹秀兰答应着："你忙去吧，我知道了。"

几个孩子围在一起吃饺子，都说娘包的饺子比外面的好吃，尹秀兰说："难得吃娘包的饺子，多吃一点儿。"她盛了一碗说，"你们先吃着，我给你嫂子送去，这会儿她正忙。"

二柱急忙说："娘！我去送，你别出去。"说着二柱接过碗跑了出去。

唐亦珊给娘安了座："娘！快吃吧，一会儿凉了。"尹秀兰坐下来，高高兴兴地和孩子们一起吃饺子。

晚上锦宇一直和娘在一起，尹秀兰说："你兄弟俩睡那床，我和亦珊住这张床，你们累了，早点儿睡吧！"

锦宇说："娘，我不困，再跟娘说一会儿！"

尹秀兰笑笑说："行！娘陪你说一会儿。"

她上床背靠墙坐着，锦宇爬上床来枕在娘腿上躺下，他说："我小时候就是这样靠在娘身上睡。"尹秀兰抚摸着儿子的头说："行！你就这样睡吧！"她又说，"你爹呀！想起来真是没出息，儿子丢了，他受不了，疯了似的天南地北地找，找了一年多，钱花光了，也没找着。公安的人把他送回来，整个人变得像鬼似的，看着就让人害怕。他一会儿颠一会儿傻，开着车冲向桥下，人没了。他撒手走了，我咋办呢？我也心一横走了，二柱咋办？你奶奶咋办呀？啊！真是老天爷有眼哪，我又把儿子盼回来了。可怜我那三木匠啊！他是个好人！我的心归了他，死活都要为他守住这个家。"说着又流下了眼泪。

锦宇爬起来给娘擦眼泪说："娘！别哭了，你儿子回来了，你要想想高兴的事！我明年就该结婚了，给你生个大胖孙子，你抱着孙子总该知足了吧！"尹秀兰又笑了，说："那敢情好，娘就盼着抱孙子啦，娘知足了。"

锦宇说："我要让二柱去上学，我想好啦，我来安排，他肯定比我有出息，比我聪明，你看他长那模样，谁看了都喜欢！"

尹秀兰笑了说："有你疼他，我更放心了。"尹秀兰向里边喊，"亦珊，你在那床上休息吧！都快十二点了，二柱你过来，就在床边上歇一会儿吧！"

二柱拿了凳子坐在床边趴着，把锦宇的手握过来，娘儿仨有说不完的话，锦宇说："娘！我小时候就爱和二柱睡一个被窝，摸他的屁股摸他的腿，滑滑的暖暖的，一会儿就睡着了。”尹秀兰笑笑说：“娘总让你俩睡一个被窝，从来不闹，你从小就疼他，没承想一转眼都长大了。”

快凌晨三点的时候，两个儿子都在娘腿上睡着了，尹秀兰也睡着了。

第二天上午，二柱用两只篮子装好了上坟用的东西，用个小扁担挑着，锦宇和唐亦珊扶着娘跟在后边，向山上走去。

尹秀兰把祭品摆在丈夫坟前，又叠好了纸钱，她说：“柱儿爹呀，咱大柱回来啦！还带来了媳妇，你睁眼看看。”锦宇跪下来大声喊：“爹！大柱回来了，你儿子回来啦，爹！爹呀……”他放声大哭，他一边哭一边给爹磕头，二柱和唐亦珊也跪下来给爹磕头。

尹秀兰扶住儿子，给他擦眼泪，她说：“大柱啊！你爹到死都在想你，一会儿说看见你啦，过一会儿又说看见你啦，那天开着拖拉机，从车上站起来大声喊大柱儿，八成又看见了你，车向桥下冲去……”

锦宇一个劲儿地哭，尹秀兰给儿子擦眼泪，二柱和唐亦珊也流下了眼泪，娘儿四个紧紧抱在一起。三个孩子把祭品掰开来撒在地上，尹秀兰坐在地上数落了半天：“你这没出息的，儿子没了就盼着，你撒手去了，俺咋办呢？真是个没良心的！”她一边哭一边数落着。

二柱又在奶奶坟前摆上了祭品，点着了纸钱，锦宇跪在地上大声喊：“奶奶！你孙子回来了！大柱回来啦！”他一边哭着一边说，“你孙子给你磕头啦！”二柱和唐亦珊也都跪下来磕了头，尹秀兰坐在婆婆坟前，说：“娘！咱大柱回来了，这回你该放心了，儿媳给你磕头了。”说着磕了三个头。

下午孩子们要走了，尹秀兰说：“你们走吧，别担心我，娘身子好着哪，看着不健康，没啥毛病。大柱啊！要好好待你爸妈，他们养大了你，供你上了大学多不容易啊！要知道报恩，好好孝顺他们。亦珊是个好孩子，娘看着就喜欢，你要好好待媳妇。”锦宇搂着娘，笑笑说：“娘！你放心吧，儿子记住了。”尹秀兰又说：“二柱啊！有你哥在跟前，我就放心啦！听你哥的话去上学！”二柱笑着说：“你放心吧，娘！我现在已经在四中复学，已上了一些日子，等哥的事公开了，我就不上班了，现在一边上学一边上班两不误，我会想办法的，哥和秋实大哥都会帮我，你放心吧，娘。”

唐亦珊把自己的手机放在娘的手上说：“娘！我把手机给你留下，号码都写在纸上了，我回去再买一个，大柱、二柱的号码也写在纸上了，有事就给我们打电话，以后我们每个月都回来看你!”尹秀兰高兴地说：“行，行，娘包饺子给你们吃!”她把一个袋子递在锦宇手上说：“这是刚剥的新花生，咱农村没有啥，你爸妈一准会喜欢!”锦宇、亦珊都说：“知道了，娘！你放心吧!”

五子媳妇走过来，说：“柱儿兄弟，啥时候再回来?”锦宇说：“嫂子，我们以后每个月都回来，就靠你照看我娘了，听二柱说了，嫂子是个好人，谢谢你照看我娘。”五子媳妇笑着说：“那是应该的，放心吧兄弟。”

第十三章　好事多磨

马延福参加省人代会回来带来两个好消息，一是省委省政府决定，北埠开发区正式收归省政府管辖。东起白沱河，西至大义河，南起 A08 国道，北至大小汶山，这三百平方公里的区域均划归开发区。省政府决定加大基础设施投入，明年底全面完成七纵八横的路面修筑和水电铺设任务。大义河上游修建中型水库，实现大义河截流蓄水，除满足开发区生产生活用水外，向市区供水。管委会欢迎国内外客商入驻北埠开发区。开发区为正厅级单位，由副省长挂帅，大宇公司正式划归北埠开发区，为省辖单位。二是他出五百万元买下了小汶山永久性开发经营权，要在小汶山和小义河上游搞旅游开发，计划投资两个亿，全家人听后都很振奋。

晚饭后，锦宇、亦珊出来散步，打电话约来了耿秋实和二柱，四个人在咖啡厅一个包间里围坐在一起，唐亦珊主动提出了下一步如何向爸妈提议让锦宇认祖归宗的事。耿秋实长叹了一声说："这事就难办了，怎么开口呀，总要有个契机，不然怎么说，你说还是我说，说锦宇已经找到了家，认了娘，这不太突然了吗？并且锦宇也不好张这个口，咱得想个办法，让这事办得顺理成章，让他们心平气和地接受这个现实。"他看看唐亦珊说，"亦珊，你挺聪明的一个人，想想办法，还有二柱，动动脑子。"二柱紧锁眉头，脸涨得通红，说："大哥，一切都仰仗你，你都想不出办法，俺能咋办？"唐亦珊也是一筹莫展，沉默了一会儿，说："要我说这事急不得，老天爷既然已帮咱走到这一步，起码目前咱四个人的心里都挺踏实，放心吧，老天爷还会帮咱把剩下的事办得稳稳妥妥，咱们盼着下一个机缘巧合吧，老天爷会帮咱们，你们不要说我八卦，冥冥之中就是有那么一股力量，你们要相信，缓一缓吧，不能操之过急。”马锦宇也说：“是啊，要让爸妈顺理成章、愉快地接受这个现实，如果让他们痛苦不堪，我就真的成了不孝子了。”

唐亦珊又说：“就目前形势，对咱很有利，锦宇认了娘，找到了家，但不能盲目乐观，咱们生活在这样一个环境里，锦宇一旦把认祖归宗的事向社会公开，在业界、在省城都会引起轰动，会出现一系列连锁反应，特别是老爷子又是名人，是知名企业家，社会上说什么的都有，还有亲朋好友的态度都至关重要，所以老爷子压力非常大。因此，这事要从根本上解决，得有一个合适的契机，不能操之过急。”

“言之有理！”二柱接着说，“咱们不能只顾自己的感受，必须瞻前顾后，董事长是个好人，我们应给予充分的信任，要顾及他的感受。”

耿秋实接着说：“是啊！对董事长的为人我有深刻的认识，我跟他干了十几年，如果他不值得信赖，我也不会跟他那么久，他周围凝聚了一大批人，他的为人众口皆碑，没的说。在这件事上他不会难为锦宇，他会秉承客观公正的态度，可以看得出，锦宇与董事长父子情深，我敢保证，这件事不会影响他们的父子情分，但愿能有一个圆满的结果。”

四个人坐了一个多小时，谁也没想出办法来，该如何向前推进一步，看来这事只能暂时搁浅了。

二柱的生活日程每天都安排得满满的，早起就餐，然后急匆乘车去上课，一天的课程结束后，晚上回来再急急忙忙去上班，十点下班就赶紧睡觉，他想保证每天七个小时的睡眠，不然上课、上班无法保障，可这几天他时常失眠，辗转反侧想的就一个事，哥的事情能否尽快得到认可，董事长和老伴到底是怎样的心态，他们能心平气和地面对吗？唐亦珊所说的机缘巧合会有吗？真是让人闹心。

第二天上午，从办公楼传来惊人的消息——马延福被警察带走了。办公楼上的人都惊呆了，这是怎么回事啊？办公室给马锦宇打了电话，马锦宇面对这突如其来的状况，一时也不知所措，他想：爸爸到底做错了什么？他马上打电话向唐亦珊告知了这件事，他又拨了爸爸的电话，打不通，又拨了几次居然关了机。怎么办呢？马锦宇焦急地在办公室走来走去，一个小时过去了，唐亦珊来了电话，说她给省公安厅的表叔拨电话也是关机，暂时没任何消息。快接近中午的时候，仍没有任何动静，马锦宇想：说不定消息已经传到妈那里了，得赶紧回家看妈，她一急一怕，再出个什么好歹就更糟了。他赶紧驱车回到家，还好，妈还不知道这件事，马锦宇决定暂时不跟妈说。

已经中午十二点了，王桂芬说："你爸哪去啦？"

马锦宇故意不明白："可能进城了吧！我问一下办公室。"锦宇装作拨电话，然后告诉王桂芬，"妈！爸真的进城了。"

王桂芬说："这老东西，以往不回来吃饭都来个电话，今儿怎么了！"马锦宇说："爸事一多就给忘了。"王桂芬说："儿子，你先吃吧！"

马锦宇说："我一点儿不饿，你先吃吧，妈。"

王桂芬说："我也不饿！"

马锦宇怕妈发现了什么破绽，说："妈！我先上楼歇一会儿。"说完上楼去了，他在房间里来回走着，焦急地等待着。

下午四点钟，唐亦珊终于来了电话，她在电话里说："表叔的电话通了，爸爸在省公安厅，就是询问核实一些事情，他没有太大的责任。"

马锦宇有点儿着急地说："亦珊！你别躲躲闪闪的，有什么事情你就直说，我没事。"

唐亦珊迟疑了一下说："表叔说，最近破获一起拐骗贩卖人口大案，抓获犯罪嫌疑人八十多人，关联到十几个省，是团伙作案，现在案情已经公开，不需保密。当年拐骗你的那个人被抓到了，爸爸在那里要核实一些事情。那个犯罪嫌疑人对自己的犯罪事实供认不讳，爸爸是属于被动收养，所以没有太大的责任，那个人贩子承认持刀逼着爸爸要钱，这一点对爸爸是有利的。锦宇你尽管放心，表叔已知道了这层关系，爸爸在那里是配合人家工作，说明情况，不是受审。"

马锦宇迟疑了一下，又说："这些我都能面对，现在的关键是妈怎么办，她一直在问，让我联系爸，如果爸能回来，这里面的事情让爸自己去解释，我跟妈说不清，也不能说，我怕她一下接受不了，你快回来吧，亦珊！”

唐亦珊说：“锦宇你要冷静，我五点半就到了。”

天已经黑下来了，还不见马延福的人影，王桂芬一直催马锦宇联系爸爸，马锦宇只是吞吞吐吐，就说联系不上。王桂芬急了，让马锦宇报警，马锦宇迟迟不肯报，王桂芬急了：“你这孩子今儿是咋了，你爸要是有个三长两短，咱娘儿俩咋办呀！”马锦宇也急了：“妈！你冷静一下，亦珊一会儿就到了，你别太担心了，爸不会有事的！”

唐亦珊终于来了，马锦宇盼来了救星，他立刻迎了出来，唐亦珊悄悄对马锦宇说：“表叔说爸爸暂时不能回来，最快也要到明天才能回来。”锦宇说：“妈快撑不住了，催着我报警，说爸爸失踪了，你说怎么办呀？”唐亦珊说：“实在不行，也只能跟她说实话。”

两人进了客厅，王桂芬正趴在沙发上哭，她一边哭一边唠叨：“你们两个孩子到底是咋啦，你们肯定知道你爸在哪里，为啥不给我说呀，我可怎么活呀！”

唐亦珊在王桂芬身边坐下来，拿纸巾给她擦眼泪：“妈！我们不是故意不给你说，是怕你担心，爸现在在省公安厅，只是说明证实一些事情，我打电话问了表叔，他说没什么大事。”

王桂芬听马延福在省公安厅，一伸腿昏了过去。唐亦珊、马锦宇慌了神儿，一个劲儿地喊：“妈！妈——”王桂芬不吭声。

唐亦珊说：“妈这是休克了，还不知是啥情况，必须赶快抢救！”

马锦宇说：“咱拨打120吧！”马锦宇立刻拨打了120，很快接通了。马锦宇说明了情况，报告了位置，急救中心说：“最快也要二十分钟至半小时才能到。”

唐亦珊急出了汗，她对马锦宇说：“锦宇，咱要争取时间，不能干等着，提前一分钟抢救就多一分希望，咱不等了，快把妈抬上车，把妈平放在后座上，咱一边走一边和急救中心联系，咱的路线是东外环北段向人民东路一线，来！快点儿！”

两个人很吃力地把王桂芬抬上车，唐亦珊让马锦宇开车，告诉马锦宇一定把车开稳，不要慌乱。车一边走，唐亦珊一边和急救车取得联系，急救车已经出发，唐亦珊告诉急救车，我们已出发了，是东外环北段向人民东路一线，车向市区疾驶。十五分钟后，急救车呼啸而至，马锦宇把车停到路边，随车大夫跑下来，护士拿来了担架，把王桂芬移到担架上，然后又抬到急救车上。大夫立刻做了处置，让护士打了一针，然后挂上了点滴。车一边走，大夫一边做有关检查，大夫告诉唐亦珊不要紧张，暂时没有生命危险，马锦宇开车走在急救车后边。

只用了二十五分钟，就到了市人民医院。大夫说在急救科施救，经初步诊断为急性心梗，必须住重症监护病房。马锦宇立刻办了住院手续，把王桂芬推进重症监护病房。两个小时过去了，王桂芬还没醒过来，大夫过来告诉唐亦珊、马锦宇说："由于抢救及时，症状开始缓解，你们不用担心。"两个人终于松了一口气。

凌晨四点，王桂芬终于醒了，马锦宇、唐亦珊都趴在床上睡着了，王桂芬动了一下把两个人惊醒了，唐亦珊说："妈，你感觉怎样？"王桂芬说："怎么来这里了，我只觉得身子不是自己的啦，一点儿劲没有。"马锦宇说："妈！你把儿子吓死了，你放心吧，爸不会有事的！"大夫过来了，他看了一眼显示屏，说："症状正在好转，不要和她说话，她需要静养。"王桂芬又昏昏睡去。

第二天一大早，马锦宇接到二柱电话，二柱焦急地问："哥！出了啥事了，你在哪里？"马锦宇说："关于爸的事电话里说不清楚，你放心吧，没什么大事。妈住院了，现在在市人民医院住在重症监护病房，我和亦珊在这里。"二柱说："我想去，今天一天我都没事，我想给你打个帮手。"锦宇说："我和亦珊都很疲惫，我从昨天中午到现在都没吃饭，你来吧！知道路吗？"二柱说："我知道的。"

二柱决定助哥哥一臂之力，分别向耿秋实和班主任请了假，乘6路车走了八站路到达市人民医院，他看了门口的示意图，直接去了四楼的重症监护病房。马锦宇看二柱匆匆忙忙来了，很是高兴。他对二柱说："妈四点时就已醒了，思维清晰，没什么大事，她现在一直昏睡，让她睡吧。车上有洗漱用具，我和亦珊都洗过了，我们现在想吃点儿饭，在车上休息一会儿，你在这儿守一会儿，你行吗?”二柱说：“你放心吧哥！奶奶住院的时候我和娘一直守着，给她洗脸擦身，喂饭喂水，帮她方便，陪她说话，我知道怎么办！”唐亦珊走过来，二柱说，“辛苦了姐，你两个快去吧！这里交给我，你们放心吧！”

二柱一直守在王桂芬身边，她一直昏睡，点滴仍在继续，值班大夫不时过来看一眼。十点多，王桂芬醒了，她睁开了眼说：“锦宇，给我点儿水，我嘴里干。”二柱急忙把水杯里的水兑了一些热的，向手上倒点儿试了一下温度正合适，然后把吸管放在水杯里说：“阿姨，我拿着你吸就行了。”王桂芬又睁开眼看了一下问：“你不是锦宇?”二柱说：“阿姨，我是二柱，大哥在车上歇一会儿，他一夜没休息，他马上就到了，你先喝点儿水!”王桂芬闭着眼喝了几口水，然后睁眼看了一下二柱，又把眼闭上，她又睡了。

十二点时，马锦宇、唐亦珊来了，唐亦珊把二柱叫到一边对他说：“二柱，爸现在在省公安厅，当年拐骗你哥的那个人贩子抓到了，他对自己的犯罪事实供认不讳，爸在那里就是说明当年的情况，没什么大事。刚才电话打通了，让下午三点去接他，现在你哥儿俩去吃饭，吃过午饭你先回去，下午老爷子来这里，别引起误会。”二柱说：“十八年前我哥神秘失踪的真相，终于大白天下了，我要尽快打电话告诉娘，让她放心。等吃了中午饭，你和哥轮流休息吧!”唐亦珊说：“行，你就放心吧!”二柱非常兴奋，这一回哥的事情想瞒也瞒不住了，想必会向前推进一步，这大概就是唐亦珊所说的机缘巧合吧！真要感谢老天爷又给了一次机会。

马锦宇带二柱出去吃饭，唐亦珊一直守在王桂芬身边，下午一点钟王桂芬醒了，睁开了眼。唐亦珊说：“妈！大夫说你可以吃点儿东西，吃点儿水果，喝点儿稀饭面条都可以了，你说吃什么，我去弄来。”王桂芬想了一下说：“我还是想喝点儿大米粥。”唐亦珊说：“行，锦宇正吃饭，等他来了，我去做!”王桂芬说：“刚才那孩子给我叫阿姨，把我叫糊涂了，我以为他是锦宇!”唐亦珊说：“妈，他是张二柱，和秋实大哥是一个地方人，模样和锦宇很像，你看花眼了。”王桂芬微微一笑说：“人老了，眼神儿不顶用。”唐亦珊说：“妈！告诉你个好消息，下午爸到这里来，锦宇已通知杨司机，下午三点去接爸，他没什么事！你呀，自己吓唬自己。”王桂芬微微笑了一下又睡了。

送走了张二柱，马锦宇急急忙忙回到病房，对唐亦珊说：“你快去吃饭吧，饿坏了吧？”唐亦珊说：“也不怎么饿，妈要喝大米粥，我还是回家让我妈熬吧。家里干净也快些，我顺便在家里吃点儿饭，妈刚才醒了，说了几句话又睡了，你要好好在这守着，等醒了给她喝点儿水，我尽快回来！”马锦宇说：“你放心吧！”

走出省公安厅的马延福一副失魂落魄的样子，胡子拉碴显得很憔悴，人好像一下瘦去了一圈。他在商场摸爬滚打了几十年，啥事没见过啊！唯独这一次对他的震撼已深入灵魂深处。出了省公安厅大门口，车早已停在那里，司机老杨看他出来，赶快跑过来打开车门，他立刻钻进车里。他仰躺在后座上，紧闭双眼。他生怕司机老杨跟他搭话，这个时候他一句话也不想说。老杨也知道，这个时候说什么都是多余。他长长地舒了一口气，暗暗地安慰自己：老马啊！稳住神儿！世界末日不是还没到嘛！

不一会儿他睁开眼告诉司机：“老杨走慢些！”老杨答应着放慢了车速。他漫无目的地观察着车外的街景。这几年城市面貌确实发生了很大变化，有许多地方他已经认不出来了，许多老建筑已经拆除，新近建起来的高楼大厦既漂亮又壮观——改革开放了嘛！就是不一样。前面那几十年，一年又一年，总也没变化。这几年一年一个样。他向省城送菜整整十年，哪条街哪条巷不熟啊？到处都曾留下过他送菜收破烂的脚印，可现在已经认不出来了。他想有时间一定要让儿子带着在省城转一天，那些历朝历代留下的名胜古迹，总该不会拆除吧！住在旁边的那些街坊邻居兴许还认得他。他多少年把菜送到他们手上，又把他们拿出来的破烂收走。他想：那不仅仅是买卖，也有交情在里面。那些老街坊对他总是客客气气，他还记得那位胖胖的刘大妈，就住在巷口，把刚熬好的绿豆汤给他灌了满满一大杯，那时他才二十七八岁，刘大妈对他的一番怜惜，使他深有感触，他想起了自己的娘，心里一阵酸楚，眼泪扑簌扑簌滚落下来，他赶紧偷偷地擦掉，生怕人家看到。在他十岁的时候，爹得了重病，没钱医治就那么死了。他十七岁的时候娘也得病死了，那时他初中没毕业，姑姑扶住他的肩膀说：“福啊！你一定要坚强起来，把学上出来，我来供你！”马延福吃住在姑姑家，他拼命学习，可成绩就是上不去。他经常想娘，夜里经常偷偷地哭。十八岁上他初中毕业，没考上高中。他跟姑说：“姑！你看我长得壮壮的，就是出力干活儿的命，让我干活儿吧！学种菜我能行，你放心吧！”姑只好随了他。从那时起马延福没白没黑地干活儿。姑姑操心给他找了媳妇，就是现在的王桂芬，与他同岁，也是个苦命的孩子，从小没了爹娘，人厚道能干活儿。二十岁上姑姑姑夫操持给他娶了媳妇，他带着媳妇回到东沙田村，把几间草屋修缮了一下，小两口开始过日子。两人都到生产队干活儿，早上晚上种菜，把半亩自留地全种上了菜。每当有菜要收了，他和媳妇两个人连夜把菜收好，装上车，摸黑向城里走。送到城里的蔬菜公司门口，天不亮就蹲在那里等，等天亮了求人把菜收下，赶快往回走，不敢耽误生产队的活儿。

后来实行生产责任制了，他把自己名下的三亩地全种了菜，撑起了塑料大棚，没白没黑地在塑料大棚里干活儿。啊！我马延福这辈子对不起谁啦？卖菜的时候没多收人家一分钱，城里那些大婶大妈买菜他总要多给一些。收人家的破烂，从不少给人家分文。这几年挣的钱多了，每当政府号召向灾区捐款，向希望工程捐款，咱都跑在前面。嘿——千不该万不该！不该把儿子私自留下，我应向政府报告。当李处长通报了儿子家里的情况时他的心一直在颤抖，当时就后悔得落下了眼泪。

马延福非常纳闷，第一天李处长跟他谈话时，态度非常严肃，说他是非法收养，并斥责他没及时报案，没让孩子及时回到父母身边，致使张家发生了家破人亡的悲剧。第二天李处长又找他谈话时，态度发生了很大变化，说：“实事求是地说，是你在人贩子手上救了孩子，是你在十分危险的情况下，用七千元赎下了孩子，并给了孩子一个优越的成长环境，供他上了大学！”李处长语重心长地说，“老马啊！将心比心吧！要把孩子还给人家！”马延福感动得泪流满面，当场答应要让孩子尽快回到他亲娘身边。

下午，唐亦珊正在喂王桂芬喝粥，马锦宇站在旁边，突然来了电话，是马延福打来的，说他已经到了。马锦宇对他说：“爸爸！你到 A 区乘电梯到四楼，我在电梯口等你！”马锦宇非常兴奋地对妈说，“妈！爸来了，我去接！”马锦宇急匆匆跑出去。

锦宇站在电梯口，马延福从电梯里走出来，锦宇看爸爸很疲惫的样子，脸色不好看，嘴唇干干的，心里很难受。他连声地喊：“爸！爸！你怎么啦！”一边说着一边扑上来和爸爸搂在一起。马延福百感交集，眼泪一下流了下来，马锦宇也流下了眼泪。马延福扶住儿子，为他擦眼泪，心想：儿子的心啥时候都会和我贴在一起，可我对不起儿子！想着眼泪哗哗地流下来。马锦宇给爸爸擦眼泪说：“爸！你干吗呀？这不都好好的嘛！妈没有事，观察几天，打几天点滴就没事了。”马延福镇定了一下，笑笑说：“好啦儿子！咱啥事没有，一切都会过去！走，看你妈去！”

马锦宇挎着爸爸的胳膊走进病房，王桂芬还在喝粥，唐亦珊一口一口地在喂她。马延福坐在床边笑嘻嘻地说：“老伴啊！你咋样了？”王桂芬看见马延福来了，精神好了许多。她说：“你这老东西，把俺的命拿去吧！多亏儿子、媳妇抢救及时，不然俺这命早没了，你回来见不着俺了。”说着流下了眼泪。马延福用纸巾给老伴擦去眼泪说：“正吃着呢，别说这丧气话，俺知道，你福大命大，你得守着宝贝儿子，你舍不得走。”说着从唐亦珊手上接过碗，又给老伴喝了两口，王桂芬直摇头说：“不喝了，快让我躺下！”马锦宇、唐亦珊扶着让王桂芬躺下。马延福拉一把椅子坐在老伴旁边，抓住老伴的手拍了拍。

马延福就这样抓着老伴的手，什么也不说，他知道老伴有话问他，可她一点儿精神也没有，什么也没问，不一会儿她又睡着了。马延福心想：让她睡吧，她也辛苦了一辈子了，没过几天好日子，年轻的时候因为不能生孩子，到处求医问药，受了多少罪呀。大夫说可以要试管婴儿，她非要做，交了许多钱，做了两次都失败了，哭了好几天，死心了。后来要求马延福和她离婚，让马延福找一个能生一男半女的媳妇，可马延福说什么也舍不得。他可怜这个苦命的女人，打小没了父母，自从跟了他，没白没黑地干活儿，一年到头在蔬菜大棚里，落下了一身的病。真是老天爷有眼啊！给了她一个人见人爱的儿子，把她高兴得整天不睡觉，眼瞅着儿子吃饭，眼瞅着儿子睡觉，恐怕委屈了儿子。地里的活儿，生意的事，她再也不管了，一门心思管儿子，送儿子上学，接儿子回家，数着日子过，看着儿子长。儿子争气呀，从小学、中学、大学，一路旗开得胜。他想：老伴没见过世面，没出过门，没见过洋房，我一定要让老伴住上洋楼。他花一百多万建了一处小洋楼让老伴住进去。用她的话说，这是老天爷赏咱的好日子，咱要好好过，等着盼着抱孙子。没承想啊——该怎么向老伴交代呀！这儿子还能保得住吗？做人要讲良心哪！人家那个家为了这个儿子已经家破人亡了，将心比心吧，人心都是肉长的，咱应该把儿子还给人家。马延福想着眼泪不知不觉流了下来，他碍于儿子、儿媳妇在跟前，赶紧擦干了眼泪。马锦宇、唐亦珊连声地喊："爸！爸！"马延福装作轻松地笑笑说："没事！没事——"

第十四章　再续机缘

锦宇拨通了二柱的电话，问二柱现在干什么，二柱说："我下了班，洗完澡，吃了饭，现在在宿舍，什么事没有，有事你说吧，哥！"锦宇说："我在家里守着爸爸，医院里只有亦珊一个人，如果你能行，你去帮她一把！"二柱立马答应："行，我现在就去！"锦宇说："现在太晚了，公交车恐怕赶不上了，我开车送你，你下楼吧，我去接你！"

马锦宇开车把二柱送到医院，王桂芬已睡熟了。唐亦珊说："妈已用过了便盆，今夜不会有什么事。"锦宇说："今夜让二柱守着，你抓紧回家休息，明天一早你再过来，再让二柱回去休息。"他又对二柱说，"你明天要睡一上午，下午上班，明天我在公司处理事情。"唐亦珊说："这样可以，只是要累二柱了。"二柱说："你放心吧，姐！我没问题！"

二柱在这里守着自己不熟悉的老夫人，心里忐忑不安，如果她醒了，问这问那怎么办？我和哥的事还处在保密阶段，不到万不得已，不能把事情说出去。再说，这和我侍候奶奶不一样，我在奶奶身边随便放松。这里可不一样，二柱觉得多少有些紧张。可他转而一想，这里有大夫护士，他们也是我的助手，有啥问题都可以找他们，我能有机会为哥哥姐姐分忧，总是好的，也是我的愿望，这样一想心里反倒放松了一些。他感觉有点儿困倦，趴在床沿上眯了一会儿。半夜时王桂芬醒来了，她睁开了眼，二柱忙站起来打招呼："阿姨，你要喝点儿水吗？"王桂芬摇头说："不。"二柱又问："阿姨，你要方便吗？"王桂芬还是摇头说："不。"她说："孩子，你帮我翻个身吧！"二柱说："好。"说着二柱帮王桂芬翻了身，又把被子掖好。王桂芬虽然没怎么睁眼，可她心里明明白白，眼前这个孩子怎么看都像我儿子，连声音都像，我曾记得儿子说过他在那个家时叫大柱，还一个弟弟叫二柱，难道他们是亲兄弟？这是怎么回事啊？她很迷茫，她这样想着，心里一阵烦躁，身上竟出了一层汗！不想了，还是亦珊说的对，别自己吓唬自己！她这样安慰自己，动了一下身子，又呼呼睡去。

天刚亮唐亦珊匆匆忙忙赶来，手里提着饭盒，她告诉二柱说："一夜把你累坏了吧！快回去休息吧，这里有我就行了。"二柱说："姐！你别太累了，我还会再来的！"唐亦珊说："你不用担心，有事我会给你打电话！"唐亦珊把二柱送到门口，看着他到了楼梯口又回头招了一下手。

唐亦珊很心疼这位小叔子，他聪明、热情、善解人意、勤勤快快，看见什么事都想搭把手。锦宇过惯了衣来伸手、饭来张口的日子，总是大大咧咧的，和这苦水里泡大的孩子就是不一样。他们虽然是亲兄弟，可性格差别挺大，这与他们生存环境有关，不是因为家里的情况，凭二柱的聪明劲，也应该上大学了。唐亦珊看着小叔子远去的背影，心中除了同情就是心疼，她有点儿责备自己，这么长时间也没想着给他买点儿衣服，你看他穿的那身衣服，全是旧的也不暖和，不过也没看他有多冷，脸蛋总是红扑扑的，什么时候都是激情四射。上次给娘买衣服的时候，就应当给他买一些，是做嫂子的失职！她这样想着，决定等妈一出院就去超市给二柱买衣服，他用的手机也太旧了，要想办法给他换一个，一个漂漂亮亮的小伙子，就应该时尚一些。这几天唐亦珊家里医院来回跑，唐家老两口不可能不关注，问亦珊你婆家出了什么事，正好好的怎么突然病倒了。起初唐亦珊支支吾吾不愿意说，只说上了年纪得病很正常，不需要原因。唐亦珊越发不想说，老两口越发来了劲，非得要刨根问底。唐亦珊冰雪聪明，什么事都瞒不了她，可跟他父母比就显得嫩了，老两口三拐两绕就把唐亦珊逼进了死胡同，没法儿了，说吧！这事反正早晚也要说。唐亦珊把马锦宇的身世之谜，从头到尾说了一遍。唐先农气不打一处来，说："你这个丫头！这么大的事，你想瞒我到什么时候，开始我就不同意这门婚事，省委省政府背景好、学历高、长得帅的小伙子有的是，你死活不依，非马锦宇不嫁！我想算了！就一个宝贝闺女就依了你吧！看锦宇也不错，相貌英俊，素质人品都是出类拔萃，没承想身后却藏了这么多事。你还年轻没经过世面，农村的事情非常复杂，民间那些事你说都说不清！你瞅着吧，接下来还指不定会闹出什么离奇古怪的事呢！”唐先农十分生气地说，“告诉你，我是坚决不同意你再帮着锦宇去认那个家，即便娘和弟弟是亲的也不便去认，心里有就行了，再说你公公、婆婆能让你们认吗？他是有十八个亿资产的大老板，一切是他说了算，你们这些孩子没轻没重，只凭感情用事，闯出祸来怎么收拾？”

唐亦珊不想和父母对着干，她是一个绝顶聪明的孩子，她笑嘻嘻地靠近爸爸，给爸爸捶打肩膀，说：“爸！我说一句你可别不爱听，你不是来自民间啊？你从玉皇大帝那儿来？”说得唐先农抓住女儿的手啪啪拍了两下，唐亦珊搂着爸爸哈哈笑起来。

田丽娟在一旁生气地说：“你这孩子！你爸跟你说正经的呢！别没大没小！”

唐亦珊笑笑说：“爸妈你们放心，事情没你们想的那么严重，你是没见过我那山村的婆婆，人长得端庄秀丽、淳朴善良，性格爽直。我那小叔子也是出类拔萃，挺可爱的一个小伙子，长得和锦宇一模一样，热情奔放。我知道，你们不赞成锦宇寻根，担心的是那份资产，你们放心吧！我婆婆和小叔子都是有情有义的人。你是没见过锦宇那痛苦的样子，哪一个人遭受骨肉分离，都是彻骨的痛苦，人心都是肉长的，每一个人都是爹娘生的，这事如果放在我身上，你们会是什么感受？难道放在别人身上就可以麻木不仁？反正我不管，我心里爱锦宇，不管他是什么身世都改变不了我对他的爱。从我看见婆婆第一眼起，就同情她陪她流眼泪。我那小叔子聪明健康活泼，我从心里疼他。我觉得这样挺好，锦宇的爸爸妈妈都是通情达理的人，你们放心吧。这事也复杂不哪里去，我会办好的。我和锦宇都懂得，婆婆、小叔子和爸妈把亲情看得重于一切。当然了，经济社会发展到今天，很多人的价值观念发生了很大变化，为富不仁的人比比皆是，不过我不愿做那样的人，相信我公公婆婆也不是那样的人，你要说经济条件不重要，这也不现实，但是亲情毕竟是第一位的。”

唐亦珊一番言辞触动了父母的灵魂，经她这么一说，唐家老两口虽然气不平，也只能哑口无言了。

第二天上午，唐亦珊刚侍候马延福、王桂芬吃了早饭。唐先农携夫人田丽娟来看望亲家，唐先农到底是省机关走出来的大干部，仪表堂堂、风度非同一般，言谈举止显得特别有修养和水准。夫人田丽娟年轻、漂亮、高贵，显得比实际年龄小了十岁，像一位四十岁的少夫人，举手投足很得体，端庄秀丽的脸庞，戴了一副金丝眼镜，十足的知识分子气度，猛然看上去像是唐亦珊的姐姐。

进门后，夫妇俩彬彬有礼问候亲家公亲家母。指挥司机递上花篮、果篮，还递了礼盒，说里面是澳洲产的燕窝、蜂蜜、果糖、燕麦片。马延福与两位亲家热情握手，两位亲家专门走近床前看望王桂芬。

马锦宇恭恭敬敬给准岳父母鞠了一躬，说：“谢谢爸爸妈妈！”唐亦珊也笑嘻嘻地说：“谢谢爸爸妈妈！”田丽娟对着王桂芬笑着说：“大姐！你看看，我们闺女相夫意识挺强的！”

唐亦珊笑着说：“妈！这不是你教我的吗？”

王桂芬笑着说：“我们亦珊可真是没得说，真的要谢谢亲家为我们培养了这么好的儿媳妇。”

唐亦珊又回敬了母亲一句，说：“妈！你呀！典型的知识分子，可骨子里传统意识却很强，说你是贤妻良母一点儿不过！”

唐先农笑着说：“你们母女话题扯远了，咱们可是来看望亲家母的！”

田丽娟笑着说：“说的是！大姐！看起来你气色挺好！”

王桂芬笑着说：“感觉好多了，多亏我们亦珊侍候我。”

唐先农说：“应该的！应该的！”

马延福客气地说：“两位亲家工作挺忙的，还要专门跑一趟，真是不好意思！”

唐先农也客气地说：“理应如此！理应如此！”

马延福请亲家俩就座。马锦宇递上了茶，说：“爸爸、妈妈请用茶！”

亲家之间的谈话始终控制在养生保健这个话题上。谈养生保健是唐先农得意的话题，这些年他保养得不错，红润润的脸透着健康，油亮的头发显示他活得讲究。不仅是这样的场合，即便在其他场合他也绝不谈与工作有关的话题。谈养生才是他们亲家之间极不容易显示差距，又容易寻求默契的最有益的话题。在唐先农内心深处，一直以为自己在生存的精神层面是富有的，尽管自己的发展不容乐观，不值得炫耀，但自己活得还算体面，亲家公虽然有大把大把的钱，可毕竟是个商人。他自认为在世俗层面，自己有优越感，而随着他工作上的失意，谈养生是他最热衷的话题。在半个多小时的谈话中，他们谈得既无拘无束，又和谐热烈。唐先农抬腕看表，说："亲家公、亲家母，多有打扰，好好静养，我再来。"严守时间，是唐先农的职业习惯，再说探望病号尽的是个礼数，人到礼不亏，久留无益，三十分钟至四十分钟是他的时间界限，再长就失去尊严。无时无刻不在讲究尊严这是他的思维习惯，因此立刻收住了谈话，起身告辞。

出于客气，马锦宇一直把岳父、岳母送到楼下，司机把车门打开，田丽娟已经坐到车上，唐先农站在离车几米远的地方，看样他还有话要跟女婿说，锦宇已经反应过来，立即规规矩矩站在岳父跟前，唐先农拿捏了半天，终于说话了："锦宇，我知道你是个懂事的孩子，你比亦珊懂事，也比她能体谅父母的苦衷，并且善解人意，这些都是你的优点。孩子，你看你父母现在的状态多可怜，他们还能活多少年啊，别给他们添堵，听说公安厅已经介入了，是不是你们小夫妻在推波助澜。孩子，你们两个一定要想明白，开弓没有回头箭，这一步一旦跨出去，想回头都没有机会。再说你父母这一辈子多么不容易，吃了很多苦，拼了老命才挣来了现在的这份产业，他们为了啥，就是为了你，你千万不可视而不见，咱不能做忘恩负义的人。寻根的事是否可以缓一缓，省公安厅介入也没啥，凡事都有个特殊情况，你的情况不同于一般意义上的拐卖，我已与李处长进行了沟通，常理归常理，特殊归特殊，咱与人家的情况不同，这事关键是你的态度。好啦！话只能到此为止，我相信你的水平和能力，你还要做好亦珊的工作，那孩子就一根筋，处理问题的水平比你差远了！"唐先农说了这么一大通话，还故作轻松地笑了笑，又拍了一下锦宇的肩膀。

马锦宇尴尬地笑笑说："谢爸爸关心，我会处理好的！"其实老岳父的话尽管拐弯抹角，可言下之意，锦宇心里明明白白，他那一句“缓一缓”，实际就是拖，拖到猴年马月，拖的时间越久，这份资产落在你马锦宇名下的安全系数就越大。嘿，这份心思真够独到的。我要认娘，认我兄弟是出于本能，出于良心，没有任何附加条件，什么事都可以拖，唯独这件事不能拖，你知道这些年我是怎么熬过来的吗？骨肉分离，导致我家破人亡，那真叫度日如年啊！这事说给谁都是惊心动魄，你还要我等一等、拖一拖，真是岂有此理。这事如果说给我爸妈也不会让等，也不会附加任何条件。这老爷子混迹官场三十年，人被扭曲了，他的价值观和价值取向和咱老百姓绝对不一样，这大概就是他的为官之道吧。有几次亦珊当面与老爷子争辩，父女俩的观点总也合不到一起去，凭锦宇的感觉，他与亦珊在观点上始终是一致的。唐先农的车已经开走了，马锦宇还呆呆地站在那里想心事，怎么处理眼前的事他还没有良策，有一点他敢肯定，要做到不起风、不起浪，皆大欢喜，这似乎是不可能的。

王桂芬终于出院了。马锦宇、唐亦珊都长舒了一口气。可马延福认为老伴应该再住几天，要在医院养得好好的再回家，王桂芬吵着闹着非得出院不可，只得随了她。被带去省公安厅的事一直困扰着马延福，起初他确实出了一身的冷汗，可随着案情的清晰，和犯罪分子认罪结果的显现，形势对他越来越有利，他不仅没有罪，而且认定是他在犯罪分子手上救了孩子。虽然孩子没有立刻回到父母身边，可马延福确实无法在孩子那里知道孩子的来龙去脉，孩子得到了最好的呵护。没及时报案是马延福最大的错误，最后有人替他开脱，不追究刑事责任，这可能与刑侦处的李毅刚有很大关系。从公安厅出来以后，他才知道，李处长就是亦珊的表叔。他想好了，要准备一份厚礼，春节前要让锦宇和亦珊把节礼送到李处长家里，要嘱咐儿子向李处长表达自己的感激之情。他刚刚从公安厅出来，身心都经受了一次史无前例的考验。他不想见任何人，也不想就去省公安厅的事做任何解释，他的身心需要得到缓冲和适应，而医院就是最理想的地方。最后几天白天夜里都是他在陪护王桂芬，白天他不让马锦宇和唐亦珊去，交代他们好好忙一下工作的事。唐亦珊与御花园酒店联系妥了，中午、晚上都由他们派专人送饭，而且房间里配有微波炉，吃剩下的正好热了吃。

马延福一直觉得儿子和自己很贴心，和老伴也很贴心，如果跟他说让他去认自己的亲爹娘，他会受不了的，这对儿子太残酷了。儿子小时候经常搂着他的脖子让他背着，每次从省城送菜回来，马延福都从自己怀里掏出一块热乎乎的烧饼给儿子吃。每天傍晚，儿子知道他快回来了，就跑老远的地方迎接他，这时他会把儿子抱上摩托车，开足马力跑一段路，儿子兴奋地直喊："爸爸！爸爸！"每隔几天他都会买一次羊腿或猪蹄或烧鸡什么的给儿子解馋，这个时候儿子特别高兴，掰一块放在爸爸嘴里，掰一块放在妈妈嘴里，马延福从那时起就认定儿子是个好孩子，自己为儿子所做的一切都是值得的。

马延福有了三十万元的积蓄，决定不再送菜了，投了十万元办起了塑料颗粒加工厂，一年就挣了三十万。他抓住媳妇的手激动地说："老婆！咱儿子是福星！咱托了儿子的福！我送菜十年挣了三十万，儿子来了，咱办了塑料颗粒加工厂，一年就挣了三十万。"两口子守着呼呼熟睡的儿子感慨万千，抓住儿子的手捂在自己胸口上，一会儿又在儿子红扑扑的小脸蛋上亲两口。又过了两年，他花十万元买下了镇上粮管所的废弃仓库，三亩地大的一个院子，把塑料颗粒厂搬到距家五里远的沙田镇驻地——西沙田。

他送儿子到镇上的小学念书，儿子的生活环境更安全更稳定了，再也没有调皮的孩子追着儿子喊"野孩子！野孩子"了。接下来生意一年比一年好，跟他干活儿的人从几个人增加到十几、二十个人，年收入也从两位数增加到三位数。仅仅几年，他按捺不住自己要把事业做大的冲动，决定要在三千亩白沙岗上大展宏图。这些年他和老婆儿子相依为命，从来没意识到什么叫危机感，这几天马延福越来越觉得危机一天比一天逼近了。儿啊！爸对不起你，爸应该早一天觉醒，早一天帮你找到亲爹娘，你亲爹已经死了，就是为了你，你知道了事实的真相，难道你还会爱我吗？你一定会恨我的。儿子啊！我太自私了，我太爱你了，请你原谅我吧！如果用我的痛苦，甚至生命为你换来幸福换来快乐，让我做什么我都愿意。想到这里，马延福禁不住潸然泪下，他蹲下来捂紧了脸，痛痛快快地哭了一会儿。他站起来靠近了栅栏，眼瞅着白沱河水滚滚向前，满腹惆怅，不知如何排解！

自从老伴出院以来，他每天都在家里陪老伴，一整天都和老伴讲过去的事，讲儿子小时候的事。他不想让亲朋好友来家里探望老伴，他跟儿子和媳妇说："不要把你妈生病住院的事说出去，咱就这样平平静静、安安稳稳地过日子，谁也不招，谁也不惹。"晚上他不让老伴出来，说她还很虚弱，禁不起这大冷的天。他自己就这样独自站在白沱河边，默默地排解痛苦，承受烦恼，最后他还是自己安慰自己，暗下决心，无论如何，孩子得还给人家，这样于情于理、于公于私都是对的。我必须这么做。

这几天王桂芬身体已经好多了，精神也不错，自己在客厅里来回走动，她想到外面吹吹风，可马延福不让她出去，她只能在屋里转。她总觉得马延福心里有事瞒着她，去公安厅干吗？去那样的地方肯定没好事，他不说，她也不好问，心里也一直放不下。想想老伴这辈子可真是不容易，一直就这样拼命，如果我真的走了，最放心不下的还是他，年轻的时候吃的苦、受的罪数都数不清。那天在医院里她把马延福年轻时吃苦受罪的故事讲给亦珊听，亦珊都哭了。一年三百六十五天就是大年初一不去送菜，哪一天不去啊！整整送了十年。有一年冬天下了大雪，他带了一车菜向城里走，路滑没法儿骑车，骑上车就摔倒，他就这么推着走，二十公里路走了整整十个小时，送到了已是下午，菜卖完了又去走街串巷收破烂，他说那一天挣了二百多块钱，高兴的什么似的。天黑的时候才赶回来，从怀里掏出热乎乎的烧饼，掰一块给儿子掰一块给我，一家三口就这样吃着，喝点儿水觉得很香。卖了十年的菜攒了三十万元，办起了颗粒厂，没白没黑地干活儿，买了一辆农用三轮车，又装货又送货。干起活儿来不要命，衣服一湿一个透，从来没有一句怨言，为了儿子总是心甘情愿。这些日子他心里装着事总瞒着不说，有啥不好说的啊？莫不成是儿子的事？真要是有人来讨儿子，俺就把这老命给了他。没有儿子俺还活着干啥？

一天上午，唐亦珊正要进厨房忙活，突然来了电话，是二柱的，她立马接了电话："二柱！有事你说。"二柱说："姐！听说阿姨出院了，我想去看一下，你说行吗？"唐亦珊说："行！有啥不行的！来吧！"唐亦珊放下电话心里有点儿忐忑——让二柱来，让老爷子碰上合适吗？妈会不会误会，她要问这问那咋办？我已答应了，再打电话不让他来，这样合适吗？顺其自然吧！反正都这样了，见机行事吧！

不一会儿二柱来了，还是那样风风火火、急急忙忙，提着一箱水果。唐亦珊站在门口迎接，二柱说："姐！来看一下阿姨，不会有啥问题吧？"唐亦珊说："没问题！见机行事，别多说话！"二柱会意地点点头。

走进客厅二柱向王桂芬鞠一躬笑嘻嘻地说："阿姨好！听说你病愈出院了，来看一下您！"

王桂芬高兴地说："咦——瞧这孩子真是招人疼，来，快坐下，让阿姨看看。"

二柱搀扶王桂芬坐下说："阿姨你感觉好多了吧？"

王桂芬笑着抓住二柱的手说："好多了，好多了！现在能吃能喝能睡！亦珊哪！你看这孩子，长得真的和咱家锦宇一模一样，你瞧这模样。嘿！亦珊快张罗给孩子找个合适的！"王桂芬一边笑着一边不停地上下打量着二柱。

唐亦珊笑着说："妈！上次送去读医学院的那个云妹，你忘啦！"

王桂芬哈哈笑了说："你瞧我这记性！嗯！那姑娘不错！不错！挺合适的！"

二柱脸红红地说："阿姨！现在还只是同学。"

王桂芬笑着说："知道！知道！"王桂芬又递茶又拿水果忙个不停。唐亦珊在厨房里边忙活边过来搭话，她生怕老太太问这问那。二柱也显得有些局促不安。还好，王桂芬并没问东问西，只问二柱家是哪儿，家有什么人，别的什么没问。

握着王阿姨的手，面对这样一张慈祥的面孔，二柱忐忑不安，阿姨啊阿姨，您真是个憨直的阿姨，难道您真的看不出来我与哥长得一模一样吗？秋实哥说我哥儿俩似一对双胞胎，你怎么看不出来呢？只是我长得粗壮些，哥比我斯文些。真要感谢老天爷让哥碰上了这一对善良的夫妻，把哥当亲儿子，还供哥上了大学。我跟着娘日子虽然苦，但是我还是愿意跟着娘，心里踏实。其实王桂芬这一刻也是疑窦顿生，这孩子怎么和我儿子那么像啊？难不成他们是亲兄弟？不会！不会！亦珊说他和秋实是一个地方人，她告诉我不要自己吓唬自己，这话没错。听儿子说过，他在那个家时叫大柱，这孩子叫二柱，怎么就那么巧啊！不会！不会！农村里给孩子起名都是柱啊、蛋啊、狗啊！就是为了好养活儿，一个村重名的也有的是。这孩子真招人喜欢，他若不嫌弃，俺愿意收他做干儿子，俺这辈子没能生个一男半女，看见孩子就想疼……

不一会儿，二柱站起来说："阿姨你好好休息，我回去啦！"并随口喊，"唐姐我回去啦！"

王桂芬立马拉着二柱的手说："孩子！别走，已到了吃饭时间，好歹在阿姨这儿吃饭。"

二柱笑着说："阿姨你别客气，我在餐厅吃是一样的，两点还要上班。"

听见二柱要走，唐亦珊走出来，说："二柱！怎么你要走，既然妈留你，就不把你当外人，留下吧！"

二柱说："唐姐我两点的班，不在这儿吃了。"

王桂芬拉着二柱的手不放，说："亦珊快劝孩子留下，人家巴巴地来看我，好歹吃了饭再走。"

唐亦珊此时也拿不准，到底说不说留下二柱吃饭，有点儿犹豫，看婆婆执意要留，不好太坚持了，就说："既是妈诚心留你，你就在这儿吃吧！妈不拿你当外人，锦宇很快就回来！"

二柱勉强留下了，有些不自在，又坐下来和老太太说话。二柱虽比马锦宇开朗活泼，但要说拉家常他可不行，他不像唐亦珊那样说出话来都是一套一套的，让你心服口服，一拉开了家常，二柱就找不着话题了。还好，马锦宇很快回来啦，进了客厅说："哦！是二柱！"

二柱站起来说："大哥！我来看看阿姨！"

锦宇说："坐下吧，谢谢你那么客气！"

不一会儿马延福来了电话，说他在园林设计院正和专家交谈，中午要请专家吃饭。这一下唐亦珊和马锦宇都轻松了不少。他们生怕老爷子回来会把二柱问得招架不住。

吃饭的时候，王桂芬一直客气地为二柱夹菜，在儿子和二柱身上来回地看，好像两个都是她儿子。

很快吃完了饭，马锦宇说："二柱到我房间坐一下再走吧！两点上班晚不了。"二柱很高兴，其实他就是想打听更多的消息，他与锦宇、亦珊、王阿姨一起吃了一顿饭，可二柱渴望的信息他们一句也没说。

二柱说："那好！"兄弟俩上了二楼，进了锦宇卧室。二柱从后面一下搂住了哥哥，说："哥！我太紧张了。"

锦宇笑了："别紧张！有哥在，亦珊也在，你啥也不用怕！"

二柱说："幸亏董事长没回来，不然我会紧张得出汗的。"

锦宇又笑了说："那你还奓着胆子来！"

二柱趴在哥肩膀上撒娇说："哥——就是想看哥一眼嘛！也想来看看阿姨表示礼貌！还有不知现在是什么状况，我每天都在担心。"

锦宇哈哈笑了："以后再想找哥玩就打电话，去我办公室，现在家里平静了，亦珊一直在这侍候着，晚上我没事。关于那事你不必担心，老爷子是个大度的人，公安厅那边我会让亦珊打听，我心里挺踏实，你和娘都不用担心，没有谁能把咱母子三人分开，咱要相信公安机关，他们代表的是国家，国家是公正的，也要相信老爷子，所以你尽管放心。"

二柱笑笑："行，我记住了，哥！"

锦宇呆呆地注视着二柱说："真想和你住在一起，你看我这床挺大的！"

二柱笑笑说："以后会有机会的，我回了哥！"说着二柱匆匆忙忙向外走。

锦宇说："我送你！"

王桂芬已进了自己房间，锦宇带二柱走近门口大声喊："妈！二柱回了！"

二柱也说："阿姨！我回了，再来看你！"

里边传来王桂芬的声音："孩子！你慢走。"

二柱说："谢谢阿姨！"

唐亦珊也站在门口等着送二柱，二柱笑笑说："姐！我走了！"

唐亦珊笑笑说："你这孩子，紧张啥呀！"

出了门，二柱挡住马锦宇不让出来，撒开腿就跑。锦宇注视着二柱快跑的样子开心地笑了。二柱跑老远了，还回过头来向哥招招手。

第十五章　雾散天晴

今天一整天马延福都没去办公室，他跟老伴说那里没啥事要办，有儿子在那里顶着，有事他会打电话来。王桂芬告诉他说：“你在家歇着吧！别出去了，外面挺冷的！”马延福应了一声，在客厅的沙发上闭了一会儿眼。过了一会儿他说到河边站一会儿，告诉老伴别跟着，外面冷。王桂芬看老伴满腹心事、闷闷不乐，不知说啥好，也不敢说，很无奈！——唉！去吧！去吧！去那儿站会儿兴许会好些。

天阴沉沉的，像要下雪的样子，马延福把羽绒服的帽子拉上来扣在头上，站在河边手扶着栅栏向下看，河水翻滚着奔涌向前，河边已结了冰，栅栏向下是陡峭的河岸，足有四五米高，马延福就那样呆呆地站着。今天是他自己规定的向老伴和儿子说出实情的日子，不能再拖了，越拖心里的压力就越大，再怎么不愿意让老伴和儿子承受痛苦，也要把事情给他们说清楚，光拖着也不是办法。说吧！早说早解脱！啊——就怕老伴一下承受不了，这些日子多次向她暗示了，难道老伴一点儿也没察觉出来吗？老伴啊！你就是个实心眼儿，咋就一根筋呀！马延福就那样默默地站着看着滚滚河水，一次次重复着自己的决心，一次次地催促自己，一次次地鼓励自己要鼓足勇气。时间过去了三个小时，他仍在那里站着像一尊雕塑。王桂芬已出来看了三次，始终不敢惊动他。十一点多，儿子回来啦！她跟儿子说：“儿子啊！你爸在河边站了三个多小时啦，冻坏啦，劝他回家吧！他不是说了嘛！咱就这样平平稳稳过日子，谁也不招惹，没有过不去的火焰山，谁还能把咱怎么着啊！快去吧！把他拉回来！”

马锦宇走近马延福，边走边连声地喊：“爸！爸！爸！”马延福听儿子来了赶紧擦干了眼泪，他转过身来，装作若无其事的样子说：“儿子！上午有啥要紧的事吗？”他极力掩饰着自己。

马锦宇说：“爸！四个分厂和净化厂的情况一切正常，销售和货款运转也正常，你放心吧，爸！这五个厂长都是你最信得过的人，你不用担心！”

马延福长舒了一口气说：“那就好！”

马锦宇说：“快要吃饭了，咱进屋吧！”马锦宇挎着爸爸的胳膊缓缓往回走。

马延福不想让老婆孩子看见自己不开心，他故作兴奋地让儿子斟了满满一杯茅台，又让儿子陪他喝，马锦宇也给自己斟了一杯。马延福跟老伴说：“老伴，你还是要等些日子，现在不能喝酒。”王桂芬说：“我知道！大夫的话我记着哪，你喝吧，就一杯！”唐亦珊给马延福夹菜，让马延福品品口味怎样，马延福直夸亦珊菜做得地道。

唐亦珊十点就回来做饭，王桂芬一直向她唠叨：“你爸爸已站了两三个小时了。”唐亦珊安慰王桂芬，说：“妈！你放心吧！我爸不是承不住事的人。这个时候你别打扰他，让他静静地想事情，不要惊动他就是对他最大的理解！”

王桂芬说：“说的是！”

其实，唐亦珊早已与表叔交流过了，公安厅那边的情况已经非常明确，马延福的态度也非常诚恳，表示一定要把儿子的事处理好，请领导相信他。他到底要怎样处理这件事，唐亦珊相信爸爸一定会有一个万全之策。他会处理得让两家人都满意，让大家都皆大欢喜。爸爸这辈子经的事太多了，说他历经生死磨难一点儿也不过分，他会给每一个亲人带来吉祥。唐亦珊非常喜欢自己的公公，他诚实、善良、勤劳，在别人看来，他是富甲一方的大老板，可她一直认为公公是个出苦力的普通人，他朴实的为人和勇于拼搏的精神，他的言谈举止都使唐亦珊折服。与公公婆婆一起过日子，她觉得心里踏实。

午饭后马延福告诉儿子，要休息一会儿，养养精神，别急着去办公室。马锦宇说："爸、妈！你们中午也要好好休息！"老两口答应着。

马锦宇看见爸爸的精神状态很是着急，他在自己的书房里来回踱着步，唐亦珊劝锦宇说："你要沉住气，要冷静，爸在商场滚打了几十年，这点儿事能承的住，你放心，他这几天一直在开导妈，他最担心的还是妈，怕妈承受不了。你的态度是爸妈最关心最在意的，爸妈这辈子吃了不少苦受了不少罪，他们最终还是为了你，如果最后他们落个竹篮打水一场空，那他们还有勇气活着吗？"

马锦宇说："亦珊！你是了解我的，无论发生了什么事，我都会孝顺他们一辈子，侍候他们一辈子，娘也告诉我要知恩图报，我绝不做忘恩负义的人。"

唐亦珊说："你的为人我知道，现在问题的关键是让爸妈把心放下，他们怕的就是会失掉你这个儿子，其实不会的。我看娘就不简单，凡事都看得开，很大度，她也一直没说要把儿子要回去。好啦！你也别着急，只要爸说起这件事，你立即表明态度，让爸妈放心。"

锦宇知道爸在心里已经想通了，他就是怕过不了妈这一关，怕妈一下接受不了，怎么处理这件事，老爷子心里可能早就有了打算，可现在还是个谜。为了让二柱放心，他给二柱打了电话，把老爷子在省公安厅里的表态告诉了二柱，二柱满心欢喜，又反过来安慰锦宇说："哥，咱理解他老人家吧！风风雨雨一辈子多不容易啊，你看娘当听到你的消息放声大哭了一场，哭完了还是坦坦然然，宽厚仁慈地看待这件事，我相信董事长也是一副仁慈善良的心肠！"

锦宇说："我也是这样想。"

下午上班的时候，马锦宇看见爸爸还是站在河边，他迟疑了半天还是没过去打扰。到了办公室，爸爸呆呆地站在河边的样子一直在眼前浮现，因此他坐立不安，生怕爸爸承受不了压力。他在办公室里来回走着，非常焦急，三点多他打电话给家里，妈妈接了电话，他说："妈，我爸还是站在那里吗？叫他回来吧，我不放心！我一会儿就回去！"王桂芬说："我去拉他回来。”

四点钟的时候，马锦宇急急忙忙赶回来，他实在不放心爸爸心事重重的样子。他打算和爸爸谈一谈，弄清楚爸爸为啥始终不愿意袒露心迹，到底还有什么顾虑。他要当面向爸爸承诺把一切后果都承担起来，因为一切都是因他而起，他这样想着一步跨进了家门。

锦宇看见爸爸和妈妈手握着手坐在沙发上，很痛苦的样子。他走近了父母，蹲下身子紧紧地拥着他们说：“爸爸！到底为什么，有什么事不能说的？你说出来咱们一起承担，不要一个人闷在心里，儿子看着难受！”

马延福把儿子扶起来，稳了稳神儿说：“儿子！我一直不想说，不敢说，是怕给你带来痛苦，也怕你妈承受不了这个打击，但是我必须跟你说，我被叫去公安厅，就是为了你的事。儿子，小时候的事你还记得吗？”

马锦宇点点头说：“小时候的事记得一些，现在越来越模糊了。”

马延福接着说：“你知道吗，拐骗你的那个人贩子抓到了。破案人员从他的车座底下搜到了一个笔记本，上面详细记载着这些年经他手贩卖的人口情况，上面记载着时间地点，孩子和父母家是哪里，贩卖到哪里，得了多少钱，一笔一笔记得清清楚楚。省公安厅李处长说，这些年经他亲自贩卖的人口达八十多人，是全国挂了号的要犯，可能要判重刑。这个人家是蒙源县大河乡邱家屯，名叫邱洋，四十多岁。公安人员带他到你的家乡进行了指认，说那个村是蒙源县大河乡凤凰岭村，你爹叫张春来，你娘叫尹秀兰。那个家为了你，已是家破人亡，你爹跑遍了全国各地找你，找了一年多，孩子没找着，最后终于承受不住打击，他死了。你奶奶也死了。剩下你娘和你弟弟受了很多罪。儿子啊！我只想问一句，你恨爸爸、妈妈吗？”

马锦宇趴在爸爸腿上放声大哭，他想到了爸爸、妈妈为自己受了很多苦，又想到爹娘为自己受尽了折磨，心里既委屈又悲伤。他抱着爸爸妈妈的腿哭个不停，马延福和王桂芬也放声大哭，王桂芬心疼地抚摸着儿子的头说：“老天爷呀！为什么折磨我儿子啊！”

马锦宇为爹妈擦眼泪，他说：“爸、妈！你们放心吧，我永远是你们的儿子！你们从小把我养大，为我付出了全部的爱，我不会离开你们，我要侍候你们一辈子！”

马延福泪流满面地说：“好儿子！好儿子！爸妈没有白疼你，可你那个家你也要认，那个家为了你已是家破人亡了！他们真是可怜哪！他们毕竟是你的亲人，你一定要认他们，要对他们负责。”

马锦宇说：“爸妈！你们放心吧！我会认他们的，你们从小就教我做人要诚实、善良、勤奋，要讲良心，我一直记着。”

马延福拍拍儿子的背把他扶起来，让他坐在中间，说：“儿子！那天晚上我从人贩子手上把你救下来，也是吓了一身冷汗。那天我去城里送菜，卖完了菜下午又去收破烂，天黑了才往回赶。大概有八点钟，到处一片漆黑，我到了沙田镇南边的河边上，听见有孩子的哭声，走近了听得更清楚了，孩子在车里拼命地哭，拼命喊娘。那个人正打着手电鼓捣车，我停下来问他是怎么回事，他说车熄了火，再也启动不起来了，让我帮他看看。我说我不懂，我有买的饼给你哄一下孩子吧！说着我走近车用手电一照，车里的孩子用绳子捆着，我一下全明白了。我啥也没想，推开窗门把孩子抱出来，把孩子的手解开。那人慌了神儿跑过来抓住我的头发，大声吼道：你要干什么！我说：兄弟，孩子饿了，我帮你喂喂！那人拔出了刀，顶着我的脖子，恶狠狠地说：你听好了，我也不瞒你，拿出钱来把孩子带走，拿不出钱来赶快滚蛋，你要敢声张我就捅了你！孩子吓得直发抖，趴在我怀里紧紧抓住我。我立刻说：兄弟，我有钱！我给你，我给你！我掏出了所有的钱共七千元，是我卖菜收破烂的钱。那人要一万元，我说：我给你写张欠条，三天后你来我家取，我家是东沙田，我叫马延福，那人拿了钱松了手，也没让我写欠条。我让孩子抓紧我衣服，骑上摩托车就跑了。我准备了三千块钱，一直在家等，他一直没来拿，又过了几天也没动静，我放下心来。儿子啊！我养了你十八年，你是我和你妈的命根子，如果没了你，我和你妈咋活呀！”说着又流下了眼泪。

马锦宇说：“爸、妈！你们放心吧，我会永远爱你们，不会离开你们，我会孝顺你们一辈子。”

马延福、王桂芬又落下泪来，连声地说：“好儿子！好儿子！”说着老两口抓住儿子的手，生怕他跑了似的。马延福又说：“儿子！我还要告诉你，那个犯罪分子对自己的犯罪事实供认不讳，他交代的犯罪经过和我说的完全一致。公安厅的李处长说，是我在犯罪分子手上救了孩子，我不负刑事责任，我也有错，就是没帮孩子找到家，没把孩子还回去。儿子！我要承认我有私心，私自把孩子留下来，因为我喜欢你，我想把你养大，如果我能及时帮你找到家，把你送回去，兴许你爹不会死，你娘也不会受那么多罪，爸爸知罪了！儿子！”说着又流下了眼泪。

马锦宇搂紧了爸爸妈妈，他说：“爸！你别这么说了，这不是你的错，怪就怪那人贩子吧！我也不知道家是哪里，怎么找啊！事实都这样了！咱就面对现实吧！还有一事我想告诉你，咱公司来了一个小伙子叫张二柱你知道吗？”

马延福说：“我知道，就是那个一个人获两块金牌的小伙子。”

马锦宇说：“是的，他的家就是大河乡凤凰岭村，他参加了第一批技术骨干培训班。我看了他的登记表，当时我就纳闷，他叫张二柱，我小时候叫大柱，是不是跟我有关系啊？怎么长得跟我这么像啊？那时候我不知道我家是哪里，所以不敢问他，也不敢对任何人说。这件事我只问过秋实，他说他在桃花镇汽车站碰到了二柱，当时二柱被人欺负了，坐在那里哭，秋实可怜他，劝他开导他，和他一起吃了饭，然后把他送回家。春节后就把他带到这里来，如果他就是我弟弟，那太好了。”

马延福说：“那孩子很可能就是你弟弟，那天我发奖牌时，我一下就愣住了，怎么这孩子跟我儿子一模一样啊！老伴啊！这就是天意啊！怎么就那么巧啊，他在那里哭，就让秋实碰上，如果让别人碰上，兴许人家连理都不理，偏偏让热心肠的秋实碰上，又把他带到这里来，你想这不是天意是什么？”

王桂芬也非常感慨地说：“是啊！是啊！天底下竟有这么巧的事。”

马锦宇又说：“爸、妈！因为二柱跟我长得像，我就觉得和他亲，特别喜欢他，前些日子还让他去医院帮亦珊照顾我妈，前天他还来家里看我妈，留他在家吃了饭！”

马延福说：“这就是缘分哪！缘分！我也是特别喜欢那孩子！”他停了一下说，“儿子啊！一定要善待你娘和你弟弟，他们真是苦啊！”

马锦宇说：“我知道了！爸！你和妈说怎么办，我听你的！”

马延福和王桂芬都欣慰地说：“好儿子！好儿子！”

马延福说：“儿子！我一定要向你娘、你弟弟负责，用我的实际行动赎我的罪！”

马锦宇说：“爸！你别这么说，你有什么罪啊！你再这样说我会难过的！”

马延福搂紧了儿子说：“儿子！谢谢你！”

唐亦珊回来了，她看一家人都很兴奋，感觉有些奇怪，遂问：“爸！你感觉怎么样啊？”

马延福高兴地说：“孩子！咱全家放心啦！一会儿让锦宇给你说去！咱快吃饭吧，我都饿了！”

晚饭以后，马锦宇和唐亦珊上了二楼，锦宇把今天的事情向亦珊说了一遍，亦珊非常高兴，她说：“人贩子抓到了，一切真相大白了，DNA 检测的事已不重要了，这事也不必向爸妈解释了，免得误会，以免伤了两位老人的心，还要给娘说这件事，让她心里有数。”锦宇随后就给二柱打了电话，告诉他下午的事，二柱在那边高兴得哭了，随着就大声喊：“哥，我爱你！”锦宇大笑。

一天上午，马延福打电话给耿秋实，让他通知二柱去他办公室。二柱急急忙忙跑过来，一进马延福办公室，他有点儿紧张，动作拘谨，脸通红。马延福高高兴兴，声若洪钟地说：“来来来！小伙子！我想告诉你一件大喜事，是关于你哥的事，你爹叫张春来，你娘叫尹秀兰，你哥叫大柱是吗？”二柱有些忐忑不安地回答说：“是的董事长！”马延福平和地说：“来！孩子！坐下吧！拐骗你哥的人贩子抓到了，公安厅和县公安局根据犯罪分子的供述，专门去你们村进行核实，调查结果证实，马锦宇就是大柱，你哥找到了，马锦宇就是你失散十八年的哥哥，十八年前是我从人贩子手上解救了他。”二柱心里一块石头终于落了地，他终于可以与哥哥堂堂正正相认了，他激动地落下了眼泪。马延福也很激动，拉过二柱紧紧地抱了一下，拍拍二柱肩膀。

二柱激动地深深地向马延福鞠了一躬，说：“谢谢您，董事长！”马延福笑笑说："嗯！真是个好孩子，以后咱们是一家人啦！快去吧！锦宇在他办公室等你，去吧！"他挥挥手。

二柱说："谢谢董事长，我去了！"

二柱跑到副总经理办公室和马锦宇紧紧拥抱在一起，高兴地又蹦又跳，说："哥！咱终于可以堂堂正正地在一起了，再也不用躲躲闪闪了。哥！我跟你说，董事长他是个好人！"马锦宇拍拍二柱肩膀笑着说："真是个孩子，才知道他是好人！十八年前，那时我才五岁，他从人贩子的车里把我抱出来给我解开绳子，又拿饼给我吃，那一刻我就认定他是好人。我紧紧地抓住他的衣服，趴在他怀里，犯罪分子举着刀，我怕极了，他给犯罪分子拿了钱，让我坐上摩托车，我紧紧搂着他，在漆黑的夜里带着我跑回家。回到家里我一直紧紧地抱着他不放。唉！真像一场噩梦！"然后他又说，"二柱！这几天咱回家一趟，要给娘说这里发生的一切！"

唐先农在与李毅刚的通话中了解到，唐亦珊两次赴省公安厅为锦宇、二柱做 DNA 检测的事，他气不打一处来，对老伴说："你看看，马家的事一直是咱丫头推波助澜，她本事可真大，竟然在张罗 DNA 鉴定的事，一个女孩真够赶时髦的。"他立刻拿起电话，通知唐亦珊立刻回家，他放下电话一直在客厅里走来走去，非常焦躁。田丽娟劝他说："老唐，要我说，马锦宇要寻根，这是不可逆转的，你不要再干预了，珊珊参与进去也是很自然的，你不要再生气了！"唐先农说："这孩子让咱宠坏了，想起一出是一出，这不是把马延福往死路上逼吗？马延福一旦翻了脸，他会将马锦宇扫地出门，到时怎么办？你那闺女怎么办？"

唐亦珊接爸爸电话时正与马锦宇、二柱、耿秋实坐在一起，咖啡厅里人不多，四个人非常高兴地讨论着这几天发生的事，说："应该庆贺一回，没想到这么顺利就过了董事长这一关。"唐亦珊说："我就说嘛，爸是个通情达理的人，这回好了，我们可以把心放下了。"

二柱说："当董事长叫我去他办公室时，我也非常紧张，我不知道他到底要跟我说什么，没想到他老人家态度平和，平平静静地叙述了那件事，说哥在等，让我赶快去，当时我感动得不知说什么好。我爹死的时候我才三岁，爹是啥样我一点儿印象都没有，我想董事长就是一位慈祥、善良的好父亲，我从心里敬重他。”

耿秋实也不无感慨地说：“我也从小没了父亲，这些年我跟着他干，心里很踏实，在我心里一直把他当父亲一样敬重。”

大家正讨论得热烈，唐亦珊接了电话，脸立刻变了颜色，大家愕然，一起问出了啥事？唐亦珊说：“我爸发火了，咱们到此为止，我要赶快回去一趟，锦宇你陪我回去！”说着大家散了。

车开到亦珊家楼下，唐亦珊说：“锦宇，家里不知发生了什么事，你先在车上等我，如果不需要你出现，你出现了反倒会很尴尬，你暂时回避一下，需要你上去我给你打电话。”马锦宇答应着。

亦珊进了门，看爸妈都沉着脸，不说话，唐亦珊感觉莫名其妙，说：“爸、妈，我回来了，有什么事尽管吩咐。”

唐先农非常生气地说：“都是你干的好事，你竟敢带锦宇去做 DNA 鉴定，你的聪明都用在这上面了，知道你在干什么吗？你在用刀捅马延福的心窝，如果我不制止你，还不知你会干出什么出格的事来，你就等着瞧吧，总有一天你们会被从那个家里赶出来，你们这些年轻人，自以为聪明，其实非常无知，自私是人的天性，我就不相信，马延福再大度，也不会兴高采烈地把养了二十年的儿子拱手让出去，平时看你们挺聪明的，办起事来却没心没肺！”

唐亦珊不想再听下去，她打断了爸爸的话：“爸，其实我公公不是这样的人，你一点儿也不了解他，你不能以小人之心度君子之腹……”

一直站在一旁的田丽娟火气一下就上来了，她拿起一个杯子“啪”的一声摔在地上，大声嚷嚷：“珊珊，你给我闭嘴，一派胡言，你说的小人是哪家的小人，你说的君子又是哪家的君子？你给我说清楚，你这个白眼狼，你就这样对你爸爸！”

唐亦珊被这突如其来的状况吓呆了，她急忙解释说：“爸、妈，你们别生气，别误会，我说错了，说错了，我是说我公公已经平静地接受了这个现实，他还主动找二柱谈话，让二柱去找锦宇，让兄弟俩相认，我说的是真的！”

唐先农没好气地吼了一声：“都让你们给逼的，你们走着瞧，这事还没完。”

唐亦珊看父母的气一时半会儿还消不了，向父母鞠了一躬，转身跑了出去。

电话里锦宇向二柱、秋实通报了亦珊回家遭受的一切，两人都打电话安慰了亦珊。二柱真诚地说：“姐姐，让你受委屈了。”唐亦珊笑笑说：“没什么，不过这一次他们真的生气了，从来没有这么严厉过，挺吓人的。”说完哈哈笑了。

耿秋实也打来了安慰电话，他说：“可能是一场误会，咱也有欠妥的地方，就是没有把这事的进展情况及时向二老通报，他们关心这件事并没有错，你想开一点儿，你那么聪明，这点儿事能解决。”唐亦珊笑了，说：“大哥说的是。”

进入腊月，天气越来越冷，马延福几次催马锦宇尽快去一趟凤凰岭村，他说：“儿子，赶紧去吧！你娘天天盼着，快去吧！”马锦宇约唐亦珊今天去超市买东西，王桂芬拿出一万元钱交给儿子，说：“儿子，这是爸妈的一点儿心意，去买吧！”

他们带二柱在超市里转了一个下午，买了彩色电视机，给娘买了羽绒服、棉鞋和其他衣服，还买了一大包食品。唐亦珊还给二柱买了羽绒服、皮夹克、裤子、内衣、皮鞋什么的，还买了一款新式手机，二柱很高兴，说：“谢谢你！姐！我手机好好的，不用换新的。”唐亦珊说：“真是个孩子！别总谢呀谢的，我是谁呀？我是你哥的老婆！我关心你就是你哥关心你，上次在医院就说好要给你换换衣服，一直没抽出工夫来，这些你穿上肯定合适，回家时一定要换上让娘高兴！懂吗？”二柱高兴地说：“知道了姐！”唐亦珊又说：“把你那手机送给五嫂吧！让她也带着手机，走到哪儿都能通电话！”二柱高兴地说：“还是姐想得周到！”

吃晚饭的时候，唐亦珊把饭菜摆好了，叫马延福、马锦宇爷俩过来吃饭，王桂芬也一直在催。等一家人坐好后，唐亦珊说：“爸、妈，有件事要告诉你们，昨天表叔来电话说，那个人贩子邱洋被判了死刑，经他亲手拐骗的八十多人中，有两名儿童在转移途中死亡，他负主要责任，所以判了死刑。”

马延福神情凝重地说："罪有应得，这种人不铲除，咱们国家永远不得安宁，老百姓永远没有安稳日子。"

王桂芬也说："真是造孽啊！他害了多少人啊！多少家庭在他手上家破人亡，就该定他死罪。"

马锦宇恨恨地说："他是死有余辜，国家还应加大打击力度，把这样的坏蛋全部铲除！"

唐亦珊说："咱们以后可以轻轻松松过日子啦！来！咱不说了，咱吃饭。"

星期天早上，马锦宇和唐亦珊带上二柱急急忙忙向凤凰岭村赶，临走之前唐亦珊又告诉婆婆说："妈！您千万不要自己做饭，我已在小餐厅订了餐，十二点时他们会按时把饭菜送到，下一顿要什么您再告诉他们，他们会按时送来。妈！您身体没恢复好，以后我每次出门都会安排好，您不用操心。"

王桂芬高兴地说："好好！妈听你的！"

在路上唐亦珊还和马锦宇谈了这事，说："锦宇，以后妈身体好了，也不要让她常做饭，太劳累了，只要我在家，想做了就做一顿，懒得做时也可订餐，你说这样行吗？"马锦宇说："怎么不行啊！还是你聪明，我怎么没想到啊！干吗天天做饭，搞得太紧张劳累！真是不会过日子！"唐亦珊笑着拍了一下锦宇。

车开到凤凰岭村时才九点钟。尹秀兰看着孩子们又回来了，高兴极了，说要包水饺给孩子们吃。锦宇和二柱卸下了车上的东西，让唐亦珊在家陪娘说话，兄弟俩去镇上给娘买了取暖煤、炉具和烟囱。然后又办了有线电视入户手续。中午的时候，一吨无烟煤块送到了，他们动手给娘安上了炉子，接好了烟囱，又帮娘生着了炉子，屋子里顿时暖融融的。尹秀兰包好了饺子，就在炉子上煮饺子给孩子们吃，娘儿几个一边吃一边说笑，其乐融融。

尹秀兰说："你爸爸、妈妈要来，我就包饺子给他们吃，炖上一只小鸡儿，炒上一盘花生米，请他们喝酒。"

锦宇说："娘！我爸说了，要用实际行动弥补他的罪过。"

尹秀兰说："儿子啊！可别这么说，你爸有什么罪啊！是人贩子作的孽，是他在人贩子手上救了你，我得感谢他，帮我培养了这么好的儿子，做人要讲良心，要把话说正了。"尹秀兰一边说着一边盛了一碗饺子让二柱给五嫂送去，二柱端上饺子一溜儿小跑去了。她高兴地说："亦珊给你五嫂俩孩子买了衣服，一会儿我给他们送去，让孩子穿上高高兴兴地过年。"

下午镇里有线电视服务站来人给扯了线。锦宇、二柱齐搭手一下就把电视接好了，按开电视，显示了好多台，亦珊告诉娘怎么找台，怎么调试。尹秀兰说："我在你五嫂那里看，从不搭手，你五嫂调哪儿就看哪儿，我不怎么看，还花钱买这个。"

唐亦珊说："娘！上边讲的事情多着呢，你想看什么就看什么，肯定有你喜欢的东西。"

尹秀兰说："行！娘知道了，再睡不着觉时就看这个。"

亦珊又告诉娘："看电视时要披上羽绒服，省得着了凉。侍候炉子要小心，一定要让煤气顺烟囱跑出去，万一不小心屋里留下了煤气，要打开门窗通气，千万别煤气中毒。"

尹秀兰一一答应着说："我记住了孩子！"

进入腊月这些日子，马延福一天也没闲着，今天跑园林设计院，明儿跑建筑设计院。他每天晚上天不黑不回来，回来后，一边吃饭，一边问儿子各厂的生产情况、销售情况、财务运转情况，马锦宇一一回答。马延福心想：有文化就是不一样。先前他还担心儿子操作掌控不了全局，会忘了这儿丢了那儿，抓了东丢了西，看来这些担心都是多余的。儿子不但把各个环节各个流程都掌控得很熟，而且连平时他不怎么关心的枝枝节节的情况也了解得很透彻。他知道，儿子知识面广，视野开阔，不但有掌握大局的能力，而且有预见未来的水平，缺的可能就是实践经验的积累，这些得要替儿子想着及时提醒他。

今天他回来很晚，晚上九点多才回来，他跟儿子和老伴说：他带园林设计院的专家在山上转了一天，把许多想法、构思都和专家进行了交流，他的整体思路是以保护环境为前提，以人性化开发治理为宗旨，讲究自然景观和文化内涵有机结合，传统文化和现代科学元素相互渗透。晚上在锦江饭店设宴招待了几位专家，园林设计院承诺一个月之内拿出开发治理方案，马延福非常高兴。

关于找建筑设计院的事，他暂时对老伴和儿子保密。他准备在自己的小洋楼前面建一处中式风格的豪宅，这处宅院既要保留中华传统文化风格又要融进现代科学元素，从外观看是红墙黄瓦的四合院，里面要糅进现代生活设施，它既要适合人居住，又是一处耀眼的景观。要和现在的这幢西式小洋楼形成鲜明的对照，这就叫东西合璧，要的就是这种效果，他对自己的构思很满意。他准备把锦宇的娘接来，让她住在里面和两个儿子朝夕相处，让她从丢失儿子失去丈夫的痛苦回忆里摆脱出来。他准备在适当的时候跟儿子说这件事。

过了腊月二十，马延福对儿子说："不管还有多少事没有忙完，都要暂时放一会儿，你与亦珊积极准备，腊月二十六早上按时出发，去凤凰岭村，去看你娘，尽快了却我和你妈的一桩心愿。"

唐亦珊带着婆婆王桂芬转了两家超市，用了一个上午时间，总算把要置办的都置办齐了，晚上王桂芬把东西拿出来，一样一样地拿给马延福看，问老伴满意还是不满意。

马延福笑了笑，摇摇头意味深长地说："老伴啊！咱也是从穷日子里爬出来的，这些个东西，无非就是吃的穿的用的，老百姓对这些东西，没有特别讲究，问题的关键不在这里，咱去尽的是个礼数，只要咱礼数到了，心里也就踏实了。不要在这些东西上费心思，那一家子遭了多少难啊，你就是用再多的东西也抚不平人家心里的伤痕啊！你明白我的意思吗？"王桂芬点点头，眼泪扑簌扑簌地落下来。

腊月二十六一大早，两辆车出发了，前面一辆由马锦宇开，后面坐着唐亦珊和张二柱。后面一辆，由马延福司机老杨开，马延福和老伴王桂芬坐在后边。马延福心里忐忑不安。他虽听儿子和儿媳妇说了一些情况，知道了尹秀兰是个通情达理的人，可是见到她会是啥态度呢？他总在想，咱撇开孩子被拐骗的责任不说，只单说，倘若是咱自己的孩子被别人弄去养了十八年才送回来，咱心里是啥滋味啊！他一路上抓住老伴的手一遍一遍地说：“老伴啊，想开些！人心都是肉长的！”王桂芬也拍拍他的手说：“我知道！我知道！”说着眼泪还是不停地往下流。

两辆车一前一后停在二柱家门口场院上，乡亲们围了过来，都小声说：“是大柱的爸妈来了！”二柱和唐亦珊急忙跑屋里去把娘请出来。锦宇打开车门让爸妈下来，扶着二老向院子里走，马锦宇知道此刻爸妈的心情非常复杂，说不清是恐惧、是愧疚还是怨恨，连他们自己也说不准。二柱和唐亦珊扶着娘出来了，三位老人慢慢地走近了，神情凝重，谁都没说话，马锦宇先说了话：“娘！这是我爸、我妈！”尹秀兰眼泪哗哗地流下来了，她说：“大哥啊！你让俺说啥好啊！俺只说一句，感谢大哥和嫂子把儿子给俺培养得那么好！”马延福、王桂芬眼泪也流下来了，马延福说：“妹子啊！俺对不起你呀！”尹秀兰摇摇头说：“你没有对不起俺！来来！快进屋吧！大柱快让你爸妈进屋！”

二柱和唐亦珊忙着给三位老人泡茶，等马延福夫妇坐下后，尹秀兰说：“前几天，公安的同志来了，带那人贩子来认证，那人叫邱洋，四十多岁，是大河乡邱家屯人，戴着脚镣手铐，家里也是有老有小的，他却干起了那样缺德的勾当。他承认是他偷走了大柱，我真想扑上去和他拼了，他害得俺好苦啊！那天正值秋收，村里没人，大柱在村口老白果树下玩，那人贩子开车到了桥头，看见一个孩子周围没人，他喊孩子过去，孩子就跑过去，他给孩子吃了迷迷糖，不一会儿孩子晕倒了，他把孩子抱上车，开车就跑了。没承想俺儿子福大命大，遇上了你，是你救了孩子，听说他举着刀让你拿钱！”

马延福说：“是的，我骑车走到那地方，天很黑，伸手不见五指，那人正打着手电筒鼓捣车，说车坏了，车里孩子拼命地哭，我用手灯一照，孩子被捆着，我伸手把孩子抱出来，解开绳子，他疯了似的抓着我头发举着刀让我拿钱，我把七千块给了他带着孩子就跑了。”

尹秀兰抓住马延福和王桂芬的手泪流满面，说：“大哥！你救了俺儿子，你把他捧在手上揣在怀里，疼他爱他，这是俺儿子的福分，还供他上了大学，多不容易啊！这做人哪，得讲良心，不能以怨报恩，你养了他十八年，我不能再把他夺回来，他是我儿子，也是你儿子，我要让他孝顺你一辈子，为你夫妻养老送终。大柱啊！娘说的你听见了吗？”锦宇立马说：“娘！我知道了！我一定！”尹秀兰一番肺腑之言，她的宽宏大量，令马延福老两口感激涕零。马延福一颗悬着的心终于放了下来，他所期盼的就是尹秀兰的一句话，她不会再要回儿子了，谢天谢地！他的感激之情无以言表。王桂芬搂着尹秀兰失声痛哭：“妹子啊！谢谢你啦！”马延福老泪纵横，紧紧握住尹秀兰的手泣不成声，说：“妹子！我也有错，公安的同志说我是非法收养，我没报案，没帮孩子找家，这就是我的错！”尹秀兰握住马延福的手说：“大哥啊！这人哪不能得理不饶人，什么叫非法收养啊！你如果不救这孩子，就是不非法啊！你别那么想，你没错！你和嫂子都是好人，好人就该有好报！”

马延福非常激动地紧紧握住尹秀兰的手说：“妹子！你真是大人大量啊！我和你嫂子谢谢你啦！”他拉过马锦宇说，“大柱啊！你娘和你弟弟是你最亲近的人，你说吧！你该咋办！俺都依你！”

马锦宇激动地说：“爸、妈，你们也是我最亲近的人，我有两个心愿，一是我和娘失散了十八年，我要把娘带在身边，和她朝夕相处，天天能看见她。不管过什么样的日子我都和娘在一起，这些年，娘为了我受尽了苦，我要以实际行动赎我的罪，乞求娘恕我不孝。二是我弟弟很聪明，他是因为家里穷才辍了学，他一直在不停地学习功课，我要帮他圆大学梦，我要请钱校长帮助我，二柱也说了，今年一定要参加高考。”

马延福开心地笑了：“好儿子！好儿子！你真是俺的好儿子！俺没白疼你！你是有良心的孩子，这两条我都依你，我帮你办！”说着他从包里拿出早已准备好的图纸和效果图，说，“你们看看，我准备给你娘建一处房子，我一直给你们保密，这是我请省建筑设计院的专家设计的，我要给你娘建一套别墅，你们看看合适吧！”他展开图纸和效果图，显得很兴奋，接着说，“这是一套红墙黄瓦的四合院，位置就在咱小洋楼前边一百米处，施工单位我已选好了，春节后施工，你们看行吗？”

马锦宇很高兴地说：“谢谢你！爸！”几个人都互相传着看，唐亦珊、二柱都很惊讶地说：“哎呀！太漂亮了！”

王桂芬也说："老伴啊！你做得好！"

马延福说："大柱啊！半年后，你娘就可以搬进来和咱一起住，你可以和娘朝夕相处了。"

尹秀兰笑着说："大哥呀！儿子在你那里我心里踏实，我在这小山村住习惯了，我不想让你为我花钱操心，也不想给儿子添累赘！"

马延福拍拍尹秀兰的手意味深长地说："妹子啊！人这一辈子啊！可能会创造许多财富，也可能会获得许多荣耀，要我说呀！这些都不重要，都是身外之物。人到老了才能体验得到，唯一能沉淀下来的东西就是亲情，人要没了亲情，还要财富干吗？要荣耀干吗？妹子啊，珍惜这份亲情吧！它比什么都重要，满足儿子的愿望吧！随儿子去，天天给儿子包饺子吃，亲眼瞅着他一口一口吃你包的饺子，我相信那是你最幸福的一件事，你说是不是啊？"尹秀兰笑了，笑得很开心。

马延福又说："妹子啊，咱们三个人，一起看着儿子，你包饺子给他吃，他妈烹鲫鱼汤给他喝，再接下来咱就一起看孙子，这是多美的一件事啊！"

尹秀兰笑着说："大哥！我依啦！我遂儿子的心愿！"

马锦宇赶紧搂着娘的肩膀笑着说："谢谢你！娘！"唐亦珊也过来搂着尹秀兰说："谢谢娘！"一家人都开心地笑了。

尹秀兰说："孩子们哪！赶紧地包饺子给你爸、你妈吃，把鸡炖上，我炒花生米，让你爸你妈喝酒。"几个人一起忙活起来。

第十六章　奋力一搏

正月初六，马锦宇来接二柱去省立四中上学，他跟娘说：“娘！学校里的一切都已经安排妥当了，你放心吧！”

马锦宇把五万元钱交在钱校长手里，要求钱校长聘请最好的老师，单独给二柱授课。唐亦珊在学校附近租了一套单元楼，房间里配齐了一切生活起居的用品用具。就连学习用的写字桌、书架等也都置办得齐齐整整。就餐在近处的交通警察大队食堂，食堂实行自助餐。唐亦珊一次就买了六个月的餐券。马锦宇、唐亦珊带二柱拜见了钱校长，并请几位辅导老师一起进午餐。马锦宇给二柱约法三章，一是要劳逸结合不打疲劳战，一个小时休息一次，到阳台上做活动，晚上十一点必须上床休息；二是按时吃饭，一日三餐按时到餐厅去，不可误了吃饭时间；三是中午、晚上必须看电视、看新闻。二柱笑着一一答应：“好！好！请哥哥、姐姐放心！我记住了！”回来的路上唐亦珊说：“我要一星期来一趟，给他打扫卫生，洗衣服，整理房间，筹备水果。”马锦宇笑笑说：“你想得真周到。”他接着说，“尽管给他约法三章，我还是不放心，我最怕他连续作战，没白没黑地连轴转，只要这一条做不好，其他两条也做不好，比如按时吃饭、按时活动都保障不了。”唐亦珊说：“你放心吧，他会自己掌握好的！”

今年的春节是尹秀兰十八年来最舒心的一个春节。大儿子回来啦，三天两头向回跑，回来就搂着娘，给娘按摩肩背，帮娘烧火做饭。人说母子情深，真是不假，虽然十八年不在一起，母子之间并没有生疏感，就好像儿子出了一趟远门又回来啦。况且儿子大学毕业，又找了那么个漂亮贤惠的媳妇，爸爸、妈妈从心里疼他，儿子的生活条件没的说，尹秀兰从心里感激。马延福那两口子都是通情达理的人，咱不能挑人家的理儿捡人家的刺，要和和顺顺地和他们相处，这样不仅对儿子好，对谁都好！

腊月二十九，锦宇又回来一趟，从车上卸下来一些东西，这好吃的那好喝的，都是值钱的东西。尹秀兰说："咱过年也用不了许多东西，干脆跑几个门，反正有车也方便，你舅舅、你二大爷、你崔二叔都应到门上走一趟，他们知道你回来了，都高兴，都说一定要看看你长啥样啦！走吧咱去！"

锦宇带着娘、亦珊、二柱用了半天时间，把要去的地方都去了。舅舅、二大爷、崔二叔见到锦宇，都高兴极了，抓住锦宇的手，眼泪哗哗地淌下来。尹秀兰还让二柱专门给在东北的大爷张春福写了信，告诉他大柱找到了，寄上了一千块钱。近处的四铁匠、张五子也都送了节礼。尹秀兰穿上儿子买的新衣服，走里走外乐呵呵的，好像又年轻了许多。

按照马延福的安排，让锦宇在家陪娘过除夕，尹秀兰坚决不许，说："我这儿还有二柱陪着，听说云妹已经打了电话要来这里过年，你俩再来这里，好是好啊！可那老两口孤孤单单这年咋过啊！那不行！咱不能光顾自个儿，你俩一定要回去陪你爸爸妈妈高高兴兴过个年。再说亦珊的爸爸妈妈也需要你俩过去，今年的除夕，你要在那两家来回跑才行，去吧儿子，别光顾着我，你陪娘的日子还长着呢！"尹秀兰高高兴兴把儿子推上车，递给儿子两袋花生米，说给亦珊爸妈也捎上一袋。

今年的春节，也是马延福老两口这些年心里最踏实的一个春节，儿子找到了家，找到了娘，看儿子的性格和原来都不一样了，以往过年过节，总是不说不笑的，心里装着心事。你看今年，儿子总是笑，笑得开心，笑得灿烂，马延福再不用提心吊胆了。啥叫万事如意啊！找遍天下也没有万事如意，就这几件事遂了心愿，我马延福已经知足了。马延福老两口对尹秀兰心存感激，原本打算让儿子回家陪娘过年的，可她又生生地撵了回来。他跟老伴说："老伴啊！就从这件事上也说明尹秀兰是个大仁大义的人，这是一般人做不到的。儿子失散了十八年，要陪她过个年谁也说不出啥来，人家给咱做了榜样啊！这样的大恩大德咱一定要报！”王桂芬也连声地说：“说的是！说的是！”

马延福有自己的打算，他把汶山开发作为把事业推向辉煌的又一个里程碑，已近六十岁的他没有停下来的意思，他要协助儿子把事业做大。一次和儿子交流时儿子一语中的，说：“爸爸！书法碑林显然不是汶山开发的投资重点，但它是整个汶山开发的灵魂。”马延福哈哈笑了，说：“知我者儿子也！”是的，锦宇非常了解自己的爸爸，他虽然没念过多少书，文化水平不高，但他非常注重文化素质的培养和积累，非常注重企业创新意识融入传统文化内涵。他曾多次说过，没有文化内涵的企业，就等于没有灵魂。这次建立书法碑林，是马延福把投资触角伸向文化产业的一次重要尝试，不久的将来，书法碑林将是马延福的一张牌，是他区别于其他企业家最抢眼的一张牌。

为了过元宵节，锦宇把二柱从学校接了回来，锦宇说：“中午一起吃饭，十二点开饭，咱在办公室玩一会儿，你陪我说说话。”二柱兴致勃勃地跟哥说：“哥，我现在已进入状态了，每天上午下午都要听老师讲课，不明白的当时请教，其他时间就是消化做题，云妹给我带来的那些资料我分门别类摆好，需要哪一个章节便信手拈来，非常方便，每一门课开讲之前老师都提问前一课时的要点，让我回答，看起来效果还不错，这一遍下来主要掌握哪些东西，老师讲到了，我也记住了。哥，谢谢你，给我提供了那么好的条件，再不出成果天理不容！”

马锦宇哈哈笑了，说：“别说得那么严重，什么天理不容，亲兄弟还这样说，我主要担心你两年没进课堂，落得太远了，如果这样真的有效果，说明我想对了，你别这么较真儿，慢慢来就行，我没要求你一口就吃个胖子，什么叫循序渐进你该知道，千万别急躁。”

两兄弟正说得投入，忽听窗外有吵闹声，随即响起了警笛声，两人惊愕，立即向楼下看，只见广场对面的大门口有一帮人正在向公司这边拥，十几个保安向外推，正争执不下，锦宇打电话给办公室说：“快去大门口看看，发生了什么事？”

东方大宇公司的建造设计特点与众不同，一条小义河自西北向东南，又向东流去，在厂区里拦截了九段，快接近边缘时又与A08国道接壤，马延福依势将小义河自西向东挖渠修坝，进行了一番整治，深三米宽十米的小义河成了大宇公司的护城河，成为A08国道通向大宇公司的一道天然屏障。流经大宇公司，直接汇入白沱河，河上修了三条石拱桥，酷似天安门前的金水桥，直接通向大宇公司办公大楼前的广场，非常有气势。

要拥进来的有四五十个人，十几个保安根本拦不住，正在争执不下时，办公室人员赶到了，经询问才知道，那一伙人来自东沙田村，是董事长的本族，有事要找董事长理论，办公室人员打来了电话说明了情况，马锦宇认为光堵不是办法，让他们进来说话，把一楼的会议室打开，让他们少安毋躁。

马锦宇立即打电话通知了马延福，不一会儿马延福从小汶山工地赶了回来，马延福急急忙忙走进办公室，他让锦宇和二柱都过来看看，并告诉二人不用害怕，天塌不下来，随后带二人走进了会议室。

东沙田村来的一帮人情绪有些激动，说："马延福不该这样对我们，一笔写不出两个马，干吗对我们这个样，平时没麻烦过你，有事了找你说两句不行吗？你不就是有钱吗？就这样对你的父老兄弟。"

马延福笑了笑说："什么时候得罪你们了，把话说得那么难听，你们说一说，你们哪一个家我没关照过，村里的哪件事我没参与、没出力，有话就好好说，干吗连讽带刺儿的。"马延福有点儿生气，也不客气，又说，"你们每家都有一个人在厂里干活儿挣钱，哪一个我没关照过，平时来找我说事也都客客气气的，是哪一个踩到了猫尿，你们说说。"

说不害怕是假，二柱看见来的这些人，情绪都很激动，马延福也有些生气，真动起手来这几十个人实在不好对付。二柱心里着实紧张，他紧随哥哥，握紧了哥的手。

正说着开发区派出所来人了，齐所长带领五六个人一起进了会议室，马延福立刻上前握手，齐所长说："马老板，这里出了什么事，刚才接到保安报警电话，说这里有闹事的。"马延福笑笑说："没什么大事，麻烦各位费心，这些人都是村里的，是我的本族，我到现在也没弄明白他们到底有什么事。”

齐所长面向众人说：“大家说说吧，有什么事咱们一起解决。”

齐所长这么一问，刚才吵吵嚷嚷的一帮人都不吭声了，齐所长笑笑说：“这就奇怪了，你们不说话我是否可以认为你们没什么事，你们既然没什么事干吗来这里聚众闹事，保安挡也挡不住。我告诉你们，这里是生产重地，闲杂人员不能随便进入，这不符合安全生产规定，如果你们有什么诉求可以派代表来交涉，没有什么事，不允许聚众闹事，这是违反治安条例的，所以我有权制止。”

“我们就是不服！”一个近五十岁的男人站出来说，“这个厂子姓马，这么大的一份资产，为什么交给外姓人！”

带头说话的这个人叫马延途，与马延福是堂兄弟，他说外姓人当然是指马锦宇。

“你没说对，应该说办这个厂子的人姓马，他叫马延福，这家企业是以他个人名义注册的独资企业，这份资产与其他任何姓马的人都没关系！”不知道什么时候林区长到了，他一边说着一边走到讲台中间，他说，“在座的各位可能不认识我，我叫林柏清，是北部区现任区长，马延福是我表哥，这家公司是我帮忙注册的，我知道这家公司的全部资产归马延福所有，他是这家公司的法人代表，没有其他任何一个人的投资，公司的资产所有权受法律保护，你们既然没有投资，对公司的管理和资产处置就没有话语权，也就是说你们没有资格对这家公司的经营管理说三道四，不是说你姓马，这家厂子就有你的份，这是没有法律依据的，我们是法治国家，凡是违法的行为都要被制止。”停了一下，他环视四周，看见刚才讲话的马延途，说，“你再说一说，你家有几间房子？”马延途说：“三间房，一个娘。”在场的人都哈哈笑了，林区长继续问：“我问你，按你的道理你的三间房是否你们村上姓马的都有一份？”马延途不服气地说：“凭什么？”林区长接着说：“对啊，凭什么，就因为这家厂子是姓马的建的就该你来说三道四，凭什么？所以说话办事要有凭有据，要有法律依据，不要乱来。”

“对，不能乱来，”齐所长又说话了，他说，“马延途，十年前的事你大概没忘吧，你忘了我们没忘，你的行为我们记录在案，你是有前科的人，那时马延福的颗粒厂刚办起来，你就嫉妒人家，把仓库点了火，使他损失了几万元，不是他保你，你怎么能免于刑事起诉，你大概还在里面蹲着吧，你别忘了。”

这时有几个人从人群里站出来说：“都是他动员我们来的，我们走，我们走。”

“大家别先走，我再说一句。”林区长又说，“这家公司是北埠开发区纳税大户，对国家建设做出了巨大贡献。据我所知，对你们村贡献也不小，修路建学校不都是马延福投资吗？再说你们村几乎每个家庭都有在这里干活儿的，大家不能罔顾事实，要实事求是，至于你们所说的外人大概指的是马锦宇吧，你们说说他是外人吗？他是马延福从小养大的，供他读了大学，他有文化，有才能，品德好，为什么不能管理企业？他们不是亲生，胜似亲生，人世间除了骨肉亲情还有养育之恩，大家说是不是？”

人群里都说：“林区长说的对，马延途你真没良心，马延福当初不该救你。”

一帮人随之离去。

二柱从来没见过这种惊心动魄的场面，一开始他还挺害怕，怕这伙人来者不善，善者不来，唯恐他们要打砸抢，他既替哥担心，又替公司担心，没想到是公安的同志和林区长化解了危机，想想董事长和哥哥真是不容易，他替哥捏了一把汗。

在回学校的路上，二柱一直不说话，沉默着。锦宇拍了他一下说：“柱儿，是不是今天的事吓着你了，怎么不说话？”

二柱长舒了一口气说：“哥，你太不容易了，如果让娘知道了这件事，她又会大哭一场。”

锦宇严肃地说：“柱儿，哥求你，千万不要和娘说，其实这有什么难的，爹不难吗，娘不难吗？他们经历的难不知比我难了多少倍，爹天南地北地找我，那是多难的事，那是走投无路了，娘忍受了多少难啊，你十七岁就出来打工，把腿摔断了，娘心里的难受怎么估计都不会过。柱儿！其实我心里很坦然，我想过了，如果有一天这家公司没有了，凭咱自己的能力也能挣碗饭吃，真到了那一天，我也要把娘和爸妈养起来，和他们相依为命。柱儿，挺起腰来吧，没有过不了的火焰山。”

二柱一下扑在哥身上哭起来，他哽咽地说：“不，哥，我不让你受罪，真有那一天，我也要和你在一起，咱两兄弟永远不分开。”

在二柱的住处，锦宇和二柱一起待了很久。锦宇说：“柱儿，亦珊的父母是不赞成我的做法的，可是我是有原则的，我不能依他们说的办，我给咱这个家造成了多大的灾难啊，我就是再活一回也赎不回我的罪，就是过再苦的日子我也要和娘在一起，这个初衷永远也变不了。”

锦宇一边说着眼泪滚落下来，二柱给哥擦掉了眼泪，说：“哥，别这么说，那不是你的错。”

锦宇稳了一下神儿又说：“亦珊父母坚持自己的观点，其核心就是要保资产，今天这帮人起哄的动机也是为了资产，这个社会是怎么了，怎么总有那么一帮人，宁愿抛义也要保利，咱们从骨子里就和他们不一样，爹和娘、爸和妈都是善良的人，都是大仁大义的人，咱们是真正的一家人。”

两兄弟谈了很久。

晚上，厂区一片寂静，几十名保安加强了防卫，大门口增加了守卫力量，公司恢复了平静。

晚上，锦宇和马延福坐在一起，他靠近爸爸，握紧了爸爸的手，他说：“爸，是因为我们做错了什么？他们为什么这样对咱？”

马延福说：“儿子！你不用怕，我们没做错什么，该做的我们都做了，与公司没有丝毫关系的人也想来分一杯羹，休想！从根本上说，还是个别人的妒富心理在作祟，领头的那个我的堂弟马延途，一辈子游手好闲、吃喝嫖赌，无论如何你也满足不了他的贪欲。那一年他放火烧了咱的仓库，多亏扑救及时，损失了几万元，后来有人举报是他干的，派出所抓了他，他供认不讳，他家里还有老娘，我看他可怜，把他保了出来，让他来厂里干活儿，干了三天就跑了，那样的人想让他改邪归正，很难。儿子，这就是社会的复杂性，你自以为你做得很好了，仍然会有人找你的麻烦，所以你不用怕，挺起腰来向前走，没人能把咱怎么着。当然咱还要瞻前顾后，我相信我儿子是个有智慧、理智的人，应该做的咱还要去做，比如积极参与慈善事业、扶困济贫，这是美好道德的体现，是做人的基本原则，咱要坚持，你表叔说的那段话起了很大作用，他的态度代表了政府，个别人企图颠倒黑白，他颠倒不了，人民政府和正直的老百姓都是讲实事求是的。你在这个家已经快二十年了，我们父子的心早连在了一起，谁也别想把我们分开，他们的阴谋不会得逞。”

锦宇长舒了一口气说：“爸，你太操心了，我想假如有一天这家企业不复存在了，咱失去了生存的依靠，我会去打工，找一份工作，凭自己的能力挣钱养活你和妈，还有娘，你儿子永远都和你在一起，咱父子永远不离不弃。”

马延福搂紧了儿子，眼泪扑簌簌滚落下来，连声说：“好儿子，好儿子，咱爷儿俩永远不离不弃，你说的好！”

王桂芬走过来，气愤不平地说：“马延途是个不讲道德、不讲良心的人，他就是个白眼狼，你喂他一块肉，他吃完了还要咬你，咱不跟他们一般见识！”

马延福抓住老伴的手说：“老伴啊，咱守着儿子心里踏实，不管他们说什么咱不跟他们一般见识，你说的对，不过咱该怎么做还怎么做，该给他的还给他。”他停了一下又说，“儿子，你看到了，他约来了四五十人，说明他在东沙田村还有市场，在那四五十人里，大多数家里都有人在咱公司上班，这事你要从深层次想问题，树欲静而风不止，你要深入基层一线了解情况，把一切危机消灭在萌芽状态。儿啊！需要你操心的事很多啊！”说完马延福长舒了一口气。

突然来了电话，锦宇打开了手机，一看是唐家的，他接了电话：“爸，有事你说吧！”

那头唐先农说：“我看了通报，又打电话咨询了林区长，知道你们那里出了群体事件，并且还和你们寻亲有关系，我说什么来着，不听我的劝告，这回火让你们点着了，你就跟着灭火吧，我告诉你不要听亦珊的，那丫头心血来潮，想到什么干什么，你们不听！”

锦宇说：“爸，这事你误会亦珊了，她没做错什么，如果因为这事出了毛病，首先应该由我来承担，你放心吧，爸爸，我们会处理好的！”

唐先农又说："你爸怎么样了，被你们气着了吧?"

锦宇说："爸，我爸挺好的，他就在旁边，你跟他说一句吧!"

马延福接过电话说："亲家呀，谢谢你了，劳你挂念。"

唐先农客气地说："亲家呀，孩了们都不懂事，让你操心了，特别是亦珊，你多担待吧。"

马延福笑笑说："亲家，你这话说远了，亦珊是个好孩子，我很看重她，关于寻亲的事，那一直是我一块心病，这回还是要感谢政府帮了大忙，这回俺一家子把心都放下了，我看见儿子现在每天轻轻松松、高高兴兴的样子，我心里也舒服!"

唐先农一颗悬着的心落了下来，他连声地说："这样就好，这样就好。"

元宵节刚过，从北京传来好消息，马锦宇三进北京拿到了一个亿的出口订单，全公司上下为之振奋。从这件事上，马延福又一次认识到，儿子与自己比最大的区别就是他有文化，视野开阔，看得准，脑子活，出手快，这要放在自己身上，争取这样一份订单，要比儿子多费劲，多走不少弯路，他从心里佩服儿子。他想，如今时代变了，神奇的互联网给有文化的年轻人提供了大展身手施展才华的平台。公司产品多出口俄罗斯和东南亚各国，儿子主要靠在互联网上捕捉信息。没有前期在网上的遨游，就没有后期的签协议拿订单，大量信息都需要通过互联网相互传递。市场需求、质量标准、产品结构，这些信息瞬息万变，贸易自由化趋势日趋明显，企业要跟上经济全球化发展步伐，就需要儿子这样有文化、有胆识、有理想、有抱负的年轻人。他驾驭局势的果断刚毅，让马延福不敢相信。在他心里儿子还是个孩子，而在实践中儿子指挥若定的气度，有时令他震撼。他坚信儿子已经具备了掌控全局的能力。我毕竟没文化，人老了，该是将公司经营管理权交给儿子的时候啦！马延福鼓励儿子要打好整体战，在确保出口任务的同时，国内市场要保持稳定，确保渠道畅通。马锦宇满怀信心地说："你放心吧，爸爸!"

刚出正月，小别墅建设破土动工。马延福每天从小汶山工地回来都要在这儿待一两个小时，施工现场用护栏围着，为施工项目平添了几分神秘色彩。马锦宇也非常关心这项工程，白天没时间，晚上也要到工地上转一圈看一看。他憧憬着，不久娘就要在这里居住，他可以天天看见娘，早上上班时跟娘说要吃饺子，肯定中午娘就包好等着他了。娘这辈子吃的苦受的罪太多了，都是因为自己引起的，自己要好好孝顺娘，来赎自己的罪。二柱啊二柱，你一定要加倍努力，一定要考上大学，了却娘的一桩心愿，你一定行，你比我聪明，比我坚强，比我能吃苦，这一回你考不好我也不怪你，毕竟你才读了一年高中，落得太远了。你虽然一直坚持学习，可自学的效果总是靠不住的……他这样想着，想给二柱打个电话，问一下学习的情况，末了他又打消了这个念头。因为唐亦珊警告过他，千万不要问二柱学习的事情，他现在已经在逼自己了，如果你还不放心，经常问他，就是朝死路上逼他。最理智的做法，就是想方设法给他减压，要把考取大学的时间目标放在明年，而不是今年。亦珊已经看过二柱两次了，她说二柱学得很扎实，他给自己列了学习计划，并与授课老师进行交流，争取授课老师的意见。唐亦珊分别找各位授课老师了解情况，老师的评价非常一致，认为二柱基本功扎实，脑子聪明，接受能力强，不急功近利，一步一个脚印地学，很有潜力，很有希望。这个评价让唐亦珊吃了颗定心丸，回来以后她就跟锦宇进行了交流，跟他说得很清楚，可他还是不放心。唐亦珊已警告过他了，不让他催二柱。他认为亦珊说的对，不能再给二柱加压了，应当减压，怎么个减法，要找亦珊好好合计。唐亦珊去了两次都是催他洗澡、换衣服，然后给他洗衣服，收拾房间。再告诉他学一小时站起来活动，催他去吃饭，以最快的速度收拾好了一切，赶快离开，亦珊做的是对的。

再过一个月就是清明节了，马锦宇告诉唐亦珊让她记住要提前一天提醒他，清明节一定要回家给爹上坟，爹虽然在自己的记忆里非常模糊，但他是给了自己生命而又为自己失去生命的人，报答他孝顺他已经没有机会了，唯一能为自己赎罪的方式只有一个，就是纪念他为他上坟，锦宇打算这次不惊动二柱，他要和亦珊一起带着娘到爹坟上去。

不要打扰二柱，这是唐亦珊和辛云妹说好的。可云妹还是忍不住给二柱打了个电话，问二柱的学习情况，说五一节一定要看他。二柱告诉云妹："不要为我分心，你进入大学第一年，学习任务很重，我这里一切都好，老师辅导非常到位，我感觉效果不错。哥给我准备了这么好的条件，如果再不出成绩，就是我自己的问题了。"云妹反复提醒二柱，千万不要打疲劳战，那样非但学习效果不好，还会把身体搞垮。二柱笑着说："你放心吧云妹，我是从建筑工地上出来的，我一定会劳逸结合。"两个年轻人已经心心相印了。春节的时候，辛云妹征得父母同意，二十九号那天来凤凰岭村，陪二柱母子过年，母子俩好生感动。在尹秀兰心里早已认定了这个儿媳妇，二柱心里也已决心要和云妹共同奋斗，相互厮守一辈子。云妹向父母介绍了二柱的家事和二柱的为人，父母非常支持云妹继续与二柱交往。云妹为二柱家的变化由衷的高兴，两个年轻人交流学习，交流感情，憧憬未来。两双手紧紧地握着，等娘睡熟了，两个年轻人倒在床上紧紧拥抱在一起，激情澎湃，二柱最终还是理智战胜了冲动，他凑近云妹耳朵悄悄地说："咱把爱藏在心里，共同奋斗吧！"云妹说："我依你。"

时间过得真快，转眼已到了四月，学校组织毕业生摸底考试，在八百名考生中，二柱的成绩进入前三百名。钱校长打电话给马锦宇，通报了二柱的学习及考试成绩，他说："二柱基础扎实，学习刻苦，脑子聪明，学习成绩仍有很大提高空间。"马锦宇很高兴，立马打电话给娘，回报二柱的学习成绩，尹秀兰高兴地说："要好好感谢老师，要告诉二柱，吃好、睡好、学好。"马锦宇哈哈笑了，说："娘！你放心吧！亦珊每个星期都去帮助他料理生活，你不用担心！"尹秀兰连声地说："娘放心！娘放心！"

回家来锦宇也把二柱的学习情况向爸妈、亦珊通报，全家人都非常高兴。马延福说："我就没看错人，这孩子将来一定会有出息，你看那模样端端正正，精神头风风火火，体魄健健康康，不管走到哪里，那孩子都一准是领头羊，你就放心吧！"

王桂芬也说："一看那孩子就招人喜欢，就想心疼他！"

唐亦珊也说："二柱啊，不管是干什么，永远都是勇往直前，从来不把困难当回事！他的乐观向上，对生活的热情，会感染着周围的每个人！锦宇你说对吗？"

马锦宇笑着说："你说得太对了，自从和二柱重逢的那一刻起，我也改变了许多。我深深感受到生活的美好，我身边有爸爸妈妈，有娘，有亦珊和二柱。你们都爱我疼我，我的生活充满阳光，充盈着亲情。我的事业关乎着我的亲人，关乎着我们的国家和民族，我生活的每一刻都是幸福的！爸、妈、亦珊，我爱你们！"马锦宇充满激情，他说的很动情，马延福、王桂芬都很感动，连声地说："好儿子！好儿子！"

唐亦珊感动得溢满了泪水，用拳头击了几下锦宇的肩头，她笑着说："你真的变了，你原来呀看着很阳光的一个男孩子，神情总是抑郁着，高兴不起来，现在像换了个人，开心爽朗，兴致勃勃，对生活对工作充满了激情，看见了你就看见了二柱。"锦宇又说："爸、妈，你们就等着二柱的好消息吧，他一定会成功的！"

清明节一大早，马锦宇带唐亦珊赶到凤凰岭村。尹秀兰知道儿子要来，早把饺子包好了放在那里，上坟用的东西也准备好了，头天晚上马锦宇就与唐亦珊商量好了，早去晚归，和娘多待一会儿，所以天还没亮两个人就出了门。村里刚吃早饭时他们就赶到了。五子媳妇刚开门，锦宇、亦珊一起问候她，五子媳妇哈哈笑了，说："哟！三百多里路，让兄弟妹妹赶了早，嫂子睡懒了，刚刚起来，快进屋吧！嫂子一会儿过去！"

唐亦珊从车上拿下了大包小包一大宗东西，尹秀兰迎到门口，锦宇连声地叫："娘！娘！"尹秀兰一边应着一边说："这俩孩子怕是没睡好吧？我这就给你们煮饺子，还给你们熬了小米粥。"

唐亦珊拿出一个包，掏出一件衣服说："娘！这是春天换的衣服，看看合适吧？"

尹秀兰说："你这孩子，娘有衣服穿，别花钱了！"

唐亦珊笑笑说："娘！钱该花就花，别委屈自己。"

尹秀兰笑着说："娘知道！"

锦宇扶娘坐下说："娘！二柱好着呢，你放心吧！校长、老师都夸他聪明刻苦，成绩不错，两年多没进课堂了，八百多名学生他进了前三百名，多不容易啊！"

尹秀兰说："娘放心！娘放心！有你俩看着他，娘放心！他学啥样都成，咱不逼他！”

吃过早饭，锦宇挑上两只篮子，里面装着上坟用的祭品、纸钱，唐亦珊扶着娘上了山。尹秀兰对儿子说：“柱儿啊！给你爹磕几个头，烧烧纸钱，你爹看儿子长这么大了，打心眼儿里高兴，别哭了，你爹看着心疼！”锦宇说：“娘！每当想到我爹在外边找我，找了一年多，最终还是没找着，该是怎样的心情啊！儿子牵着爹的心啊，儿子回来了，爹却没了，我能做的就是多给爹磕几个头，多喊几声爹，多烧点儿纸钱，来赎我的罪！”锦宇说着还是流下了泪。尹秀兰抚摸着儿子的头说：“儿啊！想开些吧，你幸福你开心，你爹就放心了！”

到四月底，小别墅主体工程已封顶，附属工程还在紧张施工，马延福邀儿子一起来看工程质量，爷儿俩转了一圈感觉很满意，马延福说：“儿子啊，我有个想法，看你同意吧！你娘从凤凰岭来，咱讨个吉利，这别墅就叫‘凤凰别墅’，这名字既喜庆又吉祥，你看咋样?”锦宇高兴地说：“爸！你太有创意了，太好了，我同意！”马延福说：“我对舒同体情有独钟，我要找省内著名书法家书写，找专业人士雕刻，然后置于楣首，这样既讲究又气派，这也算一项文化元素吧！”马锦宇高兴地说：“爸！真有你的，你的文化造诣越来越让我刮目相看了！”马延福不好意思了，他笑着说：“你小子，什么造诣不造诣呀，我有什么文化呀！你羞我！你爸这辈子最大的遗憾就是没上好学，我羡慕你们呀！”马锦宇搂住了爸的肩膀，笑着说：“爸———”

仅用一个星期，一块南石底料，宽五十厘米，长两米的镂空石雕运了回来。底画是祥云飞鹤，舒同体的“凤凰别墅”四个大字遒劲潇洒。施工人员把它置于楣首，马延福站在不同角度观察欣赏这块浮雕，非常满意。

五一节前夕，凤凰别墅主体工程已竣工，施工塔吊拆除，施工进入环境布置绿化阶段。

五一节，学校放三天假，为了让二柱放松一下，锦宇接二柱回来小住，主要是让他看一下为娘建造的这套房子，听听他的意见。

锦宇把二柱带进凤凰别墅，看着这一片辉煌建筑，二柱心里沉沉的，他被深深地震撼了，他外边看了里边看，对哥说：“哥！干嘛这么破费，我虽早看了设计图和效果图，但那毕竟是一张画，真看到了这样一片建筑，我还是震惊，若真的让娘住进去，她会有压力的!”

锦宇坦诚地说：“柱儿！你要帮哥做好娘的工作，不论是什么样的建筑，无论是金窝还是银窝，对娘来说都是应该的，老爷子的心思你大概早已猜到了，他就是想千方百计安抚娘心里的创伤，可他无论做什么样的努力，娘心里的创伤也无法抚平，爹没了，奶奶没了，儿子虽然找到了，可咱那个家原本的祥和永远不复存在了，每当想到这里，我心里就在发颤。”

两兄弟在凤凰别墅院子里站了许久，他们品评着建筑的每一个细节。整座别墅古朴典雅，宽敞明亮。院子里地板用青砖铺就，花池紫藤架分布合理。房间里一应现代化生活设施非常豪华。

大门外水泥甬道直通中央大道。别墅周围草坪花卉奇石假山布局合谐，东侧有步行小径直通小洋楼。锦宇对二柱说：“老爷子已经告诉我，要选适当的时机，把娘接来看看这幢别墅，是否合她心意。”

第十七章　金榜题名

高考进入倒计时，考前学校组织了三次模拟考试，第一次，二柱的成绩排在年级一百九十名，比摸底考试进了一大步；第二次模拟考试，二柱的成绩排在年级第九十八名，又进了一大步；第三次模拟考试，二柱竟跃到了前五十名。二柱对自己的成绩并不满意，他细细思考又发现了自己不少缺点和疏忽。他和唐亦珊说，要求唐亦珊找钱校长，把其他省市的模拟试卷选了几份来做，一连拼了好几天，当把试卷反馈给辅导老师时，老师都说："二柱视野开阔，知识面广，有应付各种试题的能力。"让亦珊、锦宇尽管放心。

马锦宇打电话给亦珊，说今天是星期天，再有一星期就进考场了，咱一定要带二柱出来放松一下，唐亦珊立即表示赞同。他们驱车到了医学院，把辛云妹接出来，又来到二柱住处。二柱说什么也不愿意出来，他央求哥哥："哥！你饶了我吧，我已进了前沿阵地了，你还让我放松，我哪有心思放松啊！"马锦宇笑着说："哎！——这你就不懂了，进考场之前这一个星期，要想方设法使自己放松下来，这样才能保证你临场正常发挥，这可是专家的建议，不是哥的发明创造。"唐亦珊说："辅导老师都是这个意见！这是经验之谈！"云妹也说："放松下来，是理智的，哥姐说的没错！"二柱无奈，只能服从，三个人连推带拉把二柱推上车。

他们来到御花园酒店，要了一个叫上书房的雅间，里面清静优雅，舒适凉爽。他们点了几个菜，既清淡又美味。唐亦珊打开了一瓶长城干红，给几个人都斟满了酒。马锦宇端起酒杯说："兄弟！考前你要掌握好三个要素，第一个要素是放松；第二个要素也是放松；第三个要素还是放松。考前你只要奏好放松三部曲，你的成绩还会上升，你现在这个成绩我就为你骄傲了。"二柱哭笑不得地说："哥——你饶了我吧！"

马锦宇说："你知道我的模拟考试最好成绩是多少？一百二十名，我就放松放松又放松了，最后高考成绩是九十名。亦珊的模拟考试成绩是一百五十名，高考成绩是一百三十名，知足吧你！别跟自己较劲，来，来，祝贺你兄弟！"一晚上马锦宇很高兴，最后二柱终于让他动员起来了，一高兴竟喝了两大杯干红，脸红扑扑的，非常兴奋。马锦宇喝了三杯，唐亦珊和云妹每人只喝了一杯。饭后他们又在二柱房间里闹腾了两个小时，目的就是想让二柱多歇一会儿。

三天高考终于结束，马锦宇、唐亦珊站在学校门口翘首企盼，他们终于看到二柱高高兴兴、轻轻松松地从考场走出来。马锦宇几乎跳起来，他对唐亦珊说："亦珊，你看二柱那副神态，保证错不了！"唐亦珊高兴地大声喊："二柱！在这儿！"马锦宇抱起二柱转了一圈，兴奋地说："走，咱们走！"

他们又去了御花园酒店的上书房，为二柱庆贺了一番。

马锦宇对二柱说："在等待成绩的这些日子里，你就住在单元楼，那是一套三室两厅的单元楼，里面一切设施都是新的，我已让服务公司打扫布置好了，还配上了新电脑，你先住一段时间玩一玩，哥姐没事就到那里和你一起玩，你说好吗？"

这套单元楼是公司专门留下来作为应急备用的，里面进行了精装修。马锦宇半年前就有打算，要让二柱住进去，假如今年不能考取，就让二柱住在里面，专门请辅导老师上门辅导。就近住着照顾起来也方便，他不想让弟弟再受委屈，再拼上一年，就凭二柱的聪明，一定能考上大学。

二柱高兴地说："谢谢哥！为我准备了一切。我也有个要求，在这二十多天里，我要到厂里做替班，一分钱工资不要。你跟秋实大哥打一下招呼吧！我总要给厂里做点儿有意义的事。"

马锦宇高兴地说："二柱，你太像爹了，娘说爹在村里谁家的活儿都干过，谁家的饭都没吃过，都是晚上给人家干，你跟爹的境界是一样的，我真服了你了！"

二柱说："我没你说那么好，我什么也不想，只想干干活儿放松放松，再说，一想起那几个月，大伙都来帮我顶班，我心里就感动，就想为他们做点儿什么！哥！姐！等成绩下来，请你俩帮着想想报志愿的事。"

锦宇说："行！行！哥都依你。柱儿，我有个打算，这一段时间我要教你学游泳，一是为了让你恢复体力，二是让你放松下来，从备考的紧张状态里彻底摆脱出来，你看见游泳池了吗？我去年只游过两次，今年一次也没游过，接下来这一段时间，咱兄弟俩要把游泳池好好利用起来，你这一身肌肉，我看着就眼馋，我要好好锻炼，争取能像你一样健康结实，要真正拥有男子汉的力量。你也要好好练游泳，你的体质会更好。"说着，照准二柱的肩头击了两拳。二柱哈哈笑了："行，我听哥的！"二柱兴致很高，很兴奋。锦宇想，这就是二柱，凡事都充满激情，充满向往，什么都难不倒他。

二柱对自己的成绩充满信心，凭自己的感觉只能比第三次模拟考试好而不会差。但也有些担心，小小年纪的他也懂得默默地祈求上帝保佑，千万不要出其他问题。在十几天焦急的等待中他替车间十几个人替了班，耿秋实一直在叫他不要那么干，拼了半年多，要好好休息一下，恢复一下体力。

二柱说："大哥！你看我的体力不够好吗？告诉你，这几天我正跟哥学游泳，我身体好着呢！"

秋实说："好是好！辛苦了那么几个月，休息一下玩一玩是应该的，别搞得那么辛苦。"

二柱说："大哥！如果不是为了再深造，其实我是挺喜欢这份工作的，还可以经常跟你在一起！"

耿秋实很感动地说："你呀！有点儿出息吧！上学是大事，你就是上完了大学，去其他地方工作了，还可以经常和哥见面。"

二柱笑笑说："我知道了，大哥！"他接着说，"大哥！咱们一起轻松一下吧，咱俩去吃饭，我叫上哥和姐！”耿秋实笑了，说：“好！我正有此意，这一回可要算我的，一是祝贺你，二是慰劳你，你辛苦了半年，一会儿没休息，还总帮厂里出义务工，我请你是应该的！”

二柱笑着说：“大哥！你这样说，就不把我当厂里人了。”

秋实说：“当然当厂里人啦！你永远是厂里和公司的骄傲。”

二柱笑着说：“大哥！快别这么说，我做啥啦！”

秋实说：“那咱说定了，就晚上六点半，在小餐厅，我来做东，锦宇、亦珊我来通知。”二柱只好答应着。

今天是星期天，天气晴朗，艳阳高照，午后天上云来云往，正是游泳的好时机，游泳池一泓碧水，清澈见底，锦宇试了一下水温正合适。他打电话约来了二柱，两兄弟换上了泳装，做了一会儿准备活动，身上都冒出了一层汗，锦宇捏了一把二柱的胳膊，摸了摸二柱的胸肌，非常感慨，说：“我太羡慕你了，吃了那么多苦，还练出了一副健壮的好体魄，看你这宽厚的肩膀，粗壮的胳膊，这胸肌、这腹肌、这两条结实的腿，太令人羡慕了，相比之下我身上的力量比你差。我要好好练，你要监督我。”

二柱说：“哥！你别太刻意了，我在家常干活儿，又在工地干了半年多，还受了伤，我不是刻意锻炼，你也别难为自己，这一次咱把游泳练好，你要好好教我！”

锦宇说：“行！这几天你的基本动作学的差不多了，蛙泳、仰泳、自由泳咱都要练，接下来，咱就是练耐力，练技巧。”说着，两兄弟跳下水开始游起来。锦宇在前，二柱在后。他们的动作沉着规范，舒缓幽雅，一招一式不乱方寸。游了几圈他们就停下来交流。二柱说：“哥！游泳不仅仅是一项运动，最终给我们留下的不仅是技巧，还有健康的体魄和战胜征服困难的坚强毅力。”锦宇非常感动，他扶住二柱的肩膀说：“柱儿！你长大了。”他若有所思，说，“柱儿，你观察过没有，青蛙在水里游最值得欣赏，它们或快或慢，或悠闲或急迫，都凸显一个特点——不乱方寸。”

二柱哈哈笑了，说：“哥，你观察得太细致了，你的不乱方寸极富哲理，处事沉着冷静是你的风格，不急不躁尽显磅礴，你要告诉我的是，青蛙的不乱方寸蕴含哲理，我缺的就是这个。你管那么大一家企业，掌控十几亿资产，不亚于指挥千军万马，要永远立于不败之地，确实需要运筹帷幄决胜千里的英雄气概，绝非说说这么简单，这需要智慧和胆量。哥！你太不容易了。"

锦宇哈哈笑了，说："你扯哪儿去了，柱儿！告诉你说，我爱你，欣赏你，不仅是你的聪明，还有你的坚韧。"

高考成绩终于下来了，二柱的成绩在八百名考生中排在第九名，钱校长打电话给锦宇报喜，说二柱在四中创造了奇迹，全校师生为之骄傲。钱校长告诉锦宇说："二柱的成绩可报北京的学校。"锦宇说："谢谢校长，我知道了！"

二柱不愿意报北京的学校，他说："我的高考成绩总体上看只能算过得去，并不算突出，报北京的学校我并不占优势，所以不打算报北京的学校，再说娘就要搬来了，我不想离开娘，你俩也在这里守着娘，我也舍不得，再说了云妹也在这里。"

唐亦珊笑着说："如果我没猜错的话，最后一个才是主要原因吧！"

二柱羞得脸通红，笑笑说："姐！看你！不是这样的！好男儿志在四方嘛！我主要想，学校并不重要，关键是要报个自己喜欢的专业！"

唐亦珊笑着说："知道！知道！姐故意逗你玩呢！"

锦宇笑着说："你说吧，看中了哪个专业？"三个人经过几番比较和再三斟酌，最后决定报东方理工大学工业自动化专业。

其实二柱对自己所报的专业并不了解是怎样的自动化，没有任何资料给予说明，所以二柱对这一专业充满了幻想和憧憬。锦宇和亦珊也不了解，他们对二柱的选择给予尊重。就像他们所学的热处理专业一样，最初也并不了解，真正开始学习了才知道是怎么回事。他们安慰二柱，不要犹豫、不要后悔，并鼓励支持二柱说："要勇往直前，无怨无悔，每一门科学都有它的奥秘所在，用心去探讨吧！"二柱高高兴兴地说："我也是这样认为的，每一门科学只要掌握它运用它都必须付出艰辛，我已做好了思想准备。"

马锦宇向马延福、王桂芬报告了二柱的好消息，老两口都非常高兴，说："这孩子真是太争气了，赶快请到家里来！"马延福说："这是庆贺二柱金榜题名的家庭宴会，咱一定要好好庆祝一下！”王桂芬也说：“我要为这孩子准备一份厚礼，好好祝贺他！”

晚上锦宇、亦珊陪二柱走进小洋楼。马延福、王桂芬高兴地接待了二柱，马延福哈哈笑个不停，说：“二柱啊，祝贺你，以后这里就是你的家，不要总称呼董事长董事长的，要称伯伯、伯母，咱是一家人嘛！对不对啊？”二柱向二老深深地鞠了一躬说：“谢谢伯伯、伯母疼我。”王桂芬拉二柱坐在沙发上摸摸二柱头和肩，感慨万千地说：“嘿！多招人疼的孩子哟！”

为二柱庆祝的家庭宴会持续了两个多小时，马延福说：“二柱今天也要喝茅台，咱都斟满，要开怀畅饮，庆贺二柱金榜题名，这是人生大事。”他号召每一个家庭成员都要和二柱单独喝酒，二柱也恭恭敬敬地给两位老人端了酒。

二柱已经喝醉了。马锦宇送他回到住处，帮他脱下衣服和鞋子，备了热水帮他擦了身子，让二柱躺下。他对二柱说：“今天让哥好好照顾你，小时候哥没照顾你，今天算是补上这一课！”他让二柱躺着别动，打开空调让二柱凉快，又扶二柱喝了水。他抚摸着弟弟的胳膊腿说：“你吃了许多苦，还长得这么健康、结实，这是上帝赐给我的福，我要好好疼你、爱你、照顾你。”

二柱喃喃地说：“哥——看你，我都已经长大了！”

夜深了，锦宇没有走，他靠着弟弟睡下，夜里又扶起弟弟给他喝了两次水，天亮时二柱才醒了酒。

二柱说：“哥！这一夜让你受罪了！”

锦宇说：“净瞎说，哥受什么罪了，你受的罪吃的苦比我多，哥小时候和你一个被窝里睡着，很舒服，这么多年没和你睡在一起，哥就是想和你重温幼时的梦，你懂吗？”

二柱说：“哥！你的心情我理解，咱哥儿俩以后会常在一起，等我上了学，每逢星期天都回来，让娘包饺子给咱吃，过去的事都过去了，你别再想了，好吗？”

锦宇说：“好！好！我现在光是高兴，你考上了大学，这是多好的一件事啊，我考上大学时也没今天这样高兴。”他一边说着又要给二柱擦身子，二柱爬起来说：“哥，我一身的汗味，昨天晚上应该洗的，没洗成，我现在就洗。”说着去了洗澡间，不一会儿洗完出来，换了干净的裤头，锦宇看二柱浑身都很健康结实，肌肉发达，笑着说：“你已经是大人了，等你一毕业，哥就张罗给你娶媳妇。”

二柱笑着说：“哥——看你，还要好几年呢！你赶快结婚吧！好让娘放心！”

锦宇说：“说的是，日子已经选好了——国庆节，到时你和娘、云妹都来，我会很高兴的。”二柱高兴地抱起锦宇转了一圈说：“噢——哥！祝贺你！”

一天上午，省立四中钱校长打来电话，说二柱的高中毕业证办好了，让二柱去取。因为二柱的高中资格备案是在蒙源一中，省立四中为二柱办理毕业证又费了一番周折，所以办理过程颇费时日，钱校长非常上心，终于把二柱的高中毕业证办妥了。二柱说不用哥哥费心，自己乘公交车去取。

二柱乘6路车又换了15路车到省立四中下车，非常方便。到达四中时已近十点，二柱直奔校长办公室，钱校长高高兴兴地接待了二柱，说：“二柱祝贺你！”二柱笑着深深向钱校长鞠了一躬，说：“谢谢校长为我操心！”他从校长手中接过高中毕业证。

从校长室出来，二柱漫步校园，他虽在此读了半年书，却住在校外，对校园的情况并不熟，他想在校园里转一转，看看高校录取榜，也想看看自己的名字。他仔细观看，终于在众多考生中发现了自己的名字，自己是第一批录取的，上面写着录取院校：东方理工大学，张二柱，专业是工业自动化。

二柱非常兴奋，兴致勃勃地走出校门，准备再去乘15路和6路公交车返回。突然有人在背后叫：“柱儿兄弟！”二柱愣住了，心里咯噔一下怦怦直跳，心想怎么像是庞翠翠的声音。他镇定了一下，站在那里，回头一看，庞翠翠从车里出来，正是她那辆奥迪车。二柱出于礼貌还是跟她打了招呼，庞翠翠跑过来很热情地说：“柱儿兄弟！一年多没见了你可好？”二柱也说：“翠姐好！”庞翠翠又问：“柱儿兄弟！你在这里上学？”二柱回答：“哦，我现在上学。”翠翠又问：“是读高中吗？”二柱不想正面回答她，所以有点儿言不由衷，只说：“是——是的！”二柱不想实话实说，生怕她再打什么鬼主意。翠翠又问：“现在不是已放假了吗？”二柱扯了谎：“现在复习功课，找了一些资料！”翠翠稳了稳神儿说：“柱儿兄弟，我只想说一句，对不起你，我做了不该做的事，伤害了你，希望你别恨我，把那件事忘了吧！”二柱很镇定地说：“翠姐，那件事已过去那么长时间，我已经忘了，我还是劝你一句，好好守住你的日子，不要太贪心，不要有非分之想，那样会把你自己毁了，你好好珍重，我走了。”翠翠想伸手拉住二柱，二柱躲开了，翠翠说：“柱儿兄弟，你别害怕，我再也不会做那样的事啦，你的话我一定记住，咱们一起吃顿饭好吗？”二柱说：“谢谢翠姐！我还有事，你保重，我走了！”说着转身走了。庞翠翠仍在后面喊：“柱儿兄弟，我还能跟你联系吗？”二柱一边急急地走一边说：“以后再说吧！”正好有一辆15路车停下，他立马上车走了。车已开出去老远，二柱看见庞翠翠还站在那里，他心还在怦怦直跳，似乎遇见了洪水猛兽。他在心里警告自己，以后不是万不得已，不能上街，怎么就碰上这女人，再也不信她的好嘴了，对这种女人随时都要保持高度警惕。以后上大学离市区远了或许会更安全一些。

其实今天庞翠翠的到来并非偶然，她已来了几次，为了能找到二柱，她跑了一趟凤凰岭村，只知道二柱在省城四中读书，其他情况一概不知。自从二柱走了以后，她彻底反省了自己，二柱那句话对她的触动太大了，一个人不能太贪心，拼命争夺原本不属于自己的东西，会把自己毁了，可惜她觉悟得太晚了。正是由于她的贪心和报复心理，才把自己推进了万劫不复的深渊。一个偶然机会，她发现自己怀孕了，她有点儿发蒙，因为她不知道孩子是谁的，她一直采取避孕措施，却不知道为何措施失败了。田壮壮光顾着高兴了，执意要留下孩子，说这是上帝的赏赐。秋天孩子降生了，是个男孩，长得又白又胖，实在令人喜欢。等孩子长到七八个月，她发现孩子越长越像二柱，那大脑袋宽脑门、浓眉大眼、眉宇间那副神情太像二柱了。她内心一阵恐惧，如果哪一天田壮壮发现了孩子的秘密，那就是她和孩子的死期到了。那个流氓什么事都做得出来。所以她决心要赶快找到二柱，只要二柱同意，要尽快把孩子送出去，为孩子寻一条生路。今天好不容易碰到二柱，她想死死拉住二柱，把实情告诉他。可二柱看见她惊恐万状，不想跟她多说一句话，似乎不立刻跑掉，就会被她吃了。她一犹豫二柱跑了。看二柱那样子，她觉得把这样一个消息告诉他太残忍了。他正在奔前程，我不能再犯糊涂继续害他了，这是我自己造的孽，自己扛吧。

每当想起桃花园的遭遇，二柱都感到后怕。他一直认为自己是一个自律意识很强的人，没承想却在自己还未成年的时候，却干出那种龌龊的事。那女人到底是什么样的人啊？在他即将离开桃花园的前几天，在与张娟偶然一次的交谈中，无意间听张娟说前面走的那个王展是长丰镇的，难道就是二工盘的那个王展吗？凭二柱的直觉，王展并不是个严肃本分的孩子，那天晚上与王展一起去网吧，王展揽着他的肩膀冷不丁亲了他一口，虽然都是男人，二柱顿生厌恶。单纯的二柱不能不勾起联想，莫不成王展与翠翠也有那种关系，真是令人恶心，二柱从心里更加鄙视那女人，他心里暗想：王展与翠翠竟是一路货色，生生地披了一张人皮，却时不时地显露出动物的本性。二柱呆呆地想着心事，车已到了公司门口。

这一年多来，二柱的生理发育更趋成熟，心理素质也成熟了不少。如果是现在的心理防御能力，再碰见那样的事情，二柱或许能够沉着应对，不至于像一年半前那样束手就擒。有了第一次教训，只凭一番好话又放松了防范，以至让她第二次得逞。每当想到这些，二柱既悔恨又懊恼。来东方大宇以后，二柱生理上时常会出现躁动，他及时以桃花园的耻辱警告自己，心情会马上平静下来。春节的时候他已经与云妹紧紧抱在了一起，就在冲动即将发生时，他及时收住了自己的心，制止了自己的鲁莽。这要放在一年前或许又会把事情做错。他想到了这些，既安慰自己又警告自己，他暗下决心，无论发生了什么，自己都要朝着正确的方向走好自己的人生路。

二柱的大学录取通知书送到了。大红的通知书设计非常精美，上面写有“东方理工大学录取通知书”一行字非常显眼。马锦宇把通知书放在二柱手上时，二柱激动地冲上去抱住哥哥，锦宇也紧紧抱住了弟弟，两兄弟高兴地笑着跳着。二柱拿着通知书跑向注塑管厂生产车间，把录取通知书举在耿秋实面前。

耿秋实高兴地向大家宣布：“二柱考上大学啦！”大红的录取通知书在车间里争相传看，工友们惊羡不已，大家为二柱高兴，庆贺他考上了重点大学。秋实大声向大家宣布：“晚饭的时候在大餐厅举行庆祝酒会！”车间里顿时一片欢呼。

二柱接到大学录取通知书当天，第一时间就把好消息打电话告诉了辛云妹。云妹在那头激动得泣不成声，二柱，安慰云妹说：“云妹！你别这样，咱们一起高兴吧！我去接你好吗？”云妹说：“你不用来，我自己搭公交车去，你去公司大门口接我。其实我早已放假了，我迟迟没有离校就是在这里等这一好消息，前几天你把高考分数告诉我时，我也没有今天这样激动，二柱，我衷心祝贺你！”二柱说：“好！好！谢谢你，我去门口接你。”

在公司门口车站二柱等来了云妹，他把手伸给云妹，拉着云妹就跑。等一口气跑到宿舍，两个人都气喘吁吁了。两个人就那样站着互相看着，忽然二柱抱紧了云妹，热烈地亲吻着：“我爱你！”云妹也气喘吁吁地说：“我也爱你！”过了一会儿云妹说：“二柱你知道嘛！我等这三个字已等了很久了。”二柱平静了许多说：“我也一直在等着，准备着，你放心吧！我会一辈子对你好！”

快晚饭的时候，二柱告诉云妹说：“云妹，耿大哥要在晚饭的时候在大餐厅为我举行庆祝酒会，他带酒去，我带糖去。他要发表即兴演讲，祝贺我金榜题名，让我给大家发喜糖，我已准备好了，一会儿我去一下。你就不出现了，不然他们会拿你起哄的，你这么文静的姑娘，那样你受不了。你等我回来，到八点时咱到小餐厅去吃点儿饭，你看行吗？”云妹说：“行！我听你的！”

趁二柱去餐厅的机会，云妹开始给二柱打扫整理房间。云妹环视一周，认为房间从装修到设施都非常高档，二柱会不会留自己在这里过夜？她禁不住一阵芳心缭乱，脸上火辣辣的，其实她早有了思想准备，在她心里自己早已是二柱的人了。春节的时候和二柱在一起时，只要二柱有那意思，她就会任由他，可二柱又理智地说了那样一番话。二柱的理想和抱负，云妹心知肚明，只要他需要，我会为他付出一切。云妹憧憬着，二柱到底是怎样的，他会不会毛手毛脚，她满脸通红，用双手捂上了脸，心里一阵慌乱。

在六点半这一时段上，来大餐厅就餐的足有四五百人。耿秋实和二柱把四十张桌子都摆上了酒和糖，耿秋实站在凳子上大声宣布："工友们！同胞们！把你们的杯里斟满酒。来！大家共同举杯，现在我向大家报喜，我们注塑管厂张二柱同志考上了东方理工大学，这是东方大宇公司的光荣，也是我们注塑管厂的骄傲！大家干杯！祝贺二柱同志金榜题名，祝愿他成为国家栋梁之才！"大餐厅一片欢呼，大家都喊："张二柱站起来！让大家看看！"二柱站在凳子上向大家深深鞠了一躬，大声说："谢谢大家！"大家又是一片欢呼，都喊："哟！是那个获两块金牌的帅小伙，我们大家共同亲你！"大餐厅又是一片欢笑声。

这时齐强和王永传等几个小兄弟挤了过来，高声喊："柱儿哥，你如今是大学生了，可别不认咱穷哥们儿，咱还一屋住过呢。还有一事，你必须向大伙说清楚，听说你和副总经理是亲兄弟，这事不说清不让你走。"

二柱站在凳子上笑着说："这事你们都已经知道了，不说了。"

齐强高声喊："别人说的都是传说，不算数，不说不行！"

二柱哈哈笑了，说："告诉大家，马锦宇确实是我哥，是我哥大柱，他五岁的时候被人贩子偷走了，是咱们的董事长救了他，把他养到现在，我兄弟俩做了DNA鉴定，百分之九十九点九九的吻合，这个错不了，其他的你们都知道了，不说了！"

齐强大声说："我说怎么来着，我当初就认定他们是亲兄弟，你们还不信，这回你们信了吧，连血都一样，还有哪儿不一样。我还是那句话，要脱了衣服哪儿都一样！"

餐厅里一片哄笑。

二柱在小餐厅点了四个菜，开了葡萄酒。今晚他们谁也没惊动，一直就是二人世界，等他们吃完饭回到宿舍已近九点，两人互相端详着，好像刚刚认识似的。二柱迎接着云妹投来的每一个目光，去年云妹注视他的时候，他还在躲躲闪闪。今年不同了，二柱的成熟令云妹发蒙，她又显得有些慌乱。二柱握住了她的双手，她羞怯地低下头，顺势将脸藏在二柱怀里，二柱没穿上衣，只穿了短裤，云妹把脸紧紧贴在二柱胸前，二柱搂紧了云妹，他说："云妹，你听见我心脏急促的跳动了吗?"此情此景，预示着一场暴风雨即将来临，二柱热血沸腾，浑身滚烫，一颗心几乎要跳出来，滚烫的双唇扣紧了云妹，急切而热烈。云妹有些紧张，额头沁出一层汗，她明白接下来将会发生什么。……桃花园酒店那场灾难令二柱蒙受了耻辱，但却让一个不醒事稚嫩的少年蜕变为谙事男人，学业的成功和他对生活的热情，冲散了笼罩在心头的阴云。此刻他内心除了阳光就是激情，他觉得自己是真正的男子汉，上帝赋予他与云妹的那一刻到了，没有什么力量能够阻挡得了他。他抱起云妹倒在床上，熄灭了灯。这一夜两个年轻人在一起，他们经历了人生的第一次。

上午九点，二柱风风火火跑进了马锦宇的办公室说："哥！云妹来了，我接到通知书的事，已打电话告诉了娘，我应该回家了。我九月一号开学，还有十多天，我想回家帮娘干干活儿！"马锦宇很高兴地说："行，我送你！"马锦宇给马延福、王桂芬、唐亦珊都打了电话，唐亦珊说今天公司有事不能同行，锦宇只好自己送他们回去。

马锦宇的车到达凤凰岭村时已近十二点，老白果树下坐了许多乘凉的人。听说二柱考上了大学，都围了上来。二柱给乡亲们鞠了一躬，拿出了大红的大学录取通知书给大伙看。老人们都感叹不已地说："这孩子从小就看着有出息，真格的就有了出息，真是个好孩子啊！"

五嫂的超市门前树下也聚集了不少人，大家都一起嚷嚷着争相传看二柱的大学录取通知书。五子媳妇拿过通知书捧在手里端详着，非常激动，大声说："祝贺你柱儿兄弟，你到底出息了！"

五子媳妇拿出一挂鞭递给锦宇说："来来来！兄弟赶快放挂鞭，这是二百响的，快点上！"锦宇高兴地接过鞭挂在沟边的树枝上点燃了，顿时噼噼啪啪一阵响，鞭炮声伴着欢笑声，场院上一片欢腾。

尹秀兰走过来，大伙都一起说：“柱儿娘！你可真有福气，两个儿子都考了大学，好日子在后头呢！”尹秀兰笑着说：“俺孤儿寡母全凭乡亲们照看，托乡亲们的福啊！”尹秀兰拿过大红的录取通知书端在手里好久，眼泪哗哗地流了下来，云妹扶住尹秀兰，给她擦去了眼泪，乡亲们一起说：“这是咱凤凰岭村的大喜事，得好好庆祝一下！”锦宇、二柱深深地向大伙鞠了一躬说：“谢谢乡亲们！”

尹秀兰早已给孩子们准备好了午饭，她熬了绿豆汤煮了饺子，三个孩子都饿了，饱饱地吃了一顿。锦宇说：“娘的饺子香，绿豆汤地道。”尹秀兰说：“那你多吃点儿，这绿豆是咱自个儿的，干净地道，我装好了袋子，拿着给你爸妈熬汤喝，他们一准喜欢。”锦宇答应着。

吃完了饭二柱对娘说：“娘，我考上了大学，是不是应该给云妹家里禀报一声，这是礼数。”尹秀兰和锦宇一起说：“应该的！应该的！”

锦宇又说：“你要恭恭敬敬给老人鞠个躬，大胆地跟老人说，你和云妹好上啦，要娶云妹做媳妇，要一辈子对她好！”

二柱笑着跑过来捂锦宇的嘴说：“哥！看你干嘛说那么白呀！”

锦宇很认真地说：“不行！就要这么说，这是郑重承诺，男子汉大丈夫一诺千金，你把这话说了，你就堂堂正正是那家的女婿了，谁也不敢小看你，一个闺女半个儿，两个大舅子也不敢怠慢你，两位老人心里一块石头落了地。”

尹秀兰连声地说：“是这理儿，是这理儿，二柱要听你哥的话，要有你爹在，他一准也会这样教导你。”

锦宇非常认可这个既漂亮又温柔的弟媳妇，二柱能有今天的成就，多亏了云妹锲而不舍的支持和帮助，在二柱最困难的时候，是她千方百计支持鼓励二柱，使他始终未放弃学业。昨天晚上二柱牵着云妹的手从公司大门前跑进来，正巧被他看见，他没打扰二柱。弟弟受了太多的委屈，他应该得到正常人得到的一切，他默默地祝福自己的弟弟。一对年轻的恋人如果心甘情愿地住在一起，也算水到渠成。再说弟弟已是二十岁的人了，已成年了，只要他高兴，只要他幸福，我求之不得。他凑近二柱耳旁小声说：“你的事哥知道，不用怕，有哥！”

二柱“嗖”的一下脸臊得通红，他很难为情蔫蔫地叫了一声：“哥！”心想，原来哥知道了昨晚的事，真是啥事都瞒不了他，自己后悔应该早跟哥打招呼，不过自己早就企盼二人世界，有机会再跟他解释吧，哥会理解我。他调皮地向哥莞尔一笑。锦宇搂着二柱用力捏了一把，算是暗示，说：“你小子，别不服！”又笑着对娘说，“娘！这是爸妈教我的，我第一趟去唐家，他们就逼我把这话说出来，爸说男子汉大丈夫，既然想娶人家闺女做媳妇，就要敢于承担责任，这是做男人起码的气概，娘，你说对吗？”

尹秀兰连连点头笑着说：“对对对！我儿子说得太对了，二柱要记住你哥说的话，人这一辈子不容易，居家过日子，无论碰到啥困难，男人都要在前面挡着。电视上怎么说来着，大柱？”

锦宇接过来说：“要为老婆孩子撑起一片天！”

尹秀兰说：“对——就这话，就这话！”

二柱和云妹都笑了。

锦宇又说：“云妹你要监督二柱，让他把话说好，不说好，不饶他，这对你很重要。”

云妹笑着说：“谢谢哥！”

云妹打电话给家里说二柱要上门。这一下把老辛家上上下下给忙坏了，辛茂财给俩儿子下了命令，不管有多要紧的事都要推掉，要在家里待着招待好客人。俩儿子自不必说，俩儿媳妇也不敢怠慢，大清早就赶过来，一遍一遍地教孩子要听话，不要淘气，今天家里要来的可是姑姑带来的客人。俩孩子都静静地听大人教导，一点儿不敢淘气。辛云妹在外面文文弱弱，在家里可是说一不二，父母宠着，哥哥疼着，嫂子敬着。不知道的人还以为云妹在家里一是横，二是使性子，事实可不是那么回事。事实上在辛家，父母的宠是发自内心的，哥哥的疼是真心实意的，嫂子的敬是心服口服的。云妹在家里从来没对谁横过，也从来没使过性子。她孝敬父母，做得细致入微，说话慢声细语，在父母心里她就是好闺女，怎能不宠啊！可她从不提过分的要求，有啥好东西，先让给嫂子，自己从来都是节衣缩食，不向家里多要一分钱。她心疼哥哥尊重在先，教导哥哥从来都是以理服人，她经常说："勤勤恳恳照顾好生意就是对爸好，真心实意对媳妇好就是对自己好。"在俩嫂子眼里小姑子有文化、性格好、和嫂子贴心，所以在这个家里，云妹是家庭和睦的核心。

大哥辛刚开车在汽车站门口等云妹来，不一会儿云妹和二柱从车站出来，辛刚大声喊："云妹！"

云妹很惊讶："大哥，你怎么在这儿啊？"

辛刚说："我奉老爸命令来接你！"

云妹笑了说："干吗要接呀！二柱第一趟来，不需要带什么东西，没必要搞得兴师动众。"云妹拉过二柱说，"二柱，这是大哥！"

二柱脸红红的给大哥鞠一躬说："大哥好！"云妹又说："大哥，这就是二柱！"辛刚也笑笑说："兄弟好！"两个人亲热地握手。

辛刚客气地说："兄弟上车吧！来，云妹上车，爸妈在家等着呢！"

云妹很少坐家里的车，出出进进都是自行车、公交车、班车。她从没想过要麻烦家里人给她用车，哥一对她客气起来，她反倒不习惯了。不一会儿车到家了，云妹家住二层一百五十多平方米，应该很宽敞，可一家子十口人一走动，总觉得满屋都是人。

云妹先把二柱介绍给爸爸妈妈，二柱给两位老人深深鞠一躬说："伯伯、伯母好！"又介绍大哥、二哥、大嫂、二嫂。二柱一一问候。然后又把小侄儿、小侄女拉过来说："来，快叫叔叔！"一家人都笑呵呵的很高兴，二柱坐下后，两位哥哥也都坐下。云妹说："爸！妈！婶子拿出来许多东西，让带着，是我没让带，我和二柱只想征求爸妈意见确立恋爱关系，带了许多东西，不合礼数，所以只给爸带了一箱酒，给侄儿们带了糖，您不介意吧！"辛老爷子忙说："这就对了，我闺女是懂礼数的！"云妹把礼盒打开喊："孩子们！快来吃糖！"俩孩子跑过来，云妹把糖递给大嫂，然后她又从包里拿出二柱的大学录取通知书递给爸爸妈妈看，说："爸！妈！二柱虽然两年多没进课堂，但他还是考上了大学，在省立四中八百多名考生中，他名列第九名，考了高分，被东方理工大学录取了。"

两位老人都非常感慨地说：“孩子啊！真是难为你了！”辛老爷子说：“早听云妹说了你家的事，早该搭把手的，让你吃了不少苦呀，孩子！”二柱笑着说：“谢伯伯记挂，我能行，现在我哥找到了，娘把心放下了，我可以轻轻松松上学了。”辛大妈也是唏嘘不已说：“嘿！这孩子真是不容易！”

云妹给二柱递了眼色让二柱讲话。二柱窘了半天说：“伯伯、伯母！哥哥、嫂嫂！我这次来是有话想说。我和云妹从初中就是同学，高中又在一起，因为家里的事情我辍学了，一直是云妹在支持我，才让我坚持到今天。我真心喜欢她，她也喜欢我，等我毕了业就娶她做媳妇，我保证一辈子对她好，希望父母、哥哥、嫂嫂答应我们。”二柱说完这一大串的话，头上竟冒出了汗，云妹拿块手绢给他擦汗。辛老爷子说：“快把空调开大一点儿，天太热了。”云妹笑笑说：“爸，别搞得兴师动众的，让他紧张！”老爷子笑了说：“孩子啊！你们好，我赞成，我同意！”辛大妈也笑着说：“多好的孩子啊，我同意。”两位嫂子接着说：“我妹子多有眼力呀！又帅气又有出息的小伙子，谁看了都喜欢！”辛刚也说：“兄弟和我妹子是天生的一对，我一看就喜欢！”辛强憋了半天说：“这妹夫没的说，要模样有模样，要学问有学问，德行也好，我认了！”一家人都笑了。云妹说：“二哥！谁让你现在就称呼妹夫啦！”辛强笑着说：“早晚还不一样啊！我就称妹夫！”二柱满脸通红，只是笑也不说什么。辛老爷子笑着说：“臭小子！跟你妹妹学点儿礼数。”辛强笑着说：“她读了多少书啊！我才学不来呢！”大家又是一阵笑。气氛一活跃，二柱也不紧张了。

辛老爷子对未来的女婿非常满意，他大声说：“闺女！怎么招待姑爷，你说了算，你说上哪个酒店咱就去哪个酒店。”云妹知道老爸是故意的，笑着说：“现在就称姑爷是不是早了点儿。”辛老爷子说：“老爸高兴嘛！”云妹说：“爸、妈，要我说咱就在家，咱的餐厅也大，十口人一围，咱要的就是家的气氛，外边再好终归不是家，再说妈、嫂子手艺都好，比酒店差不了，咱就在家里，既喜庆又方便。”两位老人都笑着说：“我闺女说的在理儿！咱就在家里！”

辛大妈是总指挥，俩儿媳妇和闺女都在忙活，辛刚、辛强开车出去了儿趟，总算把需要的东西置办齐了。大儿媳妇是掌勺的，二儿媳妇动作也挺麻利，云妹也跟着忙活。一阵工夫桌上菜摆满了，老爷子一直和姑爷闲聊，一边说话，一边拿眼瞅这姑爷，心想：嘿！我闺女到底是行，看上这孩子一家人都说好，到底好哪儿啊？模样英俊！体魄健壮！关键是品行好，艰苦奋斗、自强不息，一门心思奔前程。嘿！我活了六十年了，哪个孩子怎么样，骗不了我的眼睛，说上几句话，我就知道他是啥样的。这孩子啊错不了，放在哪儿都行，我闺女啊，到底是有眼力，他这样想着满心欢喜。以致想得光愣神儿，辛大妈在那里喊了，他还没反应过来。辛大妈喊："老头子！开吃吧！姑爷饿了！"这左一个姑爷、右一个姑爷地叫，把二柱叫得有些不好意思。二柱心想，回家要给娘一说，娘一准笑弯了腰，要给哥一说，他还不知怎么逗我呢！二柱心里也乐乐的。嗬！瞧这一家子，人丁兴旺，和和睦睦，云妹一准是有福气的——二柱这样想着。

宴会要开始了，怎么坐呀，爷儿几个争了半天。老爷子说："姑爷是客人，初次登门要往上坐。"按照老爷子的意思，二柱要靠近他坐，这样就是对姑爷尊重，可云妹不同意，说："爸！再怎么着，也不能乱了规矩，有两个哥哥，他坐在那里会浑身不舒服的。"

辛强憋了半天又说话了，说："妹子，别光讲规矩了，爸喜欢就行了，就让姑爷坐爸跟前，我看出来了，爸喜欢你，更喜欢姑爷，你就依了爸吧！"

云妹说："二哥，喜欢归喜欢，规矩归规矩，那也不能爸喜欢谁，谁为大呀！"

在这时候二柱的态度可能至关重要。二柱想：云妹是对的，不能爸喜欢谁，谁为大，维系这个家庭长期和睦的关键是啥呀？就是规矩。二柱笑笑说："伯伯、伯母、哥哥、嫂嫂！将来我和云妹结了婚，爸妈会因为我们小疼我们、宠我们，那个时候我们要记住最要紧的一条就是规矩，在哥哥、嫂嫂面前，我们永远都会恭恭敬敬的。"

辛大妈说话了："老头子，姑爷说的在理儿！"

辛老爷子哈哈笑了，说："好！好！就按姑爷说的办吧！按长幼排座，姑爷坐哥哥后边，闺女坐嫂子后边，姑爷多包涵！"

二柱说："这样好！"

辛刚说："妈！姑爷的理儿和妹子的理儿都是一个理儿！"

辛强笑了笑说："妹子啊——真有你的！"

云妹笑着说："二哥！你又多嘴！"

这一场家庭宴会，直把二柱给喝得一塌糊涂，连富有心计的云妹，也没能左右形势。她是真想保护二柱的，可最终还是无能为力。老爷子提议三个酒他必须喝，二柱要敬两位老人，要敬哥哥、嫂嫂，反过来哥嫂要敬他，都要喝，怎么办呢？破釜沉舟吧，硬撑也要撑。几巡酒下来，二柱已经醉了。云妹把他扶到床上倒头就睡。云妹给他喝了水。帮他擦了脸和身子。云妹在心里埋怨爸和哥，不该让二柱喝这么多，摸摸二柱的身子直烫手。云妹用毛巾给他擦了几次，一直到下午五点钟，二柱的身体才降下温来，出了许多汗，云妹又洗了毛巾给他擦身子。云妹几次把脸贴在二柱身上试他的体温，用手轻轻抚摸他的脸和身子。二柱好生感动，他知道云妹一直守着她，其实他已经醒了，只是有些难受，他就那样躺着，动不了，他感觉自己身上只有一件内裤，房间里可能开了空调，有点儿凉丝丝的感觉，挺舒服。可能是酒精的缘故，下身时不时的想膨胀，云妹可能看见了，她轻轻地盖上了一件东西，轻轻柔柔的可能是一条浴巾。二柱非常感激云妹，真是一个温柔体贴的好女孩，和她已经有了一夜肌肤之亲，二柱只觉和她的灵魂已经贴近了，应当把一切都交给她。

下午六点时，二柱还是不能起来，云妹只好给二柱家里打了电话，在电话里她对尹秀兰说："婶！二柱酒喝多了，到现在还没醒，你放心吧！我会照顾他的。"

一整天尹秀兰心里都在打鼓，云妹是个好孩子，人长得端庄秀丽，性格也好，又是医学院的大学生。辛家老人能看上俺儿子吗？俺可是孤儿寡母啊！如果人家嫌弃这一条，那就是俺影响了儿子。云妹电话里说二柱喝多了，说明辛家不嫌弃俺儿子，可喝成啥样了呀？莫不成醉得不省人事，又吐了酒，那可就丢人了。尹秀兰就这样，这头想完了又想那头，一整夜也没合眼。

天已经黑了，辛家老两口在客厅里转悠，也挺着急，云妹从房间出来。老爷子迎上来问："闺女！姑爷咋样啦？"

云妹嗔怪地说："爸！你不是挺疼姑爷的吗？干吗让他喝那么多酒啊！"

老爷子看闺女这神态，想必没啥大碍，笑着说："闺女啊！这你就不懂了，姑爷第一次登门，喝醉了好！我是这家当家的，能不让姑爷痛痛快快地喝啊！要怪就怪那俩臭小子，还要怪你，干吗不护着自己的男人啊！"

云妹笑了，笑弯了腰，说："爸——你老糊涂了，他要上四年的大学，结婚还早着呢！"

老爷子笑着说："俺不管，既然已上了丈人门，一个闺女半个儿，他不常来看俺，俺不依！"

云妹笑着说："爸！你放心吧！你这姑爷跑不了！"

辛大妈从厨房出来说："来！闺女！粥已熬好了，让姑爷喝一点儿，胃里会舒服些。"

云妹说："妈！他还没醒，我去一趟超市，给他买套衣服，衣服全都汗透了，没法儿穿了。"辛大妈说："好！快去快回！"

辛刚、辛强相继打来电话问："妹夫这会咋样了？"

辛老爷子说："臭小子！把姑爷灌成那样，回头找你算账！"那头传来哈哈的笑声。

云妹从超市回来时，二柱已经醒了，坐在床上看见云妹进来只是笑，云妹问："你醒了？感觉咋样？胃里还难受吗？"二柱笑笑说："已经好了，没事的！"云妹说："这套衣服刚从超市买回来，你那套都汗湿了，我已经洗了，天亮就干了。先穿这套，还没过水只穿一下，你穿上这件睡衣去洗个澡漱漱口，我都准备好了，我让爸妈去房间躲一躲，你放心地去吧！"

不一会儿二柱从洗澡间出来，换上了新衬衣、新裤子，很精神。辛老爷子迎上去问："小伙子！你感觉咋样？"二柱笑笑说："我没事的，伯伯，你放心吧！给家里添了麻烦！"老爷子笑笑说："快别这么说，一家人嘛！"辛大妈从厨房出来笑嘻嘻地问："孩子！好些了吗？喝点儿粥吧，养养胃！"二柱客气地说："好的，伯母！我挺好！"辛大妈摆好了晚餐，请二柱过去吃饭。正吃着饭时，又来了电话，云妹接了电话，说是大哥，让二柱接电话。二柱接过电话说："大哥你好！吃晚饭了吗?"那头辛刚笑着大声说："兄弟啊！对不起啦，让你喝多了。"二柱笑笑说："没关系的大哥！我已经好啦！谢谢你!"没几分钟，辛强又来了电话，又是同样的问候。二柱挺高兴的，感觉这一家人都挺有教养，都客客气气。二柱在家跟娘随便惯了，都跟他客气他倒觉得别扭。

晚饭后两位老人早早进了卧室，云妹陪二柱在客厅看了一会儿电视。刚刚九点，云妹请二柱进房间，给他打开电脑，让他玩一会儿再睡觉，说："你把衣服换下来吧，还是穿着睡衣舒服，这一套没过水穿在身上不舒服，这是我的房间，你就在这儿休息，我去另一间卧房，我去洗澡休息了，今天我也累了。"二柱笑笑说："对不起！我倒把这事忘了，你已累了一天了，快去洗澡休息吧，我挺好的!"二柱把新衣服换下来，穿上睡衣。云妹让二柱坐下玩电脑，自己拿着衣服走出去。

云妹在洗澡间洗澡洗衣服，一边忙活一边想。今天挺累的，但心里很舒畅很温暖。二柱和自己很贴心，他不会辜负我。他不是花心的人，云妹这样想着，感觉心里挺踏实。

第二天早饭后，辛老爷子执意要让辛刚送二柱回家，让云妹一定陪着，并执意要给亲家母捎上一份礼品。老爷子嘱咐闺女说："在小山村多住些日子，那里空气好，凉快，要好好跟亲家母解释，一不小心让姑爷喝多了酒，说声对不起!"老爷子哈哈笑起来，笑得很开心。

第十八章　双喜临门

九月一号是二柱开学的日子。十月一号是锦宇结婚的日子。两桩喜事连到了一起，该是接娘的时候了。锦宇早已跟娘打过招呼，说二柱开学之前来接娘和二柱。

娘和二柱要入住凤凰别墅，房子已经拾掇好了，锦宇和亦珊整整用了一个星期。一楼正面是宽敞明亮的大客厅，右面放 50 英寸彩色液晶电视，对面一排沙发、茶几、茶柜。一楼东首是娘的卧室，里面安放了双人席梦思、沙发、衣柜。东首对面是储物间。西首是一间准备给锦宇使用的大卧室，也是一应的双人席梦思、沙发。对面是洗澡间、卫生间。冲客厅的格子间是通往二楼的楼梯。二楼是为二柱准备的卧室、客厅和书房。背面是洗澡间、卫生间和储物间。客厅也安放了 50 英寸彩色液晶电视、沙发、茶几、茶柜。卧室安放了双人席梦思和沙发，书房里安放了写字台、电脑和一排书橱。房间里一应的中央空调，设施先进，使用方便。锦宇为娘和弟弟想得非常周到。东厢房是厨房和餐厅，西厢房是储物间。院子里各种花卉紫藤生长茂盛，生机盎然。大门楼庄严气派，门首上“凤凰别墅”四个字，特别显眼。

马延福一直在催儿子，锦宇不敢怠慢，天不亮就带亦珊上路了。

马延福说：“七月十六日是黄道吉日，十二点之前主人必须入住凤凰别墅。”

锦宇起得早，不到八点就赶到了凤凰岭村。他对娘说："娘，你和二柱只拿自己的衣服，其他啥也不用带，那里连水杯子都给您备好啦！"

尹秀兰非常高兴地说："儿啊！你兄弟上大学，你结婚是咱家的大事，昨天我和你兄弟去给你爹上了坟，跟他说了二柱考上了大学，让他高兴，等你结婚时也要回来给你爹、给你奶奶上坟。还有一件，乡亲们执意要送礼，说是咱家的喜事，咱也不在家办酒席，咋办呢？如果执意不收，倒显的咱孤儿寡母不通人情。儿子啊！你想法吧！"

锦宇说："娘！你别担心，我有办法，到时候我带娘一起回来，咱到镇上的酒店请乡亲们喝喜酒，那事好办！"

尹秀兰说："那样好！那样好！有儿子操心我不愁！"

锦宇带着娘和弟弟回到公司时才刚刚十一点，马延福和老伴在凤凰别墅里等候多时了。尹秀兰和儿子一到，马延福和老伴高兴地迎出来和尹秀兰握手："妹子啊！俺早盼你来了，欢迎你住进新房！"

王桂芬也激动地说："妹子啊！嫂子可想你啦！快进去吧！"

马延福大声喊："儿子啊！鞭已挂在上面了，赶快点上，咱要庆贺一下。"

锦宇立马点燃了鞭炮。鞭炮噼里啪啦一阵响。艳阳高照，整栋别墅紫气盈门，一派喜庆气氛。

尹秀兰到处看看，非常高兴地说："大哥、嫂子，真是让您费心啦！俺一个山村里的老太婆真是开了眼界了。"

马延福笑着说："妹子啊！咱一家人不说两家话，你就安心地住下来，二儿子要上大学，大儿子要结婚生孩子，你要守儿子看孙子，需要你操心的事多着呢！"

尹秀兰哈哈笑了说："大哥呀，操儿子孙子的心是咱的福分，你说是吧！"

王桂芬握紧尹秀兰的手说："是这理儿，是这理儿！"

一家人围坐在宽敞明亮的客厅里，马延福握住尹秀兰的手说："妹子！从今天开始，咱就在这凤凰别墅开始过日子，今儿中午咱一家人围在一起吃顿饭，这日子就已经开始了，你说好不好？"尹秀兰高兴地说："好好！

一切都听大哥的!”

席间一家人都是感慨万千，马延福说：“妹子！孩子们哪！咱一家人能坐在一起，多不容易啊！咱能挺着走过来，说明咱的缘分不浅，从今往后，无论什么样的事都难不倒咱，咱一起努力守好咱的日子。”

尹秀兰激动万分，说：“大哥呀！你花钱操心——嘿！真是让我不落忍哪!”

马延福说：“妹子！快别这么说，这花钱的事不是刻意的，有的花咱就花，没的花就不花，我和你嫂子都是从苦日子里爬出来的，这往后就看儿子的啦，儿子高兴咋办就咋办。我和你嫂子都六十岁了，你也快五十岁了，咱都不年轻了，要我说咱啥都应看得开，舒舒心心过日子，高高兴兴守儿子，你看好不好!”

尹秀兰高兴地说：“大哥呀！你是个圣人，啥事经你一说，心里就敞亮了。你看你那楣首上还刻上去——凤凰别墅，俺初中没念完，可那几个字俺认的，大哥呀！你可真够有学问的!”

马延福哈哈笑了，他说：“妹子啊！不瞒你说，我也就读了个初中，要说学问还是咱儿子们哪。你呀是凤凰岭飞来的金凤凰，这凤凰别墅永远都是你的窝!”说着一家人都哈哈笑起来。

马延福和王桂芬老两口每天都来凤凰别墅和尹秀兰说话，说起来就没完。有时他们一起包饺子，有时打电话让小餐厅把饭菜送过来。他们说得最多的就是儿子的婚事。把锦宇的新房放在哪里？是放在凤凰别墅，还是放在小洋楼，三个人争来争去，最后还是按尹秀兰说的办，新房还是放在小洋楼。她说：“让他小两口天天守着你俩，我心里踏实。我这里还有个二柱，大哥、嫂子尽管放心，我天天过去看你，你也天天过来看我，就是一个娘的亲兄妹也不过如此吧！你说是吧，大哥?”

马延福老两口紧紧握住尹秀兰的手，感动得说不出话来，马延福说：“妹子，就依你！还有二柱上学的事，我让锦宇去操办，咱三个人都不操心，别说一个二柱，就是三个五个咱也供得起!”

马锦宇每天都到凤凰别墅来。早饭晚饭在小洋楼吃，中午饭到娘这儿来，吃娘包的饺子。跟娘在一起看电视，给娘说电视上的事，赶也赶不走，困了就在二柱床上睡。尹秀兰做了农村常吃的菜饽饽，让锦宇端回去给妈吃，王桂芬说：“嗯——真好吃！这口味地道。”有时唐亦珊来了跟娘说一会儿话，给娘捶捶背，洗洗衣服，有时也帮娘一起包饺子。闲下来的时候，王桂芬带尹秀兰一起站在栅栏边看白沱河里的水，看池塘里的鱼，有时也到王桂芬的菜地里侍弄菜。

九月一号一大早，锦宇、亦珊把车停在凤凰别墅门口，要送二柱到东方理工大学报到。二柱准备好了一切，一个包里是学习用具，一个包是自己的衣服。

二柱跟娘说：“娘！我上学的地方离这儿不远，星期六回来陪你住一宿，星期天再回去，哥和姐天天在这儿，你不用担心。”

尹秀兰笑着说：“娘知道！娘知道！”

锦宇说：“娘！二柱上学的一切费用都由我操办，不用娘操心。”说着将一张银行卡递到二柱手上说，“柱儿！这银行卡，密码是666888，是你的学费，用完了哥再给你充，不要苦了自己，要让娘放心！”

尹秀兰说：“娘身上还有些钱，是你和二柱给娘的。”

锦宇说：“娘！你那点儿钱留着，给你孙子买糖吃。”

秀兰哈哈笑了说：“好好！我盼着哪！”

锦宇又说：“二柱身上那点儿钱也留着，有时去看看云妹，给她买点儿吃的用的，女孩子需要经常呵护，不要怠慢人家，那是个好女孩，更不能辜负人家！”

二柱笑笑说：“哥！谢谢，你放心吧哥！我记住了！”

锦宇又说：“哥说这话是非常认真的，大学里好女孩多的是，你各方面都优秀，人也长得帅，女孩子都喜欢你这样的，不要乱了心性。你要当娘的面说一句，不许辜负了云妹，爹和娘都是正正派派的人，堂堂正正做人是咱的本分，千万别忘记了。”

二柱非常认真地说：“娘！哥！我向你们保证，我这一辈子，就认云妹一个，你们放心吧！”

马锦宇和唐亦珊送二柱去东方理工大学报到，又带他到医学院找了云妹，带他们两个在近处一家酒店吃了午饭，唐亦珊悄声提醒云妹，要好好经营你和二柱之间的情分，两个人走在一起不容易。云妹非常感动地说："谢谢姐！二柱的优秀令我欣慰，同时也令我担忧。"

唐亦珊说："你放心吧！我们会经常提醒他，他的本质好。"

云妹说："是啊！他是一个规规矩矩、正正派派的孩子，可现如今，传统理念正在接受挑战，有时显得无能为力，你说是吗?"

亦珊说："正因为这样，你才要紧紧抓住!"

云妹说："放心吧，姐！我会的!"

在回来的路上，锦宇和亦珊还是一直在谈二柱和云妹的这份感情能否守得住的话题。锦宇说："能否教育好二柱，守住本分是我的责任，回家之前他们两个已经住在了一起，我希望二柱是认真的，儿女之情来不得半点儿戏，如果他们是死心塌地的，就是现在结婚我也同意！我只怕他们闹出什么事来，又让娘闹心!"

唐亦珊说："你说的没错，像二柱这样优秀的男孩子，又是那样一副模样，肯定是要接受挑战的，让我们共同努力吧，希望他走好自己的路。"

临近入学报到这几天，二柱一直高兴不起来，早已没有了刚接到录取通知书那几天兴奋的晚上连觉都睡不好。哥哥左一个忠告右一个警告，让二柱实在想不通，在哥眼里我二柱到底是个什么样的人，我守规矩不轻狂，做事有板有眼，学习刻苦认真，我没做错什么事啊？这两次警告都是针对云妹的，难道桃花园那件丑事让哥知道了。即便是秋实大哥告诉了哥哥，也应当把事情的原委原原本本说清楚，那不是我的错，不是我情愿的。不对！秋实哥说好的这件事谁也不说，连娘也不说，云妹也不说。即便要告诉哥也应当让我知道，或者让我自己跟哥说清楚，把事情说清楚了哥也不会怪罪我。转而一想，这两次哥哥的警告，话说的都有道理，莫不成是因为那一天和云妹住在一起的事。如果是这事，我当哥的面也敢承认，敢作敢当嘛！我和云妹的恋爱关系，已经发展到这一步，是情不自禁。我的心已交给了云妹，永远不会动摇，我绝不会做出对不起云妹的事来。我知道哥是爱我的，那天晚上我喝醉了，哥坐在我身边守了大半夜，这些年哥在外边多不容易啊！想爹想娘想家的时候，只有自己默默地承受，在与哥重逢的这些日子里，在哥仿佛轻快和乐观的表情里，分明还透着一种悲伤。我绝不做对不起哥的事。如果哥问起桃花园的事，问起和云妹的事我都会跟哥说，他是我哥没有什么不好说的，对别人不能启齿的事，我也应该跟哥说。二柱思来想去，一整夜也没能入睡。

第二天晚上，二柱打来电话，想和哥谈谈，说："哥！你为什么一直提醒我和云妹的事？你发现我们之间有什么问题吗？还是认为我是个坏孩子？那天我和云妹是不是……不应该……"

锦宇哈哈笑了说："臭小子！你还不领哥的情，我为什么让你自己住一套房子，哥的心情你还不理解，哥白疼你了，哥理解你，你受的委屈太多了，哥要补偿你，你已经长大了，现在又考上了大学，哥巴不得一下子就把应该属于你的全给了你。和云妹住在一起是早晚的事，哥不怪你。你们现在没什么问题，我从来也不认为你是个坏孩子，接下来你可能要接受许多诱惑和挑战，那些比云妹优秀得多的女孩会轮番向你发起进攻，那时候你会认为我的话不是空穴来风，而是经验之谈。我在大学的时候遇到一些情况，亦珊及早地向学校各个层面公开我们的恋爱关系，她的精明能干也曾经历了不少考验。云妹是个文弱的女孩，我担心她不是人家的对手，这就看你能否守住本分，守好传统理念。守住你和云妹这段感情，别让娘为这事操心。"二柱开始有些不服，经哥那么一说心里也明白了。他非常感动，怪不得人说长兄如父，哥对自己这份感情，对自己的殷切期望要牢记在心。他说："哥！你放心吧，我是认真的，我只认云妹一个，我只把学习搞好，每个星期天都和云妹在一起，我向你保证，不会发生任何事！"

小洋楼要迎娶新媳妇了，按照马延福的旨意，小洋楼虽然还是新的但是一定要有一点儿新气象。马锦宇从省城请来了装修人员，重新更换了壁纸，门和地板都上了蜡，新房里一应家具都换了，既古朴又华丽。通往二楼三楼的楼梯上铺上了大红地毯，房间里的布置，锦宇和亦珊请了设计师进行指点。光是窗玻璃保洁公司就打理了两天，小洋楼装饰一新，只等迎娶媳妇。

马锦宇要娶媳妇了，这可是马家一件大喜事。马延福提前半个月就把姑姑接来，请她老人家按古训照习俗指挥安排婚礼。七十多岁的姑妈鹤发童颜爽气硬朗，高兴得合不拢嘴，楼下看了楼上看，笑着说："好！好！

现如今世道变了，这些摆设用具我连见都没见过，只要孩子们喜欢，办得喜庆，我就满意!”她对侄子和侄媳妇说，“要带上锦宇到爷爷奶奶坟上烧张纸钱磕个头，让他们都高兴!”马延福笑嘻嘻地对姑妈说：“姑！你放心吧！选个好日子我带锦宇去给我爹娘上坟，让他们放心!”

大儿子要结婚了，这是张家的大喜事。国庆节前的一个星期天，锦宇和亦珊带着娘、二柱、云妹回到凤凰岭村。锦宇和二柱给老屋的门上贴上了大红喜字放了鞭。二柱和云妹、五嫂给各家送去了请柬。锦宇在镇上的酒店订了三十桌喜宴，并在镇上租了一辆大巴车，把全村的老少爷们儿都带到镇上的大酒店，全村大人孩子三百多人在大酒店热热闹闹地喝了一场喜酒。锦宇还专程把舅舅舅妈、二大爷二大妈、崔二叔崔二婶都接了来，一起喝了喜酒。

娘儿几个带着祭品一起到爷爷奶奶和爹坟上祭奠。锦宇、亦珊、二柱、云妹都跪下来磕了头烧了纸钱。尹秀兰一直提醒自己不流眼泪了，她一边烧纸钱一边祷告说：“柱儿爹呀！咱大柱要娶媳妇了，你该放心了！眼瞅着咱就抱孙子了！你的在天之灵一定要保佑咱儿子、孙子平平安安健健康康!”说着眼泪还是流了下来，她又给婆婆磕了头说，“娘！你大孙子要娶媳妇了！你要保佑他们……”

国庆节之前，马延福下了一纸命令，任命马锦宇为东方大宇塑料有限公司总经理，并通知各单位，总经理新婚大喜，本公司员工不许送贺礼，不设宴席，由总经理本人向各分厂各单位分发喜糖喜烟，外部来宾在小餐厅设宴招待。

十月一日举行新婚庆典，庆典现场布置得简洁喜庆。小洋楼门口贴上了大红喜字，门首挂上了两只大红灯笼，门前铺了红地毯，设了香案。小洋楼门前的草坪上摆了几张桌，上面摆放着喜糖、喜烟和葡萄酒。公司号召不当班的员工自愿参加庆典活动，参加庆典活动的员工有一百多人，他们在草坪上饮酒、吃糖、嬉闹。

婚礼仪式完全按传统习俗安排，送亲车队一到，鼓乐齐奏，鞭炮齐鸣。

令马延福没有想到的是，送亲的队伍里竟然有公安厅的李处长李毅刚，他一直想当面向李处长道谢，总觉得无颜面对，这一回来了，马延福紧紧握住李处长的手连声地说："非常感谢！非常感谢！"李处长意味深长地说："我都已经听说了，你做得好，真是两全其美两全其美啊！"李处长所说的两全其美，当然是指对马锦宇认祖归宗问题的处理，在他眼里马延福充其量就是个财大气粗的大老板，可对这一棘手问题的处理竟是如此完美，这不仅仅是钱的问题，没有大海一样宽广的胸怀，没有料事如神的智慧，就不会把问题处理得这么好。马延福又把尹秀兰介绍给李处长，李处长握着尹秀兰的手说："祝贺你嫂子！咱们是亲家了！你养了个好儿子！这样好！这样好！"

更令人没有想到的是，新娘的伴娘竟是二柱大学同班同学田思思，她扶着新娘款款走来。新娘唐亦珊一身洁白的婚纱，显得雍容华贵靓丽典雅，漂亮的脸蛋略施粉黛更加美丽。田思思和唐亦珊一样高，人很漂亮，穿一身淡粉色的裙装，如出水芙蓉，显得高贵而美丽。二柱与锦宇在香案前站定，待新娘走近，两兄弟缓步迎上，新郎锦宇着一身洁白婚礼西服显得挺拔高贵，端端庄庄，气气派派，手捧一束鲜花，等待新娘到来。二柱身着银灰色西装，伟岸挺拔，如玉树临风，他拥扶着哥哥。

田思思首先认出了二柱，二柱也认出了她，她惊讶兴奋，立刻把新娘抛在一边，跑过来紧紧拥抱二柱，激动地说："二柱！怎么是你呀？"

二柱满脸通红，说："莫不成你还不知道新娘是我嫂子，这是我哥。"田思思哈哈笑了，说："呀！真是不可思议，你与我姐夫怎么一模一样啊，你们是亲兄弟吗？"唐亦珊被田思思的唐突羞得满脸通红，忍不住喊："思思——"不是唐亦珊叫她，她还要刨根问底，听见唐亦珊的叫声，立刻松了手，跑回新娘身旁。在场的人都被婚礼前上演的这一幕精彩前奏逗笑了，二柱和锦宇都禁不住哈哈笑了。此刻田思思才缓过神儿来，羞得满脸通红。

唐亦珊有点儿生气，说："你这疯丫头！今天是什么场合，怎么把我抛在一边不管了，怎么你和二柱是同学？"

田思思悄声说："二柱和我同班，他是你小叔子？咱做妯娌吧！"

唐亦珊拍了她的手一下，不高兴地说："疯丫头，别胡说，走过来的是他女朋友辛云妹。”

这时，云妹笑着走过来搀住唐亦珊。她也穿着一身浅红色漂亮的套装，显得淡定沉静，斯文美丽，笑着说：“嫂子祝贺你！”

唐亦珊笑着说：“来！我来介绍，云妹，这是二柱大学同班同学我表妹田思思。”她又对田思思说，“这是二柱的未婚妻，从小的同学，医学院大二学生辛云妹。”

云妹伸过手和田思思热情握手，田思思窘得满脸通红。

唐亦珊知道，自己的表妹性格泼辣放荡不羁，总是疯疯癫癫。她悄声警告说：“思思！今天是个既喜庆又严肃的场合，不要没遮没拦的好不好！”田思思说：“我知道！我知道！放心做好你的新娘！我跟你闹着玩呢！”

婚礼开始了，司仪喊：“一拜天地！”两位新人向来宾行鞠躬礼。“二拜高堂！”两位新人向分坐香案两旁的三位老人——娘和爸妈行跪拜礼。“夫妻对拜！”两位新人互相鞠躬。最后是入洞房。两位新人互相搀着满脸洋溢着喜悦和幸福。众人簇拥着步入新房。

二柱和云妹向来宾撒了喜糖、喜烟和五彩的花生、核桃和栗子，这是尹秀兰从山村带来的。

来宾一片欢呼一片掌声，尹秀兰、马延福、王桂芬高兴得合不拢嘴，频频向来宾拱手致谢。

第十九章　路转溪桥

二柱走在大学校园里，常有一种恍若隔世的感觉。晚上躺在宿舍床上，几年来的辍学、打工、受骗、来大宇公司、与哥哥相认，一幕幕浮现在眼前。不知怎么他想起了中学时学过的辛弃疾的两句词：“旧时茅店社林边，路转溪林忽现。”艰难却不放弃，一路走来，终于迎来了人生的重大转折。

二柱非常珍惜这个得之不易的学习机会，他觉得大学生活对他来说已经来得太迟了。他与同龄人比——不，他与哥比已经落伍了。他每天都在背负着这样一种危机感在督促自己，一刻不停如饥似渴地学习。还是像高考前复习阶段时的那股劲头，同班同学都不理解他，说他是书痴书呆子，可是有谁能知道，在全部新生中，没有一个人的经历是与二柱相同的。“自动化”——这个词对二柱的吸引力太大了，他恨不能一夜之间就把它弄明白，到底是怎样的一种自动化？他用近乎全部生命的热情在探寻着这个令他向往而又充满神秘色彩的学科——工业自动化，已到了走火入魔的程度。助教老师虽发了同步资料，但听课时，他仍然认真地做笔记，然后就趴在那里看书，跑图书馆，接着就是一丝不苟地整理笔记。同学们都逗他说：“班长大人！你想干吗呀？你是今年入学的第一高分，凭你的底子，随便一学也落不下，干吗那么拼命！”他总是平淡地一笑说：“我啥也不想，就想把这门知识学扎实，一听一记一翻一整理，嘿——就记住了，这个过程非常重要！”

二柱的“四个一”模式很快传到老师那里，正经成为老师向同学们推荐的学习经验，虽没什么新意，可不愿意在学习上下功夫的同学，无论如何也做不到。由于这“四个一”模式出自年度新生第一高分张二柱名下，所以特别有号召力，很快传遍全校，一时间二柱竟成了名人。

当初老师指定二柱为班长时，班里四五十个学生与老师斗了好大一会儿嘴。来自省立二中的纪晓光说：“老师，怎么着你也不能以分定终身吧！是不是二柱是第一高分，他就可以弄个班长啥的当当，你的政策也适当灵活一点儿，让我们这些没拿到高分的也当一回班长风光风光！”

老师丝毫也不相让，笑着说：“是啊！高分是我对张二柱的第一印象，要不你也弄个实力给咱看看，当班长要凭实力，不然怎么服众呀！”

纪晓光还是胡搅蛮缠嬉皮笑脸地说：“要我说，你所说的实力不光是高分吧，还有一条你没说出来，你大概不是以貌取人吧！要是比个头比模样，二柱是比咱漂亮帅气。”他突然哭咧咧地高呼，“上帝呀！你可怜可怜我们这些丑八怪吧！不然我们可怎么活呀！”全班一场哄笑。

王老师笑着提高嗓门说：“你小子别光耍贫嘴，实话告诉你，这学期由老师指定，下学期民主选举，拿出你的实力来，到时一拼高低。”

纪晓光还是不依不饶带头起哄，说：“老师，你别光两眼只瞅着东部举着牌子进来的明星，也要瞅一眼西部举着红旗进来的党代表。”西部来的王超是共产党员，哈哈笑着说：“哎——纪晓兰的亲弟弟怎么点上我的戏啦？招你惹你啦？把你铁嘴铜牙的真功夫拿出来，没准下学期谁也抵不过你的实力。”全班又是一场哄笑。

其实二柱并不想当这个班长，他只想把全部精力用在学习上，大学可是人生最关键的一步，可老师亲自点了将，跟他谈了老半天，如果不答应，岂不辜负了老师的一番好意。于是他答应先干一学期试试，实在干不了请老师另请高明。老师笑着说：“行行！我信任你，你也要有自信。”

上午最后一节课快要结束时，二柱站起来说：“同学们请注意，我受老师委托通知一件事，学校号召自愿献血，希望同学们积极参与。从现在起开始报名，下星期一开始献血，劳驾党代表登记一下，先记我一个。”

王超站起来笑着说："哎——我说班长大人，这是哪级的任命啊！别党代表党代表的！"二柱笑着说："对不起，我这样称呼也许不合规矩，可班里就你一个共产党员，你不代表党还能有谁代表党啊？"全班一起嚷嚷："说的是！说的是！你不代表党，难不成还让共青团员代表党啊！"王超笑着说："行行行！我服啦！我服啦！好你个张二柱，这一笔我给你记下了！"教室里又是一阵笑。

今儿是星期六，早饭后大部分同学都出去了，家住城里的多数人都已回家，家不在城里的也三五成群去了自己感兴趣的地方，真像二柱这样泡在图书馆里的是极少数。二柱偏偏与他们不同，饭后拿了两本书匆匆忙忙向图书馆走，他打算到图书馆边看书边查阅资料，那里毕竟安静。下午三四点钟再赶回家看娘，陪娘一起吃饭。头天晚上他已打电话跟娘、哥和云妹说了自己的打算，他们都表示赞成。只有哥提醒二柱说："二柱！学习的日子还长着呢！别拼命，没人要求你非得争个第一名，该休息的时候就回来休息，别让娘等着盼着。"二柱笑笑说："哥，你放心吧！我没想争第一名，我只想学透学扎实，把现在能想到的问题多问几个为什么，带着问题翻阅资料，这样才能记得牢。"

锦宇无奈地笑笑说："我真服了你啦！行行行！我理解！我理解！我可提醒你，别坐着几小时一动不动，那样不科学，记住啦！一家人等你回来吃饭！"二柱只答应着："好好好！"他心里暖暖的挺高兴，他在埋怨哥——莫不成哥还真把我当三岁小孩啦！真是长兄如父啊！哥对我寄托着怎样的深情，只有我自己知道。他这样想着，自己笑了笑。

其实锦宇对自己弟弟的了解，如同了解自己一样，他似有一双眼睛在跟着二柱，一说一个准。

二柱找了几本书摞在案头，一个上午愣是没动一动，翻了这本又翻那本，并不停地做笔记画标记，三四个小时一会儿就过去了，快近十二点时，忽然一个人走近了他的案边，用手敲敲桌子，二柱抬头一看是田思思，他笑着说："哦！是田思思，你也来了！"

田思思笑了笑，嗔怪地说："怎么！不能来啊？"

二柱笑笑说："当然可以了！"

田思思说："怎么不问我来干什么！"

二柱认真地说："不知道，有事你请说吧！"

田思思笑笑，略一沉思说："中午能一起吃饭吗？"

二柱一愣，笑笑说："哦！谢谢你！不用了，中午我有事，我女朋友云妹这就该到了！我们出去有事！"

田思思一脸的不屑说："如果我没猜错的话，你在说谎，不给面子就算了，总有一天你会给我面子的。班长大人！选你班长有我一票！拜拜！"她做个鬼脸，走了。

二柱班上有十二三个女孩子，占班里人数的四分之一，大多数女孩子见了二柱老远都是"嘿！嘿！"客客气气打个招呼，唯独这个田思思有些异样，她时常在审视二柱，让二柱觉得很不舒服，可二柱并没在意。那一次在哥婚礼上与她邂逅，了解了一些她的背景，她竟是嫂子舅舅家的表妹。嘿！——真是不可思议。她聪明漂亮，像唐亦珊那样漂亮，并且出自名门，可给人的感觉——嘿！说不出来！可以说，田思思的美凸显着时尚和炫耀，她的神采飞扬让人觉得有点儿烫手。而云妹的美是传统的、自然的，她每一个美的流露，都躲在淡定后边，她的气定神闲，她的不事张扬，是一种渗透在骨子里的美，是二柱渴望的。而田思思缺少的正是云妹那种与生俱来大家闺秀的气质和知识女性的矜持，二柱喜欢云妹的稳重大方，斯斯文文，举手投足自有分寸。他知道，云妹恬静、素淡和自然的气质是在长期的生活实践中自然养成的，并不是假装出来的。二柱坐那里看书，鬼使神差地走了一会儿神，思绪有些乱。他看了一下时间，已经是下午三点，这时他才感觉肚子有些饿，立刻拨打了云妹手机。云妹接了，他问："云妹！你在路上还是在家？"云妹说："我和娘一起吃了中午饭，现在和娘一起包饺子，你快饿了吧，回来吧！"二柱有些感动，心想：这就是我心里时刻装着的女孩。他立刻说："我马上往回走！"他站起来收拾好资料，环视一下四周，还剩了两三个人，他把书放回原处，匆匆走出图书馆。

唐亦珊和云妹认真准备了一桌丰盛的周末晚宴，桌上的菜有小餐厅送来的，也有自己动手做的。水饺是云妹和尹秀兰下午准备的。马延福和王桂芬老两口早就过来了，和尹秀兰三个人在客厅里唠个没完没了。锦宇带二柱出去一趟，刚刚进门，唐亦珊大声叫："开宴了——你们两兄弟赶快洗手！"

一家人围坐在东厢房的大餐厅里，其乐融融。大家刚拿起筷子来，唐亦珊突然感觉反胃，捂着嘴跑了出去，云妹随着跑出去。

马延福很惊讶地说："你看这孩子，一下午忙坏了，还没吃一口！你看——"

王桂芬在一旁扯一下老伴衣服，嗔怪地说："老东西，别大惊小怪，这还不明白，你要当爷爷了！"

马延福高兴地哈哈笑起来："真的！那敢情好！敢情好！哎！你们老姐俩，任务来了！"然后哈哈笑起来。

尹秀兰高兴地说："我早就估摸着该是害喜了！"

二柱非常高兴地搂着锦宇肩膀说："哥！祝贺你要当爸爸了！娘、伯伯、伯母祝贺你们要当爷爷奶奶了！"

马锦宇激动得满脸通红，抱起二柱转了一圈。

王桂芬笑着说："也祝贺你孩子，要当叔叔了！"

正说着云妹进来了，笑着说："嫂子是妊娠反应，已去医院查过了，她怀孕了。我给她点摁了几个穴位，再给她灸一下，她让大家先吃，我给嫂子熬了芹菜大米粥，一会儿让她吃一些就行了，先吃吧！吃吧！"说着又出去了。

锦宇端着酒杯站起来说："来！赶快端起酒杯，娘、爸、妈！祝贺咱家人丁兴旺，咱家要添丁了！"

俩兄弟高兴地与三位老人碰了杯。

唐亦珊身体状况一直不错，虽然瘦瘦的，但她勤于活动，家务都由她来打理。结婚后她被任命为东方大宇塑料公司副总经理，生产和后勤被她管理得井井有条。她的精明能干经常受到公公和丈夫的夸奖。对将来的生活她自有打算，只要孩子一生下来，她要把全部精力扑在孩子身上，一心一意相夫教子，公司的事她不想多管。这几个月来公司的事她管得够多了，锦宇似乎有点儿依赖她，凡事都问她。锦宇有点儿懒懒的，已开始发胖了，亦珊提醒自己，要多督促锦宇，让他多管事，决不能让他养成大胖子。

三天前感觉有点儿不适，她怀疑自己可能怀孕了，她跟锦宇说要回家一趟，锦宇问是否陪着，她说："还有几件事等待你处理，我自己跑一趟吧！"

她开车到医学院接了云妹，一起去了省立人民医院妇产医院，做了一番检查，大夫告诉她："祝贺你，你怀孕了，已经五周了。"两个人高高兴兴出了医院，亦珊告诉云妹先不告诉家里，要等巩固一段时间再公开，云妹答应着。

亦珊和云妹关系特别好，云妹喜欢亦珊的精明爽快，亦珊喜欢云妹的温文尔雅。

大家快要吃完时，亦珊和云妹才进来。云妹端来了芹菜粥给亦珊盛上。王桂芬、尹秀兰要去热菜，云妹马上按住她们说："娘，你们别动，我去热。"说着云妹端菜去了厨房。

唐亦珊笑着说："娘、爸、妈，这事本想过几天巩固一下再告诉你们，没承想这么快就表现出来，我与云妹一起去了医院！"

王桂芬笑着说："你这孩子，够沉住气的！"

尹秀兰也说："早说咱早高兴！"

马延福说："你们姐俩要照顾好亦珊，啥活儿都不能让她干，一定要注意了！"

二柱接着说："干家务活儿有我和云妹就行了！"

锦宇也说："亦珊！有什么家务活儿尽管吩咐我！"

唐亦珊哈哈笑了："看你们！别搞得那么紧张，大夫说了，多活动有好处，你们别担心，一切都听云妹的。你们别看云妹平时斯斯文文不大吭声，不显山不露水，学得精着哪，她学临床主攻妇科，妇产医院有几位专家是她老师，都夸她人稳重，仔细刻苦，咱们云妹将来肯定是出色的妇科专家。"

王桂芬高兴地说："这往后大人小孩的健康就指望云妹了！"

尹秀兰说："这俩孩子没的说，咱亦珊干起活儿来干净利落，云妹干啥都有板有眼！"

正说着云妹把热好的菜端了上来，她笑着说："别听嫂子光夸我，我还刚入门，差得远呢！"她对唐亦珊说，"嫂子！先喝点儿芹菜粥，再吃几个水饺，感觉腻的菜别伸筷子，半个月到二十天，症状会慢慢减轻。接下来就是增营养多活动，休息好，不干繁重的体力劳动，洗衣服打扫卫生的活儿由我来干，你别管。"

王桂芬、尹秀兰说："你们两个就放心，这些活儿我们两个来干，从今天开始，做饭洗衣服打扫卫生你们两个都不用管。"

马延福笑着对二柱、云妹说："你们两个是学生，只要把学习搞好就行了，家里的事不用你们管，锦宇早晚要多关照亦珊，公司的事你要多操心，尽量让亦珊多休息。"

锦宇说："爸！我知道！"

唐亦珊笑着说："爸！我不要紧！我会处处留心，大夫说光闲着并不好！"

晚上唐亦珊在凤凰别墅又多待了一会儿，她躺在床上让云妹给她按摩穴位，又用艾条灸了一会儿。云妹一边治疗一边告诉婆婆，每天都要给亦珊治疗一次，这样可以减轻妊娠症状，降低痛苦，尹秀兰在一旁认真看着，让云妹仔细给她再说一遍。

锦宇邀二柱出去了，说要在厂区走走。二柱瞅着哥的脸笑着说："哥！你觉得幸福吗？"

锦宇笑笑说："这会儿我觉得特别幸福，上帝把你和娘送到我身边，咱母子三人心贴心，我时时觉得心里暖暖的。我又有了亦珊，她聪明漂亮，善解人意，时时关心我疼我，现在又有了我们的孩子。我憧憬着亦珊生了孩子，娘带孩子的情景，所以我觉得很幸福。虽然公司的事我有些压力，有时还要应付一些麻烦，但是我不怕。我背后有帮我支持我的人，你学的工业自动化，虽然我不懂，但我敢肯定，它对大宇公司将来的转型升级一定会有帮助，我盼着你的帮助。我背后还有娘、亦珊、爸、妈，还有那些一心一意希望公司兴旺发达的厂长和工人，所以我很有信心。男人嘛！总要奔事业，吃点儿苦受点儿累没什么！往近里说为了养家糊口，朝远里说为了国家和民族的未来，你说是吗？”

二柱非常激动地搂紧了哥哥，他说：“哥！谢谢你！你的坚强，你的睿智，你的善良，时时在激励着我，这些年你在外边多不容易啊！每当想到你远离亲人，思念亲人的情景，我心里就会颤抖。现在好了，咱兄弟两个赶上了改革开放的好时代，咱要好好向前奔！”

锦宇非常激动地搂紧了弟弟说：“兄弟！谢谢你，哥盼着你早一天成才，你一定会有作为的，哥盼着你快点儿毕业，我要亲自为你操办婚礼，哥要亲眼看着你结婚生子，看着你过上好日子。”

二柱激动地说：“哥！谢谢你！我很幸福，是你给我准备好了一切，我一定会努力！我正要告诉你我这学期的学习情况，这学期我通过了六门课，都得了满分，是这个专业唯一的一个满分。”

锦宇高兴地说：“兄弟！你太了不起了，你将来一定是自动化的专家，我只希望你别太劳累！那样我不放心！”

二柱说：“哥！你放心！我没事！”

两兄弟回到凤凰别墅时，唐亦珊的治疗才刚刚结束，她说要到二柱房里看一看，看看二柱现在都学什么。她替婆婆调了喜欢看的电视节目，让尹秀兰看电视。然后四个人一起上了二楼，走进二柱书房。她笑着说：“你们都坐下，我是有话跟你们说。”

四个人都坐下来。锦宇说：“别卖关子，有什么要紧事快点儿说！”

唐亦珊笑笑说：“咱们四个人说说私房话，我想说说我表妹田思思，大柱你也看见了，咱婚礼那天她对二柱做的那些动作，旁若无人似的，我都想替云妹打抱不平，二柱，她现在还打扰你吗？”

二柱笑笑说：“嫂子你放心吧！我心里时时装着云妹，她打扰不了我什么！我只是不想得罪她，她是你表妹！是咱亲戚嘛！”

唐亦珊笑笑轻松地说：“这就好！云妹！我之所以当你面跟二柱说这事，一是因为你们两个心贴得紧，相互不会产生误会！二是不想护短，不是因为她是我舅舅的女儿，就护着她。那就是一个疯丫头。人虽长得漂亮也聪明，但是大小姐的脾气谁都受不了，又仗着自己是教育厅长的女儿，走到哪儿都是一副张扬的德行。似乎这世界的一切都应属于她，既蛮横又霸道，虽然已经十八岁了，但说话办事非常无知，有时和她一起真觉得无地自容。你猜她怎么跟我说，她说只要二柱还没结婚，她就努力争取，这是她的权利，并且还说，姐你放心吧！我不会打姐夫的主意，你瞧她这番话真是厚颜无耻，这哪像一个正常姑娘说的话?”锦宇、二柱和云妹都哈哈笑了。亦珊又说，“我这不是当笑话说给你们听，是给你们提个醒，要防着她，那丫头啥事都做得出来，二柱、云妹你们俩是天生的一对，别让她给搅和了，二柱，我们三个都是你的坚强后盾，有什么事给我们打电话。”

二柱哈哈笑了，说：“嫂子！你说得也太玄乎了，莫不成她还敢绑架我?”

唐亦珊哈哈笑了说：“绑架不至于，鬼点子多着呢！要我说你小心为妙，云妹不妨去一趟东方理工大学，二柱要大大方方给同学介绍，这是我女朋友，那些老想打你主意的女孩子自会收敛一些!”

二柱笑笑说：“行！嫂子！我记住了，你这分明是经验之谈!”

锦宇笑着说：“二柱说的没错，在大学的时候，你嫂子逢人就介绍，这是我男朋友马锦宇，这种以攻为守的策略可见高明!”

唐亦珊笑着说：“以攻为守也好，严防死守也罢，反正善良的人看我们彼此心心相印，都会真心实意帮我们，维护我们，打歪主意的人自会望而却步!”

云妹只是笑，窘得满脸通红，半天才说了一句：“谢谢嫂子的真诚，只要我们两个心心相印，谁也别想把我们拆散!”

亦珊笑着说：“那我就放心了!”

第二十章 锁定情缘

不知从什么时候起，云妹对尹秀兰的称呼悄然发生了改变，已经开始称呼娘啦！从什么时候起呢？尹秀兰也说不准，大概是从大儿子的婚礼后吧！三个孩子都称呼娘！她也跟着称呼娘，当时她并没介意，这几日她总觉得自己做错了一件事，总也放不下。自从儿子和云妹放了寒假回来这几日，总是娘啊娘啊地叫，尹秀兰越发的放不下。晚饭后，她把大儿媳妇拉进自己卧室，跟她说了好大一会儿。

尹秀兰认真严肃地说："亦珊哪！我跟你说两件事，一呢，云妹已经跟我改了口，我不能装不懂，咱是庄户人家，又活了这么大年纪，要说咱不懂规矩人家笑话。云妹家里也是上有老下有小一大家子人，咱不能失了礼数，委屈了人家闺女，这事你说咋办?"

唐亦珊笑了笑，说："娘！这事说简单也简单，你放心吧！春节前咱就办，这事交给我，买几件衣服和首饰，办个仪式划道杠，这事就名正言顺了。"

说着尹秀兰拿出一沓钱，是一万元，她笑着说："亦珊！娘要跟你说一声对不起，娘慢待了你，你把这些钱拿上买两份，把你这一份也补上。你到了咱那山村去，进了门就叫娘，我却把这事给忽略了。来到这里就操办你们的婚礼，娘毕竟是山村来的老太婆，你若不收娘这份心意，就是不原谅娘啦！娘知错就改，改错不嫌晚，你说是吧！"

唐亦珊哈哈笑了，说："娘！我已收了你儿子的订婚戒指，你儿子的就是你的，没有再补一份的理儿！事情已经过去了，你不必介意，你的心意我领了！"

尹秀兰握着亦珊的手真诚地说："亦珊！你若不收我这番心意，娘心里放不下！"

唐亦珊笑着说："娘！既这么着，我看着买点儿东西，我喜欢的有纪念意义的，也是娘的一番心意，这样行吗？"

尹秀兰说："这样好！这样娘就放心啦！"

尹秀兰凑近唐亦珊悄悄地说："这二一个，那俩孩子八成住在一起了，你们那间卧室好好的，床上被子啥的我替云妹整理得齐齐整整的，她没去那里睡，每天晚上都去楼上，你说这是哪家的规矩呀？"

唐亦珊哈哈笑起来，说："娘！他们两个是天生的一对，已经谁也离不开谁啦！你看云妹人长得端庄大方，优雅秀丽，性格平静温和。她是学医的，凡事自有主张。咱二柱更是没的说，聪明机灵，人长得帅，爽爽直直没有一点儿小心眼儿，一门心思奔前程，大家都在夸他。他们两个爱得深，心贴得紧，住在一起是早晚的事。再说，现在都什么年代了，别操那份心了。娘！你就只当没看见，睁一只眼闭一只眼，你放心吧！不会给你闹出笑话来！"

尹秀兰很无奈地摇摇头，笑笑说："你既这么说，嘿，就这么着吧！"然后笑起来，笑声里透着无奈和坦然。

唐亦珊又说："娘！二柱云妹的事，你看这样行吗？明天我带二柱云妹进一趟城，把东西买好，你说要一个仪式，那就是订婚仪式！咱选一个好日子，春节前让大柱开车带上你们娘儿仨，走一趟蒙源县城，和云妹父母见个面，把话说透，一起吃顿饭，就算把两个人的婚事定下了，你说行吗？我就不去了，我拖着重身子不方便！"

尹秀兰连声地说："行行行！还是咱亦珊想得周到细致，明儿你带他们进城，开车要小心！"

亦珊说："你放心吧！娘！"

唐亦珊从婆婆房间出来，直接去了二楼，把娘的意思跟两个人说了一遍，两个人甚是高兴。

云妹跑进婆婆房间，握着娘的手很激动地说："娘！净让您操心了，其实没必要花那钱，在我心里您早是我娘了，我不看重那形式，咱娘儿俩的心早贴在一起了，不管过什么样的日子，我都是二柱的人啦！我的心归了他，再苦再难我也不怕！"

平时腼腆文静的云妹，不知怎的一激动就说出了这一番感人肺腑的话。

其实这些日子云妹心里一直忐忑不安。锦宇、亦珊婚礼那天，田思思突然跑过去抱住二柱，当时她心里直发颤，虽然很快知道她与二柱是同班同学，可也难以让人接受。我与二柱还是从小的同学呢！你再高兴再忘形也不能大庭广众之下就冲过去和一个男人相拥相抱，在中国这块土地上，你再没教养也该知道男女授受不亲、男女有别的道理吧！亦珊送给她一句厚颜无耻，再合适不过了。可人家毕竟是教育厅长的女儿，她硬是每天缠着二柱，硬是向二柱身上靠那可怎么办呢？再说，人家爹有权有势，什么办法想不出来呀？二柱能顶得住诱惑吗？——她时时觉得危机在包围着自己。这几个星期她不断地给二柱打电话，星期六早早回来，帮婆婆打扫卫生，洗衣服、做饭忙个不停。做好了饭忙着给二柱打电话，催二柱回来吃饭。只要二柱说他在图书馆，她心里就安静下来，心想：他还是那脾气，学习起来啥都不顾。每当想起对婆婆改了口，也在暗暗笑自己，平时她是极讲究规矩的，突然给婆婆改了口也是情急之中的事。那天客人很多，田思思总缠着二柱献殷勤，她看在眼里急在心里。她一直扶着娘，觉得娘就是她的坚强后盾，不知不觉脱口而出就叫了娘。她把二柱招呼过来扶着娘，两个人一左一右不停地叫娘。一会儿剥一颗糖给娘放嘴里，一会儿又剥一个橘子给娘吃。就餐的时候，她和二柱一直和娘坐在一起，不停地给娘夹菜。锦宇和亦珊向客人敬酒的时候，她和二柱一直陪在左右。她向伯父、伯母敬了酒，向娘也敬了酒，都由二柱陪同。她回忆了一下，那天自己的表现已达到了极致，田思思并没占多大便宜。她以实际行动向田思思发出警告——丫头！二柱是我的，别想入非非。还有，这几个星期，每个星期六晚上她都陪在二柱身边，二柱既专注又热烈，和原来没啥两样。她想：俗话说生米已做成了熟饭，难不成你田思思还不罢手。可她转而一想，无论你做怎样的努力，在权力面前都会显得无能为力，心里又是一阵不安。今天婆婆突然提出要给他们俩办个订婚仪式，真是喜从天降，她从心里感激婆婆。

第二天快近中午时，唐亦珊带二柱和云妹从省城回来，他们拿出采购的东西给尹秀兰过目。金项链、金钻戒、金耳环，金灿灿明晃晃，非常漂亮。尹秀兰没用过不说，见也没见过，她高兴地连声说："好！好！"唐亦珊遵照婆婆的意思为自己买了一对碧玉镯，非常漂亮，婆婆看了连声说好。亦珊把一只戴在婆婆手腕上。秀兰说："娘不要，这是你的。"亦珊说："娘，这是一对，你一只我一只，说明咱娘儿俩的心是连在一起的。"尹秀兰无奈地笑笑说："你这孩子，要我说什么好啊，好吧，我戴了。"然后亦珊又拿出为云妹选的两套衣服，套裙、套装，还有两双皮鞋袜子什么的。尹秀兰说："这颜色款式，既鲜亮又大方，亦珊这眼力，真是没得说！"

云妹给家里打了电话，辛老爷子告诉闺女给二柱的礼物要在省城选购，一定要选好的，别怕花钱，一切都由老子顶着，云妹满心欢喜。她为二柱选了订婚戒指，两套西服，还有领带和两双皮鞋和袜子。云妹拿出来给婆婆看，婆婆直夸买得好。云妹笑着说："全凭嫂子的眼力！"

放了寒假这几日，二柱一直在不停地学习，他拿回来三本书都是下个学期要通过的专业课程，说要利用假期休息这段时间，把三本书看一遍，他每时每刻都在督促自己，除此之外似乎什么也不关心。云妹除了帮婆婆忙家务做饭也在楼下卧室里不停地学习，可她没有二柱那么专注，她一边学一边在想自己的心事，有时她给二柱送水送水果，二柱只客气一下，与她说几句话，又把头埋进书本里，这时候他不想和云妹缠绵。昨天夜里十二点了，娘已睡着了，云妹上楼一看，二柱还趴在桌上看书，云妹走近他说："别再看了，还有明天呢！"二柱站起来，伸了个懒腰，与云妹紧紧搂在一起说："云妹，咱睡吧！"两人上了床熄了灯，一阵紧张的激情之后，二柱便呼呼睡去。云妹心想：这孩子，除了这会儿，全部心思都在书里，他不是个花心的人。

今天一天都在忙订婚仪式的事，吃完饭后，云妹说："二柱！放松一下吧！别光看书了，出去走一走！”二柱答应着。

今晚天气清冷，厂区华灯璀璨，中央大道灯光耀眼，服务区霓虹灯闪烁。二柱来了这么久，不曾有机会专门欣赏厂区美轮美奂的夜景。

二柱说：“咱们顺中央大道走一趟，再绕到万赖亭顺画廊而下。”

云妹说：“就依你！”

他们裹紧了大衣，把羽绒服的帽子拉上来扣在头上，两人挎着胳膊靠得紧紧的，似乎这样会暖和些。他们就这样默默地走着，谁也不提什么话题，什么话也不说，似乎只是为了走路。到了“万赖亭”，二柱说：“云妹别怕冷，咱坐一会儿，你坐我腿上，我用大衣裹着你，这样会暖和些！”云妹乖乖地钻进二柱怀里说：“二柱！你怀里很暖和，我很舒服，男孩子比女孩子热量高！”

两人坐在万赖亭下，放眼夜幕下的人工湖，禁不住感慨万千。湖边一片辉煌火树，枝头树梢无不设灯，好似天上星河倒注凡间，化作万盏闪烁的灯火，遍地生辉。九处人工湖七彩缤纷，流光溢彩，令人如坠仙境。

二柱说：“云妹！我觉得我很幸福，娘和哥疼我。我实现了自己的人生梦想，我又有了你，我很幸福。订婚仪式对咱俩很重要，双方的亲人都为我们的爱情做个见证，你觉得幸福吗？”

云妹很激动地说：“只要有了你，我就觉得幸福，二柱，我一刻也不想离开你！”

二柱又裹了一下大衣，搂紧了云妹，他说：“云妹！有时我学习起来会冷落你，你别怪我，每当和你在一起释放激情的时候，我才觉得自己是个大活人，除此之外，我满脑子都是自动化，我已离不开它了。我也离不开你，你已融入我的生命里，我也融入你的生命里，这辈子无论结果怎样，我们两个都会相互厮守，不离不弃。这几年每当我面对现实的时候，我首先想到的是你，你会给我勇气和希望。云妹，你是我生命里的一盏灯，你永远不会离开我，是吗？”

二柱的肺腑之言深深地打动了云妹，她紧紧地抱着二柱哭出声来，说：“二柱，你别说了，噩梦已经过去，我一刻也不离开你，我会陪伴你一辈子！咱们两个命里注定会生死相依，不离不弃！”

两人紧紧抱在一起，二柱迟疑片刻，认真地说：“云妹！有朝一日我若做了对不起你的事，你会原谅我吗?”云妹不解地注视着二柱，抽出手来抚摸着二柱的脸，微笑着说：“你别吓我，你不会做对不起我的事，我会永远爱你，永远不会离开你。”

在二柱的生命历程中，曾经经历两次毁灭性的灾难，一次是在北埠建筑工地上的那一次，大夫说：幸亏是个孩子，身体各器官生理机能都良好，如果是成人，心脏机能稍微差一些，也许心跳会戛然停止，抢救不及时会永远醒不过来；一次是在桃花园酒店那一次，庞翠翠加进二柱碗里的伟哥是大剂量的兴奋剂，不是庞翠翠及时醒悟，中途制止，疯狂的类似机械运动的鲁莽行为也许会持续到心跳停止的那一刻。他侥幸保住了性命，挣扎着走出了桃花园酒店，可一个花季少年，对这种致命的人格侮辱，其承受能力是有限的。倘若不是耿秋实的及时出现，也许他会因一念之差一头碰死在哪个角落里。有几次他想对云妹倾诉压在心头的秘密，坦诚地跟她交代清楚。可云妹是个纯洁善良的姑娘，我却把一个少年的清白之身给了那女人，云妹能接受得了这样的现实吗?我愧对云妹呀！所以他一直没有勇气向云妹坦白，心里的纠结只有他自己知道，他心里的挣扎已经进行很久了，只有打开书本开始学习时，畅游在自动化知识的海洋里，才会忘掉自我，忘掉烦恼。二柱对学习的刻苦和专注，是常人难以想象的，要说起初的刻苦努力是为了实现梦想，改变命运，而后来的专注、忘我和执著，还蕴含了另一个用意，是为了回避失身的痛苦，这似乎成了他一种心理惯性。当然，这也是他深藏心底的一个秘密，是隐藏在他灵魂深处一个脆弱的痛点，他小心躲闪着唯恐一个不经意会碰疼了它。

云妹搂紧二柱说：“二柱你知道吗?这些日子我一直在害怕!”

二柱问：“你怕什么呀?”

云妹说：“我怕会有人把你从我手里抢走!”

二柱笑了笑说：“你这傻孩子，我又不是个物件，谁想抢走就抢走，我是个大活人!”

云妹认真地说：“你看你那同学田思思，真让人受不了，嫂子是个好人，说出了我心里的话，她家里可是有权有势的，她真要赖上你了，你可怎么办呀?”

二柱严肃地说：“云妹你别怕，她有权有势怎么啦！她是天王老子还能把咱怎样，咱是老百姓，横竖离她远点儿不就完了，我现在已经长大了，已不是两年前了，我知道该怎么应对，只要我心里时时装着你，咱怕她什么呀!”

云妹说：“二柱我有了你！是我上辈子修来的福!”

两个人紧紧地抱在一起。

第二十一章　上门求亲

自从闺女打电话回来说张家母子要上门求亲。把辛茂财老两口乐坏了，也忙坏了，忙得在房间里直打转，却不知干啥好。他把儿子和儿媳妇都召来，开了家庭会，号召全家行动起来，好好准备，不可怠慢了亲家母。俩儿媳妇用了两天时间打扫整理家里卫生，洗洗涮涮忙个不停，把整个家整理得既整齐又清洁。辛刚、辛强开着车出出进进，总算把该置办的都置办齐了。辛老爷子、辛大妈挨个儿房间转着看，不停地点头。辛老爷子把上好的茶叶取出来摆在桌上，儿媳妇也把水果洗好了摆上桌，万事俱备，只等亲家上门。

尹秀兰把俩儿子叫跟前说："咱去辛家上门求亲，要办得体面些，咱要按张家的规矩，既要办得喜庆，又要办得庄重。儿啊！这是我的私房钱，拿去置办礼物！"说着她拿出两千元钱给大儿子。锦宇说："娘！你放心，你说怎么置办，我即刻去办！"

尹秀兰说："就按咱庄户人家的传统，要置四色礼：烟、酒、茶、肉，要上好的。买两张大红纸，娘要给四色礼上个装。可惜这里没有礼盒，咱农村的那种，两个人一台，儿子你想办法吧！"

锦宇说："娘！这个你放心！儿子一定办得漂漂亮亮让你满意！"

尹秀兰开心地笑了。

锦宇想：娘从没这样开心过，这一回一定要给娘要足面子，让她高兴。他带二柱进了一趟城，跑了几家商场，把娘要的东西置办齐了。他要了两条中华烟，两瓶茅台酒，一提龙井茶。买猪肉费了一番周折，总算买到了娘要的那种硬肋板块。四色礼备齐了，他又去了竹柳精编工艺品商城，买了一只制作工艺精湛的长方形竹编提筐，两头带抓手，他想娘看了一定会喜欢。他告诉二柱，不要告诉娘花了多少钱，就说娘给的钱只用了一半。

二柱笑笑说："哥！干吗那么破费！"

锦宇说："给娘要足面子是我的心愿，让娘高兴一回！"

两兄弟把东西一样一样拿给娘看，尹秀兰高兴地说："嘿！瞧这竹筐，这个精巧劲，真叫人喜欢，我儿子这眼力啊！真是随了你爹！"

锦宇高兴地说："娘！我害怕你看不上呢？"说着又把剩下的钱递给娘，说，"娘，钱只用了一半，用不了那么多，你再放好！"

二柱看看哥笑了笑，没敢吭声。

尹秀兰自打年轻时就心灵手巧，多年没机会施展才华，这一回她拿出了看家本领。她打开红纸剪了一张富贵牡丹放在筐底，又剪了一张梅花喜鹊盖在四色礼上面，把猪肉用红纸卷起来，把竹筐打扮得既精巧又喜庆。兄弟俩齐声说："娘！真有你的！"亦珊、云妹非常惊讶，说："呀！太漂亮了。娘！你的手可真巧！"

尹秀兰高兴得合不拢嘴，说："这回总算备齐了！"

腊月二十六天没亮，尹秀兰和云妹就忙着做饭。不一会儿锦宇、亦珊也到了。

唐亦珊说："娘！做饭的事交给我，今天要出远门，办的是一件大事，你可一定要认认真真地梳洗打扮一下！"

尹秀兰笑着说："你这孩子！我一个老太婆，咱齐齐整整就行了，还打扮啥呀！"

唐亦珊一边忙活一边笑着说："娘！咱不但要齐齐整整，还得气气派派，等会儿我帮你！"

尹秀兰笑着说："孩子，你别操心了，我邋遢惯了，一刻意打扮我觉得别扭难受！"

唐亦珊笑着说："等会儿我帮你打扮起来，你站镜子前一照保准信心就来了！娘年轻时一准是美人胚子，咱比谁都不差！"

尹秀兰哈哈笑起来，说："你这孩子！你哄着娘说笑话，娘一个山村的老太婆……"

一边说着饭摆好了，锦宇喊："二柱别磨蹭，快点开饭了！"

二柱急急忙忙跑过来，锦宇问："一大早你在干什么？"

二柱不好意思地笑笑说："突然想起一个问题，看了几眼书。"

锦宇笑着说："你可真够可以的，今儿拜见岳丈大人难道你既不紧张也不激动？"

二柱哈哈笑了说："哥——瞧你说的！横竖我躲娘身后，还有你，还有云妹陪着，我一点儿也不紧张！要说激动嘛！上次已激动过了，你没见那阵势，岳父岳母左一个姑爷右一个姑爷地叫，二哥也张口闭口地叫妹夫，我都没敢跟你和娘说。"

锦宇和娘哈哈笑了，娘说："怎么还不敢说啊！多好的一件事啊！"

锦宇说："好小子，你够享受的，早就享受了姑爷的待遇，你好幸福啊！娘！太不公平了，我好失落啊！我都结婚了唐家才称呼姑爷，我好遗憾呀！"尹秀兰、亦珊和云妹都哈哈笑了。

唐亦珊笑着说："你可真够出息的，人家称呼姑爷你也眼馋！"

尹秀兰也笑了，说："臭小子！各家有各家的规矩，称姑爷就那么享受。"

锦宇认真地说："当然了，你听听，姑爷姑爷的多温馨啊！"

尹秀兰哈哈笑着说："好！有机会让你岳父岳母给补上。哎——我可告诉你们，说话不耽误吃饭，咱们得赶时间。"

说话间一家人吃完了早饭。

唐亦珊给婆婆找出了要换的衣服，她一边替婆婆整理衣服一边说："娘！今天是正式场合，衣服必须上档次，还要搭配合适，我给你选的这几件衣服，就是接见外宾也够格。"

尹秀兰笑着说："你这孩子！咱是老百姓，跟那些扯不上！"

唐亦珊说："娘！咱自己要把自己当回事才行！"一边说着一边喊，

“二柱、云妹你们两个要抓紧梳洗打扮！”

娘儿俩一边唠着，尹秀兰按儿媳妇的要求换好了衣服。她上身穿一件墨绿色的缎面小棉袄，下身是一件藏青色毛料西裤，外套是一件深灰色的毛呢短大衣，唐亦珊执意让婆婆穿一双皮棉鞋，说：“娘！这皮棉鞋穿着暖和舒服，和衣服非常配套！”说着她又拿出一条银灰色的丝巾让婆婆围在脖子上，然后又给婆婆梳头。她边梳边说：“娘！你这头发虽有点儿白的，但是柔顺丝滑，齐肩的短发不做任何处理，也是气气派派大大方方！”

正说着，兄弟俩和云妹都站了过来，唐亦珊说：“你们三个一人一句评语，认为娘今天怎样？”兄弟俩都笑着说：“气气派派！”云妹笑着说：“端庄秀美！”

唐亦珊笑着说：“你们说得都对，但是还不全面，我再补充两句，高贵典雅，气度不凡。”

尹秀兰哈哈笑了，说：“我一个山村的老太婆，也值得配这么好的词儿，你这孩子！”

唐亦珊又对二柱、云妹、锦宇审视了半天，说：“嗯——二柱这套银灰色的西装是我选的，挺合适，显得挺拔高贵，皮鞋擦得也亮，领带再整理一下！云妹这套暖色调的套装也漂亮没的说，红色的高领毛衣，把脸蛋儿衬托得更漂亮了。锦宇这套深灰色西服，显得庄重，皮鞋要再擦一下，头发再整理一下，不要影响咱队伍的整体效果。今天你不要当旁观者，你是咱家的长子，要给人支撑门户的感觉！”

锦宇笑着说：“老婆你放心吧！今天我一定扮好自己的角色！”

唐亦珊高兴地搂着婆婆说：“娘！你看！你看你俩儿子这阵势，到哪儿都不会输给人家！”尹秀兰笑了，一脸的自豪。

几个人正说得热闹，王桂芬来了，她进门就惊讶地说：“哎哟——妹子，这一打扮。嘿！还真是没得说，还真像走亲家那回事！我是来问问还缺啥！还缺啥呀？反正我也不懂！”

尹秀兰拉王桂芬坐下说：“嫂子！让你费心了，都备齐了，你看看吧！”她指着几件礼物笑着说，“就按庄户人家的规矩走一趟，俩孩子都这样了，让亲家放心就行了，我也了却了一份心病！”

王桂芬笑笑说：“说的是，说的是，男大当婚女大当嫁，这个我懂，当老人的都是这个心情，还缺啥跟我说！”

尹秀兰说：“嫂子，咱就这样了，都齐了都齐了！”

一路上尹秀兰乐呵呵的，有说有笑。锦宇从来没见娘这么兴奋过，儿子的婚事是娘的一块心病，一定要办好，让娘放心，也让云妹一家人放心。他盼着弟弟能成就一桩美满婚姻，婚后生儿育女，生活幸福，让娘的晚年过得称心如意。当然他也想要弟弟能有出息，要充分发挥他的聪明才智，报效国家。

锦宇说：“娘！你知道吗？二柱的六门功课全部满分，是这个专业唯一的一个！”

尹秀兰笑着说：“真的！臭小子咋不跟娘说呀！让娘高兴高兴！”

二柱说：“娘！你别误会！我是想说的，可又怕你担心，你又该说我在拼命了。其实我没拼命，我现在上大学了，学得很放松，很舒服，一点儿也不吃力，没有压力，娘你放心吧！你儿子累不着，相比之下，还是我哥累，管那么大一个公司，每天得有多少事啊！哥你要悠着点儿！”

锦宇笑着说：“娘！别听二柱瞎说，我才不累呢！有啥挡不住的事有爸在背后，还有亦珊帮忙。要说一点儿压力没有也不现实，一个大男人这算不了什么！再说我生性懒散，没有二柱那么勤奋，你看我现在都胖了，是不是娘？”

尹秀兰哈哈笑了说：“说的是，是胖了些，你要多操心，让亦珊多休息一会儿！”

锦宇笑着说：“娘你放心吧！公司的事我已经掌握得差不多了，虽然算不上游刃有余，这一年多来也没出啥闪失，只要小心操作，拿不准的事情有爸和亦珊，不会有啥问题。”

尹秀兰笑着说：“生意的事俺不懂，帮不了你啥，凡事多掂量，一旦出了啥闪失，就不是小事，娘担心啊！二柱干起啥事都较真儿，学习起来饭都忘了吃，真是随了你爹！”

锦宇、二柱都笑了，说：“娘！你放心吧！俺自个儿心里有数！”

这会儿尹秀兰不由得又想起了张春来。唉——俺那三木匠啊！真是命苦，如果能看见俩儿子这么有出息，指不定有多高兴呢？今儿是二柱订婚的日子，如果有春来在，怎么也轮不上俺妇道人家操这份心！她这样想着眼泪扑簌簌地滚落下来。细心的云妹猜透了婆婆的心思，赶忙说："娘！今儿咱光想高兴的事！"她忙拿手绢给婆婆擦眼泪。兄弟俩坐在前边，猜透了娘的心事，锦宇忙说："娘！我早打算好了！下午从云妹家出来，咱就到爹坟上去，给爹说说二柱订婚的事，让他和奶奶、爷爷都高兴都放心。到坟上用的东西咱就在县城买，那个好办，超市啥都有。我不想提前把这话说出来，就是不想让娘向这上头想。另外，咱在县城的超市里买几份礼，顺便到舅舅、二大爷、崔二叔、杨四叔和五哥家走一趟，过年了和亲朋好友见个面，免得挂念！娘！你啥也不用想，你只管看儿子结婚生子，盼着照看孙子，其他都由儿子办，保准你满意！"

尹秀兰笑了，笑得很开心，儿子的一番话就是一颗开心果，她说："嘿！我啥也不想，你们兄弟两个都是好孩子，都有出息，我和你爹的梦想都实现了，我心里高兴！"

二柱笑着说："娘！你放心吧！你儿子准能干出成绩来，让你高兴！"

尹秀兰说："娘也想让你们干出让世人瞩目的成绩来！可娘不想让你们拼命，娘只想让你们安安稳稳过日子，如今日子好了别拼命，一生平安就是福！"

锦宇说："娘！俺兄弟俩干的都是极平常的事，没啥风险，二柱学的这门学问，将来就是搞研究做学问，我不想让他做生意，有我一个人拼就够了，他生性实在做不得生意，是做学问的料。我也生性实在，可我有爸和亦珊帮衬，再说我就做个实在生意，别的咱也做不来。娘！你放心吧！你就看孙子，别的什么都不用管！"

尹秀兰笑笑说："娘知道！娘知道！"

娘儿仨你一言我一语说的都是极平常的事，可在辛云妹看来句句动人——这娘儿仨，个个心地善良，心眼儿一个比一个实在，我云妹看重的就是这个，我能嫁到这个家，是我上辈子修来的福，我的二柱啥小心眼儿没有，哥说的对，他就是做学问的料，让他做学问吧！我也没啥能耐，可我能吃苦耐劳，相夫教子，伺候老小一辈子。可就是他这模样长得让人不放心，伟岸挺拔的身材，英俊平和的脸庞，风风火火直直爽爽的性子——唉！我一时一刻也不想离开他，自打放假以来，一直和他住在一起，他已经是我的男人了。可现在还不能要孩子，等毕业了，工作有了着落就要孩子。我想要个儿子，像他那样漂亮帅气——这会儿不知道家里准备的咋样了，爸妈都是懂礼数的人，哥嫂也都规规矩矩，不会怠慢了婆婆和大哥，二柱自然好说些，毕竟是第二趟来了。云妹就这样没边儿地想心事。二柱把手伸过来拍她一下，倒把她吓了一跳。二柱笑笑说："云妹！你在干吗？呆呆的！快拿点儿东西来吃！糖、水果都可以，这会儿突然觉得有点儿馋！"

尹秀兰哈哈笑了，说："臭小子，早饭不好好吃！这会儿饿了吧！"

锦宇笑着说："嘿！要见岳父岳母啦，一激动把肚子给忘了！"

二柱哈哈笑了说："哥！扯哪儿去了！"

云妹拿出来巧克力递给二柱，她剥了一个橘子放在婆婆手上，二柱剥了一颗橘子放在哥嘴里。

云妹说："少吃点儿垫一垫，马上快到家了，很快就有饭吃了！"

说话间，车子已经停在云妹家楼下。辛刚、辛强早已恭候在楼门口。

二柱、云妹扶着娘下了车，辛刚、辛强马上迎上来，云妹忙介绍："大哥、二哥，这是我娘！"辛刚、辛强规规矩矩给尹秀兰鞠了躬，笑着说："婶儿！一路辛苦了！快家里请，我爸妈在家候着呢！"

云妹又介绍："这是我大哥！"两人客气地和锦宇握手说："我俩大你几岁你是兄弟！兄弟辛苦了！"锦宇忙向前握辛刚、辛强的手说："大哥好！二哥好！"

锦宇打开后备厢和二柱一起把礼物抬下来，辛刚、辛强忙上前接过来。

云妹扶着尹秀兰，二柱、锦宇随后，辛刚、辛强抬着礼物跟在后边，一干人簇拥着登上了楼梯。

辛大伯、辛大妈乐得合不拢嘴，早已恭候在门口，云妹老远就介绍："爸！妈！我娘来了！"

辛大伯迎上前热情握住尹秀兰的手说："妹子，一路辛苦了，快进屋快进屋！”

尹秀兰笑着说：“大哥好！”

说着大家进了屋，辛大妈迎上来握住尹秀兰的手说：“妹子！可把你给盼来了！”

互相问候了一番。

云妹忙介绍说：“爸！妈！这是我大哥！”锦宇忙上前向俩老人鞠了躬，笑着说：“伯父、伯母好！”

辛大伯、辛大妈笑着说：“真是个好小伙，一表人才！”

二柱走上前向辛大伯、辛大妈深深鞠躬说：“爸爸、妈妈好！”

辛大伯、辛大妈喜笑颜开地说：“好好！你看这孩子，上了大学变瘦了，比上年瘦了些！”

云妹一一介绍了嫂子和侄子。

说着大家落了座，云妹忙着给大家递茶，辛刚、辛强也忙着给客人递水果。

尹秀兰笑着说：“大哥！嫂子！我知道你俩一直记挂着俺母子，今天我带着儿子求亲来了，咱若成了亲家是我前生修来的福！”

辛大伯哈哈笑了，说：“妹子啊！我早盼着这一天啦！二柱这孩子我打心眼儿里喜欢，用她哥辛刚的话说，他俩是天生的一对！妹子啊！这些年你可真不容易啊！我敬重你的为人！如今俩儿子都出息了，你是大富大贵的人哪！”

尹秀兰笑着说：“大哥！谢谢你不嫌弃俺孤儿寡母！云妹这孩子我看着就喜欢，有文化，模样标致，脾气也好！二柱的大学，多亏了她，一直不放弃！”

辛大妈笑着说：“应该的！应该的！”

尹秀兰笑着说：“孩子们都说说，是不是赞成这门婚事？”

辛刚抢着说：“婶儿！你放心吧！俺都愿意，兄弟没的说，上次云妹带兄弟来，一家人都喜欢，我爸夸妹子有眼力有福气，带了姑爷来，一家人都说好！”

辛强也说：“婶儿！你放心吧！我爸喜欢我妹子，更喜欢我妹夫！俺都想疼他，这一年多没见，俺挺想他的！”

两位嫂子都走过来说：“婶儿！我兄弟人品好，人长得帅。我妹子心眼儿厚道脾气好，他俩天生的一对，俺都赞成！”

锦宇也说话了：“伯父！伯母！哥哥！嫂嫂！你们放心！俺家都喜欢云妹，她和俺媳妇好得亲姐妹似的，我娘一准把她当亲闺女！”

辛大伯、辛大妈、尹秀兰都哈哈笑了。尹秀兰说：“大哥大嫂那咱就天遂人愿吧！”

辛大伯、辛大妈哈哈笑了，说：“妹子啊！今儿咱就把这婚事给定下来了，祝这俩孩子百年好合，今后不论过咋样的日子，都相互厮守不离不弃，等大学毕业就把闺女嫁过去，伺候你孝顺你！”

尹秀兰也哈哈笑了，说：“大哥呀！你说得好，说得对！一个女婿半个儿，今后让二柱好好伺候你孝顺你！”

辛大伯说：“妹子！既这么着，咱就按庄户人家的规矩交换礼物！”

尹秀兰说：“好！好！就依大哥说的办！”

锦宇走近尹秀兰，悄悄地把一个红包放进娘的衣袋里，悄悄地跟娘说：“娘！这是一万元红包，眼下都兴这个，和首饰一起让二柱交给云妹！”

尹秀兰笑了笑点点头。

二柱从娘手上接过包，走到客厅中央，云妹也走到客厅中央。

两个人当着两家人的面互相给对方戴上戒指，二柱帮云妹戴上了项链和耳环，然后又把红包放在云妹手里，云妹推让，看看婆婆。尹秀兰哈哈笑着说：“拿着孩子，没有不拿的理儿！”云妹只好收下。接着又相互交换放衣服的箱子。

大嫂准备了三杯糖茶端了过来，二柱和云妹向双方父母敬了茶。

接着二柱和云妹分别给辛大伯、辛大妈、尹秀兰都磕了头。锦宇不停地拍照，把每一个瞬间每一个细节都拍了下来。

至此，这项订婚仪式总算结束了。

辛大伯哈哈笑着对尹秀兰说：“亲家啊！我心里的石头总算落地了！妹子！我在蒙城大酒店订了餐，虽然比不上省城四星级五星级，可也是咱小县城最上档次的酒店。咱一家人高高兴兴一起吃顿饭!”尹秀兰握住辛大伯的手，高兴地说：“大哥呀，让你费心了，咱庄户人不讲什么星级不星级，难得咱有缘分坐在一起!”

辛大妈握着尹秀兰的手说：“妹子说的是！说的是!”

辛大伯哈哈笑了，笑得很开心。说：“妹子啊！咱一家人不说两家话，这往后咱相处的日子还长着呢!”

第二十二章　校园轶事

新学期开学不久，张二柱被学工部李群英部长请进了她的办公室，笑着说："张二柱同学，咱们蒋校长推荐你任学生会主席，想征求一下你个人意见！"

二柱感觉莫名其妙，笑了笑说："李部长！这哪儿跟哪儿啊！蒋校长怎么会认识我。"

李部长倒了杯水递给二柱，满脸笑容地说："你和蒋校长没单独接触过，他见了你也许不认识，可是他可知道你的故事！"二柱哈哈笑了，说："李部长！你越说越玄了，我能有啥故事啊！"

李部长四十多岁，戴一副金丝眼镜，白白净净有点儿发福，动作慢条斯理，一副知识女性的做派。她听二柱这么一说也哈哈笑了，说："二柱！你有所不知，这个世界说大也大，说小也小，你们四中的钱校长你该认识吧！你们钱校长钱坤与咱们蒋校长蒋坤是高中同学，他们却一个当了大学校长，一个当了中学校长。咱们蒋校长在领导成员会议上，光讲你的故事就讲了半个小时，他说你不但有坚强的意志，还有一个聪明的脑袋，是棵好苗，要好好培养。将来前途无量！这一届学生会主席考取了清华研究生就快离校了，所以蒋校长推荐了你，这回你不觉得突然了吧！"

二柱笑着说："我有啥能耐呀！班长我都不想干，这怎么办呀！"他停了一下又说，"李部长你知道吗？这学期我满以为班长当不成了，上学期是老师指定，新学期民主选举，我肯定选不上。可是一选举，五十个人我得了四十五票，我当场就向四位投我反对票的同学致谢，感谢他们对我的理解！”

李部长哈哈笑了，笑出了眼泪，她说：“你这孩子，怎么就跟别人不一样啊！这事若让蒋校长知道了又是你的一个故事。人家想干还干不上呢！我看出来了，你就是埋头搞研究做学问的料，可你想过没有，社会工作也得有人做呀！如果大家都趴在那里研究学问，那研究工作以外的工作谁做呀！这个社会还怎么运转呀！大家还能过日子吗？所以我劝你，还是接任学生会主席，这是锻炼你从事社会工作能力的好机会。我敢肯定，你将来不但是个优秀的学者，还是一个出色的社会工作者，你说是不是！”

二柱红着验说：“李部长你这是鼓励我啊！我可从来没想过这些！”

虽然还没谈几句话，但李部长发现眼前这位年轻人真是与众不同，与她打交道的年轻人不计其数，个个都是功利型的，一旦碰到向上攀爬的机会，他们会不遗余力，甚至有的会不择手段。可眼前这孩子真是令她刮目相看，也确实是个另类，他似乎是个刚懂事的孩子，将来他会有一个怎样的前程，他自己可能真的没想过，他的灵魂似乎还是一片净土，李部长越发喜欢这个年轻人。她笑笑说：“二柱！干吧！我相信你的能力，你学习的能力就能证明你的工作能力，凡事都是人干的。你看上届的学生会主席考取了清华研究生，学习自然不用说了，人家工作也做得挺好的。你要有自信，要相信自己的能力，一个壮壮实实的小伙子，脑子又聪明！干吧！错不了！”

李部长一番鼓励，让二柱鼓起了勇气，他笑着说：“那好！李部长，我接受了，可班长必须辞了，请你务必帮忙替我解脱！”李部长说：“只能说帮你解释一下，不能叫解脱，人家放不放你还很难说，不过你放心吧！我们会充分考虑你的难处，我会和系里的老师沟通。”

二柱从学工部出来，心里有些忐忑，总也高兴不起来，他想和哥说一声，看哥是什么意见。他拨了哥的手机，哥接了电话，二柱把蒋校长推荐他任学生会主席的事说了一遍，锦宇高兴地说：“干吧！兄弟，哥祝贺你，我知道你满脑子装的都是自动化，怕影响学习，还犹豫着。听哥一句劝，别两只眼只盯在学习上，没准让学生会主席的工作一搅和，你的学习会更来劲更踏实。再说这个世界哪有闭门做学问的，人们的社会生活是多姿多彩的，你干了学生会主席，会接触更多的人和事，会学到自动化里没有的知识，你的视野会更开阔，这对你成就将来的事业是有好处的。干吧！哥支持你！周末回来哥要给你庆贺一回！”

经哥一说，二柱豁然开朗了，他更有信心了，高兴地说：“哥！你放心吧！我一定干好这项工作！一定不辱使命！”

经过李部长再三做工作，全班同学决定放二柱一马，经过改选班长一职由党代表王超担任。二柱终于卸掉了班长职务。可学生会主席一职并不轻松，学校经常布置任务，他要隔三差五跑学工部，要配合学工部的工作。

工作了一段时间，二柱真正认识到，学生会是连接学生与学校管理层的桥梁和纽带，是一个非常有意义的组织，真要做好工作也不是一件容易的事。还好，学工部李部长给二柱介绍了一些工作方法和注意事项，二柱有什么想法也及时跟领导交流。这些日子，二柱觉得自己变了，在人多的时候敢大声讲话了，领导层开会时，也敢大胆地发表自己的想法和建议了，怪不得人说环境造人，真是不假！李部长一直在夸二柱，人聪明，有能力，二柱也觉得很有成就感。

接下来发生了一件事，着着实实地考验了二柱一把。

大三有一位女同学王欣得了白血病，光手术治疗费就需要三十万元。学校领导决定伸出援手，要在校园里开展一次募捐活动，帮助王欣渡过难关。学生会勇敢地承担了这项光荣而艰巨的任务。二柱与学生会一帮同学进行了一番策划，首先他们掀起了宣传舆论攻势，分片组织了五场报告会，每场报告会都由二柱演讲，他的演讲激情澎湃，感情真挚，同学们被深深地打动了。他号召同学们：“一天省下一元钱，为了王欣；伸出你的双手，奉献一颗爱心，拯救鲜活的生命；我相信团结的力量，让我们共同努力，把王欣同学从死神那里夺回来！”

接下来的几天，二柱带领一帮人在校园里四处演讲，他们的宣传单散发到每个老师和学生手上，凡有人聚集的地方，都是他们演讲的舞台。王欣班的同学被他们的精神感动了，纷纷行动起来加入演讲的行列。教室里、楼道里到处都是他们的演讲场所。他们还制作了宣传布帘，挂在显眼的地方，上面写着：“一天节省一元钱，为了王欣！少吃一只冰糕为了王欣！”“奉献爱心、拯救生命。”整个理工大学沸腾了。

学工部李部长在默默地观察着学生会这帮孩子的义举，东方理工大学近万名学生让他们给发动起来了。二柱的演讲句句动人，既入情入理又荡气回肠。她认为二柱具有卓越的组织才能和超凡的运筹能力，这孩子看着挺单纯，却很有激情、有策略，真是不简单。如果交给学工部来完成，恐怕难度就大了。李部长自愧不如。

接下来二柱又做了两件事更是令李部长瞠目。

二柱发动的这场宣传攻势，彻底征服了全校师生，以拯救生命为口号的募捐活动，呈锐不可当之势，老师同学慷慨解囊，场面令人感动。

很快，各班系的捐款都陆续送到了，还有一些没送到的二柱又派出几个人去催，仅仅一个星期捐款全部到位。经过一番核对点验，学生的捐款数额为二十万零三千元。老师的捐款数额是五万元。二柱拨通了银行营业厅的服务电话，很快银行工作人员到了，并开来了运钞。经银行工作人员点验，没用半小时，就办好了存储手续。二柱高兴地把存折向李部长手上一放说：“李部长，本次任务圆满完成！”

然后他又布置几个伙伴，要把各班系上交捐款的交接单输入电脑，然后按捐款数额多少排序。下午向全校张榜公布。

下午各班级都收到了这次募捐活动的公布榜，哪个班级募捐了多少，全校师生一目了然。

二柱所在班捐款数额一万元，位列捐款班级榜首。二柱捐出了这学年的全部奖学金五千元，全班五十名同学每人捐了一百元。

首战告捷，二柱并没把捐款活动停止，他约来了晚报记者，向记者介绍了整个活动过程，要求给予适时报道。他认为东方理工大学不是孤立的，它属于全市全省和全国。晚报记者的介入，惊动了省市电视台。省市电视台对东方理工大学的善举进行了适时报道，并把王欣治疗账户在媒体公布。一场爱心风暴随之在全市全省掀起。把捐款活动推向社会，并非蒋校长本意，蒋校长一向不事张扬，他认为几十万元的善款，靠本校师生完全能够解决，没想到本次活动波及面这么广，令他始料未及，他请来李群英了解情况。

李部长介绍了募捐活动的整个过程。蒋校长颇有感触地说了三个没想到："没想到这次募捐活动办得这么干净利落，没想到这次活动波及全市全省，没想到二柱这孩子竟有如此能量。虽然把活动推向校外非我本意，既然推出去了，终究也是一件好事。我们要感谢学生会这帮孩子。"

李部长也很感动，她说："我虽目睹了本次爱心活动的全过程，可对二柱的如此作为和本次活动的效果也是没有想到。一开始和那孩子接触谈话，给人的感觉，他单纯得就像窗台上那盆水仙花，可他对工作的热情和执著，令人震惊，他的能量一旦爆发，就似一团熊熊燃烧的烈火，势不可当。"

听了李部长的有感而发，一向不苟言笑的蒋校长笑了，他说："一开始我听了钱校长的介绍，对张二柱只是好奇、赞赏，现在竟有点儿喜欢他了，有机会得见见这位小伙子。"

李部长说："那还不容易，这会儿就在办公室，随叫随到。"

蒋校长立刻说："不不不！还是我去见他。"

说着与李部长一起前往学生会办公室。蒋校长的突然到访，令学生会五个同学很吃惊。李部长大声说："蒋校长看望同学们！"

二柱和大家站起来热烈鼓掌。李部长一一做了介绍。蒋校长握住二柱的手笑着说："钱坤说的没错，聪明能干、一表人才，二柱同学请原谅我的官僚，当了学生会主席这么长时间，一直没来看你！"蒋校长拍拍二柱的肩膀笑着说："小伙子！真有你的。"尽管二柱知道自己的学生会主席是蒋校长推荐的，可蒋校长百忙中特意前来看望，还是令他感动不已，但他表现得镇定自若、不卑不亢。他高兴地说："谢谢校长！"

蒋校长说："谢我什么！说谢的应该是我，谢谢你们办成了一件大事，你们的善举令我刮目相看，这次活动意义非凡，它的社会效应已超出给王欣治疗本身。据媒体传来消息，媒体发布消息仅仅一个星期，王欣的治疗账户已募到善款八十万元，并且还在继续增长，我校募集款项由学校补齐三十万元，立即送达王欣治疗账户。后续款项的使用和善后处理，也由学生会拿出方案。”

二柱立刻表示，我们一定办好这件事。

二柱随学校领导一起看望了王欣。他把学校发动全校师生捐款的事向王欣做了介绍。王欣非常激动，紧紧握着二柱的手泪流满面，连声说：“谢谢校长、老师！谢谢同学们！”

回来的路上二柱一直在想，我们一定能从死神手里把王欣夺回来，我的这份工作，它的意义应该用生命的价值来衡量，做好这份工作，是我义不容辞的责任。

今年的五一长假，二柱感觉太急促、太短暂了。他跟云妹说：“赶在五一之前，我们完成了一项史无前例的任务，我感觉浑身轻松，我要利用假期把失去的时间夺回来，扎扎实实地看几天书。”

云妹笑着说：“你放心吧！保证不会打扰你！”

临近放暑假了，二柱忙着整理书籍和资料，他准备让哥接他，该拿回家的就拿回家，以便假期翻阅。突然来了电话，一看是李部长的，二柱放下手里的东西，急急忙忙向学工部跑去。李部长看二柱一头汗，笑着说：“小伙子，你跑啥呀，你看你满头大汗，快来！我把空调再调一下！”

二柱说：“李部长有什么工作，尽管吩咐！”

李部长说：“现在没什么任务，快一个月了没敢惊动你，已到学期结束了，知道你在应考，所以不好影响你，怎么样，成绩还可以吧！”

二柱笑着说：“还行！这学期通过五门课，除了一门不是满分，其他都是满分，比上学期差了一点儿，上学期六门课全是满分，下学期一定加把劲！”

李部长笑着说：“你行啊！这么多满分，这可是少有的！你们班满分多吗？”

二柱说：“不多不多，满分的很少！”

李部长说：“我就说嘛！光用功不行，脑子必须聪明，这两条你都占住了，既聪明又用功！”

二柱笑着说：“李部长，你净夸我吧！我没那么好！”

李部长说：“我不是故意夸你，我说的是真话。哎！还想告诉你一个好消息，王欣同学手术非常成功，现在恢复得很好，估计暑假后就可以回校上课了！”

二柱非常高兴，说：“哎呀！太好了，可喜可贺，到时咱一定欢迎她胜利归来，看见她健康的样子，同学们一定很受鼓舞！”

李部长也非常兴奋，说：“我们胜利啦！用你们的话说，从死神手中把她夺回来啦！”二柱哈哈笑了说：“是！是！”

李部长说：“哎！二柱！跟你说点儿题外话，现在大学生都在谈恋爱，你有没有想法！怎么样给你牵个线！”

二柱哈哈笑了，说：“李部长！谢谢你关心，我已经有女朋友啦，现在医学院读大二，她叫辛云妹，初中时就是同学，不瞒你说，我们已经订婚了！”说着他伸出手来给李部长看，“你看这就是订婚戒指，是她给我选的！”二柱取出钱夹里的合影照片拿给李部长看，说，“这是我与女朋友的合影”。

李部长哈哈笑了，她说：“不错不错，挺漂亮的！我说二柱，都啥年代了，你再返回头找个初中同学订婚，你已经落伍了！”

二柱笑着说：“李部长！我和云妹不是你想象的那样，我们从小是同学，两小无猜，互相知根知底，我们都从农村来，互相有共同语言，我们没有赶时髦的愿望，和城里人比，追求也不一样。”

李部长笑着说：“你说的有道理！有道理！哎！还想说个题外话，田思思你认识吧！”

二柱说：“是我们班的田思思吗？当然认识，同班同学嘛！不瞒你说，我们还是亲戚呢！她是我嫂子的表妹！”

李部长又笑着说：“所以说嘛！人家姑娘不错！人长得漂亮、聪明，学业成绩也不错，关键人家家庭背景好，田厅长的女儿嘛！田厅长夫妇管孩子严格，姑娘教养也挺好！人家对你有好感，别拒人于千里之外，做个朋友总可以吧！”

二柱觉得事情有些复杂，李部长怎么知道我会拒她于千里之外，田思思又在搞什么名堂，他突然觉得心“怦怦”直跳。他说：“李部长，你有所不知，其实我和田思思处得还不错，在班里经常打招呼！我并没有拒她于千里之外！”

李部长笑笑说：“还说呢！人家请你吃饭被你拒绝了！人家姑娘脸皮薄，要请男孩子吃饭得要多大的勇气啊！你一个大小伙子，要知道给人家姑娘留面子！你说是吗？”

二柱红着脸，思绪有些乱，只机械地答应着：“是是是！”

李部长哈哈笑了，笑得意味深长，她说：“二柱啊！喜欢你的人可是大有人在啊！一个漂亮的小伙子，又聪明又能干，谁能不喜欢啊！人家喜欢你总没错吧！嘿！不多说了！就这样吧！你自己把握住了！”

二柱红着脸说：“谢李部长关心我！”

从李部长办公室出来。二柱想了一路，也没理出头绪来，这是怎么回事啊？今天李部长找我说的最后一件事才是她的真正目的，李部长与田家到底是啥关系呀？哪有学工部长还给学生推荐朋友的，是不是田思思又在搞什么名堂？她最后笑得让人费解，什么喜欢我的人大有人在呀！难道还有其他什么人在背后搞名堂？二柱心里一阵烦，原本想高高兴兴、轻轻松松回家过个愉快的假期，没想到又变成灰色的了，不过今天的事情一定要给哥、嫂子和云妹通报，要让他们帮着拿主意。他不由得想起了前几天田思思的一场恶作剧，心里更加厌恶她。不久前的一天晚上，已经十点钟，二柱在宿舍学习，突然接到田思思电话，说她摔倒起不来了，请求二柱救她，二柱有点儿惊奇，唯恐是陷阱，他约了同室两个男同学，又约了班里的两个女同学，一起跑向体育场一侧，一看田思思坐在地上，她说脚崴了，起不来了，两个女同学把她扶起来，她还装作痛苦的样子，直叫疼。二柱想起了庞翠翠，从心里感觉恶心。二柱耐着性子说：“用不用去医院？”田思思立刻表示出不快，冷冰冰、愤愤地说：“不必了，感谢关怀！”两位女同学小心地扶她回了宿舍。事后她对二柱表示了极大不满，说：“本想约你出来散散心，玩玩，干吗兴师动众，真是不可理喻！”二柱一点儿不掩饰，说：“既然是玩，干吗谎称摔倒，是谁不可理喻！”二柱想：得罪也就得罪了，以免出现第二个庞翠翠。

听了二柱的汇报，唐亦珊感觉头有点儿大，锦宇直直地看着亦珊，知道她能想出办法来，在学校时为了维护两人的恋爱关系，她什么样的人都对付过，比田思思难对付的也有。唐亦珊原以为，东方理工大学虽说是教育厅长的一亩三分地，但细一想，东方理工大学是副省级单位，校长蒋坤是副省级干部，你田厅长再怎么位高权重也不能随意插手。再说蒋坤是学者型干部，绝不会参与学生的恋爱婚姻这类俗事，是谁操纵了李部长，一定另有其人。她觉得自己低估了田思思的能量，并且犯了一个常识性的错误，就是把权力的渗透力估计过低了，她稳了一下神儿坚定地说："二柱！现在形势虽然严峻复杂，但主动权仍然在你手上，任凭风浪起，稳坐钓鱼船，只要你意志坚定，她也没辙。田思思是漂亮聪明，家里有权有势，你若成了田家的乘龙快婿，她家没准会帮你成就一番事业，再加自己的刻苦努力，或许能实现人生的辉煌也未可知。我不妨坦诚告诉你，咱不能走那条道，你必须全面权衡利弊，云妹的人品高尚、天资聪慧无可挑剔，她虽不及思思艳丽，但她美丽斯文，落落大方，通情达理，是贤妻良母型的好媳妇。一个男人要成就大事，一靠自己艰苦努力，二靠有一个贤内助，在这一点上田思思没得比，她只知道撒娇使横，是个难伺候的主儿，在事业上非但帮不了你，还有可能毁了你。还有一点我不妨把话说白了，我是过来人，你是我小叔子，你与云妹之间的情形已不是秘密了，生理上大概已不是如饥似渴了，倘若你还是个单身男人，恰又碰上如花似玉的女孩投怀送抱，干柴碰烈火，一切都难说了。不过现在情况不同，我相信你的自制力，更相信你与云妹之间的感情，从小一起长大，青梅竹马，你们在一起顺理成章，大家都赞成，娘也特别喜欢云妹，我和你哥也喜欢她。云妹是能承得起大富大贵的人，你千万要珍惜。田思思就不一样了，你与她只是刚碰面的大学同学，没啥感情基础，她渴望得到你，目的很简单，就是看上你的模样，至于将来能否永远稀罕你，谁也说不好，你要想清楚。"

唐亦珊口无遮拦的一番话可谓一针见血，二柱的脸"唰"的一下涨得通红，他极难为情地说："嫂子！干吗说得那么难听，好像我做了什么坏事似的！"

唐亦珊哈哈笑了，锦宇拍了她一把："你这坏蛋，都什么时候了，你还有心思开玩笑！"

二柱也哈哈笑了："哥！嫂子是为我好，嫂子你放心，我对云妹的心是坚定的，不管什么情况下都不会改变。"

唐亦珊说："这我就放心了，我只是提醒你，不要低估了田思思，为了得到你，她极有可能不择手段。无论什么情况下，都要记住一点，绝不和田思思单独相处，不给她任何机会，你做得对。你们男孩子思想简单，糊里糊涂就上了人家的圈套，自己还不知道，生米一旦做成了熟饭，一切都晚了。"

二柱的脸"唰"的一下又红了说："嫂子！看你说的，在你眼里我就那么经不住考验，你真的不信任我！"他立刻想起了桃花园的事，心里一阵颤抖，当时理智尚存，可面对邪恶，最终还是不堪一击。

唐亦珊哈哈笑了，说："不是不信任你，只是担心你提醒你，要尽可能把情况设想得复杂些。"她调皮地瞥了一眼二柱，坏笑着说，"干吗长一副让女孩惦记的模样！"

马锦宇又拍了她一巴掌说："坏蛋！越说越离谱！"

二柱被逗得哈哈笑了，说："嫂子你说什么，你对我哥放心对我就不放心，我和哥差别就那么大吗?"他又一次想起了桃花园，禁不住浑身燥热。

唐亦珊哈哈笑了说："我对你哥同样不放心，可我多厉害啊！云妹太老实太文弱，那一天思思突然跑过去搂着你，要换了我，就跟她不客气，狠狠把她推到一边，当着那么多人的面，看她难堪不难堪，可云妹只有生气忍让，她做不出强硬的动作来，我担心的就是这个。"

锦宇和二柱哈哈笑了，二柱说："在学校你把我哥看得死死的，一旦有哪个女孩胆敢靠近我哥，你决不客气，决不手软！"

唐亦珊说："当然了，谁敢对我的男人居心叵测，我就坚决打击，决不手软。"

看唐亦珊恶狠狠的样子，锦宇、二柱都哈哈笑了，二柱想：哥如果没有这样一个女人保护，没准也会发生桃花园的事，可惜我就没那么幸运了。二柱说："嫂子你放心，我记住了，无论如何绝不与田思思单独相处，不给她任何机会！"

唐亦珊放松地笑了，说："这就对了，我就不服，田思思有什么了不起，一个乳臭未干的黄毛丫头，接下来我与思思将会有一场决战，看我怎么收拾她！"

第二天唐亦珊回了一趟娘家，向父母介绍了眼前发生的事，她向父母摊牌，绝对不能与思思做妯娌，要阻止思思，不能让她继续骚扰二柱。她说："妈！如果你不想与舅舅家成为仇人，就一定要想办法阻止思思！"

唐先农、田丽娟夫妇非常赞同女儿，田丽娟安慰女儿说："珊珊，你放心，思思还是个孩子，她看上二柱，多半是看上了二柱的模样，但二柱并不适合她，她也不适合二柱。要说她觊觎马家财产，她还没成熟到那种程度。要说是二柱吸引了她，那也是一时兴起，这事交给我，我要让你舅舅、舅妈先亮红灯。"此事关乎女儿，唐家夫妇岂能不重视，田丽娟当即驱车去了田家。

晚饭后，田丽娟从田家回来，可以说田家之行颇有收获，事情的来龙去脉她了解得一清二楚。

原来看上二柱只是田思思一厢情愿，二柱一直躲着田思思，没给她一点儿机会。田思思无计可施，只得求助父母，并且又哭又闹。田厅长夫妇见宝贝女儿真心爱二柱，非常无助，又那么执著痛苦，看着心疼。他们想：女儿是大学生了，看上心仪的男人想谈恋爱也是人之常情，没啥不可。于是答应助女儿一臂之力，所以打电话约来了李群英。

这位李部长是田家常客，早年是田厅长初恋，当初一直迷恋田成宇的才华和气度，紧追不舍，最终也因力不从心败下阵来，成全了田吴之美，只能做好朋友。

对田成宇夫妇的心思，李群英自有考量。她毕竟见多识广，应付这种事她也算得上得心应手，她既要拿出积极姿态，又要不失公允才会不致使自己落于尴尬境地。她说了这样一段话："咱们思思如花似玉，聪明漂亮，且又优秀，又是这样一种背景，所以选择的余地很大。张二柱模样英俊，体魄健壮，聪明好学，积极上进，性格好，很讨人喜欢。但毕竟是农村来的孩子，你们把这样一个对你们的生活一点儿不了解的孩子领进家，要做好充分的思想准备，人类成长背景和观念的差别不是短时间就能消除的，你们确定已经想好了吗？”

田厅长是何等人物，他说了这样一番话：“思思还是个孩子，考虑问题不可能很成熟，或许是一时兴起。交朋友嘛，特别是男女朋友，应该随缘，最终看他们自己的缘分。当然作为成人，考虑问题，认识事物也应该与时俱进，不可能一蹴而就，我们只是做应该做的。”

李群英自有主张。她轻松地笑了笑说：“既这么着，好说，我帮忙做张二柱的工作，我与他工作上合作得不错，对我很尊重，促成他与思思正常交往不成问题。”后边的一句话应该是，成与不成就看缘分，可她没说出口。

听了一番介绍，田丽娟心里有了底，她丝毫不隐瞒自己的观点，说：“咱思思长得漂亮聪明，才刚十八岁，凭咱这条件，应该有更好的选择。学历高、背景好、长得帅的小伙子有的是，咱们的视野应该再开阔一些。选择那样一个生活背景的孩子应当慎重。马锦宇接母亲、弟弟来到马家，不用说你们也知道，接下来马张两家的关系就微妙了，能处个怎样的状态谁也说不好。再说二柱母子过的是寄人篱下的日子，如何打发日子只有他们自己知道。居家过日子这些是不得不考虑的因素，亦珊成就了这门婚事，是在不知情的情况下，现在已无法挽回。你们就一个宝贝闺女，你们要想好了！”田丽娟言下之意，田家夫妇岂能不知，当下表示，要好好劝阻思思，不能让她任意妄为。

晚上唐亦珊向几个人通报了情况，大家都松了口气。唐亦珊说：“你们不要高兴得太早，这事不可以掉以轻心。我了解思思，她不可能轻易放弃，父母的话她未必听得进，或许她是个不撞南墙不回头的人，所以这事还没完，二柱就靠你了。”二柱坚定地表示：“请你放心吧！”

唐亦珊的预产期已经到了，可她说什么感觉也没有。马延福、王桂芬老两口和尹秀兰都非常紧张，恐怕出点儿什么闪失。这些天一直是锦宇陪着亦珊散步。临近生产了，唐亦珊路也走不动了，前期曾做过 B 超检查，说是双胞胎，胎儿发育良好，让家人不用担心。可家人忍不住担心，唐亦珊一向身材苗条，说她怀了两个孩子，说给谁也不信，所以老人们既高兴又害怕。云妹放暑假回来这几天，一直陪着亦珊一步不离，一会儿量血压，一会儿测脉搏，一会儿扶着亦珊在房里走动。

马延福今天临去工地之前又跟儿子说："今天一定要送亦珊住进医院，早一天去比在家待着好，我也放心！"锦宇答应着。

早饭后，锦宇带上亦珊、云妹和二柱去了省立人民医院妇产医院，因为云妹提前挂了号，所以房间早已准备好了，房间里宽敞明亮，设施齐全，空调二十四小时开放。

唐亦珊说："你们两个大男人回去吧！我现在还没啥感觉，你们回去该干啥干啥，等我有了感觉就让云妹给你们打电话！"二人应着出去了。

刚刚吃过晚饭，云妹打来电话，说亦珊已破了羊水送进了产房，王桂芬、尹秀兰慌了手脚，催锦宇、二柱拿着婴儿的东西赶快走。马延福也急急忙忙给司机老杨打电话说立马送他去医院。

锦宇、二柱抱着东西刚刚跑到产房门口，就听见产房里传出婴儿的哭声，二柱说："生了生了！"高兴地抱起了哥哥又蹦又跳。云妹一脸的兴奋，忙跑过来扶住婆婆和王桂芬说："娘、伯母，放心吧！已经生了！"

锦宇把娘和妈按在了椅子上说："娘、妈，别紧张了，已经生了！"正说着马延福也气喘吁吁地到了，他听到婴儿的哭声高兴极了！

又听见一声婴儿哭，一家人都高兴地站起来。

护士出来了，笑着告诉一家人："祝贺你们！是一对龙凤胎！"她顺手接过云妹手中的婴儿物品，又退回产房。

锦宇、二柱高兴地叫起来，王桂芬、尹秀兰高兴地落下了眼泪。

锦宇抱一下妈，抱一下娘，又抱了一下爸，高兴地喊："娘、妈、爸，咱们胜利了！"

锦宇和云妹也高兴地拥抱在一起。

不一会儿两个婴儿抱出来了，尹秀兰、王桂芬一人抱一个高兴地脸上像开了花。唐亦珊也随着被推出来，锦宇忙跑上前握住亦珊的手说："老婆谢谢你，辛苦了！"唐亦珊非常虚弱不想睁眼，只微微笑了一下。

母子平安，一家人都把心放下了，锦宇拨通了岳父家的电话，向岳父岳母报喜，他说：“爸爸、妈妈祝贺你们！亦珊生了，生的是一对龙凤胎！”唐先农老两口非常高兴，说天一亮就来看亦珊。

第二天观察了一上午，大夫说母子正常，可以回家。

小洋楼二楼的卧室里又添了两张婴儿床显得非常拥挤。尹秀兰按农村的规矩给大儿媳妇做第一顿饭，亲自伺候唐亦珊吃饭。唐亦珊精神好多了。她说：“娘！我自己能行！”尹秀兰说：“亦珊哪！让你遭罪了，你就让娘伺候你，娘乐意！”王桂芬和云妹都候在一边，一会儿拿这，一会儿拿那。

王桂芬提议让尹秀兰和云妹住过来，三楼卧室好好的，你娘儿俩黑夜白天守着，我一个人心里虚，妹子，只当给我做个伴，尹秀兰和云妹都非常乐意。她让锦宇去凤凰别墅和二柱做伴。一家人一起吃饭，俩男孩子该干嘛干嘛，伺候媳妇和婴儿，你们伸不了手，两兄弟吃了饭就去了凤凰别墅。

二柱搂着哥哥的肩膀说：“哥！我太羡慕你了，祝贺你！你有了儿子，也有了闺女，你是两个孩子的爸爸，多幸福啊！”

锦宇说：“你将来也生个龙凤胎吧！你看你这体质比我强，你一定能行，咱兄弟两个是一样的！”

二柱说：“我能有那福气吗？”

锦宇说：“你怎么没有福气了，你看你这副神态，比哥有精神，将来肯定比哥有出息！”

二柱摇摇头，一脸不高兴地说：“这几天正烦呢。”

锦宇吓了一跳问：“怎么啦！谁惹你了，云妹惹你啦？”

二柱说：“不是！田思思还在折腾，我烦透了。”

锦宇愤愤地说：“那可恶的丫头，要让亦姗收拾她。”

二柱说：“在班上我一直不理她，始终和她保持距离，李部长跟我说一定要给她留面子，不要拒她于千里之外。所以我也有所顾忌，在班上她时不时地还是要找我，要求我陪她出去，这时我也顾不得面子，只好直接拒绝她，正像嫂子说的，如果给她机会，说不定会闹出什么事来。有一次她恼羞成怒，当着许多同学的面大声嚷嚷：张二柱，你有什么了不起！我只能说：正因为我没啥了不起，所以才不值得你理会，好了，好了，希望你冷静下来，少安毋躁。班里同学多数看不惯她，都私下安慰我，要我珍惜云妹，云妹是个好姑娘。"

锦宇非常严肃地说："所以说，咱与她不是一路人，你要记住，一定要坚定信念，云妹是多好的姑娘啊！咱家每个人都喜欢她，田思思是什么货色，她是亦珊的表妹，亦珊都烦她，她那大小姐的脾气，能和咱老百姓一起过日子吗？"

二柱说："哥！你放心！我和云妹已经住在一起，感情很深，我绝不做对不起她的事，绝不动摇，不管田思思要什么花招我都不会理她，大不了退学呗！"

锦宇说："你傻啊！干吗退学，你把你和云妹的关系在班上公开，你们订婚时我拍了很多照片，你冲一些拿到班里给大家看，大家都来监督，看她还能怎样！"

二柱情绪好多了，他笑了笑说："哥！我听你的！"

三天后开始给孩子喂奶了，唐亦珊人虽单薄，奶水却很丰沛，足够两个孩子吃的。尹秀兰说："她不够咱也不怕，添奶粉鸡蛋就行了。"

两个孩子倒着班地哭，把一家人搅得手足无措。

这会儿两个孩子睡着了亦珊也睡着了，王桂芬拉着尹秀兰说："妹子，咱去客厅歇一会儿，喝喝茶，让她们母子好好睡一觉，云妹你也到别墅去看看二柱需要什么。"云妹答应着。

老姐俩坐在沙发上。马延福也从房间出来了，三个人坐在一起喝茶聊天。马延福说："妹子啊！这眼看孩子姥姥家快上门了，你给孩子起个名字吧！"

尹秀兰笑了，她说："大哥！还是你来起，你有学问。"

马延福说："妹子！我有啥学问哪，孩子的名理应由你来起，你心细，起啥都成，哥听你的！"

尹秀兰笑了笑略一沉思说："既然大哥这么说，我给孩子起，不合适咱再换!”

马延福两口笑着说：“妹子，你尽管说。”

尹秀兰说：“那咱就叫龙龙、凤凤吧！哥哥叫马龙，妹妹叫张凤，你看行吗?”

马延福、王桂芬一时激动地说不出话来，握住尹秀兰的手，王桂芬激动地落下了眼泪，马延福说：“妹子啊！你的大恩大德俺怎么报答呀!”

尹秀兰握着马延福的手说：“大哥呀！咱一家人不说两家话，你的心情我理解，儿子是你抱来的让他姓马，孙子是你们门里生的更应该姓马，你马家需要男丁继承香火，这个我懂!”

马延福眼泪哗哗地滚落下来，他说：“妹子啊！你给我的这份情，我一辈子也还不清啊!”

尹秀兰说：“大哥啊！你是个明白人，你领我的情，我也领你的情，咱三个人高高兴兴守孙子，咱啥也不说啦!”

马延福、王桂芬都笑了。

自从锦宇的一对儿女出生以来，给张马两家增添了无尽的乐趣。这几个月两家一直吃住在一起，比原来更和谐了。马延福每天去工地跑一趟，不到十一点就急着赶回来看孙子，下午又跑一趟，还不到四点钟就又跑回来了，他时时也放不下孙子。眼看要给孙子孙女摆百日宴了，马延福告诉锦宇百日宴设在小餐厅，人手不够就从大餐厅抽调，一定要把百日宴办得像模像样。咱要把亲戚朋友都请来，着着实实地祝贺一回。看他那副神态，要比锦宇结婚的喜宴重视多了，忙里忙外，一天到晚乐呵呵的。

一对小家伙三个多月了，长得白白胖胖甚是喜人，男孩酷似锦宇，女孩很像亦珊。锦宇和二柱跑了一趟省城买来两辆婴儿车，一家人一天到晚在客厅里逗孩子玩，一会儿抱着一会儿推着。每个人都有说不完的话题，讲不完的故事。二柱、云妹一个假期一刻也没闲着，做饭洗衣服打扫卫生，两个年轻人后边干完干前边，把家里整理打扫得井井有条，王桂芬高兴地说：“这两个劳动力呀真顶用，咱老姐俩照顾孩子，不是他们两个搭手，恐怕咱俩饭也吃不上。”说着哈哈笑了。

尹秀兰笑着说：“让他们干吧！等他们生了孩子的时候咱也一齐上!”

说着都哈哈笑了。

两个小家伙越长越大，食量也越来越大，奶水早已不够吃了，一顿只能喂一个孩子，另一个只能喂奶粉。于是兄妹俩，这顿男孩子吃奶，女孩子吃奶粉，下一顿再调过来。进入三个月，尹秀兰又给孩子增加了鸡蛋羹，孩子越长越结实。尹秀兰、王桂芬抱着孩子跳啊、笑啊，一天到晚不知道累。尹秀兰笑着说："嫂子呀，你看这俩小宝贝长得这模样，就是一对金童玉女，多给爷爷奶奶添面子啊！"然后就是嗯嗯嗯地亲不够。

马延福提前一天请来了姑姑，让他参加重孙子的百日庆宴。老人一头的白发，红润的脸庞，精神矍铄。进了门就哈哈笑着说："快快！快把重孙子抱过来让咱瞧瞧。"尹秀兰、王桂芬抱过孩子说："快叫姑太给祈个福吧！"老太太笑着说："不是大福大贵的人，观音菩萨不送龙凤胎，咱马家大福大贵呀！"

老人接过孩子，摸摸头顶，闭上眼睛默默地祷念了一会儿，然后笑着说："瞧俩孩子这模样，一准是大福大贵啊！"她又说，"给孩子起名了吗？"

马延福回答："姑！已经起好了，妹子起的，哥哥叫马龙，妹妹叫张凤！"

老太太拉住尹秀兰的手拍了拍，很激动地说："闺女呀！你就是观音菩萨！你就是观音菩萨呀！"

尹秀兰哈哈笑了说："姑！就该这样！就该这样！"

今天是百日庆宴，来参加庆宴的车辆排满了中央大道，场面极其壮观。

唐先农夫妇也来了，他们抱着外孙、外孙女非常高兴，亲了又亲，他让司机把花篮和营养品等一大宗贺礼呈上，老两口又拿出两个红包分别放在外孙、外孙女手上，哈哈地笑了。唐先农看了看外孙子和外孙女，非常感叹地说："真是一对金童玉女啊！你看这外孙女太像我闺女啦！"又问，"给孩子取什么名字啊？"马延福高兴地回答："起好了！妹子起的，哥哥叫马龙，妹妹叫张凤！"

唐先农笑着说："好啊好啊！好名字，又气派又讲究！"他握着尹秀兰的手，意味深长地说，“亲家呀！你是个圣人！”是啊！尹秀兰的睿智令唐先农这样一个高级别的人深感困惑，早先在他心里曾经有一种预感，张马两家会有一场争夺儿子的拉锯战，到时备受煎熬的将是马锦宇，没想到他们彼此竟然以极其宽容的胸怀包容了对方，他端详着尹秀兰，百思不得其解。面前这位极其普通的村妇，有几分端庄、几分秀美，又有几分清癯和憔悴，岁月的沧桑在她姣好的面容上留下了无情的烙印，但她胸中却蕴含着大智大慧，她的大度，她的作为，如此坦然，令他难以置信，他想疼了脑袋也想不明白，怎么一介村妇却堪比满腹经纶的知识分子，真令人刮目相看啊，一直自以为颇具智慧的唐先农自愧不如，不由得发出无限感慨。

尹秀兰对唐先农的疑惑不以为然，她哈哈笑了，笑得很坦然，说：“大哥呀！让你见笑了，你妹子没文化！你过奖了！”

第二十三章　孽缘来袭

五一节前夕，马延福邀请全家和亲朋好友来汶山风景区休闲娱乐。锦宇、亦珊带着两个蹒跚学步的孩子，王桂芬、尹秀兰、二柱、云妹都来了，他还专程请来了亲家唐先农夫妇和姑姑、表弟一家。亲朋好友欢聚一堂，在这仙境一样的地方玩了一整天，他们赏美景品美味，玩得很开心。

整个山坳投资两个亿的辉煌建筑，令二柱震撼，他虽听哥哥介绍过几次，但是整个景区怎样以人性化开发治理为宗旨？怎样讲究自然景观和文化内涵有机结合？怎样让传统文化和现代科学元素相互渗透？真正亲临其境，才能真正体验感悟得到，实令二柱感叹不已。他想：董事长他老人家如此大手笔，该是怎样的一种胸襟和胆略？这不仅仅是金钱的简单堆砌，他的每一项建筑构想都是有灵魂的，是理念和理想的共同体现，从他得意和兴奋的表情中，二柱觉察到老爷子对这份杰作给自己打了一百分。二柱与云妹交谈着、品评着，说：“董事长所追求的境界是什么呢？是自然景观的美和心灵美的有机结合，在他人生黄昏终于降临的时候，又收获了一份成功的喜悦，他所倾心打造的这样一份文化旅游产业，更多考虑的并非单纯的商业利益，他的理想和期待非常朴实，他渴望享受天伦，企盼亲情回归，真心实意渴望看到一家人心情愉悦，灿烂的笑脸，在自己的有生之年，他渴望为广大民众奉献一份愉悦和一份快乐。”

马延福、锦宇引领二柱、云妹与唐先农夫妇、林伯清及姑太认识，二柱和云妹聪慧得体、生得标致，二柱、云妹向各位长辈深深鞠躬表示了应有的尊重。几位长辈连连夸赞，说二柱、锦宇酷似双胞胎，只是锦宇大了几岁，看似稳重老成了些，都是一表人才，是青年中的佼佼者，将来前途无量。马延福特别介绍了二柱的坎坷经历，夸赞二柱矢志不移、智慧超群，终成正果，以高分考入东方理工大学，令几位长辈感叹不已。

在二柱眼里，唐先农颇具城府，文化造诣和官道修养极深，不好接近；而林区长显得年轻儒雅，极富修养，朴实坦诚，更易被人接受。

经简单交谈后，在马延福引领下，一帮亲友开始参观欣赏美景。

坐落在正面的迎宾楼具有典型的时代特征，乳白色的楼体给人超凡脱俗的感觉，楼前的花池内矗立着一尊高大的龙形奇石，上面雕刻着“汶山迎宾馆”五个烫金大字，阳光下金光灿灿，特别耀眼。

坐落在迎宾楼左右两侧的中式风格的汶山会馆和书法展览馆均是粉墙碧瓦的三层阁楼，灰蓝色的斗拱飞檐，阳光下显得壮观典雅、古朴伟岸，让人感觉蕴藏着几分神秘。

坐落在迎宾楼和展览馆中间上侧的封山牌坊，坐落在四棵龙雕石柱上，“小汶山”三个烫金大字金光灿灿，显得特别雄伟壮观，色彩斑斓的斗拱飞檐给人以飞翔超越的感觉。五十级灰蓝色的石阶让人感觉如临仙境。坐落在汶山会馆右侧的是小义河拦水工程，十米落差的瀑布，日夜轰鸣，阳光下似一束银色哈达从天而降，小义河顺广场右侧流过，河边是一段雕栏回廊，是人们观水游玩的好去处。地下停车场入口隐蔽，地上地下共有停车位两百余个。

马延福饶有兴致地给客人介绍，正面的迎宾楼从一楼到五楼是餐饮部，可同时接纳八百人就餐，从六楼到十楼是客户部，包括十幢别墅，可同时接纳五百人住宿，十一楼是各种不同规格和不同特点的音乐茶座和歌厅。左边的汶山会馆一楼是小型会客厅和拥有千人坐席的礼堂；二楼是五个大小不同、风格各异的小型会议室；三楼是音乐厅、歌舞厅。左边的展览馆一楼、二楼在三千平方米展厅悬挂着装帧精美的两千幅省内外著名书法家的书法作品，三楼展出的是著名画家的作品和石木雕刻作品及古玩。

封山牌坊向上的盘山石梯共两千九百级，直通山顶的书法碑林和瞭望塔。整座建筑群从设计标准到服务功能都是五星级的。

给客人介绍完了，马延福一脸的自豪，客人们赞不绝口，唐先农连连点头，说：“堪称一流！堪称一流！”林伯清也称赞是精品中的精品。

唐亦珊要带两个孩子，田丽娟和两位婆婆及姑太、云妹都留下来陪伴。锦宇和二柱陪三位长辈走上了盘山云梯。

九十九幢书法碑林依次排列，自古至今向上延伸，几位客人因喜好不同，分散欣赏，二柱始终和锦宇在一起，碑林中有二十几幢是古代书法家的书法精品，其中有东晋著名书法家王羲之的《兰亭序》，有王献之的《洛神赋》，还有唐代的欧阳询、颜真卿、柳公权以及北宋的苏轼、黄庭坚，明代祝允明、王宠和现代大家于右任、张大千的书法作品。仅毛泽东的书法精品就有十几块碑，其中《沁园春·雪》，碑体耸立在最高点上，在瞭望塔一侧。

二柱、锦宇两兄弟在碑前默读了好大一会儿，二柱饶有兴趣地说：“哥！毛主席的这首诗词气势磅礴，你看：‘北国风光，千里冰封，万里雪飘，望长城内外，惟余莽莽；大河上下，顿失滔滔。’倘若冬天大雪封山，再登瞭望塔放眼望去，该是怎样的一种情怀啊！毛主席不愧为领袖，情趣如此美妙，心胸如此旷达，无人能比。”

锦宇笑笑说：“当然，领袖就是领袖，自古至今但凡英雄豪杰自有独到之处，柱儿，咱兄弟俩虽为凡人，也一定要追求高尚才是！”

二柱笑着说：“哥说的是！”

五一节举行开业庆典，马延福向省市区各级党委政府及电视台和社会各界发出邀请，并向社会各界发送了三十万张免费游览观赏券。

马延福向二柱发出了邀请，二柱欣然接受，一大早二柱随马延福、锦宇赶赴汶山景区开业庆典现场。

汶山风景区披上了节日盛装，广场上空十个大型彩色气球迎风飘舞，山上山下彩旗飘扬，三座楼前及五十级石阶上鲜花争艳，高音喇叭播放着时而悠扬、时而激荡的迎宾曲。

被任命为汶山风景区总经理的耿秋实西装革履、装扮一新。

马延福特意打扮了一下，西装、领带规规整整，满面红光，锦宇、二柱穿同样的银灰色西装，庄重气派容光焕发。

马延福带领锦宇、二柱、耿秋实列队与省市区各级到访客人热情握手，广场内外停满了各种车辆，人头攒动。

耿秋实高声宣布汶山旅游景区隆重开业，广场上空音乐、礼炮声响彻云霄。

王副市长在掌声中致辞。

贾副省长、王副市长、林区长剪彩。

耿秋实又宣布："打开山门，庆典结束。"

庆典仪式简短而热烈。

在主人陪同下，省市领导与各界群众上千人登山游览。

锦宇、二柱随省市领导一起登上了瞭望塔，遥望省城，心旷神怡，贾副省长握着马延福的手，激动地说："老马，你为老百姓做了一件大好事！"

二柱参加了一场隆重的开业庆典，感慨万千！他对锦宇说："哥，董事长如此作为，给我们许多启迪，他的大度、他的活络，他广泛的人脉都是事业成功的组成部分！"

锦宇说："我也有同感！"

长假结束的前一天晚上，一家人坐在一起吃了一顿团圆饭，然后锦宇开车送二柱、云妹返校。吃饭的时候，二柱对大家说："伯父、伯母、娘、哥、嫂子、云妹，告诉你们一件喜事，刚才接到李部长电话，我的预备党员一年期满，东方理工大学党委批准我为中共正式党员，为我祝贺吧！"锦宇拍一下二柱肩膀笑着说："可喜可贺！咱要共同喝一杯！"锦宇给全家都斟了酒，大家都碰了杯，都齐声说："祝贺二柱成为正式党员。"然后锦宇又说，"你们有所不知，开发区党委已经批准咱公司设立党委，我爸任党委书记兼董事长，目前咱公司有六十多名党员，党员力量非常雄厚。"

张马两家的日子幸福和谐，平静祥和，一步一个脚印，一个希望接着一个希望地向前迈进。令人万万没有想到的是，一个女人的突然到访，一石击起千层浪，打破了这两个家庭平静安逸的生活，使这两个家庭陷入了痛苦的深渊！

一天上午十点，马锦宇正在自己的办公室里忙活，突然秘书敲门进来说：“总经理有你的客人！”随着带进一个女人，女人三十四五岁的样子，锦宇一看不认识，站起来客气地说：“你请坐吧！”秘书随手关门出去了。

锦宇说：“请问你从哪里来？”

女人笑笑说：“马经理，你就是大柱兄弟吧？”

锦宇非常疑惑，以为是老家来的亲戚，微笑着说：“是！我是大柱，对不起！老家的亲戚我还认不齐，请你多谅解！”

女人尴尬地笑笑说：“对不起马经理，我不是你老家的亲戚，我是桃花镇人，是从你老家打听了消息才找到这里来，我姓庞，庞翠翠，镇上人称我翠姐！”

锦宇给客人倒了杯水递上，说：“哦！翠姐请喝水，原来是这样，有什么事你请说吧！”

愣了半天的庞翠翠突然泪流满面地跪在地上，哭着说：“大柱兄弟，我是认罪来了！”

马锦宇被这突如其来的状况吓呆了，他马上扶起庞翠翠说：“翠姐！有什么不好说的，到底出了什么事，只要我能帮你，我会伸手的！”

庞翠翠哭着说：“大柱兄弟呀！我是二柱兄弟打工酒店的老板，我是个坏女人。我有一桩不幸的婚姻，当年我男人强暴了我，出于无奈我才跟了他，还给他生了两个孩子。我一直看不上这个男人，我一直觉得自己委屈，觉得自己不幸。二柱来了，我看上了他，我一时一刻也放不下他，我千方百计设套勾引他，但他就是不上钩，最后我威胁他，若不从我，我就打电话报警，诬告他对我施暴，让警察把他带走，他害怕了，从了我，一个月后，在他要离开的前天晚上，我在他的汤里放进了伟哥，正在他发疯支持不住的时候，我又撞进他房间。兄弟啊，我知罪了，我在作孽，他还是个孩子……”

锦宇听了女人的哭诉，如五雷轰顶一下倒在椅子上，脸涨得通红，他稳了一下神儿站起来指着庞翠翠愤怒地吼道：“你这无耻的女人，你害了我兄弟，我没找你算账，你却自己送上门来！”

庞翠翠又跪下来继续哭着说：“兄弟呀！你消消气，你杀了我，我也无怨无悔，我现在已经遭到报应了，你要听我把话说完!”她稳了一下神儿擦了一下眼泪接着说，“二柱走了，我的心平静下来，我后悔对二柱做的一切，没承想，我却怀孕了，开始我并不知道这孩子是二柱的，我男人要留下这个孩子，说咱养得起。秋天我把孩子生下来，是个男孩，我男人很喜欢。几个月以后，孩子长大了，长得白白胖胖，端端正正，又机灵又漂亮，那大脑袋宽脑门浓眉大眼，特别像二柱。十年来我一直采取避孕措施，却不知为何措施失败了，我想这就是天意，是老天爷给我的赏赐，是老天爷可怜我，给我留下了这个世界上唯一令我心仪男人的孩子，我非常知足，我死而无憾了。我下决心好好养他，等孩子长到了三岁，他越长越像二柱。终于有一天我男人发现了秘密，他抓着我的头发举起菜刀，让我老实交代！我向他坦白了一切，求他杀了我，留下孩子。他不敢下手，甩下刀喝了两瓶酒，疯了似的开着车冲向公路。车冲进山沟，车报废了，人没死，却成了植物人。现在镇上人都知道了这件事，一家人恨透了我，两个孩子看见这孩子就喊野种、野种！我怕总有一天那俩孩子会伤害他。只想为孩子寻一条生路，他长得聪明、漂亮、结实，和二柱一模一样。兄弟呀！他是你们张家的种，你们收下他吧！我知道二柱在上大学，我不想毁了他的前程。兄弟呀！你想想办法吧！我给孩子准备了八十万元，只求你给他一条生路!”说着她呜呜地哭起来。

锦宇仰脸靠在椅子上，流下了眼泪，庞翠翠还在哭，锦宇无法接受这突如其来的侮辱，突然站起来冲了出去。

他六神无主开着车驶向汶山迎宾馆。他停下车，急匆匆向耿秋实办公室跑去。

耿秋实正在埋头办理业务，马锦宇突然摔门闯了进来，耿秋实吓了一跳，一看是锦宇，他神情激愤，面色难看，秋实立刻迎上去问：“锦宇！出啥事了?”

锦宇也不吭声，突然抱住秋实放声大哭：“大哥呀！出大事了，我要杀了那女人，我要杀了那女人!”

耿秋实被这突如其来的状况吓呆了，他拍拍锦宇肩膀说：“兄弟你冷静，你快说出啥事了?”

锦宇哭着说："我兄弟被那女人强暴了，你为啥不早说呀，现在出事了，那女人毁了我兄弟，这可怎么办呀！大哥！都是因我而起，他不出来打工，就不会碰上这档子事，我受不了，大哥！啊——"锦宇一个劲儿地哭。

耿秋实一听是桃花园的事，稳了一下神儿，说："兄弟，咱不怕，那女人可耻，不管走到哪儿，咱都不怕她！"

马延福正在展览馆休息室与到访的书法家聊天，突然看见锦宇开车来了，急匆匆向耿秋实办公室跑去，看那神情不对劲，他很担心就急着跑了过来。他推门进来，看锦宇正放声痛哭，忙搂过儿子问："儿子，怎么了这是，出啥事啦！快跟我说。"

锦宇哭诉着说："爸！我受不了啦，我兄弟被人强暴了，我要杀了那女人，都是因我而起，爸！"

马延福拍拍锦宇说："儿子，你要冷静，快跟爸说，到底出啥事了？我听不懂你的话，没有咱摆不平的，快跟爸说！"

马锦宇冷静下来，把刚才庞翠翠来访的经过说了一遍。

马延福、耿秋实都非常气愤，可他们毕竟是见过世面、经过事情的。耿秋实说："当时我在桃花镇碰上了二柱，他在那里哭，哭得很伤心，是我劝好了他，他只说没脸回家见娘，非要寻死，是我劝好了他，带他吃了饭。他向我诉说了受强暴的经过，当时我想：这种事没有说理的地方，他毕竟是个孩子，不能因为这档子事毁了他一生。我告诉他，这事要保密，谁也不说，永远烂在自己肚子里，对娘对媳妇都不能说。我送他回家，过了年把他带到这里来。后来他已忘了那件事，又恢复了天真活泼的天性，自己发奋考取了大学，天知道却又出了这档子事，这事咋办呀，无论如何，咱都要保护好二柱，不能影响了他的前程和他们小夫妻的感情，叔啊！咱一定要想办法。"

马延福深思了一会儿说："儿子，咱都要冷静，你疼你兄弟我理解，这事已过去六年，如果不是留下了孩子，咱谁也不说，秋实做的是对的，现在咱要面对现实，冷静处理这件事。现在庞翠翠并没提过分要求！她只想保护这孩子，并且她也想保护二柱，为孩子的将来着想，咱理解她吧！

一个女人糟践了自己，走到这步田地，已走投无路了。这样吧，明天你俩跑一趟桃花镇，看庞翠翠说的是否属实，咱不可轻信她的，如果真的是这样，我们要想办法把孩子接出来，因为孩子是张家的后代，咱要为孩子的将来考虑，为孩子的健康成长考虑，你说是吗？这里交给我，你们要冷静！”

第二天马锦宇带耿秋实驱车来到桃花镇，走进了桃花园酒店。酒店一派萧条，已没有了当年的红火，庞翠翠仍在惨淡经营，她既要管一家老小和成为植物人的丈夫，又要管理经营难以为继的酒店，还要时时担心儿子的安全。她看锦宇和耿秋实来了，只是哭，说：“我遭了报应，罪有应得，我只心疼我儿子，这不是他的错，希望你们救救他！”

庞翠翠把孩子带过来给锦宇和耿秋实看，孩子已经五岁了，长得漂亮结实，酷似二柱和马锦宇。马锦宇坚信这就是二柱的儿子，他拿不准立即拨了马延福的电话，跟他通报了情况。

马延福说：“既是这样，如果孩子愿意跟你们来，就先把他带回来再做打算。”

二人决定带走孩子，于是跟庞翠翠说，“你问一下孩子，是否愿意跟我们走，再者，孩子跟我们走你是否放心！”

庞翠翠搂过孩子说：“骞儿！你愿意跟叔叔走吗？跟叔叔去一个地方上学，将来能找到你爸爸，那里是你的家，妈会经常去看你！”然后他对锦宇说，“兄弟，你放心吧，只要孩子去了他该去的地方，我死也无牵挂了，你们都是好人，我放心！”

她拿出了八十万元的银行卡，放在锦宇手上，锦宇推让不要，翠翠说：“兄弟！请相信我的诚意，这是我给孩子准备的，这点儿钱也不能管他一辈子，起码能让他长大，我就是死了，也安心了！”

锦宇说：“请你相信我，没有这份钱我也能把孩子养大，我养得起。另外我还告诉你，对孩子的身份，我们还要做进一步确认，我先把话放在前边！”因为昨天晚上他与亦珊说了这事，亦珊说要做一次 DNA 鉴定，咱不能贸然相信一个女人的话，咱要相信科学，不能光相信感觉，锦宇认为亦珊的话是对的。

孩子虽然还小，但他却很乖，当即扑进锦宇怀里，与锦宇似乎有一种天然的亲近，锦宇心里一阵酸楚，紧紧地搂住了孩子。

锦宇带孩子走了，他抱孩子下了楼，孩子与妈妈招手再见，他们走到大门口时，听见了庞翠翠撕心裂肺的哭声。

他们先把孩子带去汶山迎宾楼，给孩子洗了澡，换了衣服，天黑的时候才带进了小洋楼。唐亦珊非常喜欢这孩子，她说："不做DNA鉴定，我也敢肯定是二柱的孩子，你看这大脑袋、宽脑门、大眼睛、高鼻梁，眉宇间那副神情和二柱一模一样，但咱还是相信科学，不能先相信感觉。这事要千方百计瞒住二柱和云妹，他们受不了这个打击。娘瞒不住了，因为娘每天都过来照看孩子，再说要瞒住二柱需要娘的配合！"

锦宇说："你说的有道理，我要尽快做好娘的工作，你要给我时间，明早在娘没过来之前，你带孩子走一趟省城，帮他联系寄宿学校，要尽快把孩子送出去。"唐亦珊答应着。

第二天一早，唐亦珊带着骞儿进了城。马延福、锦宇吃完早饭去上班，等尹秀兰吃了早饭，来到小洋楼时，两个孩子还没醒。

唐亦珊带骞儿在省城转了一天，给孩子买了衣服并带孩子在饭店吃了饭，并联系好了一所不错的寄宿学校。等晚上回到家时，两个孩子已经入睡。她打发骞儿睡下了，又来到凤凰别墅给婆婆道了平安，只说家里有事回来晚了，让婆婆好好休息。

尹秀兰只觉得儿子和媳妇神情有些不对，总在躲躲闪闪的，到底出了啥事，心里觉得特别扭。第二天中午锦宇来了，进了门就一个劲儿娘娘地叫个不停。她看儿子神情不对，脸色不好看，眉宇间有一层阴云，眼圈都是黑的，消瘦了不少。锦宇只说："娘！中午你要好好休息，一天到晚带孩子挺累的！"

尹秀兰说："娘不累，娘才五十岁，还没到七老八十。"她坐在沙发上，儿子挨着她坐下来，搂着她的肩膀。尹秀兰知道儿子一定有事，就说："柱儿啊，这几天你有事瞒着娘，有啥事啊！别闷在心里难受！"

锦宇再也忍不住了，趴在娘身上哭起来，他一边哭一边说："娘！都是因为我害了兄弟！六年前我兄弟在桃花镇被那女人强暴了，他一直闷在心里，他要忍受多大的痛苦呀！不是因为我，他怎么会出来打工呀！娘！我受不了！”他把庞翠翠来访的事说了一遍。

尹秀兰哭了，特别伤心，她说：“老天爷啊，干吗糟践我儿子，他还是个孩子。我还纳闷儿，那一年你耿秋实大哥把他送回家，我看他神情不对，问他什么也不说，在家睡了三天，谁也不见，过了初二就去找秋实。原本说过了年复学的，可上学的事只字没提，也没跟云妹打招呼，等云妹来时，他已经走了，却原来出了这档子事。那挨千刀的女人，今天遭到了报应，只可怜我那孙子！”

锦宇给娘擦了眼泪说：“娘！我求你一件事，这件事不能让二柱、云妹知道，不能毁了二柱的前程，不能扰乱了他们夫妻的生活。我已经帮孩子联系好了寄宿学校，我一定帮兄弟把孩子养大。等会儿我带孩子来见你，他长得跟我兄弟一样漂亮，眉宇间那副神情跟我兄弟一模一样，他也挺乖，咱一定要好好疼他！”

不一会儿锦宇带着骞儿来了，进了门孩子有些生疏，到处审视着，直往锦宇身后躲，眼一直怯生生地瞅着尹秀兰。锦宇蹲下来跟他说：“骞儿！这是奶奶，是你爸爸的妈妈，你爸爸出远门了！快叫奶奶。”骞儿怯生生地喊了声奶奶，尹秀兰搂过孩子，放声大哭：“可怜的孩子！老天爷呀！你干吗这么折腾了大人又折腾孩子呀！俺到底做错了啥啦?”

锦宇说：“娘！你别太难过了，这几天孩子就跟你在一起，该去后边看孩子时就带他一起去。现在家里人都知道了这件事，咱们就瞒着二柱、云妹两个人，如果让他们知道了这件事，他们会受不了，再过三两天我就送孩子去学校了，咱一个星期去看一趟。学校里条件非常好，老师会好好照顾他，等他该入学了，咱再想办法。等他长大了，再让二柱知道这件事。”

尹秀兰紧紧搂住孩子说：“就依你说的，娘听你的，这孩子一看就乖，跟你兄弟小时候一样，虽然是第一次见，觉得一点儿也不生，到底是自己的孙子。”

锦宇说：“娘！这孩子叫骞儿，咱就叫他张骞吧！这几天我让亦珊给孩子办理户口，孩子暂时落在我名下！”

孩子入学前一天，唐亦珊带孩子去省公安厅做了 DNA 鉴定，说结果三天就出来。

星期五上午，是孩子入学的日子。马锦宇、唐亦珊带着骞儿到寄宿学校报到，手续办得非常顺利，交了一年的费用八万元。唐亦珊说："骞儿，你是男子汉，想家里人时不要哭，在这儿要听老师的话，我们会常来看你，你妈也会常来看你！"骞儿答应着。他问："大伯、大妈！奶奶、爸爸会来看我吗？"锦宇、亦珊都哭了，说："奶奶、爸爸会来看你，你放心吧！"回来的路上，唐亦珊一直在哭，说："真是造孽啊，多可怜的孩子，如果是龙龙、凤凤这样，我会发疯的。"

锦宇说："亦珊你要忍着，等几年吧！等二柱、云妹的工作生活稳定下来，他们年龄大一些，心胸宽阔了，再告诉他们，我希望他们能接受这孩子！"

第二十四章　再铸辉煌

辛云妹医科大学毕业了，省立人民医院妇产医院愉快地答应了云妹的求职申请。因为这里是她的实习单位，在这里云妹经历了一年辛辛苦苦的实习生活。在这里撰写了毕业论文，并最终获得通过，专家们给了很高的评价。同时她还善结人缘，大家都夸云妹专业扎实，为人好，是个好姑娘。院长早就想留下她，这也算天遂人愿吧！

这半年里，云妹经常去东方理工大学找二柱，因为云妹实习的妇产医院距东方理工大学只有两站路，每当不上班的时候，她总是做好吃的给二柱送去，今天送水饺，明天送馅饼，后天又送炸鸡腿。每次她去送饭，二柱都让她坐在身旁，有时碰巧二柱正在图书馆，他会找本书让云妹坐下来看书，和自己一起熬两三个小时，他对云妹说："我一点儿不觉得你在影响我学习，只觉得你在我坐的沙发上又放了个靠背，觉得安静而且舒适。"有时他们会坐在图书馆门外的石阶上吃饭，边吃边聊，觉得很悠闲很惬意。偶尔碰到班上的同学，二柱会大大方方地介绍说："这是我媳妇!"

二柱遵照哥哥建议，把他和云妹的照片装好了一个影集，放在自己的桌洞里，里面有他们的订婚照，同学们可以随意翻看。他不在场时，女同学也会看，其中也包括田思思。这段时间，田思思看见二柱一脸的不屑，二柱装作没看到，热情地与她打招呼。这样心里反倒觉得很轻松。

进入大四，二柱面临实习，他联系了几家研究机构，其中有一家北京的研究机构批准了他的实习请求。二柱跟娘说："娘！如果我到北京实习，要半年才能回来看你，就让云妹好好陪你！"

尹秀兰说："你放心去吧！有你哥你嫂子和云妹，还有那俩调皮的孩子，我每天都忙！你每个星期要打电话来，让娘放心！"

国庆节后，二柱要去北京一家研究机构实习，说春节时才能回来。为了让二柱走得高兴安心，整个国庆长假，云妹一直陪在二柱身边，做好吃的给他吃，并给他提建议说："就要去实习了，这几天索性把书放一放，好好陪陪娘，别一天到晚埋在书里。"二柱觉得也对，今后要学习，还要工作，真正留给娘的时间并不多，所以他接受了云妹的建议。白天陪娘说话，一起照看那俩孩子，晚上孩子睡下了，他和云妹扶着娘去中央大道，去落花亭、万赖亭走一圈，给娘说这说那，读上面的诗，讲上面的寓言故事给娘听。尹秀兰说："柱儿啊，有文化真好，你们知道的事情真多，娘今后和你们在一起，你们要把肚子里的故事讲给娘听，你讲啥娘都觉得新鲜！"

二柱笑着说："娘！你放心吧！等我实习完了，参加了工作，不再赶功课了，有的是时间，我会经常讲故事给你听，保准你喜欢！"

尹秀兰开心地笑了，她突然又觉得心里沉沉的，心想：唉！多好的孩子啊！不知愁不知忧，一门心思学文化、学知识，没承想却被人欺负了。他要承受怎样的痛苦啊！孩子是藏不住了，早晚要让他知道。可不是现在，大柱说得对，等他们两个上了点儿年纪，把这事看得淡了，心理承受能力强了，再让他们父子相认，只可怜我那小孙子，总也见不着爹！

自从二柱去北京实习以后，云妹三天两头在家住，她怕婆婆孤单，她觉得只要时常在婆婆身边，讲二柱的故事，婆婆就不会觉得儿子遥远，二柱二十好几的人啦，可从没离开过娘，虽然有哥俩孩子在娘身边闹腾，可儿子是儿子，孙子是孙子，互相代替不了。

天气逐渐凉了，云妹加厚了衣服，每天匆匆忙忙赶车上班，下了班又匆匆忙忙向回赶，来回路上就要两三个小时。这几天她突然觉得身体不适，去附近一家医院做了一次检查，大夫告诉她怀孕了。这下把她吓了一跳，这可怎么办呢？她一向非常小心，国庆长假期间她一直和二柱在一起，因为二柱快走了，因此放松了警惕，没承想却怀上了孩子，这可怎么办呀！二柱还没毕业，自己也刚刚工作，这孩子留呢还是不留，她和自己的好姐妹讨论了这件事。同伴们说：“这是你第一个孩子，拿掉要担风险，你们两个感情好，拿掉怪可惜的。”考虑再三，她决定留下孩子，她准备回家就跟婆婆说这件事。

晚上她和婆婆坐在一起，握住婆婆的手说：“娘！有一件事要跟你说，我已怀了二柱的孩子，怎么办呢？”

尹秀兰并不觉得奇怪，两个年轻人一直在一起，怀孩子是早晚的事。她说：“怀就怀吧，有什么不妥？”她笑了笑又说：“闺女，怀了就生下来养着！”云妹早就想好了，如果婆婆埋怨这件事，她会表明自己的态度。

婆婆的轻松和坦率，让云妹放下心来，她说：“娘！二柱还没毕业呢，一时半会儿回不来，这可咋办？”

尹秀兰笑着说：“孩子！你别怕！让你哥你嫂子想办法。”

云妹很感动，她觉得婆婆的心胸像大海一样宽阔，不管大河小河的水都能容得下。

第二天锦宇、亦珊知道了云妹怀孕的事，两个人很高兴说要尽快给他们两个举办婚礼，他们决定等春节二柱回来就办，又过春节又娶媳妇多喜庆。锦宇说：“娘！按照现在政策，本科生可以结婚，再说马上毕业了，不用担心！”

尹秀兰说：“那你们就抓紧准备，要跟亲家通报一声。”

锦宇以长子的身份给亲家打了电话，他客客气气地说：“伯父，我和娘商量好了，春节时给二柱、云妹完婚，想征求您老意见。”

辛老伯当即表示同意，并说从现在开始给云妹准备嫁妆。

晚上锦宇给二柱打了电话，告诉他春节回来完婚，二柱还硬说等毕业以后再结，锦宇笑着说：“你小子，你要当爸爸了，你能等，孩子不能等。”

二柱心里咯噔一下，心想这是多大的失误啊，这个云妹怎么掌握的！他转而对哥哈哈笑了，说：“哥！对不起，让你操心啦！”

锦宇把跟二柱通话的事跟娘说了，娘哈哈地笑了，说：“那臭小子，自己的事还装不懂。”

这会儿二柱心里也挺惬意，他想上学、养子两不误。我和云妹终于结出了爱情之花，这是可喜可贺的事，晚上他忍不住和云妹通了电话，电话里他故意大声说：“老婆，祝贺你要当妈妈啦！”

云妹也大声说：“老公，祝贺你要当爸爸了！”二柱跟云妹又说了一会儿，让她注意身体，要保好胎养好胎，云妹说：“你放心吧！这个我懂。”

婚礼订在腊月二十六，二柱提前几天回来了，他看凤凰别墅里里外外整洁一新，房间里又贴了新的壁纸，木地板又上了蜡，新房里布置一新，床上用品一应俱全，书房也重新进行了布置。他高兴地跟哥说：“哥！谢谢你！干吗这么破费！”

锦宇笑着说：“娶媳妇不破费，啥时候破费呀！这是人生大事，不可马虎。”

按照庄户人家的习俗，闺女出嫁要从娘家嫁出来，这样才吉利，所以提前两天，锦宇开车和二柱一起把云妹送回来。尹秀兰说，辛家老少三代是个和睦的大家庭，人丁兴旺，咱得沾个人气，必须这么做。他们带了一宗礼品算是给老人送节礼。辛家老爷子高兴极了。为送闺女出嫁，辛家做了充分准备，只待吉日，腊月二十六一早发嫁，亲家只等迎亲就行了。

二柱非常兴奋，在房间里与云妹两个人又缠绵了一会儿。

他趴在云妹耳边悄声说：“老婆，一定保护好儿子！”云妹笑了。

从辛家出来，兄弟俩在街上置办了上坟用的东西，并给亲戚备了节礼。直接去了凤凰岭村，到爹和爷爷奶奶坟上上了坟。两兄弟跪在地上祷告了半天，锦宇说：“爹！二柱要结婚了，你又了却了一桩心愿，你的在天之灵可以安慰了！”然后他们又给爷爷奶奶烧了纸钱磕了头，二柱跪在地上说：“奶奶！你二孙子要娶媳妇了，你可以放心了！”

他们把喜讯告诉了乡亲们，并说春节后回来请乡亲们喝喜酒。他们给舅舅、崔二叔、二大爷、五嫂和杨四叔送了节礼，并在自己的老房子门上贴上了大红喜字。

腊月二十六，凤凰别墅装饰一新，大门口贴上了大红喜字，挂上了两只大红灯笼，楣首上挂了大红彩绸，一对威风石狮也系了大红彩绸，大门外的树上吊着十余挂鞭炮，正房廊下挂上了四只大红灯笼，正房门前院子里摆上了香案，院中央燃着了一盆木炭，喜庆音乐激荡悠扬，紫气氤氲，一派喜庆气氛。

二柱着一身深蓝色的西装，佩戴胸花，一脸的喜气。秀兰说大冬天就要穿亮色，这样既喜庆又暖和。尹秀兰梳洗穿戴整齐，着一件深蓝色的羊绒大衣，胸前戴一枚鲜艳的绢花，人显得特别精神。锦宇、亦珊和两个孩子都穿了新衣服。马延福、王桂芬也穿戴整齐，喜上眉梢。耿秋实忙里忙外，担任总指挥。齐强带车间里二三十个小兄弟前来祝贺，围着二柱打闹取笑，院子里挤满了人。

十一点多送亲车队到了。车队缓缓驶进凤凰别墅门口，顿时鼓乐喧天，鞭炮齐鸣。辛家开来了八辆车，前有一辆摄像车引领，后有两辆物品车随后，一辆装满了家用电器，另一辆装满了床上用品。新娘子缓缓下了车，着一身宽大的红色锦缎绣花新娘装，蒙上了盖头，由亦珊和秋实媳妇扶着缓步走来。走近大门口时，秋实引领二柱将一条结花缎带递在云妹手上，由二柱前面牵领着走进院子，在香案前站立等候！

耿秋实高声唱喊："婚礼开始，鸣炮奏乐！"顿时音乐鞭炮齐鸣。

又唱喊："一拜天地！"一对新人由人搀扶跪地磕头。

"二拜高堂！"新郎新娘向端坐香案一侧的尹秀兰行跪拜礼。

"夫妻对拜！"二柱云妹互相跪拜。

"送入洞房！"二柱引领云妹缓步入洞房。

锦宇、亦珊向众人散发喜糖，锦宇在小餐厅设喜宴招待来宾。

二柱云妹新婚宴尔，自是惬意。

正月初六云妹的两个哥哥辛刚、辛强专车来接妹妹和新姑爷回家小住，初九又送了回来。看一对小夫妻如此恩爱，双方老人很高兴。

过了元宵节，二柱又赴北京继续完成实习任务，并着手毕业论文的撰写。

锦宇告诉二柱说："你放心地去吧！云妹在家有我们照看。回凤凰岭村宴请乡亲们定在正月十八，我和娘去，你和云妹缺席，我会向乡亲们解释。你有学习任务耽误不得，云妹身子不便，乡亲们会谅解，云妹在家有亦姗陪伴你放心吧！”

二柱高兴地说：“哥，谢谢你为我操心！”

进入大三以后二柱在学刊和国内重要专业刊物上发表了几篇有价值的专业论文，引起有关专家的关注。

五一长假前夕，二柱的毕业论文获得通过并得到专家好评，认为二柱的论文具有较高的学术价值。东方理工大学自动化研究院专业刊物予以转发，一时间在校园里引起轰动。并且大学四年二柱的学习成绩一直都是学科第一名，在东方理工大学尽人皆知。

五一长假结束以后，二柱接到学校通知，免试录取他入东方理工大学自动化研究院攻读硕士。二柱把这一好消息在第一时间打电话告诉了哥哥，他说：“哥！我本打算近期跑几个招聘会，毕业就谋个职，挣钱养家糊口，没承想学校竟发了这样一个通知，哥给拿主意吧！”

锦宇高兴地说：“兄弟！这是千载难逢的好机会，学校免试录取是多好的事啊！养家糊口的事你不用考虑，一切由哥来料理，哥有这个能力，你只管好好学习，你一定会有出息的！”二柱接受了哥的建议，当即向学校表态，愿意继续学业。

锦宇是个细心的人，二柱上大学四年，他每年都向二柱和娘的卡上各充几万元，娘和二柱都说用不了这么多钱，他说你娘儿俩别多想，我供养娘和兄弟是应该的，这样我才觉得活着有意义。爸是个既慷慨又节俭的人，他经常告诉我，不要委屈家里的每个人，该花的钱要大大方方地花。说要大胆地花，不够用就说话。云妹要生孩子了，给娘的卡上又充了五万元。

云妹的身子越来越重，六月十五日已到预产期，二柱一刻也不敢离开。每天早晚陪着云妹散步，唐亦珊进了一趟城，买了大包婴儿用品送了过来，她向云妹建议，：“六月十四号住进医院，千万不可大意！”云妹答应着。

六月十五日子时，云妹生下一名男婴，足有八斤重，尹秀兰高兴地连呼阿弥陀佛，二柱抱起哥哥转了一圈，高呼：“我有儿子啦！”亦珊高兴地搂着婆婆说："娘！这是你的福！"二柱跟娘说："娘！我还要继续上学，还在征程上就生了儿子，就叫他张征吧！"尹秀兰说："好！好！这名字好！"

自从老婆生了孩子，二柱变了。这两个月是他这些年来最放松最惬意的一段时光，他彻底合上了书本，每天做饭洗衣服打扫卫生，给老婆盛饭，给老娘捶背逗儿子玩，他感觉除了书本里有无穷的乐趣，原来平淡的生活也有无穷的乐趣。

云妹看着曾经在自己眼里还是个孩子的丈夫，每天跑里跑外忙家务的那个专注劲，与学习起来不顾吃饭、不顾睡觉的那股劲头没啥两样。他孝敬老娘，爱老婆疼儿子，是天底下难得的好男人，云妹觉得很幸福，她想：我云妹上辈子修来的这份福，但愿长长久久。

研究生期间二柱参与了多名专家组织的课题研究，北京某研究机构的专家，点名要二柱参与他们的课题研究，所以在自动化这一领域，二柱进一步拓展了自己的视野，知识面越来越宽，他不断在这一领域发表自己的意见，在全国性学术刊物上，发表了十余篇学术论文，均受到专家好评，有几篇在国际上引起热议。

研究生期间，二柱的生活很封闭，有时匆匆忙忙回来一趟，看老娘和老婆儿子，一直埋头研究，一家人能坐在一起吃饭的机会很少。锦宇有时心疼地说："柱儿，你再这样下去，我和娘都受不了，给老婆孩子留点儿时间吧，别这样拼命！"二柱只歉意地笑笑说："哥！娘！原谅我，我停不下来！"

三年的研究生生活很快结束了，二柱觉得太短暂太急促了，可是他不能再继续读博士了，他要工作，要挣钱养家糊口。不能把养家的担子永远让哥一个人挑着，我二柱已经二十七岁了。他获得了自动化专业的硕士学位，认为自己可以找到一份理想的工作，付出一份劳动获一份报酬，养活娘养活老婆儿子。

正当二柱四处联系工作的时候，东方理工大学自动化研究院寄来一份聘书，破格聘他为东方理工大学自动化研究院副教授。他知道这是学校真心想留住人才，按照规定以他的学识和资历是不可以一步聘为副教授的。

二柱愉快地接受了聘请。他还知道这一道聘书，与他研究生期间在国内重要学术杂志上发表的十篇学术论文有关，他并没有沾沾自喜于一德之功、一孔之见。他认为学无止境，现在回头看看那些论文，里面的一些观点还有待进一步探讨，徜徉在自动化知识的海洋里，二柱又发现了更多的未知，他深深感到，他的生命里又增加了更多对未知世界追寻的期待，继续学习吧！命运又给了我机会，他如是想。

二柱刚任职东方理工大学自动化研究院副教授两个月，北京某部委发来了调令，调二柱去北京某空间技术研究院工作。调令附某部委通知，要求各级各部门，要为确保国家科研计划的顺利实施提供保障。东方理工大学没有任何理由留住人才，当即表示同意放人。二柱作为共产党员，没有任何理由不服从国家需要，决定服从组织调动。

北京某部委同时决定，辛云妹同时调北京某综合医院工作。

弟弟要走了，锦宇心里有一百个不舍得，但是他积极支持弟弟的选择，他搂着弟弟久久不愿意松开，他深情地说："兄弟，我舍不得你，我不能陪在你身边了，但是我能在你的成功里享受一份欣慰就足够了。报效国家是咱的共同夙愿，去吧！有什么困难哥都帮你。"

二柱感慨万千，他搂紧了哥哥说："哥！这些年你见证了我走过的每一步，我知道，我所跨出的每一步，都蕴含着哥的期待和汗水。你我兄弟间凝结在血液里的情分，无法用谢字诠释。我和你心情一样，有一百个不舍一千个不舍，但是我必须坚定不移地跨出这一步，因为那里有我追寻的梦想。"

这几年锦宇与弟弟朝夕相处，有时偶有小别，锦宇时时牵挂着弟弟，他跟娘说："娘！我舍不得兄弟走，咱就这样安安稳稳地过日子多好，可是为了国家咱必须舍弃小家，自古忠孝难两全，咱一直盼他有出息，这一回他真的要走出去了，咱们不能挡他的道，扯他的后腿！"尹秀兰眼泪哗哗地流下来了，她说："儿啊！我懂！我懂！我生怕骞儿的事会毁了他的前程，这一回我放心了！"

锦宇说："娘！你放心吧！骞儿由我来养！你愿意跟兄弟去就去！愿意留下来就留下来，两边都有孩子，两边都是同样的牵挂！由你！"

尹秀兰放声大哭，她说："儿啊！两边我都舍不得呀！"

二柱、云妹很快办好了一切手续。他跟娘说："娘！北京那边是什么情况还不知道，我要安顿好了才能回来接你，哥的两个孩子需要你照看，张征我带着，你放心吧！我一定带好！"

二柱走了，尹秀兰心里空落落的，她想儿子想孙子，对锦宇说："我每天都在想骞儿，那到底是我的亲孙子。你每个星期天都要把他接回来！"锦宇答应着。

自从二柱、云妹走了以后，每个星期天，锦宇都接骞儿回来，孩子很健康很听话，学习也很好。他已经九岁了，上三年级。

又是星期五晚上，锦宇接回了骞儿，他个子长高了，越长越帅气，越长越像二柱。尹秀兰把骞儿搂在怀里亲了又亲，一边亲一边流眼泪，她说："骞儿！你爸啥时候来呀！"

锦宇说："娘！万事开头难，要把一切都安顿好，恐怕需要一段时间，咱们好好养骞儿，等着盼着吧！"

晚上二柱来了电话，他说："哥！我这边儿一切都好，近期只能住单位的公寓房，一时半会儿没有条件把娘接来，我们已替张征联系好了寄宿学校，你和嫂子尽管放心！"

转眼间二柱去了北京已经三年，三年来他经常给娘和哥打电话，可他一次也没回来过，他给娘和哥解释说："我现在的生活节奏是你们无法想象的，一旦驶进这个急速行驶的快车道就要义无反顾地跑下去，想停也停不下来，希望娘和哥谅解我支持我！"

尹秀兰哽咽着说："儿啊！娘担心你累坏了！"

二柱说："娘！你别担心！你儿子壮着呢，我把俺三人的视频发过去，你让哥调出来给你看，你放心，我这儿一切都保障得很好！"

锦宇打开电脑，调出了二柱发来的视频，尹秀兰看到二柱一家三口精神状态很好。二柱身着军装，少校军衔，一脸的兴奋。云妹风采不减，似乎瘦了些，依然显得文静干练。小孙子张征已经七岁了，越长越像二柱，大脑袋宽脑门，大眼睛高鼻梁，眉宇间那副神情和张骞一样，又健康又帅气。

一个偶然机会，二柱乘坐飞机来东方理工大学参加学术活动，单位给他规定的时间是四十八小时。二柱想不能提前给娘打电话，不能让娘苦等苦盼，就是还剩两小时也要回家见见娘。参加完学术活动已经晚上八点，车把二柱送到凤凰别墅门口，二柱推开门大声喊："娘！娘！"尹秀兰听见儿子的叫声，急忙迎出来，母子俩紧紧搂在一起，尹秀兰哭了，二柱也哭了。尹秀兰说："儿啊！你让娘好想啊！"二柱说："娘！我也很想你！"

锦宇、亦珊也迎了出来，三个孩子都围了过来，二柱高兴地和哥哥嫂嫂热情拥抱，唐亦珊拉过龙龙和凤凤，说："快！快！快来叫叔叔，你们天天想念的叔叔回来了！"两个孩子一起喊："叔叔！"二柱紧紧搂住俩孩子。骞儿怯生生地站在一边直向奶奶身后躲，二柱看了看说："这是谁家的孩子，怎么和咱龙龙这么像啊？"

尹秀兰和锦宇同时怔住了，娘儿俩同时想到，该是他们父子相认的时候了，尹秀兰说："儿啊！这是你的儿子，是骞儿——张骞！"锦宇也说："是啊，他是你儿子骞儿，我给他起名字张骞！二柱你要稳住神，你还记得桃花园的事吗？"二柱一下愣住了，这一消息像晴天霹雳，给了二柱当头一棒，他脸色骤变，随着闭上眼睛，身子摇晃了几下，锦宇立刻紧紧扶住了他。

一家人手足无措，都怔怔地站着。尹秀兰打破了沉寂，她说："骞儿！快叫爸爸，这是你日思夜想的爸爸！快叫！"骞儿怯生生地叫了一声："爸爸！"

二柱眼泪哗哗地淌下来了，他紧紧地搂住了骞儿，放声大哭。他哽咽着说："老天爷呀！为什么这样折磨我，我受够了，这些年每当想起那档子事，我的心就像刀割一样！"

锦宇搂紧了兄弟，说："柱儿啊！你要稳住神儿！这不是你的错，那时你才十八岁，还是个孩子，是那女人造的孽。再说，不是因为我，你也不会出来打工。她留下这个孩子纯属意外，她遭到了报应，现在活得很可怜，她只想保护孩子，为孩子寻一条生路！你嫂子带孩子做了 DNA 鉴定，与你的完全吻合，他是你的儿子，孩子长得很好，他像你一样，既聪明漂亮又结实，咱收下他吧，这不是孩子的错！"

骞儿放声地哭了，二柱搂紧了他，说：“骞儿！原谅爸爸！让你受委屈了！”

唐亦珊催着说：“快进屋吧！快进去。”她推着锦宇和二柱。

二柱的情绪稳定下来，他与娘和哥坐在一起，唐亦珊打发孩子们去了二楼，锦宇给他讲述了这几年发生的一切。

二柱说：“娘！哥！我亏欠云妹的太多了，不管她怎么惩罚我，我都认了，是我闯的祸我要勇于担当，云妹是个善良宽厚的女人，相信她会原谅我、信任我，这一切不应让孩子承受！”

锦宇抓住二柱的手深情地说：“兄弟！孩子由我来养，你放心吧！云妹的工作你来做，哥和娘只希望你们两个过得好！”

二柱无奈地摇摇头，说，“哥！请原谅我不争气，一直让你为我操心！”他又转向唐亦珊说：“嫂子！让你操心了！”

唐亦珊说：“亲兄弟还说这些，我只说一句，每个人都要接受命运的安排，你已是三十岁的人了，要把心放宽，人这一辈子会碰上许多无奈，勇敢坦诚地面对吧！一切都会过去，我相信云妹会理解你原谅你，只要你们过得好，我们大家就放心了！”

二柱说要见伯父伯母一面，锦宇说你在家只待几小时，明早六点前我要送你去机场，还是打电话请他们过来吧。

马延福老两口来了，二柱和两位老人热情拥抱，马延福很激动地说：“孩子，你怎么一去不返啊，我和你伯母很想你！”二柱也很激动地说：“伯父、伯母，我也很想念二老，原谅我不孝，我也是身不由己，这一次是公派出席学术活动，要不然也来不了。”

马延福说：“亦珊，给小餐厅打电话送菜来，这孩子天亮就走了，几年不回来一趟，总得吃口饭吧！”

半小时后，菜送到了，一家人围了一桌，这是一家人阔别三年的一顿团圆饭，也是二柱与骞儿父子相认的团圆饭。二柱的到来令三个孩子非常兴奋，已九点多了毫无倦意。锦宇把骞儿安排在二柱身旁，让他们父子挨在一起。骞儿很兴奋，与爸爸一点儿也不生疏，主动挽住了爸爸的胳膊。

马延福哈哈笑了，他说：“咱一家人都端起杯来，孩子们都端起你们的饮料，今天是咱家大喜的日子，只是缺了云妹和征儿娘儿俩。二柱几年不回家，回来一趟不容易，咱要祝贺一下，为了咱家难得的团圆，都喝了这一杯。”一家人都喝了杯中酒，脸上都洋溢着幸福，特别是三个孩子，他们从没见过这样的场面。

锦宇又给一家人斟满了酒。二柱很羞愧地站起来说：“伯父伯母！让二老为我操心，我很惭愧，实在无颜面对。”

马延福招手示意让二柱坐下，说：“孩子，我知道你心里压着一块石头，可纵观人的一生那又算得了什么，要我说不跨沟不迈坎儿就不算人生，最完美的人生就是五味杂陈。如今你也三十岁了，这么多年没给你公开这件事，就是怕你年轻不好接受，也怕影响了你的前程。我劝你放下心里的包袱吧！坦坦然然地接受这个现实，做好云妹的工作。要我说咱也是因祸得福，你看这孩子多招人喜欢，漂漂亮亮健健康康，和你一模一样，将来一定会有出息。”

尹秀兰高兴地说：“大哥呀！你说出了我心里的话，我希望儿子顺顺当当地迈过这个坎儿。”

王桂芬也深有感触地说：“孩子！要我说啥都要看得开，人要到了我们这把年纪，啥都看得淡了，就是儿孙看得重了。”几位老人都笑了。

这一夜二柱和儿子张骞睡在一起，他紧紧地搂着儿子，心潮起伏久久不能入睡。他在感情上还难以接受，但这确确实实是自己的儿子。骞儿紧紧搂着爸爸的脖子，不时发出呓语：“爸爸！”二柱抚摸着自己的儿子，不知不觉落下泪来，心想：可怜无辜的孩子，我该承担怎样的罪过，儿子发育得很好很健康，十二岁个子长到了一米七。他在这个家已经七年了，我却蒙在鼓里，一家人为我承担了一切。他从心里感激哥哥、嫂子、娘和伯父、伯母，他们对我寄托着怎样的殷切期望啊！可我又做了什么？

二柱走了，他又回到了北京，他要怎样祈求云妹的谅解，让云妹接受这个孩子，谁也不知道。

自从二柱走了以后，锦宇和娘的心一直悬着。担心二柱夫妻两个是否会闹起来，锦宇说：“娘！云妹生气是必然的，这事搁谁身上都受不了，她又哭又闹怎么办？她不理二柱跟他怄气怎么办？我兄弟工作压力大，云妹应该会心疼他吧!”

尹秀兰说:“你放心吧,云妹是通情达理的人,人厚道脾气也好,我也说不好,祈求老天爷保佑吧!保佑他小两口和和睦睦平平安安。”

锦宇说:“娘!我常想咱是不是因祸得福,一开始我兄弟被欺负了,我受不了,真想杀了那女人,可见了骞儿,我的气一下全消了。我特别喜欢这孩子,你看那模样那神情跟我兄弟一模一样,我兄弟当时受了委屈不假,还差点儿把命搭上,如今看看这孩子人见人爱,就觉得这是天意,得了这么好的孩子,是托了老天爷的福,咱不能让孩子受委屈,要好好疼他。”

尹秀兰长叹一声:“是啊是啊!我也这么想。”

锦宇说:“云妹也这么想就好了!”

第二年暑假,云妹带着张征回家了。

云妹对婆婆说:“娘!二柱的事我都知道了,我不怪他,我从小看他长大,他是什么样的男人我知道。那时他还是个孩子,正因为他是个好男人,才有那么多女人喜欢他。我是来接你和骞儿的,现在单位分了房子,一百五十平方米,我把爸和大哥、二哥凑给的钱交了房款。哥在网上给我们购了车,车已经开回了家,哥这些年太不容易了,不该再管我们的事了。”

尹秀兰说:“你哥说了,购车款是他自己的私房钱,他天天都在想你们担心你们,他说二柱的毛病就是干起活儿来不要命,你要管好二柱,让他好好休息,让我和你哥放心。还有,你哥说骞儿妈给的八十万元抚养款不能动,要给孩子留着,咱养得起。”

云妹说:“我知道了,二柱说哥太累了,他担心哥!你儿子现在是研究院的总设计师,少校军衔。他每天都在忙,来不了!领导为了照顾我们的生活,把我调到了基地医院,我现在是主任医师。

尹秀兰高兴地说:“好好好!云妹呀俺娘儿俩跟你去。”

她拉过骞儿说:“骞儿!快叫妈!”骞儿怯生生地叫了一声:“妈!”随着骞儿的一声呼唤,云妹的心都碎了,眼泪一下涌了出来。

她哽咽着紧紧搂着骞儿,好似一对失散多年又得重逢的母子,她说:

"好孩子！让你受委屈了，妈接你来了！你已长成了大小伙子，如玉树临风，长得太像你爸爸了，有十三岁了吧！"时间的长河会冲散一切恩怨，亲情会代替一切，善良的云妹定会将骞儿视为己出。

尹秀兰高兴地说："是啊，转眼间已长到了十三岁了，他学习很好，随他爸，学习刻苦，在班上一直是前三名，再过两年就读高中了。还有一事要跟你说，骞儿的妈庞翠翠得了重病，子宫癌后期，时间不多了，想见骞儿一面，让不让骞儿去，你拿主意吧！"

云妹坚定地说："让他去，我带他去，是她生了骞儿。"

第二天，耿秋实开车带云妹和骞儿到桃花镇见到了躺在病床上的庞翠翠，已病入膏肓的她无力地欠起了身子，对云妹说："妹子！我罪孽深重，理应得到报应。"

曾经有一位哲人说过，时间可以淡漠仇恨，云妹泪流满面，哽咽着说："翠姐！柱儿说不再恨你了，你要好好活着！"她把骞儿推到前面说，"骞儿！快叫妈！"骞儿放声哭了，他叫了一声："妈！"

翠翠对骞儿说："骞儿，你要听爸爸妈妈的话，你爸不管夏天多热，冬天多冷都趴在桌上学习，要像你爸那样，好好学习，走正道。忘了我吧！我做了坏事，不值得你记！"

没几日，从桃花镇传来消息，说庞翠翠已经去世了。田家为她操办了隆重的葬礼。耿秋实派一名副经理跑了一趟，替二柱上了一份礼。

晚上耿秋实到凤凰别墅把这个消息告诉了云妹和尹秀兰。秋实说："云妹！还是你把这消息打电话告诉二柱吧，事已至此，别再记恨她了，不管她做错了什么，都不是孩子的错，别让孩子心里留下遗憾。骞儿是个好孩子，模样脾气和秉性哪儿都像咱二柱，为了孩子，要朝远里看，你说是这个理儿吧！"

云妹流下了眼泪，说："大哥，我已经想通了，二柱跟我说了当时的情况，那时他还是个孩子，我不怪他，谢谢你救了她。他是个好男人，我有了他，是我一辈子的福分。骞儿像他爸，我喜欢他、心疼他，我会像待征儿一样待他，大哥，你放心吧！"

夜里云妹和二柱通了电话，云妹说得通情达理，二柱非常感动，他说："感谢你，老婆！我一辈子愧对你，谢谢你大人大量。庞翠翠是个痴情的女人，也是个能干的女人，带骞儿到她坟上走一趟吧！骞儿已经懂事了，请你告诉他吧！告诉他曾经发生的事，我会爱他的，咱们全家都会爱他的。"

放下电话辛云妹搂着婆婆大哭了一场。尹秀兰紧紧搂着云妹说："孩子，让你受委屈了！"

云妹擦干了眼泪，深深地叹了一口气，意味深长地说："娘，你别那么想，想想你这辈子受的委屈，想想二柱这辈子受的委屈，想想大哥离家十八年受的煎熬和委屈，还有咱的骞儿，一个无辜的孩子，他心里不是也要接受委屈吗？再想想那个翠翠，拼命挣扎，不想接受那份委屈，最终命运还是捉弄了她。想想这些，我就不觉得委屈了，我既然得了这么好的男人，就要接受他的一切，接受上帝给予的这样一份安排。啊！真是世事难料，娘，你不用担心我，我没觉得委屈，咱坦坦然然地面对吧！人说五味人生，咱还没到那一步，别埋怨老天爷不公平，我别无苛求，一个女人就是要守丈夫守孩子，只要老天爷给的这份福长长久久，我就知足了，娘，你放心吧！"

尹秀兰无奈地点点头，握紧云妹的手说："孩子，我没看错你，你的善良和宽厚无人能比，这是柱儿的福。"

辛云妹带骞儿由副经理陪同到了庞翠翠坟上，为庞翠翠烧了纸钱，云妹让骞儿跪下磕头，她说："翠姐！柱儿来电话说他原谅你了，谢谢你把骞儿留给我们，我会像对亲儿子一样爱他疼他，你放心吧！"

她又说："骞儿！要记住你妈！要经常来看她，她虽做错了事，但她是个好女人！"

骞儿眼泪哗哗地流了下来，搂着云妹放声大哭："妈！"

云妹也流下了眼泪。

云妹带两个儿子回蒙源县城拜见了父母，又在凤凰别墅小住后携婆婆和张骞、张征返回北京。

二〇一四年八月